ASTRID KORTEN

Eiskalte Umarmung

ASTRID KORTEN

Eiskalte Umarmung

Thriller

Personen und Handlung sind frei erfunden.
Ähnlichkeiten mit lebenden oder toten Personen
sind rein zufällig und nicht beabsichtigt.

Besuchen Sie uns im Internet:
www.gmeiner-verlag.de

Genehmigte Lizenzausgabe für die Gmeiner-Verlag GmbH
Im Ehnried 5, 88605 Meßkirch
Telefon 07575/2095-0
info@gmeiner-verlag.de

1. Auflage 2016

Lektorat: Claudia Senghaas, Kirchardt
Herstellung: Mirjam Hecht
Umschlaggestaltung: U.O.R.G. Lutz Eberle, Stuttgart
unter Verwendung eines Fotos von: © suschaa / photocase.de
und © sör alex / photocase.de
Druck: GGP Media GmbH, Pößneck
Printed in Germany
ISBN 978-3-8392-1885-3

Für David,
der das Leben noch vor sich hat.

TEIL I
KATHARINA

In jüngern Tagen war ich des Morgens froh,
Des Abends weint ich; jetzt da ich älter bin,
Beginn ich zweifelnd meinen Tag,
Doch heilig und heiter ist mir sein Ende.

Johann Christian Friedrich Hölderlin,
Ehmals und jetzt

KAPITEL 1

München, April 1981 – Samstagnacht

Jakob fuhr mit seinem Wagen durch die dunkle Nacht. Sein Ziel war der Parkplatz am Ende des Hochäckerwegs, dort brachte er den Geländewagen zum Stehen.

Als er sich umdrehte und die Plane auf dem Rücksitz ein wenig lüftete, fragte er sich nicht, was ihn vor ein oder zwei Stunden veranlasst hatte, der jungen Frau, die noch immer bewusstlos auf der Rücksitzbank hing, Gewalt anzutun. Sein linkes Ohr lauschte ihren flachen Atemzügen, sein rechtes der Stille der Nacht.

Jakob wollte nicht gefragt werden, was er da gerade trieb. Was konnte er darauf schon erwidern? Warum mit einer Antwort diesen verwirrend schönen Augenblick zerstören?

Nur er sollte ihre Laute vernehmen, sobald die Wirkung des Rauschmittels nachließ: das arme Ding, tobend, um Hilfe schreiend, ihn anflehend, sie doch gehen zu lassen, vielleicht sogar wimmernd, später markerschütternde Schreie ausstoßend auf dem Weg zur ewigen Verdammnis, begleitet von einer überaus großen Angst.

Jakob stieg aus und zündete sich eine Zigarette an. Er fröstelte und schlug den Kragen seines Mantels hoch. Ein eisiger Wind fegte über den Parkplatz.

Er war gar nicht auf der Jagd gewesen. Eine schicksalhafte Fügung oder einfach nur ein dummer Zufall hatte dafür gesorgt, dass die Kunststudentin vor einigen Wochen in einem Café in sein Bewusstsein gedrungen war. Er wollte gerade gehen, hatte die Türklinke bereits heruntergedrückt, als er das fröhliche Lachen einer Frau hörte, die in Begleitung eines Mannes die Stufen des zweistöckigen Cafés hinunterkam. Wie elektrisiert blieb er stehen und drehte sich um. Er hörte, dass der Mann den blonden Engel *Julia* nannte. Ihm fiel nicht nur ihre Lebensfreude auf, es war die Ähnlichkeit, die ihn sprachlos machte. Berauscht von ihrem Anblick, folgte er Julia eine Woche lang wie ein Drogensüchtiger seinem Stoff. Am Abend stieg sie in den Bus, der nur wenige Meter von ihrer Wohnung entfernt hielt. Fast immer war sie in Begleitung eines anderen Mannes, und anfangs war er ärgerlich deswegen. Worte wie *unartig* und *ungezogen* kamen ihm in den Sinn.

Nach drei Tagen verlor er die Kontrolle: *Ungezogen* wich *moralisch verwerflich*, Ärger wich Wut, und nach einer Woche wurde aus Zorn maliziöser Hass. Heute Abend war er – übel gesinnt – mit ihr in den Bus gestiegen, denn sie war allein. Irgendwann trafen sich ihre Blicke, sie lächelte ihn an mit makellosen Zähnen. Das bedeutete ihr Todesurteil.

Der Parkplatz war noch immer menschenleer. Jakob nahm einen kräftigen Lungenzug, verdrängte die Erinnerung, öffnete die Augen und betrachtete den sternklaren Himmel. Nirgends rührte sich etwas. Er glaubte, dass selbst der Wind einen Moment den Atem anhielt.

Er würde Julia töten. Er sah bereits das Entsetzen auf den Gesichtern der ermittelnden Beamten, wenn sie die Leiche fanden. Und wenn sie mit ihren Recherchen begannen, würden sie lediglich erfahren, dass ein elegant gekleideter schlanker Mann mit dichtem schwarzem Haar und dunklen Augen mit ihr ausgestiegen und neben ihr hergegangen war. Die Frau hatte den Mann angelächelt, ihn animiert mit ihrem kurzen Rock und ihrem zu knappen Pullover. Das wäre alles, was die ältere Frau und der junge Mann mit den Walkman-Hörern auf den Ohren aussagen würden.

Der Rauch seiner Zigarette hing träge in der Luft. Jakobs Blick folgte einer einzigen dunklen Wolke, die an der Sichel des Mondes vorbeizog. Tausende Sterne schauten auf ihn herab.

Für einen Moment schloss er erneut die Augen und konzentrierte sich auf die Geräusche der Nacht, doch er hörte nur das pfeifende Dröhnen in seinem Kopf und den leisen Hauch seines Atems.

»Morgen ist Sonntag«, flüsterte er. »Du wirst in Ekstase sterben. Du wirst mich anflehen, dich zu töten. Du wirst Schmerz empfinden. Ich kenne dieses Gefühl. Mit ihm zerfließt die Zeit, und sie formt sich aufs Neue. Ich muss dich töten, verstehst du? Denn dein Anblick öffnet eine Tür, hinter der die Albträume der Vergangenheit lauern.«

Jakob taumelte. Plötzlich war er wieder ein kleiner Junge, und das Kind näherte sich langsam der Vergangenheit, leise und in Erwartung von etwas Schrecklichem …

*

München, 1950

Sie stehen vor dem Milchgeschäft, seine Mutter und er, in der engen Straße, dort, wo sie in die Hauptstraße mündet. Vor ihnen befindet sich ein bescheidener Stand mit Äpfeln, Birnen und Blattsalat. Links daneben führt eine verwitterte Gasse in einen dunklen Hof, in dem einige Milchkan-

nen aus Aluminium stehen. Aber all das sieht er nicht. Er hat auch keine Augen für seine Mutter, die dem schwarzen amerikanischen Besatzungssoldaten im Jeep zulächelt, der an der Straßenecke angehalten hat. Er hat nur Augen für das breite, entwaffnende Grinsen des GI. Dann starrt er auf den Jeep, aus dem der schwarze Mann jetzt lässig herausspringt, und auf die Army-Boots, mit denen er auf ihn zukommt.

»Hey, brown eye, I've got something for you!«

Der Soldat wirft einen flackernden Blick auf seine Mutter, bevor er federnd in die Knie geht, aus einer der unzähligen Taschen seiner Uniform einen Riegel Schokolade zieht und dem Jungen lockend hinhält. Seine Mutter hockt sich neben ihn, sodass der GI ihre Seidenstrümpfe sehen kann. Sein Blick gleitet an ihren Beinen nach oben. Obwohl der Junge direkt neben seiner Mutter steht, traut er sich nicht, sie anzuschauen, um sie zu fragen, ob er auf den schwarzen Riesen zulaufen und sich die Schokolade abholen darf.

»Geh!«, sagt sie und gibt ihm einen Klaps. »Geh, er tut dir nichts.«

Und er geht.

Als wäre es eine lästige Pflichterfüllung, hält ihm der dunkelbraune Riese mit dem pechschwarzen Blick den Riegel hin, den der Junge ängstlich und zögerlich nimmt. Dann beachtet ihn der Soldat nicht mehr und geht auf seine Mutter zu.

Am Abend beobachtet der Junge durch das Schlüsselloch der Schlafzimmertür, wie seine Mutter in der Küche ihr langes blondes Haar bürstet, bis es glänzt. Dann lässt sie mit grazilen Bewegungen einen kleinen Pinsel über ihre Fingernägel gleiten, die sich daraufhin zartblau färben wie ein sommerlicher Himmel. Wenig später läutet es.

Der Junge hört das hohe Lachen der Mutter. Er sieht die Stiefel des schwarzen Riesen an seiner Tür vorbeigehen, sieht, wie der Mann Geldscheine auf den Küchentisch legt und sich auszuziehen beginnt, sieht, wie die makellosen Hände seiner Mutter den fremden Körper streicheln.

Er war ein schönes Kind mit dunklen Locken, großen braunen Augen, einer feingeschnittenen Nase und vollen Lippen. Aber sie beachteten ihn nicht, die Stiefel, *wie er die Männer in Soldatenuniform nannte. Sie nahmen keine Rücksicht auf ihn, der nachts in der Küche Schlaf suchte, auf einer Matratze, die zwischen verschimmelten Einweckgläsern ausgelegt war.*

Sie ließen sich hemmungslos treiben. Er hörte das furchterregend tiefe Stöhnen und die spitzen, gellenden Schreie seiner Mutter, mit denen sie die Gier immer wieder anpeitschte. Auch sie hatte dann kein Auge für ihn, wie er zitternd im Bett den Abgründen der Verdammnis lauschte, bis sie sich irgendwann am frühen Morgen zu ihm legte und er sich fragte, ob ein Engel oder die Brut der Hölle da neben ihm lag.

Schon früh keimte in ihm der Wunsch, das keifende, abgründige Tier in ihr zu vernichten. Dabei war sie doch der einzige Engel, den es für ihn gab, ein Engel in einem verblichenen blauen Morgenrock, dem seine ganze Sehnsucht galt.

Trost fand er erst immer am nächsten Tag in der Natur, auf den nahe gelegenen Wiesen und unter den Alleebäumen der Hauptstraße.

Wenigstens dort blühte das Leben. Wenn er die farbenfrohen Vögel und den blauen Himmel sah, träumte er von einem sorgenfreien Leben, das er eines Tages mit ihr führen würde, vielleicht sogar in einem fernen Land. Ein Leben, das die nächtlichen Stunden in den kalten Bruchsteinwänden des Schlafzimmers, in dem er sie fingernägelkauend durchs Schlüsselloch beobachtete, vergessen ließ. Er würde ein Leben führen ohne diese dumpfe sinnlose Wut, mit der er jetzt an seiner Puppe zerrte, bevor er sie in eine Ecke warf.

Oft endeten die Tränen erst im Lauf der Nacht, und sein Schluchzen verebbte, doch schlafen konnte er meist auch dann nicht. Immer wieder stand er auf, sehnte sich nach seinem Engel und versuchte, durch das Schlüsselloch direkt in seine Augen zu schauen, um seine Qual zu lindern.

Er bildete sich ein, dass sie ihn anlächelte und ihm zärtlich übers Haar strich, doch beim Anblick des fremden Wesens verwandelte sich seine Sehnsucht jedes Mal in Angst und Zorn. Die Furie trieb ihn in den Wahnsinn, bis sich im Morgengrauen die knirschenden Schritte der Stiefel entfernten und den Beginn eines neuen Tages ankündigten. Dann wusste er, dass er wieder einmal heldenhaft eine Nacht überstanden hatte.

Helden töteten und wurden getötet, hatte sein Vater ihm gesagt, und er fragte sich, wie viele Helden sein Vater getötet haben mochte, bevor er selbst im Krieg dem Feind erlegen war. Wenn er nach einer solchen Nacht in den blauen Morgenhimmel sah, erfasste ihn stets eine sehnsüchtige, träumerische Stimmung.

»Ich bin nicht nur ein Held, ich bin viel mehr. Ich bin ein Prinz und schön wie die Liebe«, flüsterte er.

Aber niemand hörte ihn.

*

In seinen Schläfen begann es dumpf zu pochen, als die Gegenwart sich wieder einstellte.

Jakob schaute auf seine Armbanduhr und erschrak. Zu lange hatte er dagestanden und sich erinnert und dabei die Zeit vergessen. Er stieg rasch ins Auto und fuhr davon. Sein Kopfschmerz dröhnte, sein Herz klopfte bis zum Hals. Er hatte nur Julia auf dem Rücksitz im Sinn, spürte ihre körperliche Anwesenheit und wusste nicht, ob er vor Glück schreien sollte oder ob gerade ein neuer Albtraum begann. Er brauchte dringend ein paar Aspirin und einen Kaffee. 30 Minuten später bog er in den Waldweg ein und hielt vor seiner Blockhütte.

Nebel stieg vom Teich auf und zog waldeinwärts, über den einsamen Teil des Waldes und seine seltsamen Mondlandschaften hinweg – bis er sich schließlich zwischen den geisterhaften Weiden und Silberpappeln niederließ. Von Weitem ragte gespenstisch ein Baum empor, auf dem reglos Hunderte von Kormoranen saßen.

Stille lag auch über der alten Blockhütte und dem danebenliegenden Schuppen. Es war jetzt kurz nach zwei Uhr. Der kommende Tag würde ein Tag des Wartens werden, ein Tag der Vorfreude auf das Finale in der kommenden Nacht.

Er ging in die Hütte und sah in den Spiegel über dem Kamin. Tränen rannen über seine Wangen, während das Gesicht nur Härte zeigte.

»Ich werde mir Zeit lassen«, flüsterte er wenig später, während er Milch und Zucker in seinen Kaffee rührte.

*

Sonntagnacht

Zuerst entkleidete er Julia, bevor er sich selbst auszog. Er hatte inzwischen den Kamin angezündet und erregt das erste Knistern des Feuers abgewartet. Mit seinem Zeigefinger strich er behutsam über ihre Haut, so zart wie mit einer Feder.

Julia ließ sich widerstandslos zu Boden gleiten, damit er seine Macht ausüben konnte. Er zitterte vor Erregung. Gleich würde sie diese dunklen gurrenden Laute aus der Hölle der Leidenschaft ausstoßen, begleitet von hechelnden gellenden Schreien der Lust.

Er spürte, wie die Wellen kamen und ihn wegspülten. Verkrampft hielt er die Luft an, bis er glaubte zu zerplatzen. Er spie den Atem aus; die animalische Intimität dieses Röchelns beruhigte ihn. Jakob blickte sich suchend um, dann entdeckte er den Nagellack und nahm ihn vom Kaminsims. Julia hielt den Atem an, als er den Pinsel über ihre Fingernägel gleiten ließ. Ihre Hände waren schlaff; er musste sie immer wieder festhalten, damit ihm ihre Finger nicht entglitten.

»Bist du nervös?«, fragte er leise.

Sie schloss die Augen.

»Ich hoffe, du weißt, was ich von dir erwarte! Ich möchte, dass du mir zuhörst, wenn ich dir vorlese«, murmelte er.

Ihre Augenlider zuckten.

»Gut«, sagte er und betrachtete das Flammenspiel im Kamin. Zwischen dem knisternden Buchenholz stieg das Gesicht seiner Mutter auf. Er schlug ein Kapitel des Gedichtbands auf und las mit leiser Stimme: *»Liebste Mutter! O könnt ich so mit einmal mein Innerstes auftun vor Ihnen! Es ist kein lebendiger Laut in Ihrer Seele, wozu die Meinige nicht auch mit einstimmte … es ist etwas zwischen Ihnen und mir, das unsre Seelen trennt. Vielleicht der Tod?«*

Oh Wunder Sprache, dachte er. Die Sprache Hölderlins war die manisch-depressive Äußerung eines Gejagten, Sprachgeräusche aus dem Jenseits. Wie sehr fühlte er sich dem Dichter verbunden, dessen Dasein ein exemplarisches Straucheln war: Rasen, Wandern, Flüchten, Hetzen, Stoßseufzen, ein ganzes Leben in einer Zwangsjacke.

Jakob legte das Buch beiseite. Seine Blicke brannten sich in Julias Fleisch. Er umschloss ihre Taille mit beiden Händen und hielt sie fest. Dann beugte er sich vor und leckte ihre Brüste. Er biss zu und sah den Schmerz in den aufgerissenen Augen. *Nein, Schmerzen kann sie nicht empfinden,* dachte er. In ihren Augen stand vielmehr blankes Entsetzen. Sein Blick wanderte zurück zu den Abdrücken seiner Zähne auf ihrer blassen Haut. Es war noch kein Blut zu sehen, sein Biss war sanft gewesen. Erst lecken, dann beißen, aber jetzt ein wenig fester. Dann kamen die Tränen, nur wenige, ein stiller Protest. Er labte sich an ihrem Salz. Ein Teil von ihm wollte nicht aufhören, Julias Schönheit zu bewundern, doch ein anderer, entscheidenderer Teil liebte die Wahrheit, und die war hässlich. Eine Begierde, dunkel und mächtig, erfasste ihn wie eine Welle: Strafe, Rache.

Er ging zu dem Stahlschrank, öffnete eine Schublade und nahm Manschetten und ein Skalpell heraus. Er legte Julia die Manschetten um die Handgelenke und befestigte sie an beiden Seiten des Kopfteils, sodass sie mit ausgebreiteten Armen vor ihm lag.

Er ging zum Fußteil, umfasste ihre Beine und zog sie so weit nach unten, dass sich die Seile an den oberen Manschetten straff spannen. Er fesselte die Fußknöchel und verknotete die Seile unter der Pritsche.

Julias Beine waren jetzt weit gespreizt. Er kehrte zum Kopfende zurück, ohne den Blick von ihrem Körper abzuwenden. Plötzlich, ohne Ankündigung, schlug er erbarmungslos auf sie ein, immer wieder und wieder, bis jeder Knochen gebrochen zu sein schien.

Dann umarmte er sie ein letztes Mal.

Und während Julia ihr Leben aushauchte, fühlte Jakob den Zorn in sich verrauchen, denn sie hatte mit letzter Kraft die Worte geflüstert: »Nur du bist mein Prinz.«

Mit einer Hand zog er ihren Kopf an den Haaren hoch, mit der anderen hielt er das Skalpell. Machtgier durchströmte ihn warm und schwer wie dunkler Wein. Julias Gesicht war Furcht und Grauen, ein Schmerzensbündel aus blutigem Fleisch. Ihre Augen waren geschlossen, kein Zucken hinter den Lidern.

*

In den frühen Morgenstunden schaute er auf seine Uhr. Es war schon kurz nach vier. Ein letztes Mal schmiegte er seine Wange an Julias und seufzte. Er musste sich beeilen und wieder nach Freising zurückkehren, wo um zwölf Uhr die Schulglocke das Ende des Unterrichts ankündigte. Dann verließen die Kinder die Schule, um ihren Heimweg anzutreten. Um Viertel nach zwölf würde das Mädchen namens Katharina den Marktplatz überqueren, und für Jakob war das der schönste Moment des Tages.

KAPITEL 2

Montag

Die zerlumpte Alte bot einen seltsamen Anblick. Sie saß in ihren alten bodenlangen Röcken und ihrer grauen Wolljacke, die sie mit Sicherheitsnadeln zusammenhielt, auf einem großen Stein gegenüber der alten Dorfkirche, direkt an der Straßenkurve hinter dem Friedhof. Die Beine rechts und links weit von sich gestreckt, den Oberkörper nach vorn gebeugt hielt sie den Blick starr auf die Straße gerichtet. Aus der Ferne wirkte sie nachdenklich, geradezu apathisch, in sich selbst versponnen, geistig verwirrt, weit weg vom Dorf und seinen Bewohnern. Doch Katharina war für ihre zehn Jahre ein kluges Mädchen; sie spürte, dass der Alten nichts entging. Ihre dunkle ledrige Haut ließ sie von Weitem als exotische Fremde erscheinen. Um sie rankten sich zahlreiche Gerüchte. Es hieß, sie sei eine Hexe und verfüge über magische Kräfte.

Mit Argusaugen beobachtete die Alte jeden von Katharinas Schritten. Jedes Mal, wenn sie und Severin auf dem Weg zur Schule an ihr vorbeikamen, winkte sie sie mit ihren knochigen Fingern zu sich und bedrängte sie, stehen zu bleiben. Was wollte sie eigentlich von ihnen? Sie wussten es nicht, denn Katharina und Severin konnten ihr eigenartiges Kauderwelsch nicht verstehen. Heute umklammerte ihre Hand einen kleinen runden Spiegel. Sie sprach mit ihrem Spiegelbild und schien verwirrter als sonst.

Severin grinste. »Die Hexe ist voll aufgeregt. Was hat sie denn?«

»Weiß nicht«, meinte Katharina leichthin. Sie war noch etwas zerstreut. Morgens zog immer noch ein wenig die Nacht an ihr.

»Schau mal, sie meint dich«, sagte Severin.

»Hm?«

»Dich!«

»Wieso?«

»Weiß ich doch nicht. Geh zu ihr, sonst dreht sie noch durch.«

»Du aber auch.«

»Klar.«

Die Alte verließ den Stein kaum jemals. Es schien, als wäre sie mit ihm verwachsen. Doch als Katharina vor ihr stand und in ihre funkelnden Äuglein schaute, sprang sie auf und gab seltsame Laute von sich, die Katharina mit Mühe als Sprache identifizieren konnte, aber bis auf wenige Worte nicht verstand.

»Jakob, böse … böse. Aufpassen!«

Katharina blieb wie angewurzelt stehen und schaute hilfesuchend zu Severin, doch der zuckte nur mit den Schultern und sagte: »Komm, wir gehen. Lass sie!«

Zusammen mit ihm setzte sie den Weg zur Schule fort. »Wer ist Jakob?«, fragte sie ängstlich und drehte sich noch einmal unsicher um. Im Dorf kannte sie niemanden, der diesen Namen trug.

»Weiß nicht. Kenn ich nicht.« Severin tippte sich an die Stirn. »Lass sie, die hat ’ne Schraube locker, das weißt du doch.«

Katharina drehte sich noch einmal um. »Sie läuft hinter uns her!«

Mit schnellen trippelnden Schritten eilte die Alte auf sie zu und schrie Severin an, er sei ein verkleideter Fremder wie der Mann auf dem Dach ihres Hauses – dabei deutete sie mit ihrem knochigen Zeigefinger auf Katharina. Doch Severin nahm seine Freundin an die Hand und lief mit ihr fort.

In Momenten wie diesen war sie froh, dass er sie auf dem Weg zur Schule begleitete. Seit dem ersten Tag, als sie ihn im Kindergarten kennengelernt hatte, war er ihr großer Beschützer.

Sie nahmen die Abkürzung über den Friedhof und rannten ungeachtet des strengen Verbots ihrer Eltern durch das dahinterliegende Wäldchen weiter in Richtung Schule. Angeblich strolchte da öfter ein komischer verwirrter Junge herum, der auffällig mit dem Kopf wackelte, wenn er andere Kinder ansprach. Die Eltern wollten nicht, dass sie mit ihm Umgang hatten.

In der Schule kursierten die schaurigsten Geschichten über die Alte, und Katharina bekam jedes Mal eine Gänsehaut, wenn die Kinder hinter vorgehaltener Hand flüsterten, dass sie nachts über den Friedhof lief und die Toten weckte. Manchmal träumte Katharina von ihr. Erst gestern hatte sie Severin davon erzählt.

In ihrem Traum hatte sich die Schublade ihrer Kommode ganz langsam geöffnet, und etwas Graues, Schlangenförmiges war herausgekrochen. Trotz der Dunkelheit hatte sie die Alte erkannt. In ihren Lumpen war sie zu ihr herübergeschlichen und hatte sich auf ihr Bett gesetzt. Dabei hatte sie so komisch die Augen verdreht und geflüstert: »Ich weiß, wer du bist. Du bist Jakobs Schatten, und du bist eine Sonne im Niemandsland.«

»Was ist das, eine Sonne im Niemandsland?«, fragte sie Severin.

»Weiß nicht«, sagte der hilflos.

»Ist es dir egal?«, fragte sie verärgert.

»Ist doch nur ein Traum.«

»Aber manche Träume sind wahr.«

»Hast du heute Mathe?«, versuchte er, sie abzulenken.

»Nein!«, antwortete sie beleidigt. »Was soll das heißen, ich bin der Schatten von Jakob?«

»Keine Ahnung. Ich weiß doch nicht, wer Jakob ist. Woher soll ich das wissen? Die Alte spinnt echt.«

»Und weißt du, was ich dann gemacht habe?«

»Was denn?«

»Ich hab sie angeschrien. Ich hab ihr gesagt, dass sie böse und eine Lügnerin ist, doch sie konnte mich nicht hören, weil der Wind so gerauscht hat. Und dann hat sie ausgesehen wie in der Geisterbahn, so mit glühenden Augen und so.«

»So was träumst du? Mannomann.«

»Und dann ist sie wieder zurück zur Kommode, und kurz bevor sie in die geöffnete Schublade gekrochen ist, da hat sie sich noch einmal zu mir umgedreht. Und weißt du, was sie gerufen hat? *Ich komme wieder, Mädchen. Ich werde jede Nacht wiederkommen!* Dann habe ich die Lade schnell zugemacht. Und dabei habe ich gehört, wie sie gezischt hat: *Hüte dich vor Jakob!*«

Severin lachte.

»Das ist nicht lustig!«, sagte sie streng.

»Mann, das ist doch total bescheuert, aber wirklich! Den Jakob gibt's nicht! Echt! Wie oft soll ich dir das denn noch sagen? Wer soll dir denn was tun, wenn es ihn nicht gibt? Das hat sich die Alte eingebildet. Die spinnt total, das weißt du doch. Wann machst du denn Mathe?«

Er erntete einen Seitenblick. »Severin?«

Ein wenig irritiert sah er zu ihr auf.

»Severin, ich will nie wieder unseren Schulweg gehen. Ich will nie wieder an der Alten vorbeilaufen. Abgemacht?«

Er nickte. »Meinetwegen. Aber welchen Weg sollen wir gehen? Über den Friedhof? Überleg mal: jeden Tag über den Friedhof zur Schule. Das ist echt scheiße.«

»Besser, über den Friedhof gehen, als dass mich vielleicht jemand … äh … umbringt.«

Er sah sie groß an. »Spinnst du?«

Sie warf ihm einen trotzigen Blick zu.

»Wer soll dich denn umbringen?«, fragte er etwas verunsichert. »Meinst du vielleicht, dieser …?«

»Ja, dieser Jakob.«

Fast wäre ihm wieder dieses großkotzige *Mann, das ist doch total bescheuert, aber wirklich!* herausgerutscht. Er wollte Katharina aber nicht noch mehr verärgern und sagte stattdessen: »Ich geh jetzt zum Fußball. Kannst du mir dann, äh, nachher die Matheaufgaben geben?«

»Ja«, sagte sie gedankenlos und nickte.

»Katharina?«

»Ja?«

»Du bist meine Sonne!«, sagte er leise.

Und da erhellte sich ihr Gesicht.

*

In der Nacht wälzte sich Severin unruhig im Schlaf hin und her. Die Worte der alten Frau beschäftigten ihn mehr, als er sich eingestehen wollte. Er würde mit seiner Mutter sprechen. Sie kannte die Alte, denn sie kochte ihr hin und wieder eine kräftige Suppe, kümmerte sich gelegentlich um den alten Wohnwagen, in dem die Vettel hauste, und brachte so etwas menschliche Wärme in eine verwirrte Welt. Er bewunderte seine Mutter dafür. Sie erklärte ihm, dass alte Menschen mitunter verwirrt seien und unter Sinnestäuschungen litten, sie sähen und hörten manchmal etwas, das nicht existierte. Die Alte sei völlig harmlos.

Trotzdem …

Jakob. Von wem war da die Rede? Wie konnte er Katharina vor etwas beschützen, das er selbst nicht kannte? Er hatte ihr zwar gesagt, dass er das alles bescheuert fand, aber allmählich sorgte er sich um seine beste Freundin. Er konnte ihr alles erzählen, und sie beschützten sich gegenseitig. Sie nahm ihn häufig gegen die Raufbolde seiner Schule in Schutz. Wie neulich, als der dicke Freddy ihm aufgelauert und ihn gehänselt hatte. Katharina war auf Freddy zugegangen und hatte ihn vors Schienbein getreten. Anschließend hatte sie Severin umarmt und liebevoll seine Haare gestreichelt.

»Lass mal, der ist nur neidisch auf deine Locken.«

Überhaupt sprach sie immer in ruhigem Ton. Am liebsten mochte er es, wenn sie mit sanfter Stimme Geschichten erzählte und ihre blauen Augen dabei Funken sprühten. Sie hatte die schönsten blauen Augen, die er jemals gesehen hatte, und langes blondes Engelshaar. *Kein Wunder,* dachte er. *Sie ist auch ein Engel. Mein Engel.*

*

Jakob ging über den Kirchplatz und hörte das fröhliche Lachen der spielenden Katharina. Er blieb einen kurzen Moment stehen, um ihr zu lauschen. Das Lachen war so ansteckend, so rein und klar. Sie war sein Mädchen – eine Träumerin, die in einer Märchenwelt lebte.

Als er an der Alten vorbeiging, verbarg sie sich ängstlich in ihren Lumpen. Er versuchte, sich ein Lächeln abzuringen, obwohl er wusste, dass sein Gesichtsausdruck eher finster denn beruhigend wirkte. Er rief ihr etwas zu, daraufhin erhob sie sich mürrisch und trottete von dannen.

In wenigen Tagen würden sie Julias Leiche finden. *Der Verwesungsgeruch wird einem Spaziergänger auffallen,* dachte er. Doch vorher musste er noch einmal zu ihr. Er hatte vergessen, das Gebet zu sprechen.

KAPITEL 3

Erst als er sich erneut in der Dunkelheit Julias Haus näherte, fiel ihm auf, dass es kleiner war als die Häuser in der Nachbarschaft, und aus einem unbekannten Grund fühlte er sich plötzlich unwohl. Vielleicht lag es daran, dass sein Eindringen in die Privatsphäre der jungen Frau einen bitteren Nachgeschmack hinterlassen hatte und er stets verdrängte, was er nicht sehen wollte. Er respektierte die Intimität eines Schlafzimmers, weil es moralisch unantastbar war. Doch seit Tagen fragte er sich, ob er ihren leblosen Körper nicht doch besser in eine Mülltonne geworfen hätte.

Er unterdrückte sein Unbehagen. Vom Gebüsch auf der Rückseite des Hauses konnte er den Parkplatz genau beobachten. Alles war ruhig. Er huschte durch den Garten, in der Hand einen Strauß Teerosen – ein Abschiedsgeschenk, das er auch seiner Mutter ins Grab geworfen hatte.

Als er am Küchenfenster stand, ergriff ihn eine merkwürdige Beklemmung. Sein Blick fiel auf dicke Schmeißfliegen, die an den Fenstern klebten oder sich träge bewegten. Er legte die Teerosen beiseite. Mit seinem Taschenmesser entfernte er den Kitt am Fensterrahmen und wischte die herunterfallenden Holz- und Farbpartikel von seiner Jacke. Jetzt brauchte er bloß noch vorsichtig die kleinen Stifte herauszuziehen und die Fensterscheibe aus der Sprosse zu nehmen.

Auf der Stelle traf ihn ein Schwall übelriechender Luft. Er wusste sofort, was ihn oben im Schlafzimmer erwartete.

Schließlich hatte er Julia bereits vor einer Woche hierhergebracht. In der Küche nahm ihm der Gestank fast den Atem. Das Summen der Fliegen klang jetzt bedrohlich. Er durchquerte die Räume bis zur Treppe und war abermals überrascht. Auch innen war das Haus kleiner und die Tapeten gelber als in seiner Erinnerung. Über der Treppe hatte sich ein Stück Tapete von der Decke gelöst, der Glastisch und die schwarze Holzanrichte waren mit einem zarten Staubfilm überzogen. Vorn im Gang lag eine Zeitung auf dem Fußboden. Auf der schmalen Fensterbank stand ein Anrufbeantworter; ihm fiel ein, dass er beim letzten Mal vergessen hatte, die eingegangenen Anrufe abzuhören. Er stieg die Treppe hinauf, unter seinen Schuhen knirschten tote Fliegen.

Julia schlief noch immer friedlich in ihrem Bett. Es war erst eine Woche her, dass sie in seiner Hütte eingeschlafen war. Niemand schien sie zu vermissen. Seine Nasenflügel zuckten. Der Gestank war bestialisch. Er musste es hinter sich bringen, denn er war ein religiöser Mann. Vor dem Abendessen sprach er stets ein Gebet, nicht nur in seiner Blockhütte.

Nach ihrem Tod hatte er die Leiche unbemerkt in ihre Wohnung gebracht, auf das französische Bett gelegt und ihre Hände zwischen den großen Brüsten gefaltet. Mehrmals noch hatte er sie dann geliebt. Der Tod hatte sie gereinigt, auch wenn sie jetzt entsetzlich stank. Ihre Haut war weich und aufgedunsen, als wollte sie sich von den Knochen lösen.

Er sah auf ihr Geschlecht. Es war ein tiefes und umfassendes Gefühl gewesen, dort einzudringen. Immer wieder hatten ihn Schauer erfasst, als hätte er einen heiligen Schrein betreten. Doch jetzt ließ ihn der Anblick kalt.

Sein Bedürfnis nach Strafe und Rache war einem umfassenden Gefühl von Macht gewichen, von Kontrolle und Herrschaft über Leben und Tod. Das machte ihn unangreifbar.

In seiner Hütte hatten sie einander Dinge erzählt, die man sonst nur bespricht, wenn man sich jahrelang kennt. Dinge, über die Mann und Frau oft überhaupt nicht miteinander sprachen, nicht einmal bei gelöschtem Licht im Ehebett. Doch er machte sich nichts vor. Ihre Worte waren der Todesangst entsprungen.

Er war jetzt nicht traurig. Ein richtiger Mann gab sich keine Blöße. Immer noch stand in seinem Gesicht Härte, wenn er sich morgens im Spiegel betrachtete. Er verabscheute weibliche Gesichtszüge. Auch die weiblichen Wesenszüge in seinem Inneren musste er abtöten. Das konnte er nur, wenn er Frauen wie Julia brach.

Dank seiner unvergleichlichen Schönheit spukte er als erwachsener Mann in den Köpfen der Frauen herum. Seine braunen Augen, die unter dem dunklen fast schwarzen Haar leuchteten, seine hohe Stirn und die schmale Nase, die hohen Wangenknochen und vollen Lippen, sie waren unwiderstehliche Attribute dieser unvergleichlichen Schönheit. Seine Lippen übten eine besondere Anziehungskraft aus. Spätestens, wenn sie sich zu einem Lächeln formten, verfielen ihm die Frauen. Doch keine von ihnen wusste, dass es die Lippen seiner Mutter waren.

Er konnte jede Frau haben und sich jeden Wunsch erfüllen lassen.

Bei Julia war es ihm nur vordergründig gelungen, die Macht ihrer Weiblichkeit zu brechen. Sie hatte aufgebracht und unbeherrscht reagiert, als er sich ihr näherte. Dabei war sie doch eine Liebesdienerin.

Jakob ergriff sein Skalpell, trennte die rechte Hand vom Arm und wickelte sie in eine Plastiktüte. Dann nahm er einen blauen Müllsack, zog ihn über ihren Körper und streute die mitgebrachten Teerosen darüber. Der Verwesungsgeruch vermischte sich obszön mit dem Duft der Rosen.

Er sah sich ein letztes Mal um, entfernte einige Fotos von der Pinnwand, auf denen Julia mit unterschiedlichen Männern zu sehen war, und verließ das Schlafzimmer.

Im Garten drehte er sich zu ihrem Fenster um und flüsterte: »Träum was Schönes!«

Er zog seine Einweghandschuhe aus, steckte sie in die Hosentasche und warf das Skalpell auf den Rasen. Bis jetzt hatten die Beamten noch keines seiner Rätsel gelöst.

Er grinste. Er fühlte sich frisch und entspannt und würde einen Spaziergang durch die Isarauen machen. Danach würde er zu Katharinas Lieblingsplatz gehen, sich auf ihre Bank setzen und sich ungestört an Julia erinnern und daran, wie ihr Kleid geraschelt hatte, als sie für ihn getanzt hatte. Niemand konnte ihn sehen in der Dunkelheit dieser Frühlingsnacht. Er würde das Wochenende in seiner Blockhütte verbringen, und dabei stand ihm jedes Vergnügen offen.

Er war ein Mann, der jede Frau der Welt haben konnte. Sie erfüllten ihm jeden Wunsch, freiwillig oder auch nicht. Er besaß ungeheure Stärke und Macht, in jeder Hinsicht. Er war ein Gott.

KAPITEL 4

Katharinas Schwester Anna wurde an einem schönen Sonntagnachmittag im Frühling unter Mithilfe der Hebamme Philomena Brendel geboren.

Bereits am frühen Morgen war Frau Brendel erschienen, hängte der zehnjährigen Katharina den Ranzen um und sagte ihr, sie solle zu den Großeltern gehen, um dort die Hausaufgaben zu machen.

Auf der Straße zögerte Katharina einen Moment und schlug den Weg zum Weiher ein, der im Wäldchen hinter dem Friedhof lag. Dort setzte sie sich auf die kleine Bank neben dem Bootsschuppen, nahm ihr Tagebuch und schrieb:

3. 5. 1981

Mama hat mir ein rotes Tagebuch geschenkt. Sie selbst hat ein grünes, dem sie ihre Geheimnisse anvertraut, aber auch ihre täglichen Erlebnisse, ihre Träume, ihre Wünsche, ihren Kummer und all das, worüber man eben nicht sprechen möchte. Jetzt verstehe ich, warum Mamas Tagebuch so dick ist. Es gibt bestimmt eine Menge, worüber sie nicht sprechen möchte.

Seit sie vor fünf Monaten diesen Mann geheiratet hat und er mit uns in der winzigen Wohnung lebt, hat sich vieles verändert. Mein Bett steht seitdem im Flur, und Mama hat mir verboten, nachts ins Schlafzimmer zu kommen und unter ihre Bettdecke zu schlüpfen. Seit Papas Tod vor drei Jahren habe ich das oft gemacht, aber jetzt …

Selbst tagsüber umarmt Mama mich immer seltener, obwohl ich sicher bin, dass sie mich liebhat. Aber seit dieser Mann bei uns lebt, hat sie sich verändert.

»Ben Wendel ist jetzt dein Vater, du kannst ihn Ben nennen oder auch Papa zu ihm sagen, wenn du möchtest«, hat Mama gesagt, als könne man einen Papa einfach so austauschen. Aber ich will keinen neuen Vater. Mein Papa ist tot, und diesen Mann mag ich nicht. Deshalb werde ich ihn Ben nennen.

Ben ist wirklich seltsam. Er trägt immer schwarze Anzüge. Severin sagt, er wirkt hager und steif, besonders weil er auch noch dunkles Haar hat, das immer perfekt gekämmt ist. Es lenkt von den grauen Augen ab. Augen unter buschigen Brauen, die mich oft so seltsam ansehen, dass ich davon eine Gänsehaut bekomme.

Katharina klappte das Tagebuch zu, nahm Jasper, ihren Teddy, aus dem Schulranzen und drückte ihn fest an sich.

Ben lachte selten, und wahrscheinlich lag es an den stets leicht heruntergezogenen Mundwinkeln, dass sie ihn seit der ersten Begegnung nicht mochte. Es hatte sich schnell gezeigt, dass er ein jähzorniger Mann war.

Wenn sie gemeinsam am Tisch saßen, dauerte es nie lange, bis er entweder sie oder ihre Mutter beschimpfte. Manchmal war es die Gabel, die nicht ordentlich ausgerichtet neben dem Teller lag, oder Katharinas Messer, das zu laut über das Porzellan schabte. Bei seinen Ausbrüchen starrte sie in der Regel auf ihren Teller und wartete, bis er sich beruhigt hatte. Seine Wutausbrüche waren allgemein bekannt. Die Leute im Dorf redeten über ihn.

Bevor Ben in ihr Leben getreten war, hatten häufig Nachbarinnen oder Freundinnen abends in der Küche gesessen und so lange mit ihrer Mutter geplaudert, bis der Zigarettenqualm in jedem Winkel der Küche hing. Manchmal war Katharina von dem schallenden Gelächter der Frauen aufgewacht und schlaftrunken und neugierig in die Küche gewankt, wo ihre Mutter sie gut gelaunt auf den Schoß genommen und fest an sich gedrückt hatte. Doch das war vorbei, seitdem Ben eine der Freundinnen eines Abends lautstark aus der Wohnung geworfen hatte, die Treppe hinunter, sodass es krachte und polterte.

*

Da war sie wieder, seine kleine Katharina. *Wie hübsch ihre langen blonden Haare doch sind,* dachte Jakob. Obwohl sie erst zehn war, hatte er schon oft gesehen, wie aufgeweckt sie war und wie liebevoll sie mit anderen Kindern und Erwachsenen aus dem Dorf umging. Das mochte er besonders an ihr.

Heute jedoch schien sie in dumpfes Brüten versunken zu sein. Er hatte sie schon häufig hinter dem ausgedehnten, dichten Gebüsch am Rand des Wäldchens beobachtet, wenn sie dort mit ihrem abgenutzten Teddy auf der Bank saß. Morgen würde er eine zarte Porzellanpuppe kaufen und sie so unter die Bank legen, dass sie sie finden musste.

Wenn sie sie dann an sich drückt, wird sie mich umarmen, dachte er und seufzte. Wie gern würde er jetzt ihren Duft aufnehmen, diesen Engelsduft, der wie das Licht war, um das eine Motte immer und immer wieder kreisen musste. Er wusste, er würde sie genauso umkreisen, bis er sich mit ihr vereinigte, mit ihrem Licht und später mit ihrem Fleisch.

*

Die Kirchturmuhr schlug laut und vernehmlich zwölf. Katharina rannte über den Kirchplatz an der Alten vorbei nach Hause. *Vielleicht ist das Baby schon da,* dachte sie. Aber vorher wollte sie unbedingt nach den Vögeln schauen, das hatte sie am Morgen in der Eile ganz vergessen.

Die Wohnung ihrer Mutter lag im dritten Stock eines alten Hauses. Aufgeregt rannte sie die knarrenden Stufen hinauf. Im Treppenhaus roch es nach Bohnerwachs. Sie öffnete die Eingangstür, warf achtlos ihre Schultasche auf den Fußboden und stürmte durch den schmalen Korridor in die Küche, ohne die Wohnungstür hinter sich zu schließen.

Außer Atem blieb sie vor dem Fenster stehen und blickte zu dem Vogelnest, das man vom Küchenfenster aus im Baum sehen konnte. Ob schon weitere Vögel aus den Eiern geschlüpft waren? Vor einigen Tagen hatte sie das Vogelpaar entdeckt, das im Geäst brütete, und seit gestern waren sie da: vier winzige Vögel, die ihre weit geöffneten Schnäbel über den Nestrand streckten.

»Warum bist du nicht bei den Großeltern geblieben, so wie wir es heute früh besprochen hatten?«, erklang es plötzlich hinter ihr. Katharina drehte sich um und sah Frau Brendel, die gerade die Küche betreten hatte. Katharina errötete und zeigte mit dem Finger auf das Vogelnest.

»Sehen Sie doch mal, Frau Brendel, das Nest ist viel zu klein. Die Vogelfamilie muss auch umziehen. Genau wie wir.«

»Vögel ziehen nicht um. Sie verlassen ihr Nest erst, wenn die Jungen kräftig genug sind«, erwiderte die Hebamme energisch. Sie nahm einen Topf mit heißem Wasser von der Herdplatte und goss den dampfenden Inhalt in eine Schüssel.

»Ist das Baby noch immer nicht da?«

Die kräftige Frau drehte sich abrupt um. »Nein, aber bald.«

»Darf ich Mama sehen?«

»Jetzt nicht. Später vielleicht.«

»Wann?«

»Kind, setz dich hin und lass mich meine Arbeit machen.« Sie war sichtlich angespannt.

Katharina setzte sich an den Küchentisch, nahm einen Zeichenblock und ihre Federmappe aus der Schultasche und begann zu zeichnen. Während sie ein Bild für das Baby malte, fielen ihr die Worte der Alten aus dem Traum wieder ein: *Hüte dich vor Jakob!*

Später hörte sie Schreie aus dem Schlafzimmer. Sie stand in der Küchentür, weiter traute sie sich nicht zu gehen. Mit beiden Händen hielt sie sich die Ohren zu und zitterte am ganzen Körper. Philomena Brendel hatte vor zehn Minuten Dr. Corelli angerufen. Und als er endlich gekommen war, war er an Katharina vorbeigestürmt, ohne sie zu begrüßen. Das tat er sonst immer, wenn sie mit seinem Sohn Severin vor der Praxis auf dem Marktplatz spielte. Seit Severin sich vor einigen Wochen beim Turnunterricht in der Schule das Bein gebrochen hatte, sahen sich die beiden nicht mehr jeden Tag. *Morgen,* dachte sie. *Morgen werde ich ihn besuchen, ihm ein Stück Schokolade mitbringen und von meinem neuen Geschwisterchen erzählen.*

Der Gedanke an ihren besten Freund ließ sie ruhiger werden. Sie saß ganz still am Tisch und lauschte den Geräuschen, die aus dem Schlafzimmer drangen. Erneut vernahm sie hastige Schritte. Sie versuchte, sie zu ignorieren, zwang sich, sitzen zu bleiben, nahm einen roten Buntstift in die

Hand und begann verbissen zu zeichnen. Als sie fertig war, zeigte das Bild ein rotes Haus mit einem Apfelbaum; in der Krone des Baumes hockten vier kleine Vögel, neben dem Haus standen zwei Kinder Hand in Hand. Kaum sichtbar befand sich hinter ihnen ein schmaler schwarzer Schatten mit einem langen Bart, der den Baumwipfel umwickelte. Mittlerweile war im Haus eine merkwürdige Stille eingetreten. Irgendwo weinte jemand. Plötzlich hörte Katharina den hohen Schrei eines Babys.

Das Kind schrie so laut, dass man es in der ganzen Wohnung hören konnte. Wenig später betrat Frau Brendel die Küche und hielt ein Bündel in den Armen. Katharina sprang auf, ihr Gesicht strahlte.

»Katharina, du hast eine Schwester, und deiner Mutter geht es gut«, sagte die erschöpfte Hebamme und lachte. »Schau sie dir an. Ihr Name ist Anna«, ergänzte sie sanft, den Blick stolz auf das Neugeborene gerichtet.

Katharina stand auf und berührte ganz vorsichtig die Finger ihrer Schwester. »Darf ich sie auf den Arm nehmen?«, fragte sie mit großen Augen.

»Später, jetzt müssen wir beide wieder zurück zu deiner Mutter. Schließlich sind das heute die beiden Hauptpersonen. Ich hoffe, dass du das verstehst, immerhin bist du ja schon ein großes Mädchen«, entgegnete Frau Brendel und ging mit Anna wieder ins Schlafzimmer. Dann endlich betrat Dr. Corelli die Küche. Er wirkte abgespannt, als hätte er in der vergangenen Nacht nur wenige Stunden geschlafen.

»Na, Katharina, was sagst du zu deinem kleinen Schwesterchen? Sie ist mein drittes Baby innerhalb von 24 Stunden.«

»Sie ist so winzig«, antwortete Katharina staunend.

Nicolas Corelli krempelte seine Hemdsärmel hoch und warf ihr einen kurzen Blick zu. »Das kriegen wir schon hin. Deine Schwester wird bald gesund und kräftig werden. Ich werde jeden Tag nach ihr sehen.« Er seifte gründlich seine Hände und Arme ein. »Severin hat übrigens nach dir gefragt.«

»Hat er immer noch Schmerzen?«

»Nein, es geht ihm schon viel besser. Nächste Woche werde ich den Gips entfernen. Anschließend kann er mit den Gehübungen beginnen und auch bald wieder am Unterricht teilnehmen. Seine Mutter freut sich schon darauf. Er nervt, sagt sie. Besuch uns doch mal wieder.«

Katharina legte den Kopf schief. »Ja gut. Vielleicht morgen.«

*

Nachdem Dr. Corelli gegangen und ihre Mutter und das Baby versorgt waren, bereitete Frau Brendel das Abendessen zu. Pfannkuchen mit Marmelade. Katharina nahm zwei Teller aus dem Schrank, deckte den Tisch und setzte sich.

»Wo ist denn eigentlich dein Vater, Katharina?«

»Er ist nicht mein Vater«, antwortete sie trotzig.

»Du weißt nicht, wo er ist?«

»Nein!«

Die Hebamme sah sie fragend an, schwieg aber.

»Frau Brendel, wieso kommen die Babys eigentlich erst nach neun Monaten auf die Welt?«, wollte sie wissen.

»Weil ein Baby diese Zeit braucht, um zu wachsen und sich auf die Geburt vorzubereiten«, antwortete Philomena Brendel und hielt kurz inne. »Und weil Gott es so bestimmt hat.«

»Ich bin froh, dass Sie bei uns sind«, sagte Katharina leise.

Frau Brendel tätschelte beruhigend ihren Handrücken.

Katharina sah nachdenklich von ihrem Teller auf. »Hat man ein adoptiertes Kind genauso lieb wie ein Kind, das aus dem Bauch der Mutter kommt, Frau Brendel?«

Philomena Brendel sah sie erstaunt an. »Wieso fragst du?«

»Severin hat mir erzählt, dass Dr. Corelli ihn adoptiert hat, nachdem seine Mutter die Frau vom Doktor wurde. Sie kann keine weiteren Babys bekommen.«

»Ich bin mir sicher, dass Dr. Corelli ihn genauso liebhat wie deine Eltern dich.«

Katharina nickte und schwieg. Warum sollte sie ihr sagen, dass Ben sie nicht mochte und auch sie ihn verabscheute?

»Sie sind nett, Frau Brendel«, sagte Katharina, die nach all der Aufregung sehr müde war und ständig gähnte.

»Ich habe dich auch gern, Kleines. Doch jetzt wird es Zeit zu schlafen. Es ist schon spät, und wir hatten beide einen anstrengenden Tag.«

Katharina stand auf, umarmte Frau Brendel, gab ihr einen Gutenachtkuss und legte sich in ihr Bett im Flur.

Sie nahm ihr Tagebuch aus dem Schulranzen und schrieb:

Heute habe ich eine Schwester bekommen. Das Baby ist so süß, aber Mama hatte schreckliche Schmerzen. Ich konnte sie schreien hören. Bei den Tieren dauert eine Geburt nicht so lange. Das weiß ich von Großvater Alexe. Und Tiermütter schreien auch nicht. Meine Schwester Anna lag mit dem Kopf nach oben, hat mir Frau Brendel erklärt. Und

Dr. Corelli hat Anna geholfen und sie im Bauch gedreht, deshalb ist sie auch nicht erstickt. Das Drehen tut schrecklich weh. Deshalb hat Mama auch so laut geschrien. Jetzt geht es Mama aber wieder gut, und ich durfte später auch kurz zu ihr. Sie hat sogar gelächelt, ein bisschen.

Annas Geburt ist ein gutes »Omen«, denn sie ist ein Sonntagskind. Und Sonntagskinder bringen Glück. Mama hat das immer behauptet. Dann wird also alles wieder gut. Und weil das so ist, habe ich auch mit dem Radiergummi den Schatten aus meiner Zeichnung entfernt. Stattdessen habe ich bunte Ballons in den Himmel aufsteigen lassen. Das findet Anna bestimmt viel schöner. Aber warum hat Ben Mama allein gelassen? Er wusste, dass das Baby heute geboren werden würde. Ob er wieder in der Kneipe herumhängt und sich betrinkt?

Sie klappte das Tagebuch zu, legte es unter ihr Kopfkissen und blickte zur Kommode. Schlängelte sich da nicht etwas Graues heraus? Rasch verkroch sie sich unter die Bettdecke und schloss die Augen. Es dauerte nicht lange, bis sie der Schlaf überkam.

KAPITEL 5

Kommissar Robert Hirschau blinzelte müde in die dunklen Wolken des Nachthimmels und beobachtete die blinkenden Kontrolllichter einer nach Osten abdrehenden Passagiermaschine. *Lux ex oriente – Aus dem Osten kommt das Licht!* Das Zitat erinnerte ihn an den aktuellen Fall, in den leider nicht er, sondern seine Kollegin Licht gebracht hatte.

In der vergangenen Nacht hatte er nur wenige Stunden geschlafen. Trotzdem hatte er heute schon wieder um sieben Uhr am Schreibtisch gesessen und Akten sowie den Bericht über den vor zwei Tagen aufgeklärten Raubmord studiert. Verzweifelt hatten er und seine Kollegen tagelang nach einem Anhaltspunkt gesucht, doch je mehr Akten sie wälzten, umso verwirrender wurde das Ganze. Die Berichte der Spurensicherung und der Gerichtsmedizin kannten sie bereits in- und auswendig. Der entscheidende Hinweis war schließlich von einem Informanten aus dem Drogenmilieu gekommen, zu dem Hirschaus Kollegin Andrea gute Kontakte besaß. Drei Stunden später waren zwei Täter geständig gewesen.

Hirschau setzte sich an seinen Schreibtisch und schob den Aktenstapel beiseite. »Du solltest dich mal ausschlafen«, sagte er laut zu sich selbst.

Das Telefon klingelte. Er begriff sofort, dass ein Läuten um diese Uhrzeit nichts Gutes bedeuten konnte. Es war bereits nach 23.00 Uhr. Um diese Zeit war das Revier wie ausgestorben.

»Mordkommission, Hirschau am Apparat.«

»Andrea hier. Hallo, Robert. Wir haben da was für dich«, meldete sich seine Kollegin von der Hauptwache. »Ein älteres Ehepaar hat einen üblen Geruch gemeldet, der ihnen angeblich schon vor Tagen aufgefallen ist. Wir haben daraufhin eine Streife vorbeigeschickt, und die hat eine weibliche Leiche gefunden. Das Team der Spurensicherung, der Fotograf und der Doc sind schon vor Ort.«

»Adresse?«

Hirschau kritzelte die Daten in sein Notizbuch, dann nahm er den Autoschlüssel aus seiner Schreibtischschublade und zog seine silbergraue Lederjacke über. Die Jacke war sein Markenzeichen. Sie passte zu seinen blonden, von Silberfäden durchzogenen Haaren, die ihm, zusammen mit seinem markanten Kinn und seinen tiefliegenden stahlblauen Augen, ein skandinavisches Aussehen verliehen. Deshalb und wohl auch wegen seiner Schweigsamkeit hatten sie ihm auf dem Revier den Spitznamen *Hamlet* verpasst.

Mit geschmeidigen Schritten verließ er das Gebäude, stieg in seinen Dienstwagen und fuhr los. Um diese Zeit herrschte nur mäßiger Verkehr, deshalb verzichtete er auf Blaulicht und Sirene. Während der Fahrt dachte er über Andrea nach. In den vier Monaten, die sie nun auch privat zusammen waren, hatte sie sein Zuhause in etwas Fremdes verwandelt. Seine Schränke quollen über vor Kleidungsstücken, die er nie tragen würde: modische Anzüge und Seidenkrawatten. Nach jeder gemeinsamen Nacht wurde ein Möbelstück verrückt, ein zufällig entdecktes und erworbenes Bild aufgehängt und eines seiner Poster in den Keller verbannt. Für ihn war es der perfekte Beweis, dass ihre Beziehung auf der Kippe stand. Dabei war sie noch gar nicht bei ihm eingezogen.

Sie hatten sich auf der Silvesterparty seines Vorgesetzten kennengelernt. Wann immer er sich an dem Abend umgedreht hatte, beobachtete ihn diese Frau, auf deren Gesicht ein verlockendes Lächeln lag. Ihr Anblick hatte bei ihm – wie er sich auszudrücken pflegte – eine hormonell bedingte Besessenheit ausgelöst. Und die dauerte nun schon vier Monate an.

Andrea war inzwischen vom Rauschgiftdezernat zur Mordkommission versetzt worden, und kürzlich hatte sie ihm unterbreitet, dass sie ihren Job aufzugeben gedachte, bei ihren Eltern ausziehen und ein perfektes Heim für sie beide schaffen wollte. Doch er sagte sich immer wieder, dass er mit 25 Jahren noch nicht heiraten sollte, zumal auch seine hormonelle Obsession nachzulassen begann. Außerdem wollte er endlich wieder im roten Backsteinhaus in der Nähe der Isarauen allein sein. Es war sein Geburtshaus, er hing an dem alten Gemäuer. Verkaufen und ein neues Haus bauen, wie Andrea vorschlug, kam für ihn nicht infrage. Er musste ihr sagen, dass es vorbei war. Morgen Abend vielleicht, bei einem Abendessen.

Mittlerweile war er am Tatort angekommen. Er parkte seinen Wagen nahe der Absperrung, stieg aus und steuerte auf das Haus zu.

Ein Polizeibeamter behielt die unliebsamen Schaulustigen im Auge, die sich hinter dem Absperrband drängten. Als er Hirschau kommen sah, deutete er auf die Menge und tippte sich dann mit dem Zeigefinger an die Stirn.

Als Hirschau die Neugierigen hinter der Absperrung sah, schüttelte auch er verständnislos den Kopf.

Der junge Polizist reichte ihm einen Schutzanzug, den er rasch überzog.

»Ob der Mörder wohl unter diesen Leuten ist und uns

bei der Arbeit zuschaut?«, fragte er den jungen Kollegen. »Sie können ja mal fragen. Das würde die Sache erheblich vereinfachen. Was meinen Sie?«

Doch der Polizist war offensichtlich nicht der schlagfertige Typ, sondern lächelte nur verlegen.

Schon auf der Vordertreppe wehte Hirschau durch die offene Haustür der Geruch des Todes entgegen. Er zögerte, den ersten Schritt in dieses Haus zu setzen, denn er wusste, was ihn dort erwartete. Andrea kam auf ihn zu.

»Hallo, Robert.«

Sie sah ihn erwartungsvoll an, als würde sie auf eine Einladung zum Abendessen warten. *Sieh mich nicht so an,* dachte er, *ich ertrage es nicht mehr.*

»Ist der Doc oben?«, fragte er, während er die Latexhandschuhe und die Einwegschuhe überzog.

»Nein, er war da, ist aber schon wieder gegangen. Du sollst später zu ihm in die Gerichtsmedizin kommen. Ansonsten hat noch niemand den Tatort betreten. Wir wollten warten, bis du hier bist.«

Sie deutete auf die Treppe. Robert Hirschau holte noch einmal tief Luft, schloss die Haustür hinter sich und hielt sich ein Taschentuch vor die Nase.

Im Haus herrschte Chaos. Einige Polizeibeamte standen untätig herum und beobachteten, wie die Kollegen von der Spurensicherung im Erdgeschoss Fingerabdrücke nahmen. Die Überschuhe aus Papier schleiften raschelnd über die Stufen, als die beiden die Treppe hinaufstiegen. Hirschau fiel auf, dass lediglich die Schlafzimmertür geschlossen war und alle anderen Türen offen standen. Er drückte die Klinke herunter.

»O mein Gott! Wie kann man einem Menschen nur so etwas antun?«

Das Entsetzen in Andreas Stimme ignorierte Hirschau. Er trat vor das Bett, in dem die Tote lag. Andrea blieb hinter ihm stehen, trotzdem bemerkte er ihr Zittern.

»Ich brauche dich hier nicht unbedingt. Warum gehst du nicht an die frische Luft und siehst dich draußen ein wenig um? Ich mache das schon«, sagte er freundlich, obwohl sein Magen beim Anblick der übel entstellten Leiche zu rebellieren begann.

»Nein, ich muss da durch. Schließlich gehöre ich jetzt dazu. Außerdem war ich draußen schon fleißig.« Sie schluckte und zog einen Notizblock hervor.

»Wie du willst«, erwiderte er genervt und sah sie mit gequälter Aufmerksamkeit an. »Was wissen wir über das Opfer?«

Andrea warf einen Blick auf ihre Notizen. »Bei der Toten handelt es sich um die 26-jährige Julia Jahnke. Die Eltern sind bereits verstorben, keine Geschwister. Sie ist ledig. Schien häufig wechselnde Partner zu haben, behauptet jedenfalls ihre Nachbarin. Sie arbeitete bei der Bayerischen Vereinsbank als Filialleiterin. Der Doc meinte, sie sei schon mehrere Tage tot, genauer könne er das erst nach der Obduktion sagen. Das wirst du also später noch erfahren.«

»Und weiter?«

»Unter dem Kehlkopf hat sie einen Einschnitt. Der Doc hat ziemlich lange darüber gegrübelt, wollte sich mir gegenüber aber auf keine Spekulationen einlassen. Aber du redest ja gleich noch einmal mit ihm.«

»Sonst noch was?«

»Keine Vorstrafen. Ich gehe jetzt mal ins Badezimmer und schaue mich dort um.«

Robert war erstaunt: Andrea machte ihre Arbeit wirklich gründlich. Sie würgte, als sie das Bad ansteuerte.

Er sah sich sorgfältig um. Die Leute von der Spurensicherung würden sich noch ein wenig gedulden müssen, bevor sie mit ihrer Arbeit im Schlafzimmer beginnen konnten.

Der Raum war klein und ordentlich aufgeräumt, als hätte jemand das Zimmer vor Kurzem gründlich gesäubert. In einem Aschenbecher, der neben dem Bett auf einem aufgeschlagenen Modemagazin stand, lag ein Zigarettenstummel, an dem Lippenstiftspuren klebten. Hirschau nahm ihn und steckte ihn in eine Plastiktüte. Auf dem kleinen Glastisch neben dem Bett lagen eine Taschenlampe, ein Paket Papiertaschentücher, ein Lippenstift und ein Buch. Nichts Auffälliges. An einer Pinnwand hingen Fotos von einem strahlenden blonden Wesen, das das Leben genoss. Ein fröhliches Mädchen im Kreis der Familie, eine Abiturientin beim Abschlussball und eine selbstbewusste junge Frau in einem dunkelblauen Hosenanzug, umringt von ihren Kollegen vor dem Gebäude der Vereinsbank. Robert nahm das Familienfoto von der Pinnwand und steckte es ebenfalls in eine Plastiktüte. Ein Lover war nicht zu entdecken. Er hatte den Eindruck, als fehlten ein paar Fotos, weil es größere Abstände zwischen den Bildern gab. Ansonsten war das Zimmer sehr schlicht, fast schon spärlich eingerichtet.

»Welchen Tag haben wir heute?«, fragte Andrea aus dem Badezimmer.

»Den achten Mai. Warum?«

»Ich meine den Wochentag.«

»Freitag. Warum?«

Andrea kam mit einer Medikamentenschachtel aus dem Bad und hielt sie hoch. »Weil die letzte aus der Folie gedrückte Pille mit *Samstag* beschriftet war, und in ihrem Kalender ist am Freitag, dem 1. Mai, das letzte *P* wie Pille eingetragen.

»Gib mal den Kalender her. Woher hast du ihn?«

»Die Jungs von der Spurensicherung haben ihn mir vorhin in die Hand gedrückt.«

»Lass mal sehen.«

Hirschau blätterte den Kalender durch. Immer wieder tauchte in regelmäßigen Abständen ein *P* auf.

»Merkwürdig.«

»Was ist merkwürdig?« Andrea schaute ihm über die Schulter.

»Na, es sieht so aus, als hätte Julia ab Samstag, dem 2. Mai, alle Aktivitäten eingestellt, einschließlich der Einnahme ihrer Antibabypille. Sieh nur, alle Termine vor dem 2. Mai sind entweder sauber abgehakt oder durchgestrichen. Für jeden Termin hat sie eine kurze Bemerkung gemacht. Wie hier: *Katja. Tennis 15 Uhr*, abgehakt, und darunter: *Habe sie in Grund und Boden gespielt*. Dazu ein lächelnder Smiley. Oder: *Veronika. Kaffee 20 Uhr*, abgehakt. Dazu die Bemerkung: *Hat sich die Seele aus dem Leib geheult*. Mit einem weinenden Smiley. Zu jedem Treffen gibt es eine Bemerkung und einen passenden Smiley. Ab dem 2. Mai fehlen die abgehakten Termine und Bemerkungen. Also müssen wir davon ausgehen, dass sie seitdem tot ist.«

»Ich knöpfe mir morgen die Nachbarschaft vor und checke die Termine nach dem 2. Mai. Vielleicht haben wir Glück«, sagte Andrea.

»Okay.« Robert gab ihr den Terminkalender zurück. »Ich gehe morgen als Erstes in die Gerichtsmedizin«, meinte er.

In diesem Moment kamen die Kollegen mit dem Blechsarg die Treppe herauf.

»Sind die Fotos schon gemacht worden?«, fragte Hirschau Andrea.

Sie nickte.

»Noch einen Augenblick«, rief er zu den Trägern und drehte sich zu der Toten um. Die Leiche sah aus, als hätte sich eine Marionette nach ihrem Spiel hingelegt. Ein faulendes Wesen, das man vergessen hatte. Er fragte sich, was die verstreuten Teerosen bedeuten sollten. *Dornröschen,* dachte er. *Nur auf das Brutalste entstellt.*

»Ihr könnt sie mitnehmen«, murmelte er schließlich.

»Robert?« Andrea drückte das Taschentuch fest an ihre Nase. »Kann ich auch gehen? Ich glaube, ich habe für heute genug gesehen.«

»Geh nur. Ich schaue mich hier noch etwas um«, entgegnete er.

Er spürte, dass in diesen Räumen ein abgründiges Geheimnis auf ihn lauerte.

Als er den Fundort der Leiche verließ, musste er sich eingestehen, dass ihn der Gestank beinahe aus der Fassung gebracht hätte. Draußen vor dem Haus atmete er tief durch, froh, endlich wieder an der frischen Luft zu sein. Er streifte den Schutzanzug ab und reichte ihn einem Kriminaltechniker. Dann schlüpfte er in die Schuhe, die er auf der anderen Seite der Plastikabsperrung hatte stehen lassen. Im Garten suchten inzwischen Beamten der Spurensicherung in weißen Gummianzügen den Rasen Zentimeter für Zentimeter ab. Hinter dem Absperrband standen immer noch Schaulustige und fragten sich, was die Beamten in dem Haus vorgefunden hatten. Auch die Presse war schon da und wartete ungeduldig auf Informationen.

Hirschau drehte sich eine Zigarette und schlenderte zu einigen Beamten hinüber, die neben dem Einsatzwagen der Spurensicherung standen. Er zündete die Zigarette an, da fiel sein Blick auf ein kleines Messer, das ein junger Kriminaltechniker in der Hand hielt.

»Was gefunden?«

»Das hier haben wir drüben im Garten entdeckt, vielleicht fünf Meter hinter dem Haus.«

Hirschau musterte das kleine Skalpell, das kaum länger als sein Zeigefinger war.

»Bei dieser Beleuchtung werden wir kaum noch was Brauchbares finden«, sagte der Beamte emsig.

»Verwahren Sie das Skalpell in einer luftdichten, sterilen Plastiktüte«, ordnete Hirschau an.

»Wie bitte? Ich kenne die Vorschriften, Herr Hirschau.«

»Das hoffe ich. Dann haben Sie bestimmt gesehen, dass noch Blut daran klebt. Das Opfer wurde bestialisch zugerichtet. Mit großer Wahrscheinlichkeit hat der Mörder es mit diesem Skalpell getan.«

Der Kollege schaute ihn entsetzt an, drehte sich um und übergab sich auf den Rasen.

Na fabelhaft, dachte Hirschau. *Schon wieder ein Grünschnabel, der die Welt verbessern will und bereits beim Anblick einer möglichen Tatwaffe zusammenbricht.*

Er wandte sich ab und schaute sich das Haus genauer an. Grelles Scheinwerferlicht erleuchtete den abgesperrten Garten. *Irgendjemand muss vor Kurzem hier gewesen sein*, dachte er, als er die Fußspuren auf der Schlafzimmerseite des Opfers sah. Sie waren höchstens ein bis zwei Tage alt. Stammten sie vielleicht vom Täter? Er gab seinem Kollegen den Auftrag, einen Gipsabdruck zu nehmen.

Er wollte sich gar nicht so genau vorstellen, was diese Frau durchgemacht hatte. Kannte sie ihren Mörder? Hatte sie ihn ins Haus gelassen? An ihren Armen hatte er kleine Einstiche, möglicherweise von einer Nadel, entdeckt. Vielleicht hatte der Mörder sie betäubt. Und wo war ihre rechte Hand? Was hatte der Täter damit gemacht?

Mittlerweile war es drei Uhr morgens, und er entschied sich, den Tatort zu verlassen und zur Dienststelle zu fahren. Vielleicht wusste man schon Näheres über die Tote.

Eines jedoch war ihm schon jetzt ganz klar: Sie hatten es hier mit einem gefährlichen Psychopathen zu tun. Davon zeugte seine Botschaft an der Schlafzimmerwand:

Ich bin die Sehnsucht, ein Prinz,
und schön wie die Liebe.

KAPITEL 6

Mirja Wendel liebte es, auf der Veranda ihres neuen Zuhauses ihren Gedanken freien Lauf zu lassen und den Duft der Rosen einzuatmen. Er erinnerte sie an den Vorgarten ihrer Mutter und an den warmen, weichen Körper, an den sie sich in ihrer Kindheit abends immer geschmiegt hatte.

Sie liebte ihr kleines unmittelbar am Rand des Nachbardorfs gelegenes Haus. Von der Straße aus verwehrte eine hohe Hecke Spaziergängern den Einblick, doch wenn sie durch das schmiedeeiserne Tor blickte, empfing sie links und rechts der breiten Auffahrt die Farbenvielfalt blühender Rosenranken, deren betörender Duft sie im Vorbeigehen immer wieder aufs Neue entzückte.

Schon damals, als Ben sie seinem Vater vorgestellt und ihr das alte Haus aus Bruchstein gezeigt hatte, war sie angetan von der gemütlichen Atmosphäre gewesen, und schon damals hatte sie gewusst, dass die Holzveranda ihr Lieblingsplatz werden würde. Hier hatte sie sich mit Bens Vater über die Besonderheiten seiner Rosen unterhalten, und hier hatte Ben sie zum ersten Mal geküsst und sie gebeten, seine Frau zu werden. Bens Vater war krank geworden und hatte das Haus in seinen letzten Lebensjahren vernachlässigt. Als sie nach seinem Tod vor drei Monaten eingezogen waren, blätterte bereits die Farbe von den Türen und Fensterbänken. Auch die Tapeten hatten sich schon an vielen Stellen von den Wänden gelöst, doch Ben war der Meinung, dass sie die Renovierung gemeinsam schon schaffen würden. Merkwürdig, dachte sie, wie oft er von einer Sache behauptet hatte, dass sie das schaffen würden. Ihr Tagebuch war angefüllt mit solchen Aussagen:

Im ersten Monat nach unserem Einzug habe ich die drei Zimmer der oberen Etage weiß tapeziert und auch sämtliche Fenster und Türen im Haus weiß angestrichen. Selbst das Badezimmer wurde weiß gekachelt. Ben hat auf Weiß bestanden, obwohl er meine Abneigung dagegen kennt. Ich hasse Weiß. Es ist die Farbe des Todes. Sie ist steril und ohne jegliche Wärme. Steht sie nicht auch für hygienisch sauberen Sex? Es ist die Lieblingsfarbe meines Mannes. Ich habe den Versuch unternommen, ihn von bunten Tapeten und grünen Fensterrahmen zu überzeugen, doch ich habe das verräterische Zucken seiner Augenbrauen bemerkt und jede Diskussion eingestellt. Und weil ich einen Streit um jeden Preis vermeiden wollte, bekam das Haus ein weißes Innenleben.

Unsere Abende verbringen wir vor dem kleinen Kamin im Wohnzimmer, vor dem ein brauner Esstisch steht, auf dem tagtäglich eine faltenfreie, blütenweiße Tischdecke zu liegen hat. Manchmal koche ich Bens Lieblingsessen und decke den Tisch besonders sorgfältig mit weißen Servietten, weißem Geschirr und weißen Kerzen in einem schweren silbernen Kerzenleuchter. Ich habe Angst. Seit Annas Geburt spüre ich eine Bedrohung, die mir den Atem raubt.

Es war kühl geworden auf der Veranda, und die Sonne war schon längst untergegangen. Mirja fröstelte. Wenn Ben mit ihr und Katharina zu Abend aß, sprach er kaum noch ein Wort mit ihnen. Das war am Anfang ihrer Beziehung anders gewesen. Damals gab er sich sehr fürsorglich und aufmerksam. Das alles war heute weit entfernt. Ein Traum, aus dem sie schon einen Tag nach ihrer Hochzeit erwacht war.

Es war noch in der alten Wohnung gewesen, sie hatte einige Karten schreiben und sich für die Hochzeitsgeschenke bedanken wollen. Zu spät, fand Ben. Er war ausgerastet, hatte sie als Schlampe beschimpft und so angebrüllt, dass sie aus Furcht sogar geweint hatte. Später am Abend hatte er sich entschuldigt und war schweigend ins Bett gegangen. Sie hatte in dieser Nacht kaum Schlaf gefunden und war unruhig durch die Wohnung gewandert. Immer wieder hatte sie ihn vor sich gesehen, und das war unerträglich gewesen. Am nächsten Morgen hatten sie gemeinsam gefrühstückt, als wäre nichts geschehen, und am Abend hatte er sie leidenschaftlich geliebt.

Zu Beginn hatte sie gedacht, es sei ein Ausrutscher. Vielleicht war er zu angespannt, vielleicht hatten ihn damals die Hochzeitsvorbereitungen und seine Arbeit zu sehr unter Druck gesetzt.

Sie schwieg und versuchte, ihm alles recht zu machen, aber offensichtlich war sie dazu nicht in der Lage, denn sie fühlte sich in seiner Gegenwart ständigem Druck ausgesetzt. Und Katharina ging es ebenso. Das Mädchen fürchtete sich vor ihm. Dabei hatte sie mit dieser Ehe so viele Hoffnungen verbunden. Hätte sie nur auf ihren Vater und seine Warnungen gehört.

Mirja strich sich eine Haarsträhne aus dem Gesicht und atmete tief durch. Zu schweigen und jedem Streit durch Gefügigkeit aus dem Weg zu gehen, nutzte bei Ben kaum etwas. Dabei hatte sie gedacht, sie seien so verliebt gewesen und so glücklich darüber, sich gefunden zu haben. Doch nach zwölf Monaten Ehe bezweifelte sie, dass er jemals

Gefühle für sie empfunden hatte. Er hatte sie mit gespieltem Verständnis und einer falschen Sensibilität geködert, deren Zweck einzig und allein darin bestand, sie zu besitzen, denn offensichtlich empfand er sich als Eigentümer ihrer Person.

Es hatte langsam angefangen, schleichend, sodass ihr der allmähliche Wandel zunächst gar nicht aufgefallen war. Zuerst war die Zärtlichkeit verloren gegangen. Sich zu lieben, einander zu vertrauen, den anderen zu spüren und ihm auch das Letzte zu offenbaren, das hatte ihr gefallen, doch nach und nach bröckelte die Fassade, und es trat eine Dominanz in den Vordergrund, die schmerzte.

Schließlich erkannte sie ihren Irrtum.

Es waren keine Ausrutscher mehr, und seine zunehmende Aggressivität bildete sie sich auch nicht ein. Sie litt weder an Verfolgungswahn noch hatte sie ein Trauma oder war verrückt, wie Ben ihr an manchen Abenden einzureden versuchte. Es war einfach so, dass es ihn erregte, sie zu demütigen und zu quälen. So wie gestern, als er ihre Hände an die Bettpfosten gefesselt hatte.

Sie hatte sich nicht gewehrt. Erst als ihre Handgelenke schmerzten, hatte sie gesagt: »Du tust mir weh!«

»Komm, reiß dich zusammen«, befahl er und atmete schwer.

»Bind mich los! Bitte! Katharina könnte uns hören.«

»Gleich, gleich«, flüsterte er heiser.

In seinen Augen konnte sie ein düsteres Funkeln erkennen. Er schob das dünne Nachthemd nach oben.

»Ich … Ich will das nicht!«, rief sie und bäumte sich auf.

»Klar willst du das – komm, zeig es mir, spreiz deine Beine …«

»Du gehst zu weit. Mach mich sofort los!«

Er lachte. Je verzweifelter sie war, desto erregter wurde er. Er starrte auf ihren nackten Unterleib, schob das Nachthemd über ihren Busen, griff nach ihren nackten Brüsten und presste sie zusammen, dass es schmerzte.

»Ich verachte dich!«, wimmerte sie.

Als er sie ins Gesicht schlug, wusste sie, dass sich hinter der Maske des freundlichen Gerichtsvollziehers ein menschliches Monster verbarg. Erst Stunden später löste er die Fesseln, ging ins Bad und verließ wenige Minuten später in seinem unscheinbaren dunkelgrauen Anzug und mit seiner schwarzen Aktentasche wortlos das Haus. Er war der Inbegriff des korrekten Justizbeamten. Seine Zwangsvollstreckungen waren die menschenfreundlichsten, die es überhaupt gab.

Aber daheim strahlte er bereits beim Betreten des Hauses jene lauernde Unruhe aus, die immer in Gewaltausbrüchen endete, unabhängig davon, was sie tat. Wenn es so weit war, zuckte er mit den Augenbrauen, nur für den Bruchteil einer Sekunde, kaum wahrnehmbar, und Mirja wusste, dass es nur eine Frage der Zeit war, bis er wieder die Grenze überschritt.

*

Draußen vor dem Fenster blies ein bitterkalter Wind. Ängstlich verfolgte Katharina durch die Stoffvorhänge das zuckende Wetterleuchten. Seit Stunden lag ein Gewitter in der Luft. Ihre Mutter hatte sie gebeten, nicht wie sonst bei offenem Fenster zu schlafen, doch das Lichtspiel hinter dem Vorhang ließ sie nicht zur Ruhe kommen.

Sie nahm ihr Tagebuch und schrieb:

Ich habe gestern, als ich gerade mein Zimmer verlassen wollte, am Treppengeländer gehört, wie Mama und Ben sich wieder angeschrien haben. Ich habe durch das Geländer seine bösen Augen gesehen. Sie streiten sich so oft, und Mama ist dann immer traurig.

Ich habe tatsächlich ein eigenes Zimmer bekommen. Besonders stolz bin ich auf den blauen Kleiderschrank, den Großvater für mich extra in meiner Lieblingsfarbe angestrichen hat. Aber auch der kleine ockerfarbene Kachelofen in der Zimmerecke gefällt mir. Meine Spielsachen habe ich in der Kommode verstaut. An der Wand gegenüber den beiden Fenstern steht mein Bett, das mit einem festen Baumwollbezug bezogen ist, auf dem sich lilafarbene Rosen durch rosa Karos ranken. Es könnte so schön sein, wenn Ben nicht wäre …

Noch etwas war heute seltsam. Ich habe am Weiher den komischen Jungen getroffen, vor dem die Erwachsenen mich und Severin gewarnt haben. Lukas heißt er, und er ist gar nicht komisch. Na ja, ein bisschen schon, denn er ist geistig behindert. Aber total harmlos und auch irgendwie lieb. Er hat sich ein Baumhaus gebaut und beobachtet Vögel, wie er sagt. Ich habe ihm Schokolade geschenkt, und jetzt nennt er mich Schokoladenmädchen. Das gefällt mir. Ich habe ihm auch von Anna erzählt. Vielleicht gehe ich bald mal wieder zu ihm hin …

Sie klappte das Tagebuch zu. Zögerlich, fast ängstlich, schob sie den Vorhang beiseite und öffnete das Fenster. Die Schwüle der Nacht schlug ihr entgegen. Sie sah zum Himmel. Dunkle gewaltige Wolken verdrängten das Licht des Mondes.

Das Spektakel, das sich ihren Augen bot, ließ sie erschauern. Zunächst noch weit entfernt und kaum hörbar kam das Grollen des Donners schnell näher. Blitze zuckten am Himmel und machten die Nacht für Sekunden zum Tag, bis es wieder stockdunkel und still wurde. Sie hörte ihr Herz laut pochen. Rasch schlüpfte sie zurück ins Bett und verfolgte gebannt, wie ein feuerspeiender Drache vom Himmel stieg, dem sich kurz darauf ein Einhorn entgegenstellte, dessen Horn wie ein Lichtschwert leuchtete – und spielte da hinten nicht ein hässlicher Gnom auf einer Lichttrommel? Sie wusste nicht, ob sie sich der Furcht oder dem Staunen hingeben sollte. Schließlich fing sie an zu weinen, doch das war im tosenden Lärm des Gewitters nicht zu hören.

Sie zitterte, zog die Decke bis zur Nasenspitze hoch und blinzelte verschreckt in das blitzende Naturschauspiel am Himmel. Da krachte mit einem Wirbel aus Paukenschlägen eine gewaltige Entladung nieder.

»Mama!«, schrie Katharina verzweifelt.

Sie warf die Decke auf den Boden, sprang panisch aus dem Bett und rannte barfuß durch den Flur die Treppe hinunter. Die Tür zum Wohnzimmer stand einen Spaltbreit offen und ließ einen Lichtstreifen in den schmalen Flur fallen. Das Grollen hatte sich gelegt. Der Himmel sammelte seine Kräfte für den nächsten Schlag. Katharina blieb vor der Tür stehen, lauschte heftig atmend in die Stille und hörte die Stimme ihres Stiefvaters.

»Was ist denn jetzt schon wieder los?«

»Ich habe es satt«, erregte sich ihre Mutter. »Dein ständiges Genörgel, deine ewig schlechte Laune und deine grundlosen Gemeinheiten – ich ertrage es nicht länger!«

Jähzorn überfiel Ben mit aller Macht, aber noch konnte

er sich beherrschen. »Ich nörgle nicht, ich stelle nur fest«, erwiderte er gereizt.

»Was glaubst du eigentlich, wer du bist, Ben?« Die Stimme ihrer Mutter überschlug sich.

Katharina öffnete vorsichtig die Tür noch ein Stück weiter und steckte den Kopf durch den Spalt. Ben saß auf der Couch und grinste ihre Mutter, die vor dem Tisch auf und ab ging, herausfordernd an.

»Du bist ein Mistkerl!« Mutter griff fahrig nach der Zigarettenschachtel und zündete sich eine Zigarette an.

»Hör ja auf zu keifen!«, sagte Ben mit drohender Stimme.

»Früher warst du anders, liebevoll und nicht so ein Scheißkerl.«

Die Enttäuschung, die sich im Laufe von Monaten angestaut hatte, war deutlich erkennbar.

»Schau dich doch selbst an!«, zischte er. »Meinst du, die Schwangerschaft hat dich attraktiver gemacht? Das glaubst du doch selbst nicht, oder?«

»Du bist widerlich!«, schrie Mutter und drückte die nur halb gerauchte Zigarette im Aschenbecher aus.

»Was sind wir heute wieder angriffslustig!«, höhnte er. »Kümmere dich lieber um deine Tochter und bring ihr bei, wie sie sich im Haushalt nützlich machen kann! Alt genug ist sie ja.«

»Lass meine Tochter aus dem Spiel!«

»Ich mag dieses Kind nicht. Ständig beobachtet sie mich.«

»Sie staunt höchstens über dein Verhalten.«

»Hast du sie etwa beauftragt, mich im Auge zu behalten?«

Mutter sah ihn zornerfüllt an. »Du betrachtest das Kind, als wäre es eine erwachsene Frau. Sie wird immer schöner, nicht wahr?«

»Erzählt Katharina dir das, oder bildest du dir ein, dass ich sie beglotze? Glaubst du etwa, ich wäre scharf auf deine zehnjährige Tochter?«

Mutter ging ruhig auf Ben zu und schlug ihm ins Gesicht.

Katharina schossen Tränen in die Augen. So aufgebracht hatte sie sie noch nie erlebt.

»Du Miststück!«, brüllte Ben und rieb sich die Backe. Er packte Mirja an der Bluse und riss ihr Gesicht zu sich herunter.

»Meinst du, ich kriege nicht mit, wie du sie ansiehst? Glaubst du wirklich, ich bin blind? Das Kind hat Angst vor dir!«

»Du tickst nicht richtig. Ich habe diese Familie so satt!«, sagte er angewidert, nahm den Flaschenöffner vom Tisch und öffnete eine weitere Bierflasche.

»Wenn ich nicht schwanger geworden wäre, hätte ich dich niemals geheiratet«, sagte sie leise und eindringlich.

Katharina erstarrte.

»Du hättest doch abge–« Ein Donnerschlag übertönte seinen Satz.

»Ich verbiete dir, dieses Wort in den Mund zu nehmen!«

»Lass mich doch in Ruhe!«, schnauzte Ben, setzte die Flasche an und trank einen großen Schluck.

»Wenn du Katharina auch nur ein Haar krümmst, bringe ich dich um. Darauf kannst du dich verlassen!«, schrie sie.

Mit einem Schlag seines Handrückens brachte er sie zum Schweigen.

Sie wischte sich über den Mund. »Wie kannst du es wa– ?«

Er schlug erneut zu, und Blut quoll aus ihrer Lippe. »Sei endlich still. Weißt du nicht, wann es reicht? So dumm bist du doch bestimmt nicht, Mirja.« Er hielt ihre Hände über ihrem Kopf fest und griff nach einer Rolle Isolierband, die er speziell für diese Gelegenheiten im Eisenwarenladen an der Ecke gekauft hatte.

Mirja sah das Isolierband und riss die Augen auf. Sie schrie und wehrte sich, zerkratzte ihm das Gesicht. Derb fluchend zwang Ben sie zurück auf die Couch und überwältigte sie mühelos.

Das Grollen des Donners verstummte.

»Du bist ein Miststück, Mirja«, zischte er.

»Lass mich bitte«, flehte sie leise.

Katharina zitterte und huschte über den Flur ins Schlafzimmer von Ben, ihrer Mutter und dem Baby. Sie wollte nach Anna sehen. Vielleicht hatte der Donner oder Bens Gebrüll sie geweckt. Aber Anna schlief. Vorsichtig strich sie ihr über die blonden Locken. Der Anblick ihrer süßen Schwester beruhigte sie ein wenig, und sie ging leise in ihr Zimmer zurück. Sie ahnte, was Ben unten im Wohnzimmer mit ihrer Mutter machte. Ihre Schreie und sein Stöhnen waren im ganzen Haus zu hören.

Das Gewitter hatte sich verzogen. Bevor sie sich niederlegte, schaute sie noch einmal aus dem Fenster. Plötzlich sah sie einen Schatten durch den Garten huschen. Das Licht des Mondes ließ ihn zwischen den Bäumen tänzeln.

Es waren die Konturen eines Mannes.

*

Vorsichtig hangelte sich Jakob den Stamm der alten Kastanie hinauf, die vor Katharinas Zimmer stand, und legte sich in die Beuge eines dicken Asts. Ursprünglich wollte er sie im Schlaf überraschen, doch sie lag nicht in ihrem Bett, sondern stand am Fenster und starrte in den Gewitterhimmel. Er sah deutlich, dass sie sich ängstigte. Seine Aufmerksamkeit richtete sich auf das hell erleuchtete Fenster im Erdgeschoss, denn dort gestikulierte Katharinas Mutter heftig, während der Mann scheinbar ruhig auf dem Sofa saß. Schließlich kletterte er herunter und schlich sich näher heran. Sie bemerkten ihn nicht, als er durch die Scheibe sah.

Die Mutter ist eine lüsterne Furie, dachte er. Er verachtete sie. Doch dann sah er genauer hin. Nach einer Weile fesselte Ben mit einem Klebeband Mirjas Handgelenke aneinander und brachte seine Frau mit einem 20 Zentimeter breiten Klebestreifen zum Schweigen. Zuletzt waren ihre Knöchel an der Reihe.

Jakob blickte in Mirja Wendels Gesicht, in die geweiteten schreckerfüllten Augen. Sie schüttelte verzweifelt den Kopf. Tränen rannen aus ihren Augenwinkeln und tropften ihr in die Ohren. Ben zuckte mit den Schultern und blickte voller Ekel auf seine Frau herab. Er überließ sie ihren aussichtslosen Befreiungsversuchen, lächelte, stand auf und holte sich ein weiteres Bier aus dem Kühlschrank.

Sie liegt sehr still da, dachte Jakob. *Aber sie atmet noch. Das ist wichtig.*

Die feuchte Nachtluft trug den Geruch reifen Getreides mit sich, das ein Bauer aus der Nachbarschaft in seiner Scheune lagerte. Gierig nahm er den herben Duft auf und schloss für einen Moment die Augen. Dann schaute er zu Katharinas Schlafzimmer hoch. Die Kleine stand immer noch fröstelnd am Fenster, das dünne Nachthemd über dem schmalen Körper zusammengezogen. Sein Mädchen ängstigte sich zu Tode, während unten im Wohnzimmer die Begierde wütete.

Verdammt! Obwohl er es sich nicht eingestehen wollte, hatten Bens Gewalttätigkeit und Mirjas erotische Ausstrahlung ihn in ihren Bann gezogen. Sein Schwanz meldete sich. Er spürte, wie es mit Katharina sein könnte, nachdem sie aus dem Dornröschenschlaf ihrer Kindheit erwacht und zur Frau erblüht war.

Er begann Brüste an seinem Körper zu fühlen, junge hübsche Brustwarzen, spitz und stolz. Jetzt steinhart blieb ihm nichts anderes übrig, als sich mit geiler Zügellosigkeit selbst zu befriedigen. Er öffnete den Reißverschluss seiner Hose, nahm die Härte heraus und masturbierte. Seine Hände bewegten sich flink auf und ab, und danach war er glücklich.

KAPITEL 7

Von all seinen beruflichen Pflichten waren es die Besuche in der Gerichtsmedizin, die Robert Hirschau am meisten verabscheute. Obwohl er nach eigener Einschätzung auch nicht empfindlicher war als seine Kollegen, konnte er es sich als Vorgesetzter nicht leisten, seine Empfindsamkeit offen zu zeigen. Er hatte gelernt, nach außen eine unerschütterliche Miene zur Schau zu tragen und auch vor dem Schlimmsten, das ein Autopsietisch zu bieten hatte, nicht zurückzuschrecken.

Dr. Bodo Kauder, den alle im Dezernat immer nur Doc nannten, leitete die Obduktion mit gewohnter Sachlichkeit. Seine Assistentin legte die Instrumente bereit und richtete die Lampen auf den Leichnam von Julia Jahnke, der säuberlich von Fliegen und Maden gereinigt worden war und nackt auf dem Autopsietisch lag. Sie lag auf dem Rücken, und alle Blicke waren auf die Schnittwunde an ihrem Hals gerichtet.

»Nun«, sagte Kauder mit ruhiger Stimme, »die Todeszeit liegt zehn Tage zurück. Der starke Verwesungsgeruch hat die Fliegen angezogen, die stets auf der Suche nach einem geeigneten Ort sind, um ihre Eier abzulegen. Frisches totes Fleisch ist nicht nur ein guter Brutplatz für die Larven, sondern auch eine geeignete Nahrungsquelle.«

»Bodo, bitte«, unterbrach ihn Hirschau.

»Sei nicht so empfindlich. Das ist wichtig für deine Ermittlungen. Auf dem Körper der Toten fanden wir zahlreiche verpuppte Larven, die uns den entscheidenden Hinweis auf die Todeszeit geliefert haben.«

»Stimmt, das ist schon mal was, Doc.«

»Sollte das ein indirektes Kompliment für meine Arbeit sein, Robert?«

»Du bist ein Meister deines Fachs und machst immer gute Arbeit, Bodo.«

Kauder lachte laut auf. »Das höre ich selten. Normalerweise bezeichnet man mich als Leichenschänder. Danke, danke. Was fällt dir an der Frau auf?«

»Man hat ihr die Kehle durchgeschnitten – Andrea sagte mir, du hättest dazu noch weitere Einzelheiten.«

»Tatsächlich, hat sie? Ihr sprecht noch immer miteinander? Ich hatte den Eindruck, dass bei euch eher die Fetzen fliegen«, erwiderte der Doc, schüttelte dann aber lächelnd den Kopf.

»Komm schon«, drängte Hirschau, »ich habe seit der Tatortbesichtigung kaum geschlafen, stundenlang Freunde und Nachbarn der Toten vernommen und einer Klatschtante zugehört. Ich wünsche mir nur noch Fakten. Kurz und schmerzlos. Was ist los?«

Kauder zog ein wenig enttäuscht ein Vergrößerungsglas über die klaffende Wunde. »An der Leiche wurde eine Coniotomie durchgeführt.«

»Eine was?«, fragte Hirschau irritiert.

»Du brauchst mir nicht so ins Trommelfell zu plärren.«

»Entschuldige. Also wie war das?«

»Coniotomie«, wiederholte Kauder. »Das ist ein Schnitt unterhalb des Kehlkopfs. Früher hat man ihn bei Luftnot durchgeführt. Zum Beispiel in der Notfallmedizin, wenn es schnell gehen musste. Doch unser Täter hatte einen anderen Grund, seinem Opfer die Kehle durchzuschneiden.« Kauder machte eine Pause. »Die Stimmbänder.«

»Stimmbänder?«, fragte Hirschau.

»Normalerweise sind die Stimmbänder an Schildknorpel und Stellknorpel innerhalb des Kehlkopfs befestigt. Dabei liegen sie am oberen Rand der Stimmlippen. Durch den Musculus Vocalis, der auch Stimmmuskel genannt wird, kann eine Änderung der Stimmlippenmasse erreicht werden. In Verbindung mit dem Musculus Cricothyreoideus, der die Spannung und Länge der Stimmlippen ändert, entsteht ein sensibler Regelkreis, mit dessen Hilfe Lautstärke und Tonhöhe der menschlichen Stimme geregelt werden. Die Stimmbänder werden in geschlossenem, aneinandergepresstem Zustand aus Richtung des subglottischen Raums zur Tonerzeugung mit Atemluft durchströmt.«

»Ja und?« Hirschau klang gereizt.

»Ich erzähle dir das Ganze, damit du etwas lernst und weil die Muskelpartien und die Stimmbänder dieser jungen Dame säuberlich durchtrennt wurden. Wahrscheinlich mit einem Skalpell.«

»Durchtrennt?«

»Einen Moment. Das ist noch nicht alles.«

»Bodo, bitte. Ich bin müde. Spann mich nicht so auf die Folter.«

Kauder zeigte auf Julias Mund und öffnete ihn mit einem geschickten Griff. »Sieh mal. Der Täter hat nicht nur die Stimmbänder durchtrennt, sondern auch ihre Zunge gespalten. Nicht herausgeschnitten, sondern gespalten.«

»Du liebe Güte. Die rechte Hand abgetrennt, die Zunge gespalten. Mit was für einem Perversen haben wir es denn hier zu tun?« Hirschau atmete schwer.

Kauder zuckte mit den Schultern. »Das ist dein Job, Robert.«

»Es kommt noch schlimmer, oder?«

Kauder nickte und zeigte auf das Loch unter der klaffenden Halswunde.

»Die Trachea wurde ebenfalls durchtrennt. Die Höhe, in der das Skalpell in die Luftröhre eingedrungen ist, direkt unterhalb des Schildknorpels, deutet darauf hin, dass der Hals gestreckt wurde. Der Mörder hat den Kopf nach hinten gezogen und dann einen wohlüberlegten Schnitt durchgeführt. Danach wurde der Kehlkopf entfernt.«

»Weshalb?«

»Der Täter hat versucht, die eigentliche Todesursache zu vertuschen, denke ich. Diese Frau starb nicht an diesen Verletzungen. Sie war schon tot, als der Schnitt vorgenommen wurde. Er hat sie erdrosselt.«

Hirschau sah Kauder ungläubig an.

»Ja ich weiß, es klingt unglaubwürdig, doch ich bin mir absolut sicher, dass er sie erwürgt hat. Dafür sprechen zwei Hinweise. Erstens sind ihre Augen blutunterlaufen, und zweitens habe ich subkutane Hämatome, also Blutergüsse, unter der Haut an der Schnittwunde gefunden.«

»Würgemale?«

»Genau, als hätte sich eine Anakonda ausgetobt. Es gibt allerdings noch weitere Indizien. Der Kiefer der Leiche wurde zertrümmert. Ich glaube, das geschah ebenfalls, um von der eigentlichen Todesursache abzulenken. Oder der Mörder konnte ihre perfekten Zähne nicht leiden. Solche Frauen machen Zahnärzte arbeitslos. Daher solltest du nach einem Zahnarzt fahnden. Und ich kann dir noch was mit Gewissheit sagen: Sie wurde nicht am Fundort getötet. Dort gab es kaum Blutspuren. Was du hier siehst, Robert, hat der Mörder post mortem veranstaltet. Hätte er sein Werk am Fundort vollbracht, wäre das Zimmer voller Blut gewesen. Verletzungen, die einem Körper nach dem Tod zugefügt werden, bluten nicht stark. Bei einem lebenden Opfer spritzt das Blut aus den Arterien, weil der Druck darin noch sehr hoch ist. Bei einer Toten sickert das Blut lediglich aus der Wunde. Die Gefäße sind schlaff, und die Spannung fehlt.«

Hirschau beugte sich vor und sah sich die Wunde noch einmal an. »Merkwürdig ...«

»Morgen oder übermorgen bekomme ich die Analysen der Gehirn- und Blutproben. Danach kann ich dir weitere Einzelheiten mitteilen. Sie hat mehrere Einstichstellen am Körper.«

»Worauf führst du diese Einstiche zurück?«

»Warten wir, bis die Analyse vorliegt. Ich halte nichts von spekulativen Diagnosen.«

»Was kannst du mir sonst noch sagen, Doc?«

Erbarmungslos fiel das Licht auf die Stelle zwischen den Oberschenkeln. Bisher hatte Robert es vermieden, den Blick auf diesen Teil der Anatomie zu richten. Für ihn war das ein grausamer Eingriff in die Intimsphäre eines Opfers.

»Nekrophilie. Auf Leichen gerichteter Sexualtrieb.«

»Er hat sie nach ihrem Tod geschändet?«

»Ja, und ziemlich heftig sogar, da der Schambereich erhebliche postmortale Verletzungen aufweist.«

Hirschau atmete tief durch. »Noch etwas?«

Kauder überlegte. »Wir haben blaue Seidenfasern an der linken Hand und am Unterarmstumpf gefunden. Vermutlich von einem Schal, keine Knebelspuren. Was mir aber keine Ruhe lässt, ist, was er mit der rechten Hand gemacht hat. Vielleicht liebt er Trophäen.«

»Bodo, du wirst makaber.«

»Entschuldigung.«

»Sonst noch was, womit ich etwas anfangen könnte?«

»Ich sagte dir bereits, weitere Details in einigen Tagen.«

»Morgen, Bodo.«

»Übermorgen, Robert.«

Hirschau lachte, schüttelte Kauder die Hand und verließ den Autopsieraum.

KAPITEL 8

Das Telefon klingelte. Gedankenverloren starrte Hirschau den Apparat an. Erst beim vierten Läuten hob er ab.

»Bist du etwa noch zu Hause?«

Er erkannte sofort Kauders Stimme. »Bodo, es ist sechs Uhr morgens!«

»Die Laborbefunde sind da«, antwortete Kauder, als hätte er ihn überhört. »Ich glaube zu wissen, in welche Richtung du deine Ermittlungen aufnehmen könntest«, sagte er mit einem nicht zu überhörenden bedeutungsvollen Unterton.

»Ich komme sofort.« Hirschau setzte sich kerzengerade auf und stieg aus dem Bett. Nach einer Dusche und einem starken Kaffee fühlte er sich frisch und konzentriert.

Als er wenig später Kauders Büro betrat, stand der Pathologe vor dem Leuchtkasten an der Wand und studierte einige Röntgenbilder.

»Schau dir das erst mal an, bevor ich dann von den Laborbefunden berichte. Ein säuberlich ausgelöster Kehlkopf. Normalerweise ist der Schnitt am Hals ein ziemlich komplizierter Eingriff, der …«

»Wie kompliziert?«

»Lässt du mich bitte ausreden? Danke. Der Täter verfügt zumindest über gewisse fachliche Kenntnisse. Ich tippe auf einen Jäger.«

»Ein Jäger? Ich denke, Zahnarzt?«

»Nein, Blödsinn. Ein Jäger, ja, da bin ich mir fast sicher. Jedenfalls jemand, der über hervorragende Kenntnisse im

Bereich der Jagd verfügt.« Er schaltete den Leuchtkasten aus, ging zu seinem Schreibtisch und überreichte Hirschau eine Akte. »Hier, die gesammelten Erkenntnisse einer Nacht: der vorläufige Laborbericht.«

»Ich fürchte, meine Nachtergebnisse dürften angenehmerer Natur sein.«

Kauder schmunzelte. »Das will ich doch schwer hoffen.«

Hirschau nahm den Laborbericht mit spitzen Fingern entgegen.

»Hm … Ein Irrer, der über Kenntnisse aus dem Jagdwesen verfügt, sagst du. Entschuldigung, Doc. Deine Schlussfolgerung beruht doch nicht nur auf dem gekonnten Eingriff. Weshalb glaubst du, dass es ein Jäger sein könnte?«

»Wir haben in der rechten Schulter eine große und in den Armen mehrere kleinere Einstichstellen gefunden. Das erwähnte ich bereits beim letzten Treffen. Die große Einstichstelle hat einen Durchmesser von 1,5 Millimetern und zeigt Spuren von Widerhaken. Julia Jahnke hatte Rompun und Ketamin im Blut. Diese Substanzen sind rezeptpflichtige, stark wirksame Narkosemittel. Man nennt diese Kombination *Hellabrunner Mischung*. Sie wird zur Immobilisation von Tieren eingesetzt.«

»Von Tieren?«

»Ja, zum Beispiel in einem Wildgatter, wenn ein Tier ruhiggestellt werden soll. Da benutzt man ein Gewehr mit Spritze, um es zu lähmen. Der Mörder wollte sein Opfer gefügig machen. Zuerst werden sämtliche Empfindungen wie Schmerz, Leeregefühl, Sorgen, Unwille, Angstgefühle kurzfristig blockiert und zugedeckt, danach setzen Halluzinationen ein, Persönlichkeitsverlust, Sinnestäuschungen, Auflösung der Raum-Zeit-Beziehung und das

Gefühl, vom Körper losgelöst zu sein. Die positiven wie auch negativen Gefühle werden verstärkt. Das wollte der Täter erreichen.«

»Julia Jahnke sollte durch die Verabreichung dieser Mischung ihre Qual noch intensiver wahrnehmen, richtig?«

»Exakt. Durch die Gabe dieser Substanzen werden Töne gefühlt und Farben geschmeckt. Es kommt zu lebhaften Traumbildern oder albtraumhaften Szenen wie Nahtoderlebnissen und Tunnelvisionen.«

»Unterliegen diese Substanzen eigentlich nicht dem Betäubungsmittelgesetz?«

»Schon, aber für einen Jäger mit einem Gehege dürfte es kein Problem sein, sie zu beschaffen. Er hat Julias Kehlkopf mit einem Ausbeiner entfernt, besser noch: ausgelöst. Diese Technik wenden auch Jäger an. Dazu die *Hellabrunner Mischung*. Das spricht eindeutig für einen Täter mit Jagderfahrung.«

»Du bist genial! Das bringt uns mit Sicherheit weiter.« Er zögerte, dann sah er Kauder direkt ins Gesicht. »Darf ich dich mal was anderes fragen?«

Der Ton ließ Kauder aufhorchen. »Nur los.«

»Wie ist das eigentlich, Autopsien machst du ja ständig, aber so eine wie diese hier – setzt die dir nicht auch ein bisschen zu? Kannst du danach nach Hause gehen und mit deiner Frau in Ruhe ein Glas Rotwein trinken?«

»Du bist nicht der Erste, der mich das fragt. Weißt du, es ist so: Ich darf die Grenze zwischen Privatem und Beruflichem nicht überschreiten, sonst habe ich ein Problem. Ich würde es zum Beispiel ablehnen, einen Freund von mir zu obduzieren, oder jemanden, den ich gut kenne. Ich wäre befangen. Für jeden, der nicht abgestumpft ist, ist das ein Problem, und ich würde mich nicht als abgestumpft bezeichnen. Doch man darf die Gefühle nicht an sich heranlassen, ganz besonders nicht, wenn ich das Resultat einer ausgelebten Perversion auf meinem Seziertisch vorfinde. Der Täter hat diese Frau erwürgt, während sie albtraumhafte Visionen durchlebte. Und nach ihrem Tod hat er sie geschändet und verstümmelt. Das ist grauenhaft, Robert. Ich glaube, du hast es mit einem gefährlichen Menschen zu tun. Pass bloß auf dich auf und lass das nicht zu nah an dich heran, das ist mein Rat.«

Hirschau nickte. »Du hast recht. Aber wenn ich daran denke, dass dieser Psychopath da draußen frei rumläuft und vielleicht schon sein nächstes Opfer im Visier hat, dann wird mir ganz anders.« Er hielt dem Doc die Hand hin. »Für heute vielen Dank. Wann bekomme ich den endgültigen Bericht?«

Kauder klopfte ihm auf die Schulter. »Okay. Morgen.«

»Danke. Ich werd dir einen ausgeben«, sagte Hirschau und machte sich auf den Weg ins Polizeipräsidium.

*

Das Bild der tiefgelben Leiche Julia Jahnkes auf dem Autopsietisch verfolgte ihn den ganzen Tag. Im weißlichen Neonlicht wirkten das zertrümmerte Gesicht, der zerschnittene Hals, die Finger der linken Hand mit den zartblau lackierten Nägeln und die Scham realer als in der Nacht, in der sie gefunden wurde.

Als er sich duschte und rasierte, wusste er, dass er nicht schlafen würde. Es war bislang sein schwierigster Fall. Am Tatort fehlten Spuren, und die Tatsache, dass es keine Zeugen gab, erschwerte die Recherchen wesentlich. Er trocknete sich das Haar und schüttelte das Wasser aus den Ohren. *Hör auf, jetzt daran zu denken,* sagte er sich. *Hör auf und mach dich nicht verrückt.* Statt sich hinzulegen, ging er sein Gespräch mit Andreas Heimbach, dem Kriminalpsychologen, in Gedanken noch einmal durch.

Von Heimbach wurde behauptet, er versuche, den Drang zu morden in sich selbst zu entdecken, um damit die Psychopathen in ihrer Wahnwelt einzukreisen.

Hirschau hielt eine gewisse Distanz zu ihm. Obwohl Heimbach ihn konsequent mit seinem Spitznamen *Hamlet* ansprach, siezte er ihn, und auch Hirschau verzichtete auf das Du. Das war in dieser Branche sehr ungewöhnlich, jedenfalls unter gleichrangigen Kollegen. Heimbach wirkte stets konzentriert, er war ein Mann, der genau überlegte, was er tat, und dem man die Last seiner Verantwortung ansah. 20 Jahre Jagd auf Mörder hatten ihre Spuren hinterlassen. Sein Rücken war leicht gekrümmt, sein Gang schleppend.

Im Fall Julia Jahnke war Heimbach bereits nach oberflächlicher Betrachtung der Tatortfotos zu der Schlussfolgerung gelangt, dass es sich um einen Serienmörder handelte.

Hirschau hatte seine Ausführungen mit Spannung verfolgt.

»Sehen Sie sich nur den Spruch an der Wand an: *Ich bin die Sehnsucht, ein Prinz, und schön wie die Liebe.* Die extremen Grausamkeiten seines Verbrechens in Verbindung mit Begriffen wie *Prinz* und *Liebe* lassen kaum einen anderen Schluss zu. Ein solcher Täter beschränkt sich nicht auf einen Mord, wir haben es hier mit einem Serienmörder zu tun, der nicht mit dem Messer tötet. Manche Killer benutzen das Messer, um eine sekundäre oder indirekte sexuelle Befriedigung zu erlangen. Unser Täter hat sein Opfer erwürgt, wie wir dem Obduktionsbefund entnehmen konnten. Das ist die intimste Form des Tötens. Und erst kurz nach ihrem Tod missbrauchte er sie. Wir haben es hier mit einem äußerst grausamen Menschen zu tun, Hamlet, einem Mann mit einem heimtückischen Wesen, das jedoch der Außenwelt verborgen bleibt. Ich vermute, er ist männlich, zwischen 25 und 55 Jahre alt, schlank, wenn nicht sogar ein wenig dünn. Aufgrund der Substanzen, die dem Opfer verabreicht wurden, ist davon auszugehen, dass er höchstwahrscheinlich selbst Drogen konsumiert. Ich bin mir fast sicher. Rompun in kleinen Dosen öffnet dem Konsumenten eine erlebnisreiche Welt. Alles, was er unter Einfluss der Substanzen erlebt, wird intensiver. Und unter Einfluss von Drogen können solche Täter das Rauschgefühl steigern. Vermutlich ist er ein Einzelgänger, der weder mit Frauen noch mit Männern enge Beziehungen eingeht, obwohl er durchaus verheiratet sein könnte. Typisch wäre auch, wenn er eine Frau, die er begehrt, nur aus der Ferne anschmachtet – und zwar so lange, wie sie sich in seinen Augen nicht amoralisch verhält.«

»Amoralisch? Was meinen Sie damit?«, hakte Hirschau nach.

»Das heißt, er verehrt die Frau nur so lange, wie sie ihn nicht enttäuscht. Es ist davon auszugehen, dass er Angst vor Frauen hat, die selbstbewusst und stark sind, ihre Sexualität ausleben und ihre Partner häufig wechseln. Verstehen Sie, worauf ich hinauswill?«

»Ja klar«, sagte Hirschau und runzelte die Stirn. »Julia Jahnke hatte wechselnde Partner. Sie war eine sehr attraktive, selbstbewusste Frau. Das haben jedenfalls sowohl Nachbarn als auch Freunde ausgesagt. Das würde doch bedeuten, dass der Täter es auf diesen Typ Frau abgesehen hat, oder?«

»Da könnte er mittlerweile die Hälfte aller Frauen umbringen«, antwortete Heimbach. »Nein. Er sucht sich ganz bestimmte Frauen aus. Sehen Sie sich mal diese Verletzungen an. Er spaltet den Frauen die Zunge, durchtrennt ihre Stimmbänder, beint den Kehlkopf aus und trennt eine Hand vom Körper. Wir sprechen von einem Symbolmord. Typische Sexualtäter würden anders vorgehen. Die zerstören die Geschlechtsorgane ihrer Opfer. Eines ist ganz klar: Dieser Mann tötet aus anderen Motiven. In ihm ist eine unbändige Wut. Er tötet aus Rache. Sie ist sogar so groß, dass er sie ritualisieren muss.«

Hirschau schaute nachdenklich auf. »Diese Rituale, haben Sie die genauer unter die Lupe genommen?«

»Ja«, antwortete Heimbach. »Die Spaltung der Zunge, oder besser einer aus dem Mund heraushängenden Zunge, steht seit der griechischen Antike für freche Reden, häufig auch für die Verleumdung des Gatten oder für Ehebetrug. Der Täter scheint belesen zu sein, sonst wüsste er das nicht.«

Hirschau stutzte. »Das würde definitiv bedeuten, dass er diese Frauen hasst, richtig?«

Heimbach nickte. »Er bestraft sie, weil sie in seinen Augen nicht ehrlich sind. Er richtet über sie und hält sich selbst für moralisch unantastbar. Oder lassen Sie es mich drastischer formulieren: Vermutlich glaubt der Täter, er ist Gott. Seine erste sexuelle Beziehung war wahrscheinlich katastrophal, oder sie ging in die Brüche; entweder wurde er verlassen, oder sie hat ihn betrogen. Daraufhin schwören sich diese Typen, dass sie in Zukunft nicht mehr verlassen werden und sich eine Frau auch nicht mehr von ihnen abwenden wird. Seitdem rächt er sich an Frauen und überträgt seine eigene kranke Veranlagung auf das weibliche Geschlecht. Er therapiert sich selbst, indem er Frauen für ein Vergehen bestraft, das er nicht duldet. Das würde diese Verstümmelungen erklären.«

Während Heimbach gesprochen hatte, hatten sich seine Finger mit schlangengleicher Eleganz hin und her bewegt. Jetzt faltete er die Hände vor seiner Brust zusammen und sah Hirschau an.

Hirschau hatte schon einmal bei einem Mordfall mit ihm zu tun gehabt; damals war er ihm merkwürdig vorgekommen. Es war nicht nur seine äußere Erscheinung und die unbewusst empfundene, zumindest äußerliche Ähnlichkeit mit ihm, die ihn erstaunte, sondern vor allem die Art und Weise, wie er sich immer tiefer in die emotionale Welt des Täters hineinarbeitete. Man konnte sehen, dass diese Streifzüge durch die teuflischen Dimensionen eines Täterprofils ihm offensichtlich Vergnügen bereiteten.

Hirschau hörte die unterschwellige Erregung in seiner Stimme. Er fragte sich, was diesen Mann veranlasst hatte, die Welt solcher Täter zu erforschen.

Heimbach lächelte, als hätte er noch einen Leckerbissen für ihn. »Dass er belesen zu sein scheint, erwähnte ich ja bereits«, fuhr er fort. »Es sind wahrscheinlich die Klassiker und die anspruchsvolle Literatur, die er liebt. Ein Mann mit einem hohen moralischen Anspruch benutzt als Vorbild für seine Taten immer eine Geschichtsfigur. Darauf deutet der Spruch an der Wand hin. Keine Ahnung, ob er da jemanden zitiert hat. Vielleicht vergleicht er sich mit einem mächtigen König oder mit einer Figur der Mythologie. Eines kann ich jedenfalls mit Sicherheit sagen: Sie müssen mit einer Mordserie rechnen. Er wird sich immer wieder neue Opfer suchen. Und mit jeder Tat wird er brutaler vorgehen.«

Hirschau starrte ihn an. »Übertreiben Sie da nicht ein wenig, Andreas?«

»Nein. Psychotische Erfahrungen schwappen wie eine Sturmflut über die Seele. Der Psychopath tötet, um selbst zu überleben. Er liegt auf der Lauer und plant seine Verbrechen so akribisch, wie er nach der Tat seine Spuren systematisch beseitigt. Und glauben Sie mir, Hamlet, alle zukünftigen Mordopfer werden sich durch häufig wechselnde Partnerschaften auszeichnen. Dieses Motivmuster ergibt sich für mich einfach zu deutlich.«

Hirschau seufzte. »Es ist mein erster Serienmörder. Gott sei Dank kommen sie ja relativ selten vor.«

Heimbach schenkte ihm ein säuerliches Lächeln. »Wir wollen es hoffen, Hamlet, sonst würde sich allmählich der Vorhang völlig vor der Weltenbühne senken. Dann hieße es: *Der Vorhang fällt zu, und trotz aller Fragen bleibt nur Hoffen.*«

Hirschau grinste. »Okay, Andreas, spielen wir also weiter und jagen die Schurken.«

KAPITEL 9

Manchmal, wenn ihre Mutter arbeitete, schlich Katharina sich aus dem Haus und lief zur Bank am Weiher, ihrem Lieblingsplatz, wo sie sich oft mit Severin traf. Ben fragte dann auf der Suche nach ihr jeden, aber niemand kannte ihren geheimen Ort.

Auch jetzt suchte er sie wieder.

Als sie ihn kommen sah, sprang sie auf und verschwand im dichten Gebüsch hinter der Bank. Sie hörte ihn ihren Namen rufen, ballte ihre Hände zusammen, und ihr Herz trommelte wild. Hier durfte er sie niemals finden. Wenn er noch näher kommen sollte, konnte sie sich immer noch hinter der großen Eiche verstecken.

Als er sich entfernt hatte, setzte sie sich wieder auf die Bank und warf einen fragenden Blick auf Jasper, ihren Teddybär.

»Hätte ich Mama erzählen sollen, dass er nachts zweimal in mein Zimmer gekommen ist? Ich glaube, Mama wünscht sich, dass Ben uns verlässt. Mama liebt ihn nicht mehr und hat es ihm auch schon gesagt. Ich habe es gehört. Seitdem schlägt er sie. Arme Mama. Sie kann sich nicht wehren, und ich kann ihr nicht helfen, weil er das immer am späten Abend macht, wenn er von der Kneipe nach Hause kommt. Und wenn Mama eingeschlafen ist, weckt er mich. Warum weckt er mich mitten in der Nacht und sieht mich so komisch an? Warum macht er das? Er hat mir auch verboten, mit Mama darüber zu sprechen. Er hat gesagt, wenn ich Mama auch nur ein Wort davon erzähle, bringt er mich um. Er ist böse, Jasper.«

Vergeblich suchte sie in Jaspers schwarzen Augen nach einer Antwort.

Plötzlich entdeckte sie neben der Bank auf der feuchten Erde eine kleine Puppenhand. Sie runzelte die Stirn und fragte sich, was wohl mit dem Rest der Puppe geschehen war. Schließlich hob sie die Hand auf und steckte sie in ihre Jackentasche.

Dann streichelte sie Jasper und presste ihre Nasenspitze an sein rechtes Ohr. »Nur dir kann ich trauen«, flüsterte sie.

Sie könnte sich noch nicht mal ihrem geliebten Tagebuch anvertrauen, aus Angst, dass er es finden könnte, und plötzlich kamen ihr die Tränen.

Dabei überhörte sie das leise Rascheln eiliger Schritte, die sich aus dem Gebüsch hinter der Bank entfernten.

Heute ist der siebte November. Ob Großmutter Nina ahnt, dass ich in der Nacht kaum Schlaf finde, dass Ben uns quält und ich mich vor ihm und diesem grauen Etwas in meiner Kommode fürchte?

Ich habe Mama gesagt, sie soll ihn fortschicken, doch sie hat mir über den Kopf gestreichelt und mir versprochen, dass sie mit ihm reden wird. Aber ich glaube ihr nicht, denn sie hat mich bei ihrem Versprechen nicht angesehen, sondern immer starr auf die Wand geschaut, und danach hat sie Geschirr gespült, als wäre nichts geschehen. Und warum darf ich den Großeltern nichts sagen? Ich finde das nicht richtig. Das wird mir später nie passieren. Niemals!

Anna geht es auch nicht gut. Ich glaube, sie ist krank. Wir wissen nicht, was sie hat. Severins Vater kommt gleich, um nach ihr zu sehen.

Katharina klappte das Tagebuch zu, legte es in die Kommode, nahm Jasper vom Bett und zog ihre dicke Wolljacke an. Dann ging sie aus dem Haus, lief zum Weiher hinter dem Friedhof und setzte sich auf die Bank neben dem Bootsschuppen.

Sie starrte aufs Wasser und drückte Jasper fest an sich. »Was meinst du, kommt Severin noch?«

Vergeblich versuchte sie, aus den dunklen Knopfaugen eine Antwort zu lesen.

»Es ist eigentlich ganz schön draußen. Er könnte noch kommen, findest du nicht?«

Sie beugte seinen Kopf zweimal vor und freute sich, dass er nickte. Dann erzählte sie ihrem vertrauten Freund von dem merkwürdigen Verhalten ihrer Mutter. »Mama war richtig komisch. Sie hat nur ihre Ruhe haben wollen. Oder was meinst du?«

Jasper machte ein trauriges Gesicht, doch dann wiegte er seinen Kopf hin und her. Nein, das glaube er nicht, tröstete er sie.

Am Abend fand Katharina keinen Schlaf, knipste ihre Nachttischlampe an und schrieb:

Heute ist der 8. November. Das kleine Bett in meinem Zimmer ist leer. Als ich gestern von der Schule nach Hause kam, erzählte Mama, dass Anna sich beim Spielen verletzt hat. Ich glaube, dass Mama lügt. Anna ist schon lange krank, nicht erst seit gestern. Ich frage mich immer wieder, ob womöglich Ben dahintersteckt. Am Abend kam

Dr. Corelli, um nach Anna zu sehen, wenig später die Ambulanz des Kindersanatoriums. Severins Vater hat Anna sanft auf die Pritsche des Krankenwagens gebettet. Mama ist mitgefahren und hat mich allein gelassen. Aber Dr. Corelli hat mich in den Arm genommen und mich getröstet. Er glaubt, Anna kommt vielleicht bald wieder nach Hause. Severins Vater ist so lieb. Warum kann Ben nicht so sein? Aber ich habe trotzdem ein ungutes Gefühl und bin furchtbar nervös. Mama ist erst spät in der Nacht ohne Anna nach Hause gekommen. Ich bin einsam ohne Anna, und ich habe Angst.

*

Heute ist der 10. Januar. Anna liegt seit zwei Monaten in einem Sanatorium für Kinder. Severin und ich besuchen sie oft mit Opa Alexe und Oma Nina, doch es geht ihr nicht gut. Sie liegt auf einer Isolierstation, weil sie eine Lungentuberkulose bekommen hat. Mama sagt, dass sie operiert wird. Anna ist nicht besonders widerstandsfähig. Sie muss in der Klinik bleiben, damit sie sich erholt. Ich bin traurig, weil ich mich nicht mehr um sie kümmern kann. Sie ist allein. Ich bin auch allein. Nein, nicht ganz. Immerhin ist Severin für mich da, und Jasper, die hören mir zu, wenn ich traurig bin. Ich glaube, Anna ist Mama egal. Sie ist manchmal so abweisend. Sie kann mich nicht vor Ben beschützen, obwohl sie es versprochen hat. Es wird immer schlimmer mit ihm. Er quält mich, immer und immer wieder.

Katharina klappte das Tagebuch zu. Gestern, am neunten Januar, war ihr Geburtstag gewesen, sie war jetzt 14.

Ihre Mutter hatte ihr einen Schlafanzug geschenkt, und die Großeltern brachten am frühen Nachmittag einen selbstgebackenen Kuchen vorbei und tranken mit ihrer Mutter einen Kaffee. Am frühen Abend war die Nachbarin gekommen und hatte ihr ein Päckchen überreicht. Neugierig hatte Katharina die Schleife gelöst und eine bunte Glasperlenkette ausgepackt. Sie strahlte: Noch nie hatte ihr jemand ein Schmuckstück geschenkt.

Als ihre Mutter ihr die Kette um den Hals gelegt hatte, war Ben aus seinem Sessel gesprungen und unruhig im Wohnzimmer auf und ab gelaufen.

Am Abend hörte Katharina das Geräusch quietschender Lattenroste, hielt sich mit beiden Händen die Ohren zu und fragte sich, wie ihre Mutter das Zimmer und ihr Bett mit diesem Mann teilen konnte.

*

Irgendwann in der Nacht. Es war still im Haus. Jemand streckte die Hand nach ihr aus, legte seine kräftigen Hände auf ihre Schultern und rüttelte sie wach. Sie rieb sich die Augen. Die kleine Nachttischlampe spendete gedämpftes Licht. Ben stand vor ihrem Bett und hielt die Zeichnungen, die sie zu Annas Geburt gemalt hatte, in der Hand. Er zögerte, dann zerriss er hastig jedes einzelne Blatt. Seine Augen fixierten Katharina.

Er sah sie nur an und sagte kein Wort. Die Papierschnipsel fielen zu Boden und verteilten sich auf dem Teppich. Geräuschlos schloss er die Zimmertür hinter sich, während sie am ganzen Körper zitterte.

In dieser Nacht träumte Katharina von einer hageren Gestalt mit grauen leblosen Augen, die sie aus ihren Zeichnungen anstarrte und in ihrem Zimmer stand, wenn sie erwachte.

*

Wenige Tage später kam sie nach der Schule an dem Baum vorbei, der gegenüber ihrer alten Wohnung stand, und erinnerte sich an den kleinen Vogel, der zwei Tage nach Annas Geburt aus dem Nest gefallen war und den sie unter dem Baum begraben hatte.

Anna war wie der kleine Vogel aus dem Nest gefallen. Katharina lebte wieder allein mit ihrer Mutter und diesem Mann, dem Schatten auf ihrer Zeichnung, den sie auf dem Blatt Papier zwar ausradiert hatte, der sich aber nicht aus ihrem Leben entfernen ließ. Ihre Mutter hatte sich geirrt. Sonntagskinder brachten kein Glück.

KAPITEL 10

1990

Seit Lukas denken konnte, wollte er nichts anderes als fliegen und leben wie die Vögel. *Abzuheben, über allem zu schweben, das ist das wahre Leben,* dachte er. Er liebte die Vögel, bis auf die Eulen. Die waren in der Nacht nur laut und nervtötend, deshalb hasste er sie. Und er hasste sie auch, weil sie seit seinem siebten Lebensjahr in seinen Albträumen vorkamen.

Damals waren seine Eltern mit ihm in die Ferien nach Südtirol gefahren. Doch sie kamen dort niemals an. Lukas erinnerte sich nur schwach an den Unfall und wie das rote Auto seines Vaters in der Nacht plötzlich von der Fahrbahn abgekommen war. Seitdem wackelte sein Kopf, wenn er sich aufregte, und seit dieser Zeit sprach er mit stotternder Stimme und zog das rechte Bein leicht nach. Selbst in der Schule für geistig behinderte Kinder wurde er deswegen gehänselt.

Obwohl gerade die doch alle verrückt sind, dachte er. Er war doch nur ein bisschen verrückt, hatte ihm seine Tante gesagt, und das stimmte auch. Manchmal waren es auch nur die Bilder in seinem Kopf, die ihn verrückt machten und von denen er Kopfschmerzen bekam, wenn er in der Nacht schweißgebadet aufwachte. Es waren Bilder eines schrecklichen Autounfalls. Seine Eltern waren in dem Wagen eingequetscht gewesen; kurz darauf hatte das Auto Feuer gefangen. Noch heute hörte er ihre Schreie.

Überall sah er ihr Blut. Später versuchte ein Mann mit einem Helm und einem schwarzen Schutzanzug mit gelben Streifen die Tür des roten Autos zu öffnen, während Lukas auf einer grünen Wiese lag und fassungslos die Sterne anstarrte.

Seit dem Tod seiner Eltern wohnte er bei seiner Tante, die bereits über 60 war und in einem winzigen Haus in der Nähe der Maria-Emanuel-Klinik, einem Kindersanatorium, wohnte. Er mochte die alte Dame mit dem kurzgelockten weißen Haar, das ihr rosiges rundliches Gesicht umrahmte. Jeden Morgen brachte sie ihm, bevor sie ihn zur Behindertenschule fuhr, das Frühstück ans Bett und lächelte ihn mit wässrig blauen Augen an.

Nach der Schule, wenn sie nach dem Mittagessen auf dem Sofa zwischen den Spitzenkissen eindöste, durchstreifte Lukas den Auwald und beobachtete mit dem Fernglas, das ihm seine Tante vor zwei Jahren zu seinem elften Geburtstag geschenkt hatte, die Brutvögel.

Nach den Streifzügen lag er, vom Dickicht geschützt, häufig wie ein lauernder Fuchs hinter dem Zaun, der an der Terrasse der Maria-Emanuel-Klinik entlangführte. Seinem Fernglas entging nichts, und mit dem Spezial-Zoom konnte er sogar die künstlichen Wimpern der Kinderpuppen heranzoomen. Die kleinen, zarten, gestikulierenden Kinderhände der Terrassenmädchen faszinierten ihn am meisten. Wie Flügel kleiner schutzloser Vögel waren sie.

Manchmal erschien während der Besuchszeit eine Schwester in der grauen Johannitertracht, um die Besucher kurz zu begrüßen. Sie trug eine schwere Brille, deren Gläser ihre Augen wie tiefe schwarze Krater erscheinen ließen. Ihm fiel auf, dass sie, während sie freundlich mit den Angehörigen sprach, die Kinder fixierte. Auch er trug eine Brille. Seine Augen seien wie ein großer blauer See, hatte seine Tante gesagt.

Die seltsame Schwester war die Oberin, und ihr Name war Maria Luca. Das wusste Lukas, denn ihr Name stand neben dem Foto auf der Tafel am Eingangstor der Klinik.

Heute hatten die Terrassenmädchen nur vier Stunden Unterricht in der Schule gehabt, und deshalb hatte er schon früher an seinem beliebten Ausguckplatz Stellung bezogen.

Auf der Terrasse war niemand zu sehen. Wahrscheinlich war jetzt Essenszeit, dachte er und richtete sein Fernglas auf den Speiseraum. Die Mädchen schienen wild durcheinander zu plappern und mit den Löffeln auf den Tellern zu klappern. Es gab heute wohl Suppe als Vorspeise. Einige Johanniterschwestern zogen freundlich lächelnd die Stirn in Falten, was sich aber auf das muntere Durcheinander nicht auswirkte.

Plötzlich ging ein Raunen durch die Schar. In der Tür erschien die Oberin. Sie nahm am Kopfende des langen schmalen Tisches Platz. Verängstigt senkten die Kinder den Blick und wagten sich kaum zu bewegen. Geduldig warteten sie, bis die Suppe aufgetischt wurde und die Oberin nach einem Tischgebet und kurzem Kopfnicken das Essen freigab. Sie schien sehr hastig gegessen zu haben, denn kurz darauf schlenderte sie durch die Tischreihen, eine schwarze schlanke Gerte wippend auf dem Rücken haltend. Hier und da stieß sie ein tuschelndes Kind mit der Gerte an. Lukas verfolgte ihren Gang und betrachtete die Kinder der Reihe nach. Dann entdeckte er sie. Mit ihrem blonden Haar und dem blassen Teint erinnerte sie ihn sofort an Dornröschen.

Gehorsam über ihren Tellern geduckt schlürften die Kinder ihre Suppe; nur Dornröschen berührte ihr Essen nicht. Sie saß mit stolz erhobenem Kopf am Tisch und sah mit ihren blauen Augen trotzig in die Runde.

Und dann beobachtete er, wie sich die Oberin hinter sie stellte und sie an den Haaren vom Stuhl hochzog. Die Nonne nahm den Löffel, tauchte ihn in die Suppe und schob ihn dem Mädchen in den Mund. Er konnte sich vorstellen, wie sie es anherrschte: »Du isst das jetzt! Und keine Widerworte!« Dabei hielt sie Dornröschens Haar unerbittlich fest und schob ihr einen Löffel nach dem anderen in den Mund. Dornröschen würgte; Tränen liefen über ihr helles Gesicht.

Er ballte die Hände zu Fäusten. Voller Zorn und Entsetzen starrte er durch sein Fernglas auf Dornröschen, und so übersah er, dass die Oberin, nachdem sie endlich von ihrem Opfer abgelassen hatte, den Speisesaal verließ.

Ein seltsames Rascheln in seinem Rücken riss ihn schließlich aus seinen Gedanken, und er drehte sich erschrocken um. Hinter ihm stand die Oberin und starrte ihn wortlos an. Schweiß trat auf seine Stirn. Sekundenlang blieb er regungslos liegen, bis ihm eine Stimme zuflüsterte: *flieh!* Lukas sprang auf und wollte davonlaufen, doch die Oberin fasste ihn am Arm.

»Aua! Loslassen!«, rief er laut.

»Wen haben wir denn da?«, fauchte sie.

Lukas lief feuerrot an und schaute vor Scham und Angst zur Seite.

»Sieh mich an!«, befahl sie.

Die Augen hinter den dicken Brillengläsern musterten ihn ungerührt. Ihr Mund war zu einem verächtlichen schmalen Strich zusammengezogen und machte ihr Schweigen zu klirrend kaltem Eis. Sie verstärkte den Griff um seinen Oberarm und entriss ihm mit der anderen Hand sein Fernglas. Er schrie auf vor Schmerz. Sein Kopf wackelte.

»Wa-was wollen Sie-sie von mi-mir?«

»Wir werden uns unterhalten, in aller Ruhe.«

»Wo-worüber?«

»Was glaubst du denn, worüber wir uns unterhalten sollten?«, sagte sie drohend und hielt das Fernglas hoch, das sie ihm weggenommen hatte.

Lukas schwieg und stolperte ängstlich neben ihr her. Durch einen Seiteneingang betraten sie einen Nebentrakt des Gebäudes. An der Eingangstür war ein kleines Schild angebracht, worauf in zierlicher Schrift die Nummer *23* eingraviert war. Der Weg führte durch einen langen fensterlosen, nur vom trüben Licht einiger Glühbirnen erhellten Gang. Sie begegneten niemandem.

Vor einer unscheinbaren, aber massiven Holztür machten sie halt. Die Oberin öffnete und schubste ihn grob in den Raum.

Lukas sah sich um. Das spärlich eingerichtete Zimmer war kaum groß genug für ein Bett, eine Kommode und einen schmalen Schreibtisch mit Stuhl. Die Wände waren kahl, bis auf das Kruzifix, das über dem Bett hing. Die Oberin verschloss von innen die Zimmertür, dann drehte sie sich langsam um.

Lukas machte sich auf die Prügel seines Lebens gefasst, doch die Schwester in der grauen Tracht setzte sich hinter den Schreibtisch, ohne ihn aus den Augen zu lassen.

»Mein Name ist Maria Luca, ich leite das Sanatorium. Wie heißt du?«, fragte sie.

»Äh …«, stammelte er. In seinem Kopf tobte ein einziges Chaos.

»Was soll ich mit dir machen?«, unterbrach sie ihn.

»Warum liegst du mit einem Fernglas im Gebüsch und beobachtest die Kinder? Findest du Gefallen daran, kranke Kinder zu betrachten?«

»Äh …«

»Du bist doch der Neffe von Frau Hübner, nicht? Ja sicher! Sei froh, dass *ich* dich erwischt habe. Ein anderer hätte sofort deine Tante benachrichtigt. Das würde richtig großen Ärger bedeuten. Willst du das?«

Lukas schüttelte den Kopf. Bei dem Gedanken, sein Verhalten seiner Tante, vielleicht sogar seinem Papa oder seiner Mama im Himmel erklären zu müssen, wurde ihm übel. Bestimmt würden sie ihm dann nicht mehr vom Himmel zuwinken und ihn beschützen, dachte er. Niemals durften sie davon erfahren. Und er könnte in Zukunft auch seine Streifzüge durch den Wald vergessen.

»Für das, was du getan hast, musst du bestraft werden. Das war sehr böse von dir und unüberlegt. Wenn du Abbitte leistest, und zwar in dieser Kammer, werde ich den Vorfall für mich behalten. Es ist ein stiller Ort, ein guter Ort für Gebet und Besinnung.«

»Da-da-danke«, flüsterte er erleichtert.

Sie erhob sich. »Komm her!«, sagte sie barsch.

Widerwillig ging er auf sie zu. Sie bedeutete ihm, sich hinzuknien, und half ein wenig nach, als er sich sträubte.

»Sprich ein Vaterunser und bitte Gott um Vergebung«, forderte sie ihn auf.

Lukas gehorchte und bat Gott stotternd um Vergebung.

»Du könntest Sinnvolleres tun, als die Kinder vom Gebüsch aus zu beobachten. Was hältst du davon, wenn du einmal in der Woche unseren Rasen mähst und die Kinder hin und wieder am Nachmittag besuchst, um mit ihnen zu spielen?«

»We-wenn ich nein sage, sprechen Sie dann mi-mit meiner Ta-ta-tante?«

»So ist es.«

»Das ist Erp-erp-erpressung!«

»Nein, es ist Abbitte! Vielleicht gefällt es dir ja, dich nützlich zu machen.«

»Mal se-se-sehen«, sagte er leise und nickte.

»Dann werde ich mit deiner Tante sprechen.«

Maria Luca streichelte seine Wange. Bei ihrer Berührung zuckte er jetzt nicht mehr zusammen. Er hatte plötzlich das Gefühl, dass sie ihn mochte.

Der Rest des Sommers bestand aus Rasenmähen und der täglichen Buße auf dem kalten Boden eines kargen Zimmers. Obwohl er Dornröschen weiter beobachtete, war er jetzt viel vorsichtiger. Die Oberin sollte ihn nie wieder erwischen.

Zunächst leistete er nur zögerlich die ihm auferlegte Buße. Nach einer Woche empfand er dabei jedoch ein außerordentliches Glücksgefühl. Jeden Dienstag mähte er den Rasen und schielte dabei immer wieder zu Dornröschen hinüber, die es liebte, bei schönem Wetter im Schatten auf der Terrasse zu sitzen und auf den Wald zu schauen. *Ob sie wohl auf den Prinzen wartet, der sie erlöst?*

Zuweilen blieb Lukas mit Zustimmung seiner Tante auch über Nacht. Dann weckte ihn die Oberin gegen Mitternacht, damit er sie bei gespenstisch flackerndem Kerzenlicht auf ihrem Rundgang über endlos lange Korridore begleitete. Ihm war es recht, dass in der Nacht nur die Notbeleuchtung brannte, denn er liebte das schummrige Kerzenlicht.

Nach dem Rundgang stieg er unbemerkt aus dem Fenster seiner im Erdgeschoss liegenden Bußkammer, um sich von der Dunkelheit verschlucken zu lassen und zur Glastür des neben der Terrasse liegenden Zimmers zu huschen, in dem Dornröschen lag. Sein Herz schlug wild. Dornröschen lag bewegungslos unter ihrer weißen Decke. Er erschrak. *Sie ist doch nicht tot,* dachte er. *Sie wird doch erlöst. Aber wo ist der Prinz?*

Nein, er selbst fühlte sich nicht als Prinz. Der Prinz war immer ein strahlender Mann und nicht ein Krüppel. Er würde noch kommen, da war er sicher. Er müsste nur warten.

Lukas schlüpfte durch die offen stehende Glastür und huschte zu Dornröschens Bett. Die Oberin nannte es *Anna.*

»Hab keine Angst«, sagte er leise.

»Wer bist du?«, fragte Anna erstaunt.

»Ich bin dein Freund.«

»Schön«, flüsterte Anna.

Er lächelte. »Bitte, reich mir deine Hand, bitte«, flehte er sie an, aber plötzlich zog er seine Hand zurück.

Als Anna sich aufrichtete, war Lukas wieder in der Dunkelheit verschwunden.

In seiner Bußkammer weinte er fast den ganzen Rest der Nacht. Er weinte, weil er kein Prinz war. Dennoch schwor er sich, sie so lange zu beschützen, bis der Prinz kam und sie erlöste.

*

Als er wieder einmal in Dornröschens Schlafsaal huschte, war er entsetzt. Ihr Bett war leer. Hatte der Prinz sie schon geholt? Er war völlig durcheinander. Sollte er der Oberin Meldung machen, deren Zimmer im ersten Stockwerk am

Ende des Gangs lag? Er hastete den Gang hinunter, immer noch unschlüssig, was er tun sollte, als ihn plötzlich ein Geräusch zusammenzucken ließ. Es kam aus dem oberen Stockwerk. Er huschte leise die Treppe hinauf und blieb vor dem Schlafzimmer der Oberin stehen. Zitternd öffnete er die Tür einen Spalt.

Mit einem einzigen Blick registrierte er alles: das offene Fenster, die wehenden Vorhänge, das Bett, das Kerzenlicht und einen nackten Mann, der Maria Luca dabei zuschaute, wie sie mit Peitschenhieben ihren eigenen entblößten Rücken geißelte. Gleichzeitig nahm er einen süßlichen Geruch wahr.

Der Mann trug einen Bart und war von schlanker Gestalt.

»Du bist am Ziel, mein Geliebter, doch mein Leiden beginnt erst«, flüsterte die Oberin erregt. Wieder schlug sie sich. »Du hast die Macht, die Hand nach mir auszustrecken, mich zu besitzen und mir Gewalt anzutun. Du hättest keine Macht über mich, wenn es dir nicht von oben gegeben wäre, mein Geliebter«, wimmerte sie.

Der Mann lächelte. »Hör also auf mit dem Gejammer. Zieh dich ganz aus, oder soll ich es für dich tun?«

Das Wissen, die Oberin in Bann geschlagen zu haben, erregte den Mann zutiefst. Seine Wangen färbten sich rötlich, seine Augen glänzten.

»Der, der dir diese Macht gibt, ist Gott, Jakob«, sagte die Oberin mit vor Erregung zitternder Stimme.

Jakob lachte laut auf. »Die größere Macht ist die Macht der Liebe Gottes, Maria Luca.«

Mit einer Hand fasste er ihren Unterrock, bis der Stoff riss. Jetzt stand die Oberin völlig entblößt vor ihm. Daraufhin nahm er die Gerte und schlug Maria Luca auf den Bauch; dabei lächelte sie ihn an. Er stieß sie mit dem

Rücken gegen den Tisch. Eine Kerze fiel zu Boden und erlosch flackernd in ihrem eigenen Wachs. Maria Luca versuchte wieder festen Halt zu bekommen, doch Jakob schlug mit Wucht zu, sodass der Schmerz von ihrem ganzen Körper Besitz ergriff.

An der weißen Wand konnte Lukas verfolgen, wie sich der Schatten des Mannes über Maria Lucas Schenkel schob und ihre Beine spreizte.

»Die Geißelung ist eine Bestrafung, die nach der Schwere der Schuld festgelegt wird. Wenn der Schuldige Schläge verdient hat, soll ihn der Richter hinlegen lassen, und man soll ihm vor dem Richter eine Anzahl Schläge geben nach dem Maß seiner Schuld«, zischte Jakob.

Lukas' Erstarrung löste sich. Sein erster Impuls trieb ihn zur Flucht. Am liebsten wäre er in sein Baumhaus geflohen, hätte sich zusammengerollt und gewartet, bis der Spuk vorbei war, aber er hatte Angst, sich in der Nacht zu verlaufen. Deshalb flüchtete er sich in seine Bußkammer und rollte sich unter der Bettdecke ein wie ein Embryo im Mutterleib.

*

Am nächsten Morgen machte er sich gleich nach dem Frühstück zu seinem Baumhaus auf, das im westlichen Teil des Waldes lag. Dort stand in der Nähe eine Blockhütte, an die ein Werkzeugschuppen angebaut war, eine Bank, die einen wunderbaren Ausblick bis zum 50 Meter weiter entfernt liegenden Weiher bot, an dessen Ufer ein mächtiger alter Baum mit majestätischen Wurzeln stand. Die alte Eiche beherbergte sein Baumhaus. Hier störte ihn keiner.

Hin und wieder traf er auf der Bank dieses blonde Mädchen, das ihm schon öfter Schokolade angeboten und ihm von ihrer kleinen Schwester erzählt hatte. Er nannte sie das Schokoladenmädchen und mochte sie sehr. Und sie schien ihn auch zu mögen, mehr jedenfalls als die anderen. Aber heute war sie nicht da.

Seufzend holte er sein Fernglas aus dem Rucksack und beobachtete die Vögel. Vor allem mochte er den Eisvogel mit seinem atemberaubenden blauen Gefieder, der am Uferanriss des Sees im Wurzelteller eines umgestürzten Baumes eine Erdhöhle gegraben hatte und dort zweimal im Sommer brütete. Manchmal schlich Lukas sich vorsichtig an die Vögel heran und legte ihnen kleine Brassen, die er geangelt hatte, vors Nest. Den Rest erledigte die Natur ganz von allein.

Als er in der Ferne eine Staubwolke aufsteigen sah, richtete er das Fernglas darauf und erfasste einen Geländewagen, der mit überhöhter Geschwindigkeit über den verwilderten Waldweg auf die Blockhütte zusteuerte. Mit quietschenden Reifen hielt der Wagen vor dem Werkzeugschuppen und wirbelte den sandigen Boden auf.

Den Fahrer, der jetzt um den Wagen lief und die Heckklappe öffnete, kannte er – aus Maria Lucas Zimmer. Es war der Mann mit der Gerte. Auf dem Rücksitz lag eine Plane, die er jetzt mit heftigem Ruck zurückschlug. Die Plane enthüllte einen leblosen Frauenkörper mit grässlich entstelltem Gesicht.

Er sah, wie der Mann die Frau hochhob und sie in die Blockhütte trug. Vorsichtig kletterte Lukas vom Baum, schlich zur Hütte und spähte neugierig durch das verschmutzte Fenster. Die Frau lag mit dem Rücken auf einem Stahltisch in der Mitte des Raumes. Der Mann legte seine

Kleidung ab und starrte dabei auf den regungslosen Körper der Frau. Er knöpfte ihre Bluse auf und atmete schwer.

Lukas sah die Erektion und kicherte, als der andere die Brüste der Frau zuerst sanft und dann brutal berührte. Er nahm den kleinen Fotoapparat aus seiner Hosentasche und drückte den Auslöser. Der Mann streifte ihren Rock und die Unterhose herunter, faltete sie sorgfältig zusammen und legte die Kleidungsstücke auf den Stuhl neben dem Tisch. Dann spreizte er ihre Beine, sodass er ihr Geschlecht sehen konnte.

Lukas bekam ein flaues Gefühl im Magen, doch er konnte sich nicht rühren, wie hypnotisiert starrte er auf das makabre Schauspiel.

Der Mann hob die Beine der Frau an und zog ihren Körper zu sich. Er nahm das Seil vom Fußboden, drückte den Oberkörper noch tiefer nach unten und fesselte ihn an den Tisch. Ihre Beine ließ er am Tischende herunterbaumeln.

»So will ich dich«, hörte er ihn sagen. Dann verließ der andere kurz den Raum und kam mit einem Skalpell in der Hand zurück.

Die Frau zeigte keinerlei Reaktion.

Lukas fragte sich, ob sie schon im Himmel bei seiner Mama war. Sein Kopf wackelte heftig, doch er spähte weiterhin durch das schmutzige Fenster.

Der Mann löste die Fesseln und drehte die Frau auf den Bauch. Dann stürzte er sich von hinten auf sie und biss in ihren Rücken und in ihren Nacken. Er hatte ihre Haare im Mund, während er nach ihren Brüsten tastete.

Lukas' Herz pochte wie wild. Irgendetwas explodierte in ihm.

Der Mann fasste die Frau an den Haaren, riss ihren Kopf zurück und drang mit harten Stößen immer tiefer in sie ein.

Lukas hielt eine Hand vor den Mund, unterdrückte einen Schrei und wimmerte stattdessen.

In der Blockhütte leckte der Mann die roten Stellen auf ihrem Rücken und hielt den widerstandslosen Körper unerbittlich fest. Immer wieder prallte sie mit dem Kopf hart gegen den Tisch. Das Blut lief seitlich aus dem Mund, doch der Mann hörte nicht auf. Die Bisswunden hatten seinen Bart rötlich verfärbt.

Lukas konnte den Anblick nicht mehr ertragen und lief zum Baumhaus zurück. Dort legte er sein Ohr an den Stamm des Baumes, als ob er dessen Puls hören wollte, und blickte nach oben in das weit ausladende Geäst. Wie in Trance kletterte er wieder hinauf und rollte sich in der Gabel von zwei dicken Ästen zusammen. Tränen liefen über seine Wangen. Er dachte an die Frau auf dem Stahltisch und wurde von Weinkrämpfen geschüttelt. Irgendwann schlief er ein.

Als die Tür der Blockhütte aufgerissen wurde, wachte er auf. Vorsichtig blinzelte er zwischen den Brettern des Baumhauses zur Hütte hinüber und sah, wie der Mann die Frau herausschleppte, sie auf die Bank vor dem Schuppen setzte und ihr befahl, die Aussicht zu genießen, zuerst den strahlend blauen Himmel und danach die Vögel.

»Die Vögel sind vielleicht das Letzte, was du sehen wirst«, sagte er zu der Frau, die wieder zu Bewusstsein gekommen war.

Apathisch folgte sie seinem Befehl. Aus ihren Augen rannen unaufhörlich Tränen. Der Mann lächelte sie dankbar an. Er schien es zu lieben, sie nackt auf der Bank zu sehen. Ihre Hände waren mit einem blauen Seidenschal auf ihrem Schoß zusammengebunden. Es waren schöne, makellose Hände.

Sie saß kerzengerade, den Blick starr auf den Weiher gerichtet. Blut sickerte ihr aus dem Mund.

»Gefällt es dir bei mir?«, fragte der Mann.

Die Frau antwortete nicht, und er schlug ihr wütend ins Gesicht, immer und immer wieder. Später, im fahlen Licht der sinkenden Sonne, sah Lukas die stummen Blicke ihrer Augen. Sie waren groß und weit aufgerissen, dann wieder schmal wie Schlitze. Sie hob flehend ihre gefesselten Hände. Er konnte den stummen Hilfeschrei in ihrem Gesicht lesen, denn sprechen konnte sie nicht.

Der Mann erhörte ihr Flehen nicht und ging in die Blockhütte.

Lukas holte erneut seinen Fotoapparat hervor und schoss den Film leer. Immer wieder starrte er auf die geschwollenen roten Lippen und die roten Stellen auf ihrer glatten weißen Haut. Sie war so weiß wie die Haut von Dornröschen und die des Schokoladenmädchens. Und das üppige Haar war so blond, dass es fast unwirklich erschien. Und für einen Augenblick erschrak er furchtbar, weil er dachte, dass dort unten tatsächlich Dornröschen saß.

Er knabberte hektisch an den Fingernägeln. Dann sah er, wie der Mann aus der Blockhütte zurückkam und ihr ein Seil um die Taille legte, das er an der Rücklehne der Bank befestigte.

Warum kam denn keiner?, fragte er sich. Zwar tauchten hier nie Spaziergänger auf, aber er hatte vor Monaten den Förster gesehen. Der hatte ihn wegen des Baumhauses angesprochen. Zuerst dachte er, er müsse es abreißen, aber der Förster hatte ihn nur belehrt, dass er keine Waffen bei sich tragen und nicht das Wild aufscheuchen dürfe. Ausgerechnet er, Lukas, der Beschützer des Waldes. Aber der Förster war ganz freundlich gewesen …

Er schlief ein, das tat er immer, wenn er sich ganz erschöpft fühlte. Weit weg auf den nächtlichen Wiesen warteten die Vögel auf ihre Beute.

Als er aufwachte, sah er die weiße Sichel des Mondes am Himmel. Verwirrt schaute er zur Blockhütte. Die Frau saß immer noch auf der Bank. Allein.

In seinem Kopf fieberte nur ein Gedanke: Er musste unbedingt mit dem Mann Kontakt aufnehmen. Wirre Ideen schwirrten durch seinen Kopf. Vielleicht war auch Dornröschen in Gefahr. Er stieg die Sprossen hinunter und befreite die Frau von ihren Fesseln, um sie von ihren Qualen zu erlösen. Er hatte Angst, dass sie schon tot sein könnte, und lief überstürzt zurück. Später ließ er in seinem Versteck den blauen Seidenschal durch seine Hand gleiten. Auf einmal war er überzeugt, dass er sie gerettet hatte, dass sie noch lebte und sich befreien konnte, und er schlief glücklich ein.

Am nächsten Morgen war sie verschwunden.

Hatte der Mann sie geholt?

Er war durcheinander und rannte nach Hause. Die Tante fragte ihn freundlich, ob er die Nacht wieder in der Kinderklinik gewesen sei – was er bejahte – und warum ihr denn niemand Bescheid gesagt habe, was doch sonst immer der Fall sei. Sie hätte schon anrufen wollen, wo er stecke, sagte sie. Aber er sagte nur: »Nein, nein.« Was bedeuten sollte: Nein, nein, sie brauche sich keine Sorgen zu machen, es sei alles in Ordnung. Aber sie war sowieso schon wieder beruhigt; manchmal glaubte er, es wäre ihr am liebsten, wenn er weg wäre. Eines Tages würde er einfach abhauen, auch wenn er nicht wusste, wohin, denn zu Mama und zu Papa konnte er nicht, die waren ja schon im Himmel, und wie man da hinkam, wusste er nicht. Mama hatte mal gesagt, die Menschen müssten warten, bis der liebe Gott sie zu sich nähme, aber das stimmte ja gar nicht, Mama und Papa brauchten gar nicht zu warten, die waren sofort tot. Er wollte unbedingt die Fotos entwickeln, um sie dem Mann unter die Tür zu legen, er sollte wissen, dass er ihn gesehen hatte, er sollte wissen, dass er alles sah, damit er vorsichtig war und Dornröschen in Ruhe ließ.

In einer Drogerie konnte er den Film nicht entwickeln lassen, bei den Fotos! Aber seine Tante hatte ihm vor drei Monaten, nachdem sie festgestellt hatte, dass es ihm mit seinem Hobby ernst war, eine Grundausstattung geschenkt, die es ihm ermöglicht hatte, im Keller eine kleine Dunkelkammer einzurichten. Die meisten Fotos, die er hier entwickelt hatte, waren Fotos von seinen geliebten Vögeln, Fotos vom Weiher, von den Enten und natürlich von seinem Baumhaus.

Zwei Stunden später befestigte er an der Wäscheleine in der Waschküche fünf Fotos zum Trocknen.

Auf dem ersten war ein Mann zu sehen, der sich völlig unbekleidet über eine Frau beugte. Sie hatte den Kopf ein wenig zur Seite gedreht. Das zweite Foto zeigte, wie derselbe Mann die Frau aus der Hütte trug. Zwei weitere zeigten die Wunden, die der Mann der Frau zugefügt hatte. Auf dem letzten Foto sah man, dass ihre Hände mit einem blauen Seidenschal gefesselt waren. Sie saß auf der Bank vor dem Schuppen, und der Mann lackierte ihr mit hellblauem Nagellack die Fingernägel.

Draußen war es dunkel und hell zugleich: Bis zum Horizont türmten sich riesige Wolkengebilde auf, zwischen denen nur hier und da die Abendsonne hindurchblitzte. Alle paar Minuten ging ein prasselnder Regenguss nieder. Doch Lukas bekam nichts von alledem mit. Sein

Gesicht zuckte vor Erregung. Nachdem die Fotos getrocknet waren, steckte er sie in einen braunen Umschlag und machte sich, in Selbstgespräche vertieft, auf den Weg zum Auwald.

*

Nachdenklich hob Jakob den braunen Umschlag vom Boden auf. Er wunderte sich: Vor fünf Minuten war er noch nicht da gewesen. Mit großem Ernst betrachtete er die Fotos, dann ging er hinaus und sah sich nach allen Seiten um. Als er zum Weiher ging, hörte er plötzlich ein Rascheln, das vom Baumhaus kam.

Langsam ging er auf die Eiche zu.

»Hast du die Aufnahmen unter die Tür geschoben?«, fragte er laut.

Jemand sah ängstlich nach unten. »Ja.«

»Sie gefallen mir. Komm herunter. Ich möchte dich kennenlernen.«

Als der Junge die Sprossen nach unten stieg, erkannte Jakob in ihm den behinderten Neffen von Frau Hübner und lächelte.

*

Zwei Tage später trafen sie sich wieder. Als der Mann ihn fragte, wie er hieß, nannte Lukas ihm bereitwillig seinen Namen und richtete die gleiche Frage an ihn.

»Hier bin ich nicht mehr von demselben Namen und ein stiller Gast am Herd. Hier kannst du mich Jakob nennen.«

Er war verunsichert. Nicht mehr von demselben Namen? Hieß er eigentlich gar nicht Jakob?

»Hast du denn noch andere N-namen?«, fragte er stotternd.

»Ja«, antwortete der Mann, der Jakob genannt werden wollte, und strich sich über seinen Bart. »Ich habe mehrere Namen, so wie ich mehrere Leben habe.«

Lukas' Augen fielen vor Staunen fast aus den Höhlen. Mehrere Leben? Vielleicht hatten Mama und Papa auch mehrere Leben, und er konnte sie wieder lebendig machen!

»Me-mehrere Leben?«

»Ja«, sagte der Mann tonlos.

»Haben Mama und Papa auch me-mehrere Leben?«

Der Mann sah nachdenklich zu Boden. »Vielleicht. Wünschst du dir das denn, Lukas?«, fragte er und sah ihm direkt ins Gesicht.

»Ja-ja!«, sagte Lukas aufgeregt.

Jakob ging zu einem Regal, nahm ein Buch mit Ledereinband heraus und reichte es ihm. »Hast du schon mal von den römischen Kaisern gehört?«

»Ja-ja.«

»Von wem?«

»Au-augustus.«

»Sehr gut. Von wem noch?«

»Cä-cä-cäsar.«

»Ausgezeichnet. Und sagt dir der Name Caligula etwas?«

»N-nein.«

»Hm. Kennen die wenigsten. Genauso, wie die wenigsten wissen, dass Caligula *Soldatenstiefelchen* heißt.«

»So-solda-datenstiefelchen?«

»Ja. Lies das. Er war auch ein Gott. Du kannst doch lesen?«

»Na-natürlich. Bist du denn ein Gott?«

»Wenn du das gelesen hast, kannst du mir Fragen stellen, und wir werden Freunde, und dann verrate ich dir auch, warum ich mehrere Leben habe. Okay?« Er zeigte auf das Buch. »Und wie er bin ich.«

»Ja-ja. A-aber …«

»Ja?«

Lukas wollte ihn fragen, ob man mit mehreren Leben zwischen Himmel und Erde pendeln und ob er Mama und Papa wieder ins Leben zurückholen könnte, aber er war zu aufgeregt. Doch das Buch würde er lesen, Seite für Seite, denn er wollte unbedingt ein Freund dieses Mannes werden.

»Ich w-werde es lesen«, stotterte er.

»Ich habe darin die wichtigsten Passagen markiert. Lies sie, und danach werden wir uns unterhalten. Ich werde dir eine Menge beibringen können, Lukas, so ähnlich wie ein Vater seinem Sohn etwas beibringt. Wir werden gute Freunde. Du wirst sehen.« Er deutete auf das Buch. »Hüte es wie deinen Augapfel und lass es auf gar keinen Fall liegen!«

Lukas konnte gar nicht schnell genug nach Hause kommen, um das Buch anzuschauen. Zu Hause war er nicht schlecht überrascht vom Leben des Caligula. Dieser Caligula war total verrückt, er wollte sogar sein Pferd zum Konsul machen! Er sprach genauso mit dem Pferd, wie auch er, Lukas, mit den Tieren sprach. Und ihn hielt man auch für verrückt. Caligula würde ihn bestimmt verstehen. Er wäre der Erste nach Mama und Papa. Selbst seine Tante verstand ihn nicht, das wusste er genau.

Und Caligulas Umgang mit den Frauen! Vor allem mit denen, die falsch waren und mit gespaltener Zunge sprachen. Zum Beispiel seine Schwester Agrippina.

Später fragte er Jakob, warum Caligula sie nicht umgebracht hatte, statt sie in die Verbannung zu schicken.

»Er hat es später getan.«

»Zu-zu spät, Jakob. Na-nach ihrer Rückkehr hat sie ihren Ehemann vergi-giftet, da-damit ihr Sohn Ne-nenero Ka-kaiser wird.«

»Siehst du, mein Freund. So sind jene, aus deren Mund die falschen Worte stammen. Und deshalb müssen wir sie mundtot machen.«

Lukas hatte verstanden.

»Die Frau, die ich hierhergebracht habe, trieb es auch mit allen. Und sie habe ich mundtot gemacht. Hast du ihren Mund gesehen?«

Lukas' Kopf wackelte.

»Na also!«

Ja, Jakob traf die richtigen Entscheidungen, er war ein Gott wie der römische Kaiser.

»Ich … ich muss jetzt nach Hause«, murmelte er und machte einen Schritt zur Tür.

Jakob hielt ihn einen Moment am Arm fest. »Sind wir jetzt Freunde, Lukas?«

Er wurde vor Verlegenheit rot und blickte zu Boden. »Ja-ja.«

»Von jetzt ab werde ich dich jeden Donnerstagnachmittag besuchen, mein Sohn«, sagte Jakob ungewöhnlich sanft.

Lukas starrte den Mann, der ihn gerade *mein Sohn* genannt hatte, mit offenem Mund an. Plötzlich erhellte sich sein Gesicht. »Dei-dein Freund und So-sohn?«, stotterte er.

»Das bist du, Lukas.«

Er kicherte. »Da-dann bi-bi-bi-bist du jetzt mein Papa-papa!«

Jakob umarmte ihn. »Und jetzt geh, mein Sohn. Deine Tante wartet bestimmt mit dem Essen auf dich. Und vergiss nicht: Wir haben jetzt ein Geheimnis, und du darfst mit niemandem darüber reden!«

Lukas nickte heftig und hob die Hand zum Schwur. »Ich schwö-schwöre, Ja-jakob! Ich bin dein Sohn! Und ein Sohn hält, wa-was er verspricht!«

Jakob lächelte. Er wusste, wie man mit den Infantilen dieser Welt umzugehen hatte.

KAPITEL 11

Heute ist ein besonderer Tag. Anna kommt nach Hause. Ich lebe jetzt bei Opa Alexe und Oma Nina, nachdem Mama meinen vorübergehenden Umzug schließlich auch für eine gute Idee hielt. Meine Lehrerin hat mit Mama und den Großeltern gesprochen, weil ich schlechte Noten habe. Großvater wird mir bei den Aufgaben helfen. Ich glaube, er ahnt, dass Mama sich von Ben trennen möchte. Er hat Mama angeboten, auch Anna eine Weile zu sich zu nehmen. Opa ist ein Genie.

Die schattige Weinlaube meiner Großeltern ist mein Lieblingsplatz geworden. Hier kann ich ungestört lesen oder meinem Tagebuch meine Gedanken anvertrauen, und dabei auch die Einfahrt im Auge behalten, wo Großvaters dunkelblaues Auto jeden Augenblick auftauchen muss. Die Weinlaube ist ein herrlich stiller Platz. Hier beobachtet mich auch niemand. Auf der kleinen Bank am Weiher hatte ich manchmal das Gefühl, und deswegen gehe ich dort nicht mehr gerne hin. Ich glaube, es ist Ben, der dort auf der Lauer liegt und auf mich wartet.

Katharina legte den Stift beiseite und grübelte. Wann hatte Ben begonnen, auch sie zu quälen? Vor vier, fünf Jahren? Oder war es noch länger her? Sie wusste es nicht mehr; nur an den ersten Schlag in ihr Gesicht erinnerte sie sich genau.

Sie hatte auf dem Bett gesessen und in ihr Tagebuch geschrieben. Als Ben in ihr Zimmer kam, legte sie den

Stift beiseite und sah ihn fragend an. Er sagte kein Wort, sondern fuhr mit seinem Finger in aufreizender mechanischer Pedanterie über die Nachtkonsole neben dem Bett. Sie achtete stets darauf, dass alles an seinem Platz stand: ordentlich, staubfrei, perfekt, so perfekt wie der mit dem Lineal gezogene Haarscheitel ihres Stiefvaters. Aber trotzdem, sie musste ein wenig Staub übersehen haben.

Übergangslos schlug er ihr ins Gesicht, wie Feuer brannte der Schlag. Wortlos nahm sie das Staubtuch aus der Schublade und wischte über die Nachtkonsole. Er stand ganz nah hinter ihr, sodass sie seinen Atem riechen konnte. Im Raum herrschte eine unerträgliche Stille.

Ben hob seine Hand, berührte vorsichtig eine Strähne ihrer blonden Haare, die in Locken bis zur Taille fielen, und lachte leise.

Sie drehte sich um. Als sie seine Absicht in seinen Augen las, öffnete sie den Mund, um zu schreien, doch er verließ das Zimmer.

Sie ging ins Bad und betrachtete im Spiegel die Spuren seiner Misshandlung. Die Tränen hatten feuchte Spuren gezogen. Sie versuchte, mit kaltem Wasser den Schmerz zu lindern, und steckte ihren Kopf so lange unter den Wasserhahn, bis sie bis aufs Unterhemd durchnässt war. Mit zitternden Händen zog sie sich aus, wickelte ein Handtuch um den Kopf, schlüpfte in einen Schlafanzug und ging in ihr Zimmer zurück. Sie legte sich ins Bett und nahm Jasper in den Arm.

Je älter sie wurde, desto häufiger bedrängte er sie. Er kam, während sie schlief, weckte sie auf und schaute mit lüsternem Blick auf sie herab, bis sie erwachte und verstört die Decke hochzog und mit ängstlichen Augen verfolgte, wie er hochmütig lächelnd das Zimmer verließ.

Sie wünschte, sie wäre weit weg von allem. Weit weg von ihrer Mutter, weit weg von diesem Dorf und in einem anderen Leben, aber mit ihren Großeltern.

Katharina nahm den Bleistift und schrieb:

Ich glaube, Ben will immer nur mit Mama allein sein, sie ganz für sich haben. Anna wollte er auch nicht, obwohl sie seine Tochter ist. Und Mama? Ich glaube, es geht ihr jetzt besser. Sie kann uns besuchen und in Ruhe die Scheidung vorbereiten. Wenn sie mich besucht, schreit sie mich nicht mehr an und sie lächelt auch wieder. Und sie nimmt mich in den Arm, wie sie es früher getan hat. Aber all das spielt keine Rolle mehr. Irgendwie glaube ich ihr nicht, und ich mag sie nicht mehr so wie früher.

Sie klappte das Tagebuch zu und sah unruhig auf die Uhr. Es war kurz vor vier, sie hätten schon längst zu Hause sein müssen.

Sie ging durch den Garten zum Haus, lief über die Treppe in die erste Etage und betrat das Zimmer, das sie sich in den nächsten Wochen mit Anna teilen würde. Alles war vorbereitet. Die Fächer des alten Kleiderschranks waren bereits mit neuem Papier ausgelegt und Annas Bett mit einer rot karierten Bettwäsche bezogen. Jasper hatte es sich auf dem Kopfkissen gemütlich gemacht. Mittlerweile war ein Ohr eingerissen, so oft hatte sie ihre Nase hineingesteckt oder es nervös in ihren Händen hin- und hergedreht. Er hatte sie all die Jahre treu begleitet und war ein geduldiger Zuhörer. Er hatte ihr zugehört, jedes Mal, nachdem sie von Ben misshandelt worden war.

Plötzlich hörte sie das Auto herannahen und eilte ans Fenster. Großvater Alexe half Anna aus dem Wagen und hielt behutsam ihre Hand. Katharina rannte die Treppe hinunter und öffnete freudestrahlend die Haustür. Als Anna ihre große Schwester sah, lachte sie und rief laut ihren Namen.

Katharina stürmte auf sie zu. »Ich freue mich so, dass du da bist«, sagte sie heiser.

Anna umarmte sie heftig und lächelte sie selig an.

Katharina zog ein Taschentuch aus der Rocktasche und putzte sich die Nase.

»Bleibst du bei mir?«, fragte Anna leise.

»Ja, für die erste Zeit, natürlich.«

Anna würde Ruhe und Zeit brauchen, um die vergangenen Jahre zu verarbeiten. Und Katharina würde ihr zeigen, dass das Leben schön und farbenfroh war, zumindest im Haus ihrer Großeltern.

*

Manchmal schlief Ben auch mit ihr, ohne sie vorher zu demütigen. Dann schaltete Mirja Wendel ihre Emotionen aus, und es war nur ihr Körper, den er nahm.

Sie fragte sich, ob sie am Zustand ihrer Ehe nicht mitschuldig war. Vielleicht nahm er es ihr übel, dass sie auch Anna vorübergehend bei ihren Eltern untergebracht hatte. Aber sie musste die Kinder schützen.

Auch Anna musterte ihren Vater manchmal mit einem unbehaglichen Blick, wenn er sie besuchte. Das Mädchen hatte selbst zu viel erlebt, um nicht zu spüren, dass zwischen Ben und ihr etwas Ungutes vor sich ging.

Anna hatte die Angewohnheit, Menschen anzusehen, als ob sie in deren Inneres vordringen wollte, doch es schien ihr nicht bewusst zu sein. Sie starrte Ben so lange an, bis er sie maßregelte. Seine Stimme hatte dabei einen scharfen Unterton, doch Anna lachte meistens nur auf.

Wie sollte sie ihr auch erklären, dass ihr Vater ein sadistischer Perverser war? Ihre Tochter war zu jung, um das zu verstehen. *Ich muss meine Probleme endlich lösen,* dachte Mirja.

Eines Tages sagte sie Ben, dass sie so nicht weiterleben könne. Er hörte ihr wortlos zu, doch ihr entging weder der Zorn in seinen Augen noch das verräterische Zucken seiner Brauen. Sie hatte ihm zu entkommen versucht, doch er war schneller. Hämisch lachend hatte er ihr den Weg verstellt und wild auf sie eingeschlagen.

Als sie den Motor seines Wagens hörte, mit dem er in die nächstgelegene Kneipe fahren würde, um sich zu betrinken, lag sie immer noch zusammengekauert auf dem Boden.

Später, gegen Mitternacht, versprach er ihr, sie nie wieder zu schlagen. Sie verzieh ihm ein letztes Mal und sagte, dass sie nicht den Rest ihres Lebens an der Seite eines Mannes leben wolle, der sie nicht achtete. Das nächste Mal würde sie ihn anzeigen. Sie brauchte nur ins Polizeipräsidium zu gehen.

Drei Tage lang hielt Ben sein Versprechen.

Am vierten Tag sah sie bereits beim Abendessen die Vorboten eines beginnenden Wutausbruchs: Augenbrauen, über die er die Kontrolle verlor. Schweigend starrte er auf seinen Teller und stocherte in den Spaghetti herum.

Mirja trug das Geschirr in die Küche und überlegte. Er würde sie wieder schlagen, das wusste sie.

»Was willst du?«, fragte sie resigniert, als er hereinkam.

Ben packte sie bei den Haaren und schleifte sie ins Schlafzimmer. Sie tat, was er verlangte. Jegliches Gefühl in ihr erlosch. Schließlich ließ er von ihr ab. In den frühen Morgenstunden war es vorbei. Geschlagen, gedemütigt und gequält schleppte sie sich ins Badezimmer. Die Haustür fiel ins Schloss. Sie hörte den Motor aufheulen. Es war fünf Uhr morgens.

Er würde durch die Gegend fahren und wie jeden Tag um acht seinen Dienst antreten und dann wie jeden Abend nach Hause kommen, als sei nichts geschehen.

Es würde niemals aufhören.

Zuerst blieb sie ganz still. Sie hatte ihren Kummer so lange in sich verschlossen, dass nichts ihre Starre aufzubrechen vermochte. Plötzlich entwich ihrer Kehle ein klagender Laut, ein dünner, kaum hörbarer Ton. Sie schnappte nach Luft, und ein Schrei brach aus ihr hervor, in dem sich der ganze aufgestaute Schmerz Luft machte. Die Heftigkeit ihres Gefühlsausbruchs erschreckte sie, sie weinte und schrie, bis ihre Lungen schmerzten.

Dann stand sie endlich auf, ging ins Bad, kühlte ihr Gesicht, richtete das Haar und zog sich an.

*

Als Mirja Wendel das Büro des Kommissariats KK1 betrat, kümmerte sich ein Beamter um sie, der sich als Robert Hirschau vorstellte. Er vertrete im Augenblick den zuständigen Kollegen, teilte er ihr mit, der sei soeben Vater geworden und hätte alles stehen und liegen lassen und sei zum Krankenhaus gefahren.

Mirja Wendel wusste sofort, dass sie den Mann mit den markanten Gesichtszügen mochte.

Er bot ihr einen Stuhl an. »Bitte setzen Sie sich doch. Möchten Sie einen Kaffee?«

Sie nickte.

Er goss ihr einen Kaffee ein und nahm ihr gegenüber Platz.

Hirschau hörte ihr aufmerksam zu. Hin und wieder machte er sich Notizen, ohne sie jedoch zu unterbrechen.

»Und welche Rechte habe ich?«, fragte sie zum Schluss, während sie ein Schluchzen unterdrückte. »Wie kann ich mich und meine Kinder schützen? Ich habe schon viel zu lange gewartet.«

»Alle erzwungenen sexuellen Handlungen gelten als Gewalttaten, unabhängig davon, ob sie durch den Ehemann, einen Freund, einen Bekannten oder einen Fremden verübt werden. Es war richtig, dass Sie zu uns gekommen sind. Männer, die ihren Frauen Gewalt antun, ändern sich nie. Sie schlagen immer wieder zu. Manche gehen sogar noch weiter. Wir werden Sie beschützen, Frau Wendel.«

»Gut. Können wir die Anzeige sofort aufnehmen?«, fragte Mirja.

»Sicher. Doch vorher wird eine Beamtin Sie zu unserem Gerichtsmediziner in Großhadern begleiten. Dort wird man Sie untersuchen und Aufnahmen von Ihren Verletzungen machen, die dann später auch als Beweismittel dienen. Ich bereite schon mal die Anzeige vor, dann können Sie sie morgen unterschreiben. Einverstanden?« Seine Stimme klang einfühlsam.

Mirja nickte.

»Sie können auch nicht mehr zurück in Ihr Haus. Sie würden sich nur selbst gefährden. Haben Sie eine andere Möglichkeit, wo Sie unterkommen können?«

»Ja. Ich werde vorübergehend zu meiner Mutter ziehen und dort wohnen, bis ich eine eigene Wohnung gefunden habe«, sagte sie und nannte ihm die Adresse.

Er notierte die Angaben, griff zum Telefon und forderte einen Streifenwagen an, der sie zur Gerichtsmedizin ins Krankenhaus Großhadern bringen sollte. Während er telefonierte, behielt er sie im Auge.

Mirjas Hände zitterten, als sie die Kaffeetasse nahm.

Hirschau erhob sich, kam um den Schreibtisch und setzte sich ihr gegenüber auf einen Stuhl. Dann beugte er sich vor, nahm Mirja die Tasse aus der Hand, stellte sie auf den Schreibtisch und umschloss ihre Hände mit seinen.

»Jeder erzwungene sexuelle Übergriff und jede Vergewaltigung stellt eine tiefe körperliche und seelische Demütigung dar. Ihre sexuelle Selbstbestimmung wurde verletzt, und Ihre persönlichen Grenzen wurden gewaltsam überschritten. Viele Frauen haben nicht den Mut, ihre Männer zu verlassen. Sie hingegen sind mutig.«

Langsam hörte sie auf zu zittern und atmete wieder gleichmäßig. Ihr Gesicht war noch gerötet, doch sie wich Hirschaus Blick nicht aus.

Wenig später holte eine Beamtin sie ab und fuhr sie nach Großhadern. Beim Abschied gab Hirschau ihr seine Karte und reichte ihr die Hand, als wäre es für ihn die natürlichste Sache der Welt.

*

Jakob hatte zwei wichtige Entscheidungen getroffen. Er würde Lukas nicht töten, wie er es ursprünglich geplant hatte. Der Junge stellte keine Gefahr dar. Ben war der Übeltäter, der sein Mädchen immer wieder bedrängte. Jetzt lebte sie sogar bei den Großeltern! Und sie würde sich um ihre kleine Schwester kümmern und nicht mehr die Zeit finden, zu ihrer Lieblingsbank zu gehen.

Es wird Zeit, einzugreifen, dachte er. Ben verdiente eine Lektion, noch besser wäre es, ihn verschwinden zu lassen. Und Anna? Sie wollte er heranwachsen sehen. Sie war jetzt neun Jahre. Er war ein Prinz, ganz besonders für Katharina und nun auch für Anna. Irgendwann würde er ihre Sehnsucht nach Wärme und Geborgenheit stillen.

KAPITEL 12

Unruhig wartete Jakob in seinem Haus auf den Einbruch der Dunkelheit. Er brauchte die Dunkelheit, sie war seine schützende Decke gegen das grelle Tageslicht. Nicht dass es seine Augen blendete, sehr wohl aber seine Seele, in der alles um Katharina kreiste.

Dieses Geturtel mit Severin ging ihm auf den Geist. Er dürstete nach ihrer Aufmerksamkeit, er vermisste sie immer drängender. Tagsüber traf er sie kaum noch, und an ihrem Lieblingsplatz hatte er sie auch schon lange nicht mehr gesehen. So ging es nicht weiter. Sie war viel zu schade für diesen Jungen. Ein Tollpatsch, der mit ihr Hand in Hand durch Freising ging, als wäre sie sein Eigentum. Was bildete der Junge sich eigentlich ein?

Seine Aufmerksamkeit galt von Geburt an diesem einzigartigen Wesen. Nur sie vermochte in ihm diesen Sturm unsagbar süßer Gefühle zu entfachen, die ihn ahnen ließen, wie entrückt vor Glück das Leben sein könnte. Sie war sein unberührter Engel. Noch war sie heilig. Niemals würde er zulassen, dass irgendein Dahergelaufener sie ins Unglück stürzte!

Entrückt, ja, entrückt vom Tageslicht und der Sonne der Sterblichen wollte er mit ihr leben, in der Dunkelheit der Leidenschaften. Im Augenblick der größten Hitze vollzog sich die Verschmelzung der Dämonen mit den Engeln. Nur in der Vereinigung mit einer Jungfrau war dieser Moment der höchsten Erfüllung möglich.

Leise schlich er sich aus dem Haus, vorbei an dem

Gartenhaus und der Sonnenuhr. Alles war totenstill, kein einziger Vogel sang. Die Welt schien in einen Mantel des Schweigens gehüllt, als er in seinen Wagen stieg, um einen Mann aufzusuchen, der von Dämonen besessen war. Er würde diesem Widerling eine Lektion erteilen.

*

Viertel nach neun Uhr abends. Ben drehte den Hahn zu und trat aus der Dusche des schäbigen Hotelzimmers. Heißes Wasser tröpfelte auf den Boden, während er nach seinem Handtuch griff. Er wickelte es sich um die Taille und durchquerte das Zimmer. Die junge Prostituierte war bereits gegangen. Sie war ihr Geld nicht wert gewesen. Man sollte keine Frau unter 20 vögeln.

Nachdem er in seine Unterhose geschlüpft war, hörte er ein Geräusch und schaute auf. Er grinste. Die Kleine hatte wohl immer noch nicht genug. Na, dann!

Er legte sich wieder aufs Bett und wartete darauf, dass sie das Hotelzimmer betreten würde. Er lag auf dem Rücken, starrte in die Dunkelheit, lauschte dem Wind, der am Fenster rüttelte, und der Stille, die ihn umgab, und dabei döste er ein.

Plötzlich schreckte er hoch. Jede Faser seines Körpers war angespannt, alles in ihm war in Alarmbereitschaft. Er hörte das Knarren des Holzbodens. Verzweifelt versuchte er auszumachen, was in dem Zimmer vor sich ging, doch die Nachttischlampe war defekt, und die Dunkelheit hatte eine dämpfende Wirkung. Die Geräusche verschmolzen miteinander. Kalter Schweiß trat auf seine Stirn. Er hatte das Gefühl, sich übergeben zu müssen. Seine Hände strichen über die Bettdecke und begannen den gestärkten

Stoff zu kneten, sodass seine Finger darauf ein kratzendes Geräusch machten.

Dann war die Decke plötzlich weg. Jemand hatte sie von seinem Bett gerissen. Einen Moment lag er entblößt und zitternd vor Kälte da. Er hörte ein seltsames Pfeifen in der Luft. Eine Hand traf seine Schläfe. Ben war so perplex, dass er sich anfangs kaum wehrte. Er dachte nur an Mirja und Katharina, die gerade versuchten, ihn umzubringen. Da hörte er das leise böse Lachen und wusste, dass er sich diesbezüglich geirrt hatte.

*

Jakob schloss die Tür des Hotelzimmers hinter sich und verriegelte sie. »Du wirst mein Mädchen nie wieder berühren«, sagte er mit ruhiger Stimme. Dann drehte er sich langsam zu Ben um.

Mit einem Satz war er bei ihm, hielt ihn fest und lachte laut auf, als die Spitze seines Messers das rechte Auge traf.

Er presste ihm den Mund zu, um seinen Schrei zu ersticken. Das Auge lief aus wie eine geplatzte rote Qualle. Mit der anderen Hand drehte er die Klinge weiter in die Tiefe und durchbohrt den Schädelknochen. Blut und Knochensplitter quollen aus der Höhle, wo zuvor das Auge gewesen war.

Ben versuchte zu schreien, versuchte sich zu befreien. Er strampelte mit den Beinen, aber es war sinnlos.

Als die Spitze des Messers das Gehirn durchdrang, lockerte Jakob seinen Griff.

Später starrte er auf die Leiche, ohne sie wirklich zu sehen. Im Geist sah er durch das Fenster, wie Ben Katharinas Haar streichelte. Er stieß einen Klagelaut aus und begann mit den Fäusten auf Bens blutverschmierte Brust zu trommeln. Tränen strömten ihm übers Gesicht.

Dann verschwand das Bild vor seinen Augen, und der Hauch eines Lächelns breitete sich auf seinem Gesicht aus. Er lächelte wie ein Kind, das gerade etwas zum Geburtstag geschenkt bekommen hatte.

Er hatte für sein Mädchen getötet. Die Zuneigung für Katharina erfüllte ihn mit Zärtlichkeit. Er hatte immer wieder ihren Blick gesucht, in der Aula, auf dem Spielplatz, und sie hatte ihn mit einem scheuen, verstohlenen Lächeln angesehen, dem Lächeln eines wahren Engels. Dafür lohnte es sich, zu töten.

Er ließ Ben liegen und tauchte in die Dunkelheit ab. Er würde die Leiche später entsorgen. Leise, wie er gekommen war, verließ er das Hotelzimmer und schlenderte langsam zu seinem Wagen, den er unweit des Hotels geparkt hatte. Eine selbstbewusste Gestalt, arrogant, beherrscht, ihrer selbst sicher. Und, wie immer, allein. In Gedanken sah er, wie Katharina ihren Kopf gegen seine Brust lehnte und ihre Hand sich zärtlich seiner Wange näherte …

Zurück in der Blockhütte meditierte er, bis die kalte anonyme Intelligenz ihn umschloss, dieser Panzer, der ihn unsterblich machte.

*

Zwei Uhr nachts

Im Mondlicht sahen die Luftwurzeln der Silberpappeln wie bleiche Knochen aus. Doch der Mann, der wie ein Schatten am Weiher vorüberhuschte, sah sie nicht. Er war nicht allein, neben ihm ging eine kleinere Gestalt.

Lautlos glitt Bens Leiche in das schwarze, vom Mond gesprenkelte Wasser. Ein leises Klatschen, ein Gluckern, dann war sie weg. Ein paar Wellen kräuselten noch die Oberfläche, schimmerten im Mondlicht, und schon glättete sich der Weiher wieder.

Irgendwo rief klagend eine Eule. Der kleinere Mann blieb stehen, und es schien, als würde er dem Eulenruf lauschen; humpelnd lief er dann dem anderen nach. Bevor er ihn erreichte, drehte der sich um und gab ihm sonderbare Zeichen. Daraufhin kehrte der junge Mann um und verschwand in der Dunkelheit. Es war auffällig, dass er nicht mehr humpelte.

Der Mann ging in den Schuppen neben der Blockhütte, wo ein Toyota-Geländewagen stand, setzte sich hinein und fuhr über wirbelndes Herbstlaub davon.

*

Ben hat uns verlassen. Er ist eines Abends nicht mehr nach Hause gekommen, und Mama ist heilfroh darüber. Mama hat zwar eine Vermisstenanzeige aufgegeben, aber die Polizei hat wohl zu viel zu tun. Und ich glaube, auch Kommissar Hirschau ist froh, dass Ben verschwunden ist. So braucht er ihn wenigstens nicht aus der Kneipe zu holen und ihn in die Ausnüchterungszelle zu stecken. Er kommt schon wieder, Frau Wendel, hat er gesagt.

Hoffentlich nicht!

Mama wird sich – wenn Ben wieder auftaucht – von ihm scheiden lassen. Das hat sie mir versprochen. Ich kann nicht genau sagen, warum ich ihr jetzt glaube. Es ist nur so ein Gefühl. Mama hat mir auch versprochen, nie wieder einen neuen Vater für uns zu suchen. Ach ja – sollte Ben tatsächlich wieder nach Hause kommen, wird die Polizei ihn verhaften. Super!

Mama, Anna und ich wohnen jetzt wieder unter einem Dach und kommen auch so ganz gut zurecht, besonders ohne Ben. Manchmal verdiene ich auch ein bisschen Geld und verkaufe die Kirschen aus dem Garten der Großeltern auf dem Wochenmarkt. Es gefällt mir sogar, denn Severin hilft mir dabei. Wir lachen viel, meine Mutter, Anna und ich, seit Ben uns verlassen hat. Das Leben ist wieder schön.

KAPITEL 13

1995

Ich habe mich seit geraumer Zeit nicht mehr meinem Tagebuch anvertraut. Mir war nicht danach. Severin ist in die Staaten gezogen, um in Boston sein Studium aufzunehmen. Er war mein erster vertrauter Freund, und ich vermisse ihn sehr.

Seine überstürzte Abreise hat mich tief getroffen. Er hat sich noch nicht mal von mir verabschiedet. Dabei waren wir so viele Jahre befreundet. Aber ich glaube, den Grund zu kennen: Jörg Kreiler. Ich mag diesen Mann. Nein, es ist viel mehr. Ich habe mich in ihn verliebt. Seit ich ihm zum ersten Mal begegnet bin, ist so viel geschehen.

An meinem 20. Geburtstag im November 1994 habe ich eine Lehre als Krankenschwester begonnen. Dort bin ich ihm begegnet, und auf dem Waldfest im darauf folgenden Sommer lernte ich ihn näher kennen. Severin bat mich, ihn dorthin zu begleiten. Arm in Arm und gut gelaunt schlenderten wir an diesem Tag zur Wiese hinter dem kleinen Wäldchen. Schon von Weitem erkannte ich meine Mutter, die angeregt mit einer Nachbarin plauderte. Seit Bens plötzlichem Verschwinden vor Jahren ist sie richtig aufgeblüht. Er ist nie wieder aufgetaucht, und ich frage mich manchmal, wo er wohl steckt. Und manchmal glaube ich … Nein, an so etwas darf ich nicht denken. Mama könnte niemals einen Menschen umbringen! Doch seit er fort ist, sind wir wieder richtig glücklich.

Katharina zupfte Severin am Ärmel. »Komm, wir setzen uns hier hin, ich möchte nicht für unsere Nachbarn auf dem Präsentierteller sitzen.«

»In Ordnung.«

Sie hatten sich gerade gesetzt, als sie im vorbeiflanierenden Besucherstrom einen jungen Mann entdeckte und ihm zuwinkte.

Severin verzog das Gesicht und stand auf. »Woher kennst du den denn?«

»Ich treffe ihn hin und wieder in der Kantine des Krankenhauses. Warum?«

»Das ist Jörg Kreiler. Er ist Medizinstudent im praktischen Jahr und … Ich hol schon mal was zu trinken. Was möchtest du?«, fragte er mürrisch.

»He, hast du was? Ein Radler, bitte.«

»Nee, was soll ich haben? Möchtest du ihn kennenlernen?«, fragte er nicht gerade überzeugend.

Knapp eine Minute später standen sie sich gegenüber.

»Hallo, Severin«, grüßte Jörg freundlich. Dann schaute er sie an. »Wir haben uns schon mal im Gourmetsalon der Klinik gesehen. Mein Name ist Jörg Kreiler.«

Severin hob den Kopf, nickte kurz, warf Katharina einen Blick zu und ergriff die Flucht.

Sie schmunzelte. Ob er vielleicht eifersüchtig war?

Sie unterhielt sich mit dem attraktiven Medizinstudenten, und als sie ihn einlud, sich doch zu setzen, fing sie einen vorwurfsvollen Blick von Severin auf, der noch mit den Getränken beschäftigt war.

So vernichtend, wie er sie gerade vom Getränkestand aus angeschaut hatte, befürchtete sie schon, dass er nicht mehr an ihren Tisch zurückkehren würde – als ihr Blick sich plötzlich in den starrenden dunklen Augen eines Mannes verfing.

Als die Gestalt aufstand, hielt sie den Atem an.

Jörg drehte sich plötzlich um. »Entschuldige, ich hol uns mal eben 'ne Cola. Das wird wohl nichts mit Severin«, sagte er und sprang auf. Sein Stuhl fiel nach hinten.

»Was meinst du?«, fragte sie fahrig.

Aber da war er schon weg.

Ben? War das gerade Ben, der sie so unverschämt gemustert hatte? Sie hätte weinen können. Immer wieder blickte sie nervös um sich. Die dunkel gekleidete Gestalt war verschwunden. Schließlich entdeckte sie in der Menge Severin, der auf sie zukam.

»Ich möchte nicht, dass du mit ihm tanzt!«, sagte er und zeigte auf Jörg.

Katharina sah ihn entgeistert an. Sein Atem roch nach Bier. »Du hast getrunken.«

Ein älteres Pärchen kam an und fragte, ob noch ein Platz frei sei, was sie mit einem Aufatmen bejahte.

»Bitte, Severin, benimm dich. Was ist denn in dich gefahren?«

»Na, gibt's Ärger?«, fragte der ältere Mann.

Severin starrte ihn an und blieb unschlüssig stehen.

Jörg kam mit zwei Gläsern Cola zurück, ignorierte Severin, stellte die Gläser auf den Tisch und ergriff Katharinas Hand.

»Du hast mir einen Tanz versprochen«, sagte er, lachte sie herausfordernd an und zog sie an Severin vorbei zur Tanzfläche.

»Severin scheint mich nicht zu mögen. Ist er dein Freund?«

»Mein Schulfreund.« Sie spielte kokett mit einer Haarlocke.

»Ach so. Du kannst ihm ja sagen, dass ich dich heiraten werde.«

Katharina lachte laut auf. »Im Ernst?«

Sie musterte Jörg verstohlen. Er war schlank, fast mager, trug Turnschuhe, Jeans und Pullover. Er hatte blaue Augen wie sie, nur dunkler, Lachfältchen und kurzes braunes Haar. Sein Mund war sinnlich, doch vor allem waren es seine verständnisvollen Augen, die ihr Vertrauen einflößten. Während sie sich unterhielten, streichelte er nachdenklich mit Zeigefinger und Daumen der linken Hand sein Kinn. Die Geste gefiel ihr.

Katharina tanzte den ganzen Nachmittag mit ihm. Insgeheim hoffte sie, Severin damit eifersüchtig zu machen, doch als der ihr Radler einfach stillschweigend auf den Tisch gestellt und sich wortkarg verabschiedet hatte, war sie wieder verunsichert und flüchtete sich in eine gespielte Ausgelassenheit. Trotzdem fand sie Jörg sympathisch, und als sie erwähnte, dass sie abends noch bei ihren Großeltern vorbeischauen wollte, fand sie es angenehm, dass er sie begleitete.

*

Als sie zu Hause leise die Tür von Annas Schlafzimmer aufmachte, kam ihr Anna schon entgegen. »Wo bleibst du denn so lange?«, rief sie.

»Wärst du mitgekommen, hättest du nicht so lange warten müssen«, sagte Katharina. »Aber du wolltest ja nicht.«

»Du bist ja mit Severin hin«, schmollte sie. »Das ist doch dein Freund. Und dann erzählt ihr nur Sachen von euch. Das find ich blöd.«

»Aber ich hab gar nicht mit Severin gesprochen, sondern mit Jörg.«

Anna zog die Stirn kraus. »Jörg?«

Katharina kicherte. »Er ist PJ-ler!«

Anna schüttelte den Kopf. »Was ist denn das?«

»Ein Medizinstudent, der im Krankenhaus ein praktisches Jahr macht und kurz vor dem Examen steht. Verstehst du das?«

»Ja. Er ist kein richtiger Arzt, sondern nur ein halber.«

Katharina seufzte.

»Wenigstens ungefähr?«

»Ja, meinetwegen.«

»Jedenfalls kann er bald eine Familie ernähren.«

»Seine Familie ernährt sich von ihm?«, fragte Anna perplex.

»Oh Anna, was sagst du da? Bald verdient er genug Geld, damit sich seine Familie genug zu essen, zum Anziehen und sogar einen Urlaub leisten kann.«

»Und warum macht er es nicht?«

Katharina lächelte. »Dummchen, weil er noch keine Familie hat. Aber weißt du, ich hätte schon gern eine Familie. Eine … eine andere Familie als unsere. Wo man nicht Angst haben muss.«

»Ich hatte nur vor Ben Angst. Mama sagte früher immer, ich sollte Papa zu ihm sagen. Aber das tat ich nicht, obwohl er mein Vater war, ähm, ist. Ich bin froh, dass er nicht mehr bei uns ist. So ist es viel schöner.«

»Finde ich auch.«

»Ich weiß.«

»Will er denn auch eine Familie?«, fragte Anna.

»Wer?«

»Jörg.«

»Vielleicht.« Katharina ging zum Fenster und schaute verträumt hinaus. »Ich heirate nur einen Mann, der viele Kinder haben will. Stell dir vor: ein großes Haus mit großen hohen Fenstern, in die die Sonne schöne Muster malt, und wo draußen im Garten lauter glückliche Kinder toben.«

»Und der Mond?«, fragte Anna.

»Hm ... In dem Haus macht der Mond keine Angst wie früher bei Mama und Ben, sondern lacht mich an, wenn ich in der Nacht aufwache.«

»Wie in dem Märchen von Großvater Dämmerlicht, der jeden Abend nach Sonnenuntergang eine große Perle aus seiner Schatzkiste nimmt?«

»Richtig.«

Anna reichte ihr das Märchenbuch. »Erzähl mir die Geschichte zu Ende!«

»Anna, ich habe sie dir schon so oft erzählt.«

»Bitte.« Die großen blauen Augen sahen sie flehend an.

»Also gut.« Katharina setzte sich aufs Bett, nahm ihre Schwester in den Arm und las ihr das Lieblingsmärchen vor. »Während der Großvater durch den Wald zum See ging, wurde er von einem Reh begleitet, doch bald gesellten sich weitere Tiere dazu. Die Perle in seinen Händen wurde größer und größer und nahm an Leuchtkraft zu. Als der Großvater schließlich am Ufer des Sees angekommen war, blickte er zum Himmel auf und streckte seine Arme aus. Da stieg die Perle zum Sternenhimmel empor. Wenig später entstand aus ihr der silberne Mond, der die Nacht mit seinem Licht erhellte, während sich die Tiere hinlegten und einschliefen.« Sie schlug das Buch zu. »Und du, meine liebe Anna, machst das jetzt auch. Ab ins Bett mit dir.«

»Was machst du, wenn Severin dich heiraten will?«

»Severin ist doch nur mein Schulfreund, und den heiratet man nicht. Außerdem war er beleidigt, weil ich Jörg auf dem Waldfest eingeladen habe, sich an unseren Tisch zu setzen. Er ist einfach aufgestanden und nicht mehr wiedergekommen. Das finde ich nicht gut. Du?«

»Nee, ich auch nicht. Und alles wegen Jörg?«

»Ja, er ist furchtbar eifersüchtig auf ihn. Er meint, er wäre langweilig. Dabei hab ich die ganze Zeit mit ihm getanzt. Mit Severin hab ich noch kein einziges Mal getanzt.«

»Kommst du mich auch besuchen, wenn du verheiratet bist?«, fragte Anna plötzlich, als Katharina sie zudeckte.

»Aber sicher doch«, antwortete sie, umarmte ihre Schwester und gab ihr einen Gutenachtkuss.

KAPITEL 14

Robert Hirschau blieb in der Tür von Andreas Büro stehen. Sie saß an ihrem Schreibtisch und las einen Bericht. Er musste lächeln. Sie knabberte am Ende eines Bleistifts. Das hatte sie schon damals immer getan, wenn sie sich auf ihre Arbeit konzentrierte – damals, vor mehr als zehn Jahren, als sie zusammen am Mordfall Julia Jahnke gearbeitet hatten und er sich kurz nach dem Fund der Leiche von ihr getrennt hatte. Zum Glück hatte sich das Verhältnis gebessert, als sie ein Jahr darauf den Sohn des Polizeipräsidenten geheiratet und zwei Jahre später eine Tochter zur Welt gebracht hatte. Den Dienst allerdings hatte sie nicht quittiert. Dafür liebte sie die schaurigen Geschichten des Morddezernats anscheinend doch zu sehr.

Er war hier, weil er heute Nachmittag wieder eine Vermisstenanzeige auf seinen Schreibtisch bekommen hatte, die in ihm Erinnerungen an den Mordfall Jahnke geweckt hatte. Er wollte sie Andrea zeigen.

Damals waren die Spuren im Sand verlaufen. Sie waren jedem Hinweis nachgegangen, hatten das Drogendezernat eingeschaltet und die umliegenden Förstereien überprüft, doch alles vergebens.

Seine Mitarbeiter hatten die Bank, in der Julia arbeitete, unter die Lupe genommen. Alle Lokale, die sie mit Kollegen und Freunden besucht hatte, wurden monatelang observiert, ebenso ihre Wohnung. Obwohl der Streifeneinsatz massiv verstärkt wurde, gab es keinerlei Hinweise auf einen Verdächtigen. Sämtliche schaulustigen Zaungäste waren vorgeladen worden. Nichts. Nach zwei Jahren landete die Akte auf dem Stapel der ungelösten Fälle, und da befand sie sich immer noch.

Er klopfte an den Türrahmen.

Andrea drehte sich um und blinzelte ihn überrascht über den Brillenrand hinweg an.

»Kann ich dich kurz sprechen?«, fragte er.

»Natürlich. Komm rein.«

Hirschau setzte sich ihr gegenüber an den Schreibtisch. Sie sagte nichts und wartete geduldig, bis er das Wort ergriff.

»Mir geht neuerdings ein alter ungeklärter Mordfall nicht aus dem Kopf. Erinnerst du dich an Julia Jahnke?«, fragte er.

Andrea nickte. »Wie könnte ich das vergessen? Erstens hat es zwischen uns damals einige Spannungen gegeben, und zweitens war es die grausamste Leichenverstümmelung, die ich jemals zu Gesicht bekommen habe.«

Er holte Luft und suchte nach den richtigen Worten. »Diese Probleme damals zwischen uns, die hatten gar nichts mit dir zu tun. Es lag nur an mir. Es ist schwer zu erklären.«

»Das musst du auch nicht. Heute zählt unsere Freundschaft, und die bedeutet mir viel.«

»Es ist schön, dass du das sagst«, meinte er mit sanfter Stimme.

Andrea lächelte. »Was kann ich für dich tun?«

»Ich habe heute eine Vermisstenmeldung auf den Tisch bekommen und möchte, dass du dir das hier mal ansiehst. In den vergangenen zehn Jahren sind mehrere junge Frauen spurlos verschwunden, ihre Leichen wurden nie gefunden.

Ich habe mir die Akte Jahnke aus dem Archiv kommen lassen. Sieh dir doch noch mal die Fotos an.«

Er reichte ihr eine dicke mit einer Leinenkordel zusammengebundene Akte, auf der in großen Druckbuchstaben der Name *Julia Jahnke* stand.

»Was soll das? Ich kenne den Inhalt dieser gebündelten Grausamkeiten in- und auswendig.«

»Wirf trotzdem mal einen Blick rein. Ich bin da auf etwas gestoßen.«

Lustlos blätterte Andrea in den Unterlagen.

»Fällt dir was auf?« Er klang ungeduldig.

Sie betrachtete konzentriert die Aufnahmen der vermissten Frauen. Dann schaute sie ihn an. »Julia ist blond und die vermissten Frauen ebenfalls. Übereinstimmung Nummer eins.«

Hirschau knurrte leicht genervt. »Findet dein messerscharfer Verstand vielleicht noch eine zweite Übereinstimmung?«

Andrea zögerte einen kurzen Moment. »Sie sind alle sehr attraktiv, fast schon von einer makellosen Schönheit, und haben eine Haut wie Elfenbein. So nennt man das wohl, oder?«

Hirschau blinzelte sie mit seinem berühmten Hamletblick an.

Seufzend beugte sie sich erneut über die Vermisstenfotos. »Ja, du hast recht. Sie sehen sich *alle* auffällig ähnlich. Woher hast du diese Fotos?«

»Ich habe die Familienangehörigen der vermissten Mädchen gebeten, mir mehrere Schnappschüsse zuzuschicken.«

Er betrachtete noch einmal die Aufnahmen, die die Spurensicherung in Julias Appartement sichergestellt hatte, mit denen ihrer Leiche. Im Neonlicht des Büros erschien das fotografierte Mordopfer realer als in seiner Erinnerung.

In all den Jahren hatte er das unerklärliche Gefühl gehabt, dass es eine Verbindung zwischen dem Mordfall Jahnke und dem mysteriösen Verschwinden der jungen Frauen danach gab. Jetzt hatte er sie: Alle Frauen trugen ihr langes blondes Haar offen, und sie trugen es zur Seite gekämmt wie Julia.

KAPITEL 15

In München gastierten die Wiener Philharmoniker. Katharina hatte ihrer Mutter zum Geburtstag eine Konzertkarte geschenkt und eine Übernachtung im Nobelhotel *Königshof;* dazu hatte sie einen Tisch im hoteleigenen Restaurant reserviert, das einen hervorragenden Ruf genoss. Eine gute Freundin begleitete sie, und Anna verbrachte die Nacht bei den Großeltern, sodass Katharina das Haus für sich allein hatte.

Es gab so wenige Dinge im Leben, die sich vorherbestimmen ließen. Wie die Sache mit Severin. Seit er in die Staaten gegangen war, um dort zu studieren, hatte sie nichts mehr von ihm gehört. Sie war sehr traurig darüber und bemüht, innerhalb der Grenzen ihres Alltags ein größtmögliches Maß an Ordnung zu bewahren. Ihre Mutter und Jörg halfen ihr dabei.

Jörg war ruhig und ausgeglichen. Sie mochte seine Geduld und seine Aufrichtigkeit, seine Fürsorge und Wärme. Sie spürte, dass er sich in sie verliebt hatte, doch sie war sich über ihre eigenen Gefühle noch immer nicht im Klaren. Sie brauchte Zeit, um wieder Vertrauen zu einem Mann aufbauen zu können. Zwei Männer hatten sie enttäuscht: Ben durch seine Gewalttätigkeit und Severin durch seinen wortlosen Abschied. Aber eines wusste sie mit Gewissheit: Jörg war der Mann, den sie jetzt brauchte.

Sie drehte den Türknauf, wartete, bis der Riegel mit einem satten Klacken einrastete, und legte die Kette vor.

Ihr Tagebuch lag auf dem Tisch. Sie nahm es in die Hand, setzte sich in den Sessel vor dem Kamin, schaltete die Stehlampe ein, die gedämpftes Licht spendete, und atmete tief durch.

Sie blätterte im Tagebuch und las unwillkürlich eine Eintragung, die sie einige Monate nach Annas Geburt geschrieben hatte:

Mama hat sich geirrt. Sonntagskinder bringen kein Glück. Anna ist fort. Ich bin wieder allein. Allein mit dem Schatten in meiner Zeichnung.

Sie lächelte. Jetzt war sie nicht mehr allein. Obwohl Jörg gewusst hatte, dass sie im Augenblick nicht bereit war, eine Beziehung einzugehen, hatte er sie nach Severins Abreise immer wieder angerufen.

Eines Tages hatte er sie in ihrem Lieblingscafé entdeckt. »Katharina! Wie geht es dir?« Seine Stimme hatte einen zärtlichen Klang, als er ihren Namen aussprach.

Er war freundlich, aber sie hatte gespürt, dass er sie mit einer Art Verlangen beobachtete. In den folgenden Wochen war sie ihm oft in der Klinik begegnet, denn er passte sie ab. Er hatte es ihr vor wenigen Tagen gestanden.

Ständig ertappte sie sich dabei, dass auch sie nach einem Grund suchte, um ihn anzurufen. Sie wollte nur seine Stimme hören, die einen so beruhigenden Klang hatte. Es dauerte Wochen, bis sie den Mut dazu fand. Und dann gestand er ganz offen: »Du gehst mir nicht aus dem Kopf. Ich glaube, ich habe mich in dich verliebt.«

Katharina hatte das Gefühl, dass der Raum um sie herum plötzlich enger wurde. Aus unerfindlichen Gründen klopfte auch ihr Herz. Jetzt begriff sie, was Sexappeal bedeutete. Er strömte ihm förmlich aus den Poren.

Er war es, der zuerst zärtlich wurde und im Dunkeln ihre Hand nahm und sie drückte. Er war es auch, der sie zuerst küsste. Zärtlich und voller Gefühl, sanft und verlangend zugleich.

Und mit pochendem Herzen führte sie seine Hand an ihren Busen …

Sie aßen in einem kleinen romantischen Lokal zu Abend und erzählten von sich und spürten, dass etwas mit ihnen geschah. Manchmal ertappte sie sich dabei, dass sie sich fragte, wie er wohl als Vater wäre.

Sie liebte es, wenn er die Knöpfe ihrer Bluse öffnete, um ihre Brüste zu liebkosen, oder wenn er ihren nackten Körper betrachtete und berührte.

Die Tagebuchseiten, in denen sie ihre Begegnungen festhielt – den ersten zärtlichen Kuss, die erste Berührung, ihre vertrauten Gespräche, die erste Liebesnacht in seiner Wohnung –, jedes Wort davon kannte sie mittlerweile auswendig. Doch ob es die wahre Liebe war, wusste sie noch nicht.

Sie legte das Tagebuch beiseite, ging ins Schlafzimmer und zog rasch eine bequeme Hose und eine Bluse an. Als sie anschließend barfuß in die Küche lief, hatte sie das Gefühl, das Leben im Griff zu haben. Sie hatte eine Entscheidung getroffen.

Rasch trank sie ein Glas Wasser und ging erneut ins Schlafzimmer, nahm ihre Kleider aus dem Schrank und packte eilig einige Koffer. Dann rief sie Jörg in der Klinik an.

*

Jakob wusste, dass Katharina heute allein im Haus ihrer Mutter war.

Seit vielen Jahren hatte er sie beobachtet, sie, die ihn so sehr an seine Mutter erinnerte, nur unbefleckt, ein Mädchen, das er unerbittlich beschützen musste. Aber aus ihr war inzwischen eine begehrenswerte Frau geworden und aus ihm ein Liebhaber, in dessen Herz eine infernalische Eifersucht loderte. Und sie hatte ihn verraten, seine Ehre als ihr Prinz besudelt, ihn beschmutzt und mit Füßen getreten. Ihre Sünde würde er tilgen, ein für alle Mal und in einer Weise, dass nur die Hölle sich ihrer erbarmen würde, denn der Himmel hatte sie für immer verstoßen.

Am Nachmittag bereitete er sich in seiner Hütte vor. Zunächst trank er in Essig aufgelöste Zuckerperlen, danach nahm er mit Blattgold belegte Speisen zu sich und trank dazu einen Burgunder. Längst hatte er, wie einst Caligula bei seiner Schwester Agrippina, das Urteil gefällt. Diesmal würde er sie in die ewige Verbannung schicken, in die endgültige Auslöschung.

Er lächelte. Er würde das Blut seiner Schwester Agrippina der Jüngeren durch seine Finger fließen lassen und es mit dem Blut von Agrippina der Älteren, seiner Mutter, vermischen, er würde ihren Körper menstruieren lassen, damit alle befleckten Eizellen ausgestoßen und vernichtet wurden. Heldenhaft hatte er den Tod seiner Mutter überstanden, und heldenhaft würde er den Tod seiner Schwester überstehen. Helden töteten und wurden getötet. Doch er war Gottkaiser. Er würde sie alle überleben.

KAPITEL 16

Jörg Kreiler redete in der Pathologie auf seinen Freund Bodo Kauder ein. »Vielleicht kannst du mal darüber nachdenken. Katharina würde gerne ein Praktikum in der Pathologie machen.«

Kauder setzte sein zartbitteres Lächeln auf. »Mal sehen, was ich für sie tun kann. Wie sieht sie denn aus, deine große Liebe?«

Kreiler nahm ein Foto von ihr aus der Brieftasche und streckte es zu ihm herüber.

»Hm. Sehr hübsch. Was sagtest du? Ein Praktikum? Ein lebendiges Wesen in meiner Nähe, dazu noch so ein gutaussehendes …«

»Gutaussehend? Sie ist die schönste Frau auf Gottes Erde!«, protestierte Kreiler.

»Stimmt. Irgendwie erinnert sie mich an jemanden. Egal. Du bist sehr glücklich mit ihr, das sieht man dir an. In Ordnung. Sag ihr, sie soll mich anrufen. Es lässt sich bestimmt etwas arrangieren.«

»Danke. Morgen früh hole ich sie zu mir. Sie hat mich vorhin angerufen. Sie hat die Koffer schon gepackt und wird bei mir einziehen. Ich muss jetzt zum Dienst, Bodo. Wir sprechen uns später.«

Als Jörg Kreiler die Pathologie verlassen hatte, griff Kauder zum Telefon. »Verbinden Sie mich bitte mit der Kripo München, Kommissar Hirschau.«

Während er mit Robert Hirschau sprach, starrte er auf

den Seziertisch Nummer zwei, wo er vor einigen Jahren Julia Jahnke obduziert hatte.

»Woran erinnert … Ja, du hast recht, Bodo. Ich hatte das Gefühl, sie schon mal gesehen zu haben. Es ist diese Ähnlichkeit. Langes blondes Haar. Wie Julia und die anderen vermissten Frauen«, sagte Robert.

Andrea schaute von ihrem Schreibtisch auf. Robert knallte den Telefonhörer auf die Gabel und klapperte auf der Tastatur seines Computers. Er schien etwas zu überprüfen.

»Was ist denn los?«

»Erinnerst du dich an Katharina Wendel? Ich habe sie mal kennengelernt, als ich ihre Mutter aufsuchte.«

»Du hast mir damals von ihr erzählt. Die bildschöne Tochter einer todunglücklichen Mutter.«

»Das war vorhin unser Pathologe Kauder. Er erwähnte, dass Dr. Kreiler bei ihm war. Katharina Wendel möchte bei Kauder ein Praktikum machen. Jedenfalls ist Kreiler mächtig in sie verliebt. Sie zieht bei ihm ein. Und dann fragt Kauder mich plötzlich, ob mir nicht Katharina Wendels Ähnlichkeit mit Julia Jahnke und den vermissten Frauen aufgefallen wäre.«

»Ich erinnere mich. Kurz nach Frau Wendels Anzeige gegen ihren Ehemann wegen körperlicher Gewalt verschwand er plötzlich von der Bildfläche. Sie gab eine Vermisstenanzeige auf. Seltsame Geschichte. Er ist nie wieder aufgetaucht. Ich glaube übrigens immer noch, dass sie ihren Mann abgemurkst hat. So, wie der sie zugerichtet hat.«

Hirschau ignorierte Andreas Bemerkung. »Jedenfalls habe ich Frau Wendel einige Male aufgesucht und dabei ihre Töchter kennengelernt. Ihre Ältere sieht …«

»Es gibt eine Menge Frauen«, unterbrach Andrea, »die

sich auf die eine oder andere Art ähnlich sind. Du hast dich doch damals um Mirja Wendel gekümmert, als sie ihren Mann angezeigt hat.«

Er machte ein säuerliches Gesicht. »Eben nicht. Der Fall landete wieder bei den Kollegen in Grünwald. Es war Zufall, dass ich an dem Abend Dienst hatte und einen Freund vertreten habe. Versuche, Frau Wendel telefonisch zu erreichen. Wir sollten uns mal mit ihr und ihrer Tochter unterhalten. Nein. Sag ihr, dass ich zu ihr unterwegs bin. Diese Ähnlichkeit mag ein Zufall sein, aber irgendetwas sagt mir ... Auch Katharina Wendel trägt ihr Haar zur Seite gekämmt. Vielleicht treibt sich dieser Vater noch irgendwo hier herum, und die von der Vermisstenabteilung haben gepennt. Niemand verschwindet einfach so spurlos.«

*

Katharina nahm den Koffer und ging die Treppe hinunter ins Wohnzimmer. *Nur noch diese eine Nacht,* dachte sie, *dann bin ich bei Jörg und fange ein neues Leben an.* Sie schaute auf die Uhr. Drei Uhr. Nur noch fünf Stunden. Erschöpft, aber erleichtert legte sie sich auf die Couch und fiel augenblicklich in einen tiefen Schlaf.

Wenig später wachte sie mit einem Ruck auf und fand sich in völliger Dunkelheit wieder. Ihr Herz hämmerte, ihre Bluse war schweißnass. War da ein Geräusch gewesen? Das Klirren von Glas, Schritte? Ben? Sie wagte nicht, auch nur einen Muskel zu bewegen, aus Angst, die Geräusche zu überhören, mit denen Ben sich verriet.

Durch das Fenster fiel das Licht eines vorbeifahrenden Autos.

Sie erhob sich von der Couch.

Plötzlich hörte sie das Quietschen der Ketten von der Verandaschaukel und Geräusche, als würde jemand die Haustür öffnen und schließen. Sie erkannte das leise Knarren.

Sie erschauderte. Irgendjemand war im Haus. Bis auf das durch den Vorhang sickernde silbrige Mondlicht war es stockdunkel. Katharina wusste: Jetzt war jener Augenblick gekommen, vor dem sie sich immer gefürchtet hatte.

Mama, hilf mir!

Sie hörte den Atem des Schattens und rührte sich nicht. Eine Hand berührte ihr Haar, Atem streifte ihren Nacken. Sie roch den sauren Schweiß. Sie kannte den Geruch und das Schnauben, beides war ihr vertraut. Und sie wusste, sie beide waren allein.

»Steh auf«, wisperte er.

Sie gehorchte. Ihr Herz raste, und sie schloss für einen Moment die Augen. Dann holte sie tief Luft und drehte sich um.

Im sickernden Mondlicht sah sie die Silhouette. Vor ihr stand der Wahnsinn. Das Weiße der Augen leuchtete in der Dunkelheit, ein Blick voller Hass. Für den Bruchteil einer Sekunde glaubte sie, ihn zu erkennen. Aber das konnte doch nicht sein …

Sie hielt den Atem an. »Warum?«, flüsterte sie heiser.

Sie spürte den Einstich. Wie eine Betrunkene drehte sie sich um ihre eigene Achse und schlug hart und schmerzhaft gegen die Tischkante.

Ein Stuhl fiel hinter ihr zu Boden.

»Nein!«, schrie sie in panischer Angst. »Bitte nicht!«

Ich werde es nie schaffen, die Haustür zu erreichen, dachte sie. Das Leben lag nur wenige Schritte von ihr entfernt, bis zur Klinke dieser Tür.

Sie taumelte. *Ich schaffe es nicht.* Sie spürte erneut den Einstich einer Nadel, nur eine Sekunde lang. Dann verlor sie das Bewusstsein.

Als sie aufwachte, konnte sie sich nicht mehr bewegen. Ihr Gehirn versagte, alle Signale waren blockiert. Sie hörte ihren Atem wie ein Schluchzen. Sie hörte, dass die Gestalt mit ihr sprach, verstand die Worte aber nicht.

Schwach roch sie den betäubenden Duft von Äther, und der beklemmende Gedanke stieg in ihr auf, dass sie jetzt sterben würde.

Katharina spürte immer noch keinen Schmerz. Obwohl sie die Arme und Beine wieder bewegen konnte, fühlte sie diese betäubende Schwere. Sie lag völlig entkleidet auf einem harten Tisch. Es war kalt unter ihrem Rücken. Sie lag auf einer Folie und wusste nicht, wer sie auf den Tisch gelegt und ausgezogen hatte.

Er streichelte über ihren flachen Bauch, dann glitten seine Hände zu ihren Brüsten und berührten die Brustwarzen. Die Hände fühlten sich weich und ölig an, als wären sie eingecremt.

Die Vorhänge bewegten sich im kalten Windhauch, der durch das geöffnete Fenster wehte. Ihre sinnliche Wahrnehmungsfähigkeit war wieder zurückgekehrt.

Und dann erkannte sie, wer vor ihr stand.

Seine Stimme klang seltsam träge und schleppend. »Wieso fickst du diesen Arzt von der Klinik, diesen Waschlappen, und machst mit ihm Konversation, obwohl du mir gehörst?« Er lachte gurgelnd.

Katharina öffnete den Mund, um zu schreien. Seine Hand holte aus und packte eine Strähne ihres langen blonden Haars. Das Zerren erstickte ihren Schrei zu einem Keuchen. Seine freie Hand umfasste ihre Kehle und drückte zu.

»Warum hast du mir das angetan? Wie kannst du es wagen, mich zu betrügen, statt mich zu lieben und zu ehren?«

Katharina trommelte auf ihn ein, schlug nach ihm und biss ihn. Als sie wieder Luft bekam, schrie sie sogar.

»Du unartiges Mädchen!«, flüsterte er.

Er grapschte nach ihren Brüsten, die ihn hoch aufgerichtet anstarrten. Dann schlug er sie, schnitt mit seinem Handrücken wie mit einem Messer über ihre Wange und stieß sie dann mit dem Rücken gegen den Tisch.

»Hure!«

Katharina sah im wilden Glanz seiner Augen den Wahnsinn, und aus ihrer Angst wurde Entsetzen.

Wieder schlug er zu, diesmal mit der Faust, sodass der Schmerz vom Gesicht in ihren ganzen Körper ausstrahlte.

Sie spürte Blut im Mund, süß und warm, dann sein Gewicht auf ihr – und seinen Geruch. Sie sträubte sich, schrie um Hilfe, aber er erstickte ihren Schrei erneut. Dann begriff sie endlich, dass das Flehen und Kämpfen sinnlos war.

Er umschloss ihre Kehle und hämmerte ihren Kopf auf die Tischplatte, dabei drückte er immer fester zu. Sie schlug um sich und lehnte sich kraftlos gegen seine Hände auf, die ihr die Luft abschnürten.

Ihr Blick verschleierte sich. Ihre Fersen trommelten im Todeskampf wie verrückt auf den Tisch.

Das Letzte, was sie hörte, war der Schrei einer Eule. Ihr letzter Gedanke galt Anna.

Er wurde hart und härter, und sein Glied bereitete sich vor. Katharina war bereits tot, als er ihren Körper Stoß um Stoß schändete.

*

Es hatte angefangen zu regnen. Die Straßen waren durch die Stürme mit Herbstlaub übersät und gefährlich glitschig geworden. Im Stau kam er nur langsam voran.

Schon als er Katharina Wendel als Jugendliche kennengelernt hatte, war sie Hirschau vertraut vorgekommen. Die Ähnlichkeit mit Julia und den vermissten Frauen war ihm damals aber noch nicht in den Sinn gekommen.

Konnte es wirklich sein, dass sie sich jetzt, als junge Frau und im entsprechenden Alter, in Gefahr befand, weil sie für den Serienmörder von Interesse war? War es möglich, dass sie vielleicht sogar etwas über ihren verschwundenen Stiefvater wusste, was damals nicht in den Akten vermerkt worden war? Hirschau kniff sein Instinkt, er musste sie befragen und, ja, sie auch warnen.

Als er an ihrem Haus anlangte und ausstieg, kam ihm ein vertrauter Geruch entgegen, und sein Herz begann wild zu hämmern. Die plötzliche Stille nach dem Straßenlärm alarmierte ihn. Er konnte es förmlich riechen, griff nach seinem Holster, zückte die Pistole, eilte ins Haus und rief ihren Namen: »Frau Wendel?«

Er fand sie in der Küche auf dem Tisch. Der Geruch, den er draußen wahrgenommen hatte, war der des Blutes.

Sie lag in einer großen purpurfarbenen Lache. Blicklos starrten ihre Augen an die Decke.

Er zwang sich, hinzusehen. Fassungslos stierte er auf den entstellten Körper. Der Schädel war zerschmettert und das Gesicht blutverschmiert. Er kämpfte gegen die Übelkeit an, als er die gespaltene Zunge, den rechten Arm und den entblößten Unterleib sah.

Er taumelte und rannte zur Toilette, wo er sich mit einem Schwall erbrach. Dann trat er, am ganzen Körper zitternd, auf die Veranda, wo die schneidende Kälte in seine Knochen stach. Der Magen rebellierte, und erneut kroch Übelkeit hoch. Er kämpfte gegen den Brechreiz an und stieß die Tür auf, stolperte und fiel laut stöhnend auf die Knie.

Als ihn ein kräftiger Schlag auf den Hinterkopf traf, spürte er erst einen stechenden Schmerz, dann verlor er das Bewusstsein.

KAPITEL 17

»Katharina ist tot.«

Drei Worte hatten Severins Welt einstürzen lassen. Drei Worte, die sein Adoptivvater Nicolas Corelli in den Telefonhörer gesprochen hatte. Zwei Tage später meldete sich Jörg Kreiler mit denselben Worten. Nein, es waren vier Worte gewesen: »Katharina ist tot. Ermordet.«

»Kommen Sie zur Beerdigung?«, hatte Kreiler gefragt. »Ihre Leiche wird in etwa vier Tagen freigegeben.«

Er nahm die nächste Maschine nach München. Er wollte in aller Stille vor der Beerdigung Abschied von seinem Engel nehmen und sie vor den Blicken der anderen beschützen.

*

Die Begräbnisstätte an der Hügelflanke des Nachbarorts von Freising nannten die Bewohner den *Friedhof der Anonymen,* weil er voller Gräber mit namenlosen Grabsteinen war.

Severin hatte es vermieden, Katharinas Sarg anzusehen, als die Trauergäste in die kühle Kapelle einzogen. Ebenso war er Jörg Kreiler ausgewichen, der von Blumen und Trauernden umgeben im vorderen Teil des Raumes stand. Kreiler hatte ihm schon am Telefon in groben Zügen berichtet, was in der Zeit seiner Abwesenheit vorgefallen war.

Katharinas Mutter Mirja war um Jahre gealtert. Sie nahm vor der Andacht die Beileidsbezeugungen aufrecht und beinahe trotzig entgegen und zeigte wieder einmal jene Fassade, die bisher noch niemand im Dorf hatte durchdringen können.

Katharinas Großmutter Nina stand neben seinem Adoptivvater. Ihr Kleid war altmodisch, ein Tribut an die 40er Jahre in schwarzer Spitze, mit Ärmeln wie eine zweite Haut. Das schwere grau melierte Haar hatte sie im Nacken zu einem Dutt gebändigt. Sie hielt ein Mädchen an der Hand: Anna.

Severin nahm am äußersten Ende einer Reihe von Klappstühlen Platz und blickte auf seine im Schoß gefalteten Hände. Tief in seinem Inneren spürte er immer noch das Zittern, von dem er gehofft hatte, dass es nachlassen würde. Er versuchte es zu ignorieren, indem er sich auf die Klänge von Antonín Dvořáks *Symphonie aus der neuen Welt* konzentrierte, die leise im Hintergrund aus einer Anlage ertönte.

Er hatte in seinem ganzen Leben nur einem einzigen Begräbnis beigewohnt, dem seiner Mutter. Auch damals war er tief berührt gewesen, doch der Schmerz, den er heute empfand, war unvergleichbar größer. Er griff in die Tasche seines Sportsakkos und tastete nach den Baldriandragees, die ihm sein Vater gegeben hatte.

Er rutschte auf seinem Stuhl herum und sah den Priester steif an ihrem Sarg stehen, die Hände gefaltet, während seine Augen im Saal herumhuschten.

Anna hielt schluchzend die Hand ihrer Großmutter umklammert. Er konnte ihr Gesicht nicht sehen, nur das lange blonde Haar. Das rothaarige Mädchen, das neben ihr stand und tröstend seinen Arm um ihre zierliche Gestalt legte, kannte er nicht.

*

Sie begruben Katharina am späten Nachmittag. Ihre Mutter, gestützt von Severins Adoptivvater, ihre Großeltern und die beiden Mädchen standen zusammen vor dem Sarg, der Priester neben ihnen; sie warfen in der winterlich anmutenden Sonne lange Schatten. Wenn der Wind sich zwischendurch beruhigte, hörte man unten auf der Straße gelegentlich einen Wagen vorbeifahren.

Es war schnell vorbei. Nachdem der Priester Katharina und die Trauergäste gesegnet hatte, defilierten die Leute aus dem Dorf vorbei; einige legten Blumen auf den Sarg.

Severin blieb am Grab stehen, bis der Letzte gegangen war. Sein blonder Engel war tot. Vorher war ihm alles hell, strahlend und leicht erschienen, selbst zuletzt, in der Zeit, in der sie keinen Kontakt miteinander gehabt hatten. Sie hatte ihn beschützt, ihn, den Jungen mit dem Lockenkopf, ihn getröstet, als sie Kinder waren, und ihn grenzenlos geliebt. Katharina erschien ihm damals unsterblich. Jetzt hatte sie ihn verlassen, zurückgelassen mit seiner Sehnsucht. Sie hatte nicht auf ihn gewartet, es gab kein Auf Wiedersehen, keinen Abschiedskuss. Jetzt konnte er nur abwarten, wie es ohne sie weitergehen würde. Konnte es überhaupt weitergehen?

Er beobachtete die durch das Friedhofstor gehenden Trauergäste. Jeder von ihnen kehrte in sein Leben zurück. Plötzlich hielt Anna inne und drehte sich zu ihm um. Es waren Katharinas Augen, die ihn da anblickten, und sie schauten vorwurfsvoll.

Wollte sie ihm sagen, dass er ihre Schwester im Stich gelassen hatte? Oder wie kalt die harte Wintererde war und dass Katharina darin fror? Er wandte sich ab, um ihren Augen zu entgehen, die ihn da aus einem fremden Gesicht anstarrten.

Erst als sie alle fort waren, konnte er endlich weinen.

Am Abend starrte er die Decke seines Hotelzimmers an. *Ich werde morgen zurückfliegen und Sharon bitten, meine Frau zu werden.* Er lebte seit fast drei Jahren in Boston, wo er dank eines Stipendiums am Massachusetts Institute of Technology sein Biochemiestudium mit Bestnote absolviert hatte. Sein Wirtschaftsstudium hatte er frühzeitig abgebrochen. Hier hatte er auch Sharon kennengelernt.

Sie waren seit zwei Jahren ein Paar. Und er wusste, dass Sharon auf seinen Antrag wartete.

Und er musste endlich anfangen, wieder zu leben.

KAPITEL 18

Als Lukas die Baumgrenze verließ und auf das noch leere einsame Grab zulief, fuhr unten geräuschlos ein Auto vorbei; er nahm nur die Schatten wahr, welche die Bäume durch das Scheinwerferlicht warfen. An der Hügelflanke spiegelten die polierten Grabsteine das Mondlicht wider, als wäre diese Sonne der Nacht eine Vorbotin des Jenseits. Als ob das Jenseits ihn mit dem Lichtspiel auf den quecksilbrigen Schattenrissen locken wollte. Doch er hatte einen Auftrag seines neuen Vaters zu erledigen und keine Zeit für die Verlockungen des Totenreichs.

Er ging um die Grabstelle herum auf einen hohen Ahornbaum zu und befestigte das blaue Seidentuch an einem Zweig, sodass der Wind damit spielen konnte. Genau so wollte Jakob es. Dann verließ er den Friedhof und fuhr mit dem Fahrrad nach Hause.

Am Tag der Beerdigung stellte er das Rad hinter der Friedhofskapelle ab und versteckte sich hinter dem Stamm einer dicken Eiche, wo ihn niemand sah.

Lukas schaute auf seine Armbanduhr. Ihm blieben noch wenige Minuten, bis die Bestatter den Sarg aus der Kapelle trugen, und er zog seine Kamera aus der Jackentasche. Die ersten Trauergäste betraten bereits den Friedhof.

Er ließ seinen Blick über die Menschen schweifen, die sich um den Sarg versammelt hatten. Mitten unter ihnen erkannte er Jakob.

Wer wurde dort beerdigt, dass Jakob ihn deswegen gebeten hatte, das blutbefleckte blaue Tuch an einem Zweig zu befestigen?

Er blickte durch die Linse und betätigte das Zoom. Am Grab, hinter einem rot-gelb-weißen Blumenmeer aus Callas, Rosen und Astern, entdeckte er plötzlich unter den Trauernden ein blondes Mädchen, das heftig schluchzte und fest die Hand einer alten Dame umklammert hielt.

Lukas fuhr erschrocken zusammen. *Das ist Dornröschen, mein Dornröschen aus der Kinderklinik! Sie ist sehr traurig. Vielleicht liegt ihre große Schwester dort im Sarg.*

Lukas begann zu zittern. Es musste ihre Schwester sein. Jakob hatte sie manchmal erwähnt. Aber auch er kannte sie. Sie hatte ihm oft Schokolade geschenkt.

Der Schatten, der Schein der Nachtsonne, hatte ihn doch erreicht, und er zitterte vor namenloser Angst. Erst als der Strom der Trauernden versiegt war, fasste er sich ein Herz und lief zu seinem Fahrrad. Fast hätte er es nicht gefunden.

Als er nach Hause radelte, fiel ihm ein, dass er vor Schreck, vergessen hatte, die Kamera auszuschalten.

*

Jakob stand mit versteinerter Miene inmitten der trauernden Gemeinde und beobachtete, wie Anna schluchzend einen kleinen Strauß Schneeglöckchen in Katharinas Grab warf. Kummer und Angst lagen auf den Gesichtern der Menschen.

Warum verzweifelst du, Anna, wenn der Tod doch das Tor zu Freude und Herrlichkeit ist?, dachte er.

Anna presste von Kummer überwältigt die Hände vors Gesicht. Jakob verachtete sie für ihre Unbeherrschtheit. Oder lag es daran, dass die süße Anna ihn an Katharina erinnerte? Merkwürdig, dass ihm diese Ähnlichkeit mit einem Mal so quälend bewusst wurde.

Er blickte auf das Blumenmeer und sprach verächtlich ein letztes Mal in Gedanken ihren Namen aus: *Katharina*. Vernichtet, niedergetreten. *Die ganze Welt ist kalt, Katharina, eiskalt. Ich bin gefasst und werde gleich eine Blume in dein Grab werfen, so wie es die anderen tun, wenn sie an deinem Sarg vorbeischreiten. Durch dein Fehlverhalten müssen diese Menschen jetzt die Last dieser Stunde tragen und gegen die Bilder kämpfen, die in ihnen hochkommen, wenn sie sich daran erinnern, wie du gestorben bist.*

Wenig später warf er eine blaue Hyazinthe in die Grabstelle. Dann nahm er die kleine Schaufel und gab ein wenig Erde auf den Sarg.

Als er sich entfernte, blickte er kurz zum Ahornbaum hinüber. Ein flüchtiges Lächeln umspielte seine Lippen.

Lukas hatte seine Prüfung bestanden.

*

Katharina lag neben dem Grab von Lil Dagover, aber keiner der Anwesenden sah die Ironie des Schicksals. Ausgerechnet Lil Dagover, die in *Die Jagd nach dem Tode* und in *Der müde Tod* gespielt hatte, in dem ein Psychopath im Auftrag eines Mediums junge Frauen ermordete.

Aber Anna hatte die Inschrift des Nachbargrabsteins gar nicht gelesen. Sie schaute zu Katharinas Grab und zu Severin. Sie war gelähmt vor Trauer. Sie wollte nicht hinschauen, sie wollte nicht hinuntersehen, dorthin, wo ihre große Schwester lag, die sie immer beschützt hatte. Was sollte nun aus ihr werden? Wer beschützte sie jetzt außer Mama und ihre Großeltern? Katharina war so stark, war unersetzlich. Wer hatte sie getötet? Warum? Sie alle standen unter Schock.

Ihre Mutter stand neben den Großeltern und Dr. Corelli. Sie trug eine Sonnenbrille. Wahrscheinlich wollte sie nicht, dass man ihre Tränen sah. Hinter Dr. Corelli standen Jörg und Severin, regungslos wie Statuen.

Anna hielt die Hand von Oma Nina fest umklammert. Sie wollte nicht neben ihrer Mutter stehen.

Severin machte einen verstörten Eindruck. Je länger sie ihn anschaute, desto mehr spürte sie, dass ein merkwürdiger Impuls sie erfasste, ein Sog, der von Katharinas Grab auszugehen schien und sie zwang, ihre Starre zu lösen. Gleichzeitig überfiel sie die Angst, dass sie sich zu ihrer Schwester ins Grab stürzen könnte. Sie wollte nicht ohne sie leben. Doch dann konzentrierte sie sich auf Severin, um nicht in dieses fürchterliche Loch schauen zu müssen, in diese tödliche Leere, die so erbarmungslos war. Wie ferngesteuert ging sie auf ihn zu, blieb dicht vor ihm stehen und blickte ihm direkt in die Augen.

Warum warst du nicht bei ihr?, fragten ihre Augen vorwurfsvoll. *Wo warst du, als sie getötet wurde?*

Dann drehte sie sich um und ging auf die Pforte des Friedhofs zu. Ihre Mutter, die regungslos die Beileidsbekundungen entgegennahm, würdigte sie keines Blicks.

Plötzlich musste sie an ihren Vater denken. Warum hatte ihn die Polizei noch nicht eingesperrt? Sie fühlte sich völlig ungeschützt. Immer stärker kroch die Angst in ihr hoch, und sie hatte das Gefühl, dass jemand sie beobachtete. Noch einmal drehte sie sich zur Grabstelle um, aber Severin war nirgends mehr zu sehen. Eine Nachbarin ging auf ihre Mutter zu, fasste sie unter dem Arm und schritt mit ihr Richtung Parkplatz.

Anna sah sich um. Für den Bruchteil einer Sekunde glaubte sie, einen Mann hinter einem Baum vorbeihuschen zu sehen.

Als sie durch das Friedhofsportal ging, überfiel sie erneut das Gefühl, beobachtet zu werden, und sie drehte sich noch einmal um.

Tatsächlich. Jemand hatte sich blitzschnell hinter einem Baum versteckt. War das etwa Ben?

Sie beschleunigte ihren Schritt, ihr Puls ging schneller. Würde er sie jetzt bedrohen und überfallen? Ihre Gedanken begannen zu rasen.

Ihre Schulfreundin Mathilda riss sie aus ihren Gedanken.

»Kommst du? Wir warten auf dich«, sagte sie leise.

Anna nickte. »Ob Ben Katharina ermordet hat?«

Verwundert sah Mathilda sie an. »Anna! Was redest du denn da?«

»Er hat ihr früher immer aufgelauert.«

Mathilda wusste, wie sehr Anna unter dem Tod ihrer Schwester litt.

»Das glaube ich nicht.«

»Mathi?« Anna sah sie ängstlich an.

Mathilda nahm ihre Hand. »Ja?«

»Jemand beobachtet mich vom Friedhof. Ich kann ihn spüren.«

»Blödsinn, Anna. Hier ist niemand. Außerdem beschützt uns die Polizei. Sieh mal, da ist Kommissar Hirschau.«

Anna sah sie verwirrt an. »Er beschützt uns, wie er Katharina beschützt hat. Und jetzt ist sie tot!«, antwortete sie mit eisiger Stimme.

»Du zitterst ja. Kann ich dir helfen, Anna?«

»Nein!«, antwortete sie hastig. »Mir ist nur kalt.«

»Komm, lass uns gehen.«

Ein letztes Mal spähte Anna die Straße entlang und suchte den Verfolger, aber da war nichts und niemand.

*

Beim letzten Blick auf den Reisewecker, den Mathilda ihr für die bevorstehende Reise in das italienische Kloster Convento di Carmo geschenkt hatte, war es halb zwölf gewesen. Seither war die Zeit so langsam dahingekrochen, dass sie fest damit rechnete, den Morgen herandämmern zu sehen. Schließlich wurde sie doch noch von einer matten Müdigkeit übermannt.

Als sie das erste Mal die undeutlichen Geräusche in der Dunkelheit hörte, glaubte sie, geträumt zu haben. Einen Moment später vernahm sie jedoch deutlich eine Stimme, die ihren Namen sprach.

Sie streckte die Hand aus und drückte den Knopf auf dem Wecker. Die schwarzen Zeiger zeigten an, dass es erst kurz nach Mitternacht und nur eine halbe Stunde vergangen war.

Warum schlich die Zeit in dieser Nacht nur so unerträglich langsam?, dachte sie und verließ ihr Bett. Leise öffnete sie die Schlafzimmertür einen Spalt und spähte hinaus auf den Flur. Neben dem Nachtlicht drang ein schwacher Lichtstrahl vom unteren Stockwerk herauf. Das Herz schlug ihr bis zum Hals, als sie die Tür weiter öffnete und über den Flur ging.

Leise flüsterte sie: »Katharina?«

Nein! Katharina ist tot. Sie liegt auf dem Friedhof in dem kalten Grab.

Die Stimme kam aus dem unteren Stockwerk. Sie ging einige Stufen tiefer und horchte. Ihre Großeltern schliefen in Katharinas Zimmer, und sie hörte Opa Alexe schnarchen. Im Zimmer nebenan vernahm sie deutlich die tiefen Atemzüge ihrer Mutter. Die Vertretung von Dr. Corelli hatte ihr eine Stabilisierungsspritze gegeben, danach war es ihr deutlich besser gegangen. Beruhigt drehte sie sich wieder um. Wenig später lag sie in ihrem Bett, mit flachem Atem und klopfendem Herzen, die Bettdecke über den Kopf gezogen.

Kurz darauf wurde die Tür leise geöffnet. Erschrocken riss sie die Decke zurück. Ihre Mutter stand vor ihrem Bett.

»Anna«, sagte sie zärtlich. »Stimmt etwas nicht? Ich habe dich gehört. Das warst doch du auf der Treppe, oder?«

»Ich dachte, du schläfst. Du hast so tief geatmet.«

»Oh, das tue ich immer. Nein, ich habe wach gelegen. Dein Großvater hat mal wieder ganz Grünwald kahlgesägt. Du kannst dir ja vorstellen: Katharina geht mir einfach nicht aus dem Kopf. Und du kannst auch nicht schlafen, oder?«

»Ich hab Angst, Mama«, sagte sie und brach in Tränen aus.

Ihre Mutter streichelte sanft ihr Haar. »Wovor hast du denn Angst, mein Kind?«

»Ich werde auch beobachtet«, schluchzte sie.

»Nein, mein Kind. Ganz bestimmt nicht. Weißt du, Anna, wir alle haben Angst. Die Angst ist ein Teil unserer Trauer, und sie ist ein ganz selbstverständliches Gefühl. Wenn jemand stirbt, der uns nahestand, glauben wir nach seinem Tod immer, beobachtet zu werden. Er ist uns noch so nah, weil wir noch nicht Abschied genommen haben. Solch einen Abschied muss man lernen.« Sie schwankte und setzte sich. »Wie sollten wir auch von Katharina Abschied nehmen können?«, schluchzte sie. »Hab keine Angst, mein Kind. Hier wird dir niemand etwas antun. Deine Großeltern und ich werden nicht zulassen, dass dir etwas geschieht. Wir werden dich niemals wie Katharina allein lassen. Mein Gott, ich darf gar nicht daran denken«, seufzte sie. »Ich hätte sie retten können, wenn ich nicht ins Konzert gefahren wäre! Ich hätte sofort die Polizei angerufen. Einen Menschen kann man überrumpeln, aber drei, nein! Mein Gott, wenn ich doch nur nicht in dieses Konzert gefahren wäre!«

Anna schlang die Arme um den Hals ihrer Mutter. »Nicht weinen, Mama. Warum hab ich Angst …«

»Schsch … Es gibt nichts, wovor du dich fürchten musst. Das verspreche ich dir.«

Beim Hinausgehen knipste sie das Licht aus, ließ aber die Schlafzimmertür einen Spalt offen, sodass das Nachtlicht vom Flur ins Zimmer drang.

Irgendwann schlief Anna ein und träumte.

»Sarah! Bleib doch stehen. Ich kann noch nicht so schnell laufen.« Ihre Stimme klang verzweifelt.

Das Mädchen Sarah rannte auf den Parkplatz des Kindersanatoriums zu. Plötzlich blieb sie stehen, drehte sich um, bedeutete Anna, ihr zu folgen, und lief weiter.

Anna glaubte fast, Sarahs Atem zu hören. Ihr Herz pochte wild, als sie über den Parkplatz lief. Sarah wurde immer schneller. Ich muss sie doch einholen, *dachte sie.* Unbedingt.

Sarah hatte den Waldrand erreicht, und noch einmal drehte sie sich um. Ein fahler Mond zeigte sich am Himmel und schickte sein eisiges Licht durch die Wolkenschleier.

Sarah lächelte und winkte Anna. Ihre Lippen bewegten sich, als wollte sie sagen: Komm doch endlich. Geh mit mir fort.

Der Wind spielte mit ihrem Haar und mit dem leichten Stoff ihres Nachthemds. Dann verschwand ihre Gestalt im Nebel.

Plötzlich war ein Schrei zu hören, und ein klapperndes Geräusch übertönte ein dumpfes Wimmern.

Wieder ein Schrei. Was war das? Im Halbdunkel sah Anna Sarahs aufgerissene Augen.

»Nicht!«, flüsterte eine männliche Stimme.

Immer und immer wieder rief sie Sarahs Namen.

»Lass mich los«, schrie sie, das bleiche Gesicht zum Himmel erhoben.

Doch der Himmel stürzte ein, und sie blickte in die dunklen Augen einer Gestalt auf dem Friedhof, die sie irgendwo schon mal gesehen hatte.

In der Ferne hörte sie das Signal eines Nachtzugs.

Sie erwachte schweißgebadet, stand auf, öffnete das Fenster und schaute auf den Garten.

Nichts zu sehen außer Finsternis.

*

Währenddessen trat eine Gestalt im Garten der Großeltern hinter den Bäumen hervor. Den Kopf in den Nacken gelegt, betrachtete sie ein letztes Mal Annas Schlafzimmerfenster und flüsterte: »Wir werden uns wiedersehen.«

Einen Moment später verschmolz Jakob so vollständig mit der Dunkelheit, als sei er nie da gewesen.

KAPITEL 19

Am nächsten Morgen schienen die ersten Strahlen der Morgensonne durch die Jalousie und wärmten ihre Wangen.

Es war nur ein Traum, dachte sie. Trotzdem fühlte sie sich nicht wohl.

Ihr einziger Trost war, dass sie in zwei Tagen zu Pater Mateo reisen würde. Er war ein alter Freund ihres Großvaters und Abt im Kloster Convento di Carmo, und er war ihr Freund.

Das über 800 Jahre alte Kloster machte seinem Namen alle Ehre, denn es war ein Ort der Ruhe und Gelassenheit. Eingebettet in Weinberge – Hauptlieferanten des klösterlichen Weinkellers –, waren es vor allem die im Nordteil des Klostergeländes gelegenen Gärten, die einem das Gefühl gaben, der Zeit enthoben und dem göttlichen Frieden ganz nahe zu sein. Von den Gärten fiel der Blick auf die Ruine der alten Klostermauer. Dort hatte man seit dem 12. Jahrhundert die Mönche zur letzten Ruhe gebettet. An den Mönchsfriedhof grenzten ein Garten mit Obstbäumen, ein Weinberg und ein kleiner Pavillon mit Blick zum Pinienwald. Von der weitläufigen Terrasse hatte man einen traumhaften Blick auf den Klostergarten und den Golf von Neapel mit seinen Hügeln und Pinien, auf die zahlreichen Inseln und den Vesuv.

Die Patres, und vor allem Pater Mateo, nahmen sich der beiden Mädchen mit großer Herzlichkeit an. Von Anfang an mochten Anna und Mathilda den kleinen Mönch mit den lustigen Augen, der seine beträchtliche Körperfülle unter einer braunen Kutte verbarg. Man sah ihm an, dass er gutes Essen liebte, und in der Klosterküche munkelte man, dass Pater Mateo dem Rotwein der klösterlichen Weinberge noch mehr Wertschätzung entgegenbrachte.

Alexe, Annas rumänischstämmiger Großvater, war früher, im Gegensatz zu seiner Frau Nina, ausgesprochen reiselustig gewesen. Als Freimaurer hatte er die Welt bereist und einen großen Freundes- und Bekanntenkreis aufgebaut. Dazu zählte auch Pater Mateo, der dem Benediktinerorden angehörte und Theologie, Philosophie und Germanistik studiert hatte, was auch sein ausgezeichnetes Deutsch erklärte. Er hatte ihn in Rom kennengelernt und sich mit ihm angefreundet.

Als Pater Mateo ihn einlud, den Convento di Carmo zu besuchen, hätte er nur allzu gern sofort eingeschlagen. Aber zuerst wollte er seine Frau überreden, mitzukommen. Das war vor drei Jahren. Nina hatte jedoch keine Lust. So kam Alexe schließlich auf die Idee, Anna mitzunehmen. Und sie war begeistert vom Convento und blühte in dieser Umgebung förmlich auf.

Als Alexe sie nach Katharinas Tod fragte, ob sie Lust habe, Pater Mateo zu besuchen, war sie sofort einverstanden. Aber sie müsse alleine fahren, sagte Alexe, Oma wollte nicht, und allein lassen könne er sie nicht. Anna fühlte sie sich bei dem Gedanken, allein zu sein, nicht wohl, deshalb fragte sie, ob Mathilda mitfahren könne. Pater Mateo hatte nichts dagegen, Mathildas Eltern auch nicht. Deshalb war sie jetzt mit ihrer Freundin nach Italien gereist, und sie fühlte sich hier pudelwohl.

Mateo hatte die beiden Mädchen sofort ins Herz geschlossen, und ihnen ging es mit dem alten Mann genauso.

Er brachte sie in einem der eindrucksvollen Nebengebäude unter, das inmitten von Zitrusplantagen lag. Der Schlafraum war spärlich eingerichtet: sechs Betten, über denen jeweils ein kleines Kruzifix hing; neben jedem Bett ein Nachtschränkchen und für zwei Betten jeweils ein Kleiderschrank. In der Mitte des Raums stand ein großer, blankgescheuerter, nach Bienenwachs duftender Holztisch mit sechs Stühlen. Den einzigen Luxus stellte das großzügige Badezimmer neben dem Schlafraum dar, das die Mädchen ganz für sich allein hatten, da sie die einzigen Gäste des Ordens waren.

Tagsüber lernten sie, bunte Urkunden zu gestalten, rührten Farben nach alten Rezepturen an und lernten das Schreiben mit Gänsekiel, wie im Mittelalter.

An den Exerzitien nahm Mathilda nicht teil. Gebet und Fürbitte, Buße, Psalmengesang und Messe, dieses ganze Spektrum religiöser Andachtsübungen war ihr suspekt. Sie hielt sich lieber in den Klostergärten auf. Zwei Tage nach ihrer Ankunft sprach Pater Mateo sie im Garten darauf an.

»Der Garten scheint dir wohl besser zu gefallen als die Exerzitien, nicht wahr?«

Mathilda druckste herum.

»Es gibt eine alte Klosterregel, Mathilda, die besagt, dass ein Kloster, wenn möglich, so angelegt werden soll, dass sich alles Notwendige, nämlich Wasser, Mühle und Garten, innerhalb der Mauern befindet. Wir haben versucht, diese Regel in die Tat umzusetzen.«

Mathilda nickte.

»Gärten bilden Brücken zwischen Menschen, auch zu den Menschen der Vergangenheit, die hier im Convento di Carmo gelebt haben. Vor allem die Freude am Duft der Gärten und ihrer Schönheit führt Menschen zusammen.«

»So habe ich einen Garten noch nie betrachtet«, sagte Mathilda.

Pater Mateo schmunzelte. »Wenn du die Augen schließt, steigt dir förmlich der Kräuterduft in die Nase. Vielleicht ist dieser Garten ja sogar die Brücke zu deinen Exerzitien?«

Sie kicherte. »Ist der Garten sehr alt?«, fragte sie neugierig.

»O ja, aber die Exerzitien sind noch viel älter. Und wenn du wissen willst, wie alt sie sind, dann musst du schon selber teilnehmen.«

»Hm …«

»Ich würde mich sehr freuen, wenn du kommst, Mathilda. Wollen wir morgen einen Spaziergang durch die Gärten machen? Dann könnte ich dir auch viel Interessantes erzählen.«

»Hm …«

Mateo lächelte schelmisch. »Komm, dann lass uns mal ins Refektorium gehen«, sagte er und bot ihr seinen Arm zum Unterhaken an. »Nicht dass die uns alles wegessen, wo der Kräuterduft doch so hungrig macht.«

*

Manchmal stritten sie, weil Anna das Klosterleben mochte und geradezu glorifizierte, Mathilda jedoch glaubte, dass es allein ihre Zuneigung für Pater Mateo war, die diese Begeisterung bewirkte.

Zwischen den Exerzitien und dem Tagesprogramm entspannte sich Anna auf der Terrasse und genoss den Ausblick. Pater Mateo, dessen große Ausstrahlungskraft sie immer wieder tief beeindruckte, leistete ihr oft Gesellschaft. Er erinnerte sie stark an ihren Großvater. Vielleicht waren es seine dunklen Augen, vielleicht lag es aber auch daran, dass er sich im Garten beim Pflücken der Kirschen ebenso wie Alexe mit einem weißen Panamahut gegen die sengende Sonne schützte.

Sie erzählte ihm von ihrer Zeit in der Kinderklinik unter der Fuchtel der furchtbar strengen Maria Luca und von der Angst, die sich seit Katharinas Tod verstärkt hatte. Doch vor allem sprach sie über Katharina. Es tat gut, über das zu reden, worüber bisher noch niemand mit ihr geredet hatte: über Katharinas Ermordung.

»Es gibt im Leben keine Zufälle, Anna. Alles ist vorbestimmt, auch der Tod. Leider haben wir nicht die Macht, darüber zu entscheiden, wie er uns entgegentritt. Katharina ist ihm viel zu früh und auf grausame Weise begegnet. Wir müssen lernen, damit umzugehen. Die Zeit ist ein guter Freund. Du lebst, Anna, und Katharina hätte bestimmt nicht gewollt, dass du das Leben, das dir geschenkt wurde, nicht bejahst.«

Sie begann zu weinen, und der Pater legte seinen Arm um ihre Schulter. »Alles ist vorbestimmt, so wie auch eine Bestimmung dich zu mir geführt hat.«

Dann nahm er ihre Hand und begründete seine Aussage mit der Geschichte des Heiligen Nazarius, der nach der Überlieferung als Glaubensbote in Italien gewirkt hatte. »Während der Verfolgung wurde er gefangen genommen und ins Meer geworfen. Doch Nazarius überlebte und entkam dem Meer. Ich möchte damit zum Ausdruck bringen, dass, auch wenn wir verzweifelt sind, wir nie die Hoffnung und den Glauben an uns selbst verlieren dürfen. Nur so können wir dem Leben positiv entgegentreten. Nazarius wurde ins Meer geworfen, und niemand glaubte, dass er überleben würde. Es gibt immer einen Weg, Anna. Deine Ängste sind völlig normal. All das ist Bestandteil deiner Trauer.«

Anna trocknete ihre Tränen. »Das hat meine Mutter auch gesagt.«

*

Wenige Tage später lud der Pater die beiden Mädchen zu einem Abendessen im Kaminzimmer ein. Er erwartete außer ihnen noch die ungestüme Charlotta und ihren Bruder Max als Gast. Beide waren Kinder eines alten Freundes.

Charlotta war wie Anna und Mathilda 14, sie hatten sie bereits vor zwei Tagen bei den Exerzitien kennengelernt, an denen Charlotta hin und wieder auf Wunsch ihrer Eltern teilnahm, und sie sofort in ihr Herz geschlossen. Von Beginn an nannten sie sie einfach nur Charly.

Charly gefiel es, wenn sie mit diesem Kosenamen angesprochen wurde. Sie war ein impulsives Mädchen, das man einfach gernhaben musste. Anna fand, dass Charly Mathilda sehr ähnlich war, was jedoch weniger an ihrem Äußeren lag als vielmehr an ihrer Gestik, am warmen Klang ihrer Stimme und an ihrem breiten Lächeln.

Nichts nahm Charly ernst, und nichts konnte sie erschüttern. Selbst Pater Mateo nahm Charlotta so, wie sie war, und amüsierte sich über ihre sprunghafte Art und ihr überschäumendes Temperament.

Als sie zum Abendessen in das Kaminzimmer traten, war Pater Mateo mit einem jungen Mann in ein Gespräch vertieft.

Der Pater drehte sich um und sagte: »Kommen Sie, Max. Darf ich Sie mit diesen bezaubernden jungen Damen bekannt machen? Die Rothaarige ist Mathilda. Und diese junge Dame mit den Engelshaaren ist Anna.«

Als Max aufstand und sich umdrehte, sah Anna in ein markantes Gesicht, das in ungewöhnlichem Maß Willensstärke und Kraft ausstrahlte.

Sein Haar war kurz und von einer tiefschwarzen Farbe, wie man sie nur von Südländern kennt. Er begrüßte Mathilda freundlich und reichte ihr die Hand. Er stellte sich ihnen vor und nannte seinen Namen: Max Gavaldo. Er hatte eine warme, klangvolle tiefe Stimme.

Als er seinen Blick auf Anna richtete, wurden die Anwesenden für sie zu bedeutungslosen Schemen.

Er nahm ihre Hand und berührte sie sanft mit den Lippen.

Beim Abendessen saßen sie sich gegenüber. Jedes Mal, wenn er den Kopf hob und in ihre Richtung schaute, trafen sich ihre Blicke, und Anna errötete. Er war höflich und zuvorkommend, schenkte ihnen Cola und Wasser ein und unterhielt sie mit Anekdoten aus seiner Heimat.

Später am Abend, als sie im Schlafraum in ihren Betten lagen, sagte Anna träumerisch: »Ich habe das Gefühl, dass ich ihn schon mal gesehen habe, ihn sogar kenne. Er kommt mir so vertraut vor, obwohl wir uns noch nie begegnet sind.«

»Du hast Gründe gesucht, dich nach dem Abendessen nicht verabschieden zu müssen. Ich konnte deine Gedanken lesen: Wie überstehe ich die Nacht und den nächsten Tag, ohne Max' Stimme zu hören?« Mathilda prustete vor Lachen.

»Du bist gemein! Ich finde ihn sehr nett!«

»Quatsch! Nett! Pah! Du bist verknallt. Ich habe euch beobachtet. Du hast ihn heimlich angestarrt. Das war schon fast peinlich.«

Anna warf ihr ein Kissen an den Kopf.

»Du bist erst 14«, sagte Mathilda und sah sie liebevoll an. »Der ist doch viel zu alt mit seinen 24! Ein Opa!«

Anna knipste das Licht aus. »Gute Nacht, Mathi. Schlaf gut!«

»Gute Nacht.«

»Mathi?«

»Was?«

»Meine Großmutter sagte mir mal, dass der erste Blick den Zauber der Liebe offenbart.«

»Du liebe Güte, was kommt denn jetzt?«

»Er hat mich verzaubert.«

»In Ordnung, aber mach jetzt die Augen zu und halt den Mund.«

*

14 Tage später begleitete Pater Mateo Anna und Mathilda zum Wagen, der sie zum Bahnhof bringen würde.

Er sah sie liebevoll an. »Ihr seid hier immer willkommen. Vergesst das nicht. Möge Gott mit euch sein.«

»Mathilda glaubt nicht an Gott.«

»Aber dafür mag ich *ihn*«, sagte Mathilda, zeigte mit dem Finger auf Pater Mateo und streckte Anna die Zunge heraus.

»Ihr könnt euch im Wagen weiter streiten. Der Zug wartet nicht«, sagte Mateo.

»Sie werden uns fehlen, Pater«, sagte Anna und schubste Mathilda an.

»Ja, ihr mir auch. Ganz ehrlich.«

Mathilda stellte sich auf die Zehenspitzen und gab ihm einen Kuss auf die Wange. Auch Anna umarmte den Pater und gab ihm einen Abschiedskuss.

Während der Wagen die Auffahrt des Convento in Richtung Bahnhof verließ, schaute sie sich noch einmal um. Mateo stand mitten auf der Straße und winkte ihnen nach.

»Er hat mir die Angst genommen, die ich nicht genau erklären konnte. Er sagte, die Angst ist ein Bestandteil der Trauer.«

Mathilda legte ihren Arm um ihre Schultern. »Wenn die Angst dich wieder quält, sprichst du mit mir, und wir werden uns dann gemeinsam an den Jasminduft der Klostergärten erinnern, ja?«

»Irgendetwas sagt mir, dass ich Pater Mateo wiedersehen werde.«

Mathilda stieß sie lächelnd an. »Und was ist mit dem jungen Mann, den wir beim Abendessen kennengelernt haben?«

»Was soll schon sein? Ich werde ihn heiraten!«

Mathilda starrte ihre Freundin mit offenem Mund an, aber die grinste nur.

»Mach den Mund zu, Mathilda. Es zieht!«

TEIL II
ANNA

Wir stärken, solange wir jung sind,
unsere Seelen mit Hoffnung;
die Stärke, die wir so erwerben,
Befähigt uns später, Verzweiflung zu ertragen.

Thornton Wilder,
Der achte Schöpfungstag. Prolog

KAPITEL 20

1999 – Brasilien

Am Nachmittag gegen halb vier türmten sich am fahlen Himmel Sturmwolken wie Blöcke aus blaugrauem Eis. Die Mauer aus grüner Vegetation zu beiden Seiten des Flusses wurde düster und abweisend, ein Abbild seiner momentanen Stimmung.

Jakob saß in seinem kleinen offenen Boot mit Behelfsmotor und unternahm eine Fahrt durch das schier endlose Labyrinth von Flüssen und Wäldern des Amazonas, um noch vor dem Sturm die abgelegene Hütte des Kautschuksammlers zu erreichen.

Er kannte die Gegend sehr gut und versuchte, durch Abkürzungen Zeit zu gewinnen. Die niedrigen Ufer lagen drei bis vier Meter unter Wasser. So konnte er, solange es hell genug war, eine ganze Reihe von Flussbiegungen abschneiden, indem er zwischen den Bäumen hindurchfuhr. Das gefährliche Unterholz lag weit unter seinem Kiel. Mehrere Donnerschläge rings um ihn herum schüttelten die Blätter von den Bäumen, und dann senkten sich die Wolken so tief, dass er kaum zehn Meter weit sehen konnte und ins offene Wasser zurückkehren musste.

Rasch begann er, alles Freiliegende mit dem Segeltuch abzudecken. Es konnte nur noch Sekunden dauern, bis der Regen kam. Jakob drosselte den Motor auf halbe Kraft. Blitze zerrissen den kalten schiefergrauen Himmel; sie fuhren senkrecht herab, ohne die charakteristische Zickzackform, die er aus Europa kannte. Als die ersten Tropfen wie riesige Silbermünzen auf ihn niederfielen, tauchte im Halbdunkel vor ihm die Hütte auf. Er landete, rannte zur Hütte und verstaute seinen Rucksack sicher im Inneren. Dann stellte er sich unter das Strohdach, wartete und betrachtete das Spektakel.

Der Himmel wurde purpurn, und im Licht der Blitze wirkte der Dschungel weiß und sah aus, als würde er von einer flackernden alten Bogenlampe erhellt. Der Himmel öffnete sich mit gewaltigem Getöse, und dann fiel eine Wasserwand zwischen ihn und die Welt des Amazonas.

Jakob sah kaum die Hand vor Augen, hörte nur das wütende Prasseln des Regens und roch den auf eigentümliche Weise angenehmen Geruch von durchnässten Blättern, Holz und Harz. Ein Geruch, der so faszinierend war, dass er sich während seiner Abstecher nach München immer wieder nach ihm sehnte. Es war der typische Geruch Brasiliens. Und in den über drei Jahren, die er nun hier lebte, haftete er inzwischen unauflöslich an ihm.

Die primitive Gewalt des Gewitters war für ihn eine Offenbarung. Er hatte versucht, sie zu beschreiben und es dem einen oder anderen Bekannten zu erklären, doch man hatte ihn in München nur mit Befremden angesehen.

Er dachte an die zurückliegenden Jahre. Nach der kulturellen Vielfalt der urbanen alten Welt war diese Region Brasiliens, in der es nur Wald und Wasser gab, anfangs ein schockierender Kontrast gewesen.

Nach seiner Ankunft hatte er sich im Bundesstaat Amazonas in der Nähe von Manaus mithilfe von Keniãu, einem Afroindianer, und einer großzügigen Spende ein großes Stück Land gekauft, zu dem ein kleines heruntergekommenes Haus gehörte, das er mit Keniãu als Verwalter zu einer traumhaften Fazenda ausgebaut hatte. Im Grunde genommen hatte er nur seine Blockhütte im Auwald, angepasst an die hiesigen Dimensionen, in den Regenwald versetzt.

Er nannte seinen Verwalter Raimundo. Niemand redete hier einen Mann mit seinem wahren Namen an, es sei denn, er war der Feind. Die Menschen, die er kennenlernte, hatten alle einen Beinamen. Kannte man den Namen eines Mannes, hatte man Macht über ihn. Ein guter Freund durfte den Namen zwar kennen, aber es war unhöflich, ihn offen auszusprechen.

Er stellte die Mulattin Donna Flor als Köchin ein, die mit Raimundos Frau Rosalia befreundet war und vier Kinder von drei Ehemännern ernähren musste. Sie hatte die typischen funkelnden Augen einer Brasilianerin und ein Gesicht mit negroiden Zügen, das von einer schwarzen Mähne umrahmt war.

Am Tag verwöhnte ihn Donna Flor mit traditioneller brasilianischer Küche. Jakob liebte das Nationalgericht Feijãoda – schwarze Bohnen mit Schweinefleisch, gemischt mit Gewürzen der Region – und trank am liebsten den limonengrünen Caipiriñha oder eine Batida de Maracuja in den leuchtenden Farben einer Orange. In der Nacht gestattete ihm Donna Flor, ihren gewaltigen schokoladenbraunen Körper zu erforschen, der nach Zimt und Nelken duftete. Sie konnte ihn allerdings nur mäßig befriedigen.

Manchmal, wenn die Träume ihn schweißgebadet aufschrecken ließen und er glaubte, die Geräusche von Stiefelschritten zu hören, trieb es ihn zum Fluss, wo er kleine Alligatoren jagte und ihr Fleisch aß. Das Licht seiner Taschenlampe blendete die blauen Augen der Tiere, und in Gedanken tötete er mit jedem Exemplar Katharina aufs Neue.

Er glaubte, am Ende seiner Erkundungsfahrt nach seinem wahren Ich zu sein. Umgeben von einer riesigen, undurchdringlichen, schweigenden Vegetation konnte er seinen Trieb austoben, fand er sich doch in einer Welt wieder, die sich vollkommen seinen Gesetzen anpasste und ihn immer tiefer in die Geheimnisse seines Wesens verstrickte. Er genoss es, eine zehn Meter lange Anakonda zu beobachten, wie sie im Wasser einen Alligator umschlang, oder die Pirañhas dabei zu verfolgen, wie sie einem verletzten Tapir das Fleisch von den Knochen rissen. Es war keine Gegend für ängstliche Menschen. Für sie war der Amazonas eine grüne Hölle, für Jakob jedoch ein Paradies.

Denn weder Pirañhas noch Anakondas noch ein anderes Ungeheuer der grünen Hölle waren die größte Gefahr, die den Indianern im Amazonas drohte, sondern Hunger und Krankheiten. Das wusste er von Raimundo. Nach den Gesetzen des Regenwalds konnte ein Tier umso schwerer überleben, je größer es war. Nach diesen Maßstäben war der Mensch das größte aller Tiere.

Der gefährlichste Feind eines Indianers war ein anderer Indianer und nicht er, der fremde Weiße, der ihnen Nahrung und Geschenke brachte. Wenn die kleinen Indiogruppen, die kaum mehr waren als erweiterte Familien, auf ihrer verzweifelten Suche nach Nahrung weiter ins Land vorstießen, gerieten sie stets aneinander.

Die wenig überlebenden Stämme hatten sich entweder hinter die Stromschnellen der Amazonasnebenflüsse zurückgezogen oder in den kaum zugänglichen Felslandschaften der Bergländer von Guayana und Brasilien Zuflucht gesucht, um nicht in Reservaten zusammengepfercht leben zu müssen.

Von der brasilianischen nationalen Indianerstiftung FUNAI erhielt Jakob für ein kleines Vermögen die Erlaubnis, die Yanoáma auf den nördlichen Abhängen des Amazonasbeckens oder die Jivaro besuchen zu dürfen. Das war das Erste, was er in Brasilien gelernt hatte: Für Geld konnte man in diesem Land buchstäblich alles kaufen.

Während Raimundo sich um die Fazenda kümmerte, lebte Jakob monatelang unter den Yanoáma in der Nähe der Wasserscheide zwischen dem Orinoko und dem Amazonas. Er entdeckte, dass die Amazonasindianer überaus mordlustig waren. Fast ein Drittel starb eines gewaltsamen Todes, überwiegend bei Stammesfehden. Bei den Jivaro, die Kopfjäger waren und Schrumpfköpfe herstellten, kam nur ein Mann auf zwei Frauen. Sie nahmen den Tod nicht mit der philosophischen Gelassenheit hin, wie die Yanoáma es taten. Die Jivaro wollten nicht wahrhaben, dass es einen natürlichen oder auch nur einen zufälligen Tod geben konnte. Eine Verletzung, eine Wunde, das war böser Zauber und musste mit gewaltsamem Tod bestraft werden. Eine Erkrankung galt als Folge der bösen Wünsche eines anderen. Derartige Akte von Aggression mussten, wenn nur irgend möglich, gerächt werden.

Jakob fand diese Betrachtungsweise so anregend, dass er die Sprache der Jivaros erlernte und sie in regelmäßigen Abständen besuchte, wobei er sich ihre Gastfreundschaft und ihr Vertrauen mit Nahrungsmitteln, Spirituosen und Marihuana erwarb, aber nicht zuletzt auch dadurch, dass er sie bei ihren Racheaktionen unterstützte.

Die Jivaro liebten ihn, weil er furchtlos war, und gaben ihm den Namen *Daevas,* was ihm außerordentlich gut gefiel. Daevas galt als Wesen der Dunkelheit und als ein Widergott. Er war ein Mischwesen aus Mensch und Tier mit Stoßzähnen, Hörnern und Schwanz, dem alle Übel zugeschrieben wurden: böse Gesinnung, Ungerechtigkeit und Hartherzigkeit, Hochmut und Unduldsamkeit, Raserei und Verwüstung, er war Vater des Gifts und des Todes. Außerdem war Daevas ein Verführer der Menschen, der sie zu Trunkenheit, Unzucht, Neid und Hoffahrt verleitete. Was ihn erstaunte, war, dass die Jivaro ihm einen Namen gaben, der aus dem indo-arischen Sprachraum stammte, und er fand die Vorstellung frappierend, dass er mit ihnen die Wurzel ihrer sprachlichen Herkunft teilte, denn er fühlte sich mit ihnen außerordentlich stark verbunden, nicht zuletzt aufgrund des archaisch natürlichen Verhältnisses zur Gewalt. Am deutlichsten wurde das im *anent,* im Gesang des Kriegsrituals *anemat,* in dem der Krieger nicht zögerte, sich auf die Stufe der rohesten Animalität herabzulassen. Mit der Freisetzung dieser Zerstörungslust, die in den Tiefen jedes Menschen schlummerte, knüpfte er an die instinktive Gewalt einer Natur ohne moralische Werte an. O ja, es war eine Ehre, den Namen Daevas tragen zu dürfen.

Getötet hatte er in Brasilien nur ein einziges Mal. Er hatte die Frau den Pirañhas zum Fraß vorgeworfen. Hier gab es weder Zeugen noch Spuren, hier war er nur der große weiße Daevas oder der *Fazendeiro.*

Er blickte auf seine Armbanduhr. Das Gewitter hatte nur eine Stunde gedauert. Der Wald wirkte herrlich frisch, Hunderte von Grüntönen funkelten hell in der Sonne. Eine einzigartige Vogelwelt umgab ihn, Papageien und kleine Affen schrien um die Wette, Tukane und bunte kleine Vögel ließen sich auf dem Strohdach der Hütte nieder. Rotköpfige Sperlinge suchten im Fluss nach Insekten. Laubfrösche in den schillerndsten Farben quakten ohrenbetäubend um die Wette, und scharlachrote Ibisse und Löffler starrten ihn an, als wären sie seine Wächter. *Ich werde es vermissen,* dachte Jakob. Dieses farbenfrohe urwüchsige Leben war das Paradies, von dem er seit seiner Kindheit geträumt hatte.

Doch nach einem solchen Gewitter kamen auch die Kormorane, und mit ihnen die Erinnerung an seine Blockhütte im Auwald und an ein Mädchen, das seiner toten Schwester täuschend ähnlich sah. Immer wieder tauchte sie in seinen Albträumen auf.

*

Der Raum drehte sich. Er hörte einen Schrei, sah Annas Gesicht und die Panik, die sich darin breitmachte. Ihr Mund bewegte sich und formte seinen Namen. Dann wurde ihm schwarz vor Augen, und weiße Flecken tanzten durch den Nebel.

»Komm jetzt. Komm, Liebster.«

Eine andere Frau streichelte sein Haar. Er spürte, wie Lippen die seinen streiften. Er versuchte, die Augen zu öffnen, aber alles war verschwommen, und er schloss sie wieder.

»Nein, das darfst du nicht.« Mit zitternden Händen tätschelte seine Mutter ihm die Wange. »Mach die Augen auf.«

Er öffnete die Augen und blickte in das Gesicht der Frau, die ihn eben noch gestreichelt hatte und ihn jetzt auslachte: Katharina.

Schweißgebadet wachte er auf, rannte ins Freie und stellte sich unter die von Raimundo gebaute Dusche.

Das Wasser prasselte an seinem Körper hinunter, trotz

seiner 55 Jahre immer noch makellos, schlank und athletisch. Er konnte nicht aufhören, an Anna zu denken, seit ihm auf der Beerdigung die verblüffende Ähnlichkeit mit ihrer Schwester aufgefallen war. Die Vorstellung, dass Anna inzwischen 18 war, genügte, um jene Erregung auszulösen, die er damals beim Anblick Katharinas empfunden hatte.

Er schloss die Augen und begann sich zu streicheln. In Gedanken stellte er sich hinter Anna, die sich leicht nach vorne beugte. Mit einer Hand stützte sie sich an der Wand ab, mit der anderen berührte sie seine Hoden und übte einen starken Druck aus. Er schrie, bis die Energie seinen Körper verließ.

Er öffnete die Augen, kam gewaltig und spritzte sein Ejakulat gegen die Bambuswand.

Das warme Wasser lief an seinem Körper herunter und reinigte Haut und Gedanken. Und plötzlich wusste er, wie er seiner Qual ein Ende bereiten konnte, um in Frieden leben zu können. Bei den Jivaro-Indianern versuchten schon die jungen Männer die Fähigkeit zu erlangen, die Welt der Geister zu erreichen. Die Jivaro und auch Keniãu hatten es ihm vor Augen geführt, doch er war blind gewesen für die sechs Zeichen ihrer Riten. Durch die Anwendung dieses Rituals würde die Macht von Katharinas rachsüchtiger Seele, die Leidenschaft und Kraft, mit der sie ihn im Traum zu ersticken drohte, gebrochen. Weder Katharina noch Anna würden danach je wieder seinen Schlaf stören.

Während seiner Abwesenheit würde sich Raimundo um die Fazenda kümmern.

*

Wenige Tage später verfolgte Jakob in seinem Appartement in São Paulo die Fernsehnachrichten. Auf dem Tisch lag noch ungelesen die heutige Ausgabe der *Folha de Sao Paulo* vom 14. November 1999.

Er hatte die Fenster weit geöffnet und blickte in den Regen hinaus. Der Duft der Erde stieg ihm in die Nase, und er hätte sich nicht gewundert, wenn draußen auf der Straße ein entwurzelter Ipe-roxo-Baum vorbeigetrieben wäre. Er schloss das Fenster, hockte sich auf das Bett und nahm die von Raimundo zubereitete Portion Peyote-Pilze ein.

Plötzlich leuchteten die Farben der Bettdecke deutlich intensiver und greller: grün, blau, gelb, rot. Im Hintergrund hörte er ein leises, konstantes Sirren. Verwundert starrte er die Wände an, und seine Gedanken drifteten immer weiter ab. Ein paarmal hörte er ein ziemlich lautes Surren, als flöge ein Insekt dicht an ihm vorbei.

Jakob schloss für einen Moment die Augen und sah aus Rauten zusammengesetzte fraktale Muster, überwiegend in Blautönen, aber nicht sehr intensiv. Plötzlich fühlte er sich wie ein alter bettlägeriger Mann. Es kam ihm vor, als würden ganz tief im Inneren liegende Gefühle freigelegt. Seine Stimmungen wechselten immer schneller; seine Gedanken formten sich zu monströsen nebelartigen Gebilden, aus denen sich Katharina, Anna und seine Mutter zu verschlungenen Höllengestalten herausbildeten. Das Geräusch eines vorbeifahrenden Autos fraß sich in ihn hinein und war auf einmal ein Teil von ihm, nicht unterscheidbar vom Rest. Langsam krochen Angstgefühle hoch, entglitt ihm das Ganze. Die Deckenlampen drehten sich und schwankten vor seinen Augen. Katharinas Gesicht war von farbigen Schlieren überzogen. Stöhnend schloss er die Augen und versank im wirbelnden Strom der Eindrücke: Katharina, Anna … Mutter … immer wieder Mutter.

Vier Stunden später setzte er sich an den Tisch und beobachtete durch die offene Tür ein kleines Mädchen, das im Treppenhaus auf einer Stufe saß, und schenkte ihm ein kurzes Lächeln.

Das Mädchen erinnerte ihn an Anna, und an sie wollte er nicht erinnert werden. Sie hatte ihn auf Katharinas Beerdigung genauso angesehen. Schnell stieß er mit dem Fuß die Tür zu. In drei Stunden startete die Maschine der brasilianischen Fluggesellschaft Varig.

Er griff zum Telefonhörer und wählte die Rufnummer der Taxizentrale. Zehn Minuten später fuhr er über die *Rodovia Presidencia Dutra* zum *Aeroporto Internacional Guarulhos*.

KAPITEL 21

Unmittelbar nach seiner Ankunft mietete er eine 85-Quadratmeter-Wohnung in Schwabing und richtete sie mit dem Notwendigsten ein. Ein paar Tage später besuchte er sein früheres Haus, das er vor seinem Aufbruch nach Brasilien verkauft hatte. Das einsame Grundstück war abgesperrt, und das Haus stand leer. Offenbar war der Käufer in finanzielle Schwierigkeiten geraten. Schlagartig wurde ihm klar, dass dieser Zustand seinem Vorhaben ideal in die Hände spielte. Er sah sich nach allen Seiten um, bevor er über den Zaun stieg und durch ein Fenster ins Haus schlüpfte. Von außen drang nur schwaches Licht herein. Es war dunkel und feucht.

*

Zwei Tage später schleppte Jakob mehrere Gegenstände in den Keller. Er fror, nicht nur im Keller. Die wohltuende Wärme Brasiliens steckte ihm noch in den Knochen. Den Kamin konnte er nicht anzünden: Man würde schon von Weitem den Rauch sehen. Irgendjemand – neugierige Kinder, ein verirrter Fahrradfahrer – könnte Verdacht schöpfen.

Der Keller war bestens geeignet für das Arkanum. Noch einmal checkte er die Liste mit den Gegenständen, die er eingekauft hatte: terrakottabraune Farbe, schwarze Kohlestifte, Einweckgläser in verschiedenen Größen, einen Kanister Formaldehyd, einen runden Tisch, einen Stahlschrank, zwei Eimer, Jagd- und Ausbeinmesser, eine Präzisionssäge, große Kerzen, Plastiksäcke, Einwegschürzen, Gummistiefel. Nur die Drogen und Halluzinogene bewahrte er in seiner Wohnung in Schwabing auf. Er war erstaunt, was man heute alles kaufen konnte, ohne dass man merkwürdig angesehen wurde.

Morgen würde er im ganzen Haus das komplexe Muster arkaner Zeichen malen: auf dem Dielenboden *die Sonnenuhr* und an den Wänden *den Kalender*, später kämen die sechs Zeichen des Rituals hinzu, die das Arkanum umschließen sollten.

Draußen war es noch hell. Er schaute auf den Tisch und auf die mit Schimmel überzogene Kellerwand, die ideale Stelle für das Zeichen der Macht. Am Anfang war das Wort. Oder der Buchstabe? Oder die Zahl? Er war ein Gott. Jakob nahm die Kohle und schrieb in schwarzer Farbe: *10 + 5 = Gott.*

Den zweiten Ritus konnte er erst in den nächsten Tagen durchführen. Doch dazu benötigte er Katharinas blaues Tuch, das Lukas vor Jahren an sich genommen hatte.

Eine halbe Stunde später parkte er seinen Wagen am Straßenrand, ging am Friedhof vorbei zum kleinen Weiher und setzte sich auf die Bank neben dem Bootsschuppen.

Die paradiesische Flora und Fauna des Naturschutzgebiets *Maria Emanuel* war im Matsch eines regengrauen Novemberwetters versunken. Die Eichen, Ulmen und Silberpappeln der Auwälder schienen Trauer zu tragen und waren weit davon entfernt, der westlich angrenzenden lieblichen Wiesen- und Heckenlandschaft Harmonie zu verleihen. Er erinnerte sich lebhaft an eine Szene im Sommer, als ihm der Baum ins Auge gefallen war, der mit Dutzenden von Kormoranen bevölkert war, die träge in die

Sonne blinzelten und ihre Brust herausstreckten, um sich zu sonnen. Er hatte sich damals gewundert, hier auf sie zu treffen, weil er wusste, dass sie in Deutschland hauptsächlich am Oberrhein oder an größeren Binnengewässern siedelten, und er hatte gedacht, dass es sich um eine ›Abordnung‹ vom Starnberger oder Ammersee handelte. Heute gab es von ihnen jedenfalls keine Spur.

Er blickte zu dem Teil des Auwalds, der mit seinem dichten, undurchdringlichen Unterholz im Sommer am stärksten an den brasilianischen Regenwald erinnerte. Er hatte ihn bis jetzt noch nie betreten. Aber das würde er nachholen, um mit *wakan*, der allumfassenden Seele, an jenem Ort zu verschmelzen, wo sich seine Wurzeln trafen: dem Au- und dem Regenwald.

Hinter der Bank stand das kahle Gestrüpp, in dem er sich so oft versteckt hatte, um Katharina zu beobachten. Auch hier ritzte er mit seinem Taschenmesser das geheime Zeichen der Macht *10 + 5 = Gott* ein.

»Eu so o mestro de sua salma«, flüsterte er. »Ich bin der Meister deiner Seele.«

Er tastete den Besteckbeutel in seiner Jackentasche ab: Skalpell, Einwegspritzen, eine Ampulle Succinylcholin und Rompun sowie zwei Ampullen Ketamin. Es gab viele Möglichkeiten, sich Katharinas Ebenbildes zu entledigen. Er erhob sich und schaute zum Kirchturm, der Blick finster und unheilvoll.

Später würde er durch die dunklen Straßen streifen und zu dem Haus vordringen, in dem sie lebte. Wenn sie nicht zu Hause sein sollte, würde er sie finden. Bald.

Aber vorher entdeckte er am Abend in Schwabing eine junge Frau, die in ihm etwas auslöste, das er nicht unter Kontrolle hatte.

KAPITEL 22

Jakob fuhr zwei Tage später zum Haus von Ingrid Hübner. Was würde er nach all den Jahren sagen, wenn er plötzlich vor ihm stände?, fragte er sich, doch er erfuhr, dass Lukas' Tante inzwischen gestorben und das Haus verkauft worden war, woraufhin Lukas in eine Sozialeinrichtung der Caritas umgezogen war.

Bestimmt ging er noch immer den gleichen Gewohnheiten nach, denn das taten die Irren immer. Er würde den Jungen gern wiedersehen und versteckte eine Porzellanpuppe im Gebüsch hinter der Bank am Weiher. Als sichtbar erkennbare Markierung band er ein blaues Seidentuch um einen Zweig.

Er lachte laut auf. Lukas würde das Seidentuch finden, davon war er überzeugt. Den Jungen würde es immer wieder an diesen Ort ziehen, und wenn er es fände, dann wüsste Lukas, dass *Er* zurückgekehrt war.

*

Er spazierte an den Tümpeln am hinteren Ende des Naturschutzgebiets *Maria Emanuel* entlang.

Diese Gegend kannte er wie seine Westentasche; er kam oft hierher, nicht zuletzt auch, um seiner Sammelwut zu frönen.

Als ein Objekt der Begierde seine Aufmerksamkeit erregte, verharrte er und starrte es ungläubig an. Da hing ein blaues Seidentuch schlaff von einem Ast … Er schaute zu Boden, und sein Herz begann zu rasen, als er das, was dort lag, aufhob. Aufmerksam betrachtete er den Fund und hielt ihn ganz nah vors Gesicht, da er seine Brille zu Hause vergessen hatte.

»Eine Pu-pu-puppe«, stotterte er.

Ihr fehlte die rechte Hand.

Er steckte das hellblaue Seidentuch und die Puppe rasch in die Tasche, dann wühlte er in der Hoffnung auf weitere Fundstücke noch ein wenig mit den Füßen im Laub. Am Morgen hatte es kräftig geregnet, doch die Nachmittagssonne hatte das hohe Gras bereits wieder getrocknet. Als er nichts mehr fand, setzte er seinen Weg in der Dämmerung fort.

Es lag schon eine Weile zurück, dass er sich über etwas gefreut hatte. Jakob war vor langer Zeit mit einem Vogel mit großen Flügeln weggeflogen. Seitdem war Lukas ein einsamer Mann, der traurig durch den Wald irrte und sich immer wieder im Baumhaus der alten Eiche ausruhte. Im Winter gefiel es ihm dort am besten.

Wenn die dicken großen Schneeflocken herabschwebten, rief er mit ausgebreiteten Armen und zum Himmel gerichteten Augen: »Es schneit Taschentücher, Jakob!«, und er tanzte dann im Geflimmer der Flocken, bis er nicht mehr konnte. Danach ruhte er sich im Baumhaus aus.

Ungewöhnlich aufgewühlt setzte er seinen Heimweg zur Siedlung für geistig und körperlich behinderte Menschen fort. Ein Mann in einem dunkelblauen Anzug hatte das Haus seiner Tante verkauft und die jetzige Wohnung für ihn erworben. Das Haus sei zu groß für eine einzelne Person, hatte er gesagt. Dieser Mann nannte sich Vormund, und er trug eine randlose Brille. Lukas hatte sich gewunden, hatte protestiert und gebettelt, doch der Mann hatte nicht lockergelassen. An jenem Abend hatte Lukas lange regungslos am Fenster gesessen und tief in sich hineingehorcht. Anschließend hatte er sich zu seinen Puppen gelegt und war sofort eingeschlafen.

Seine neue Wohnung war zwar klein, aber er kam gut zurecht. Alles lag an seinem Platz und war aufgeräumt. Jeden Tag schaute eine Putzfrau vorbei, und nichts erinnerte daran, dass hier ein geistig behinderter Mann wohnte.

Er hatte gerade seine Pillen genommen und sie mit kaltem schwarzen Kaffee runtergespült, ging zum Fenster, öffnete es mit zitternden Händen und lehnte sich hinaus. Sein Blick wanderte wie gewohnt zum Naturschutzgebiet, gute anderthalb Kilometer entfernt.

Er freute sich auf den morgigen Tag und schaute auf den übergroßen Kalender an der Wand. Mit seinem Finger ging er die Ziffern entlang. Das rote Kästchen, das er jeden Tag zur nächsten Zahl schieben musste, stand auf Mittwoch. Dann war morgen Donnerstag. Morgen würde Jakob in der Blockhütte auf ihn warten.

KAPITEL 23

Nirgendwo in München war das Leben so aufregend und bunt wie in Schwabing, wo während der letzten Jahrzehnte lebensfrohes Studentenvolk die alten Wohnhäuser bezogen hatte.

Er hatte die junge Frau mit den blonden Locken und dem vollkommenen Lächeln zufällig in der Nähe des Restaurants *Dalaman* in der Wilhelm-Hertz-Straße gesehen, als sie gerade die Haustür aufschloss. Daraufhin war er in seinen nur wenige Meter entfernt geparkten Mercedes gestiegen und hatte den ganzen Tag auf sie gewartet.

Als sie am späten Nachmittag endlich ihre Wohnung verlassen hatte, war er ihr im Wagen wie ein Schatten gefolgt.

*

Das erste Mal war Rebecca der gelbe Mercedes auf dem Parkplatz des Supermarkts aufgefallen, als sie ihre Einkäufe für die nächsten Tage im Kofferraum ihres klapprigen Peugeots verstaute. Obwohl es schon fast dunkel war, leuchtete ihr die intensive Farbe entgegen. Im Vorbeigehen meinte sie, auf dem Rücksitz einen Mann ausgemacht zu haben, der auf dem Boden nach etwas zu suchen schien.

Nervös schaute sie in den Rückspiegel. Vielleicht irrte sie sich. Vielleicht fuhr der Wagen ja nur zufällig hinter ihr her.

Ich bin müde und ich sehe zu viele Krimis, dachte sie. *Ein Messer im Rücken, eine Pistole mit Schalldämpfer oder ein Tropfen Gift an einer Nadel, die eine Haut durchbohrt. Und jetzt ein gelber Mercedes, von dem du glaubst, dass er es auf dich abgesehen hat. Fahr, so schnell du kannst, nach Hause, iss eine Kleinigkeit, nimm ein Bad und geh ins Bett.*

Sie musste sich zusammenreißen, damit sich ihr Blick nicht am Rückspiegel festsaugte. Als sie sah, dass der Mercedes aufrückte, beschleunigte sie.

Schweiß trat auf ihre Stirn. Die Kopfschmerzen, die sie seit zwei Stunden quälten, hämmerten immer heftiger gegen ihre Schläfen. Die hellen Blitze, die sie verschwommen im Rückspiegel wahrnahm, ließen ihre Augen tränen.

Nur noch wenige Minuten, dann war sie zu Hause. Erneut erhöhte sie das Tempo und fuhr mit 100 Stundenkilometern auf die Kreuzung zu. Nur noch wenige Meter bis zur Wallnerstraße. Die Ampel zeigte Rot, sie hielt an. Auch der gelbe Mercedes hinter ihr stoppte. Ein Mann stieg aus. Blitzschnell drückte sie auf die Fensterverriegelungen an der Fahrer- und Beifahrertür. Ein Kälteschauer lief ihr über den Rücken. Im Seitenspiegel sah sie, dass der Mann, der langsam auf ihr Auto zukam, fast zwei Meter groß war und einen kurzen Pferdeschwanz trug.

Er klopfte an ihre Scheibe. Er lächelte und sagte, dass ihr Rücklicht defekt sei.

Rebecca nickte. »Danke«, antwortete sie gequält.

Als die Ampel gelb wurde, fuhr sie mit quietschenden Reifen davon.

Wenig später gab ihr Rückspiegel Entwarnung: kein Licht, das sie blendete, kein Wagen, der sie verfolgte. Sie lächelte. *Das muss an meiner Schwangerschaft liegen, oder ich sehe wirklich zu viel fern.*

Sie fuhr auf den Parkplatz neben ihrem Haus, stieg aus dem Fahrzeug, öffnete den Kofferraum und holte die Einkaufstüten heraus. Dann schloss sie den Wagen ab und lief zum Haus. Sie stellte die Tüten auf den Boden und kramte in ihrer Handtasche nach dem Haustürschlüssel.

»Guten Abend, meine Vollkommene«, flüsterte ihr jemand ins Ohr.

Sie drehte sich um und sah das Böse.

Es war das Gesicht, das in ihrer Kindheit durch das Schlafzimmerfenster schaute, wenn alle anderen im Haus schliefen.

Es war das Lächeln, das sie mitten in der Nacht aus ihren Albträumen aufschrecken ließ. Es war der böse Mann ihrer Kinderträume, der mit dem Rasiermesser kleine Kinder umbrachte.

Sie wusste, dass er heute Abend gekommen war, um sie zu holen.

Rebecca, die im vierten Monat schwanger war, spürte einen Einstich und verlor das Bewusstsein.

Die Nacht war still, und die Stadt schlief, als Jakob sie mit dem Mercedes zu seinem Geländewagen brachte und in den Laderaum legte.

*

In der Nacht, in der Rebecca bewusstlos in seinem Land Cruiser lag, träumte Jakob. Er sah sich in dem kalten Raum mit den nackten Bruchsteinwänden liegen und sich auf einer harten Matratze hin und her wälzen. In seinen Träumen schnarchte und hustete er, um Gleichgültigkeit vorzutäuschen, obwohl das Alleinsein an diesem Ort schlimmer war als überall sonst und er mit Gewissheit nicht würde einschlafen können.

Durch das Schlüsselloch beobachtete er, wie seine Mutter in der Küche mit grazilen Bewegungen den Pinsel über ihre Fingernägel gleiten ließ; sie waren zartblau wie der sommerliche Himmel. Jemand klingelte an der Tür. Kurz darauf hörte er ihr Lachen.

Wieder blickte er durchs Schlüsselloch, aber er sah nur die Stiefel des Mannes. Der ging den Gang entlang in die Küche. Die Tür blieb offen, er legte Geld auf den Tisch und zog sich aus. Die makellose Hand seiner Mutter umfasste seinen erigierten Penis. Wütend und mit einem Gefühl des Ekels wandte sich Jakob ab und begann zu weinen. Schluchzend riss er seiner Puppe die rechte Hand ab und warf sie in eine dunkle Ecke.

KAPITEL 24

Lukas war im Baumhaus vollauf mit seinen Marionetten beschäftigt. Er liebte jede einzelne von ihnen. Wenn er mit ihnen spielte, ihre Gelenke an den Schnüren führte, erinnerte der Gang ihn an seinen eigenen. Noch immer zog er sein Bein ein wenig nach, besonders dann, wenn der Regen sich ankündigte und die Luft feucht wurde.

Rasch fesselte er mit einer Schleife die Handgelenke der Marionetten und legte sie behutsam zu seiner Kamera in den Leinenbeutel.

Bald würde der große Marionettenspieler zurückkommen, der ihn *mein Sohn* nannte und den *mein Vater* zu nennen er sich verbat. Er wusste, dass er kam, denn er hatte die Zeichen gesetzt, und er, Lukas, hatte sie verstanden. Der *Vater* hatte ihm die Schlüsselgewalt über seine Blockhütte gegeben, und er hatte die Schlüssel wie seinen Augapfel gehütet. Er hatte sein Haus mit blauen Seidentüchern geschmückt und immer darauf gewartet, dass er zurückkam.

Wenig später setzte er sich auf die Bank vor dem Schuppen und wartete auf die Rückkehr des großen Spielers. Das Sonnenlicht spiegelte sich träge im Wasser des bleigrauen Weihers, als sei es der Mühsal des Tages überdrüssig. Nervös nippte er an seiner Cola. Ob Jakob wirklich kommen würde? Es war bereits Viertel nach fünf, und nirgends war ein Auto zu sehen.

Er hatte immer gehofft, dass er eines Tages zu ihm zurückkehren würde. Einen Sohn ließ man nicht im Stich.

Noch schöner wäre es allerdings gewesen, wenn Jakob ihn in das fremde Land mit den bunten Vögeln mitgenommen hätte. Doch das hatte er nicht gewollt.

»Zuerst muss ich dort ein Zuhause für uns beide schaffen, mein Sohn. Ich kann dich jetzt noch nicht mitnehmen. Es wäre zu gefährlich für dich«, hatte er gesagt. »Es gibt dort nicht nur bunte Vögel, sondern auch wilde Tiere; Schlangen, so groß, dass sie dich mit ihrem Körper erdrücken können, oder kleine Fische, die dich binnen weniger Sekunden auffressen, wenn du im Fluss schwimmst. Ich möchte nicht, dass dir etwas passiert. Aber ich komme zurück und werde dich holen, das verspreche ich dir.«

Plötzlich hörte Lukas das Geräusch eines Autos; kurz darauf erkannte er in der Ferne die Staubwolke des Land Cruisers. Freudig erregt sprang er auf und lief Jakob entgegen.

*

Jakob hatte ihn anders in Erinnerung. Der verwirrte Mann, der wie ein Kind auf ihn zurannte und ihn stürmisch begrüßte, war um viele Jahre gealtert und stark abgemagert; das lichte Haar hatte er nachlässig nach hinten gekämmt, und die dunkelbraune Hose und die blaue Jacke waren mindestens zwei Nummern zu groß.

»Wie ich sehe, hast du die Puppe gefunden, Lukas. Wie geht es dir, mein Sohn? Wir haben uns immerhin viele Jahre nicht gesehen.«

Lukas grinste und nickte heftig. »Ich bin so froh, dass du wieder bei mir bist.«

»Komm, lass uns in die Hütte gehen.«

Lukas zeigte auf die Fußmatte vor der Hütte. »Nein, zuerst guckst du unter … Da!«

»Hast du für mich Fotos gemacht?«, fragte Jakob erstaunt.

»Ja!« Lukas stand zappelnd neben ihm.

Jakob nahm den braunen Umschlag, öffnete ihn und betrachtete die alten Fotos von Julia.

»Du weißt noch immer, was ich mag. Das ist gut, sehr gut. Ich sehe, du hast mich wirklich vermisst.« Er klopfte ihm auf die Schulter. »Komm, mein Junge, wir gehen zum Baumhaus, und du erzählst mir, wie es dir in den vergangenen Jahren ergangen ist.«

»Nein!« Lukas zeigte mit dem Finger in Richtung Blockhütte und wackelte unkontrolliert mit dem Kopf. »Erst … mein Begrüßungsgeschenk.«

»Ah!«, sagte Jakob und ging mit ihm lächelnd zur Blockhütte. »Dann stoßen wir doch erst mal gemeinsam auf meine Rückkehr an.«

Stolz übergab Lukas ihm den Schlüsselbund, den er grinsend an sich nahm, um die Tür zu öffnen. Er wollte laut loslachen, doch als er in Lukas' erwartungsvolles Gesicht blickte, beherrschte er sich.

Die Hütte war geschmückt mit den blauen Seidentüchern der Frauen, die Jakob hierhergebracht hatte. Lukas hatte sie in der gesamten Hütte verteilt und als Schleife an Gegenstände gebunden. Neben jeder Schleife baumelte eine Marionette, die den Betrachter mit leblosen Augen anstarrte.

Jakob lobte ihn und erzählte von seinem Leben in Brasilien. Und er freute sich auf Rebecca, die noch im Kofferraum des Geländewagens lag, bereit für ein neues Spiel. Mochte Lukas auch mit den Marionetten spielen, der wahre Spielmeister war er, aber er spielte nicht mit Marionetten. Die größte Kunst war, die Menschen zu Marionetten des eigenen Spiels zu machen. Und sein Spiel war die Poesie der Angst.

*

Jakob stand vor dem großen Spiegel seines Kleiderschranks und sprach mit seinem Spiegelbild.

»Die Vorfreude auf die Aufgabe genießen, die vor mir liegt«, sagte er, »das ist für mich das größte Vergnügen. Meine Erregung wächst und wächst. Das prickelnde Gefühl strömt wie eine Droge durch meine Adern. Ob sie sich zur Wehr setzen wird? Was meinst du, Lukas?«

Lukas zuckte mit den Schultern und fummelte nervös an einer Marionette herum.

»Sie ist schwanger. Ihre Bestrafung wird noch grausamer sein als die der anderen, die in dieser Hütte ihr Leben lassen mussten. In ihrer Panik, in ihrer Todesangst wird sie ihre Blase entleeren, und der Urin wird die Matratze tränken und sich mit ihrem Blut vermischen.«

Lukas hielt lächelnd eine Marionette hoch.

Jakob nickte. »Jaja. Sehr schön, mein Sohn.« Er seufzte. »Es wird eine komplizierte Operation. Aber ich werde Zeit haben, um alles richtig zu machen und mir das zu nehmen, was mir zusteht.« Über sein Gesicht huschte ein sarkastisches Grinsen. Blitzschnell drehte er sich zu Lukas um. Der Irre hatte kein Wort von dem verstanden, was er gesagt hatte. »Und jetzt gehst du nach Hause, mein Sohn. Wir sehen uns morgen wieder.«

Er konnte ab nun keine Zuschauer gebrauchen.

*

Lukas wollte nicht in seine Wohnung, sondern noch eine Weile in Jakobs Nähe bleiben, und ging zum Baumhaus. Plötzlich hielt er inne, als er den unheilvollen Klang von Jakobs Stimme vernahm.

Er lief zurück und spähte durch die verschmutzte Scheibe der Hütte. Der große Spielmeister war nicht allein. Auf dem Tisch lag eine Frau, die seinem Dornröschen sehr ähnlich sah.

Deutlich konnte er Jakobs Erregung erkennen, als er die Frau fesselte. Auch er selbst war außer sich. Wenn er jetzt Fotos machte und sie später Jakob unter die Matte legte, wären sie bestimmt wie früher wieder richtige Freunde, und dann würde Jakob ihn sicher nicht wegschicken.

Er säuberte mit seinem Jackenärmel die Scheibe, hielt seine Fotokamera ans Fenster und betätigte den Zoom.

Im Sucher sah er, wie Jakob mit dem Skalpell einen Schnitt vornahm und eine Geburtszange in die Scheide der Frau einführte.

Als die Linse Jakobs Blick festhielt, lief Lukas ein kalter Schauer über den Rücken, und er schwenkte rasch auf Jakobs Hände.

Etwas Dunkles kam aus der Tiefe des Unterleibs der Frau. Lukas ekelte sich. Er ließ die Kamera fallen, schlug die Hände vors Gesicht und schrie, weil er nicht verstand, was da gerade passierte, und zitterte am ganzen Körper.

Eine Hand berührte seine Schulter. Jemand hob die Kamera vom Boden auf.

»Hast du fotografiert?«, flüsterte die Stimme neben ihm.

Lukas hielt seine Hände immer noch vors Gesicht und spähte ängstlich durch die gespreizten Finger.

»Ha-ha-habe ich etwas falsch gemacht?«

Jakob lächelte, doch das Lächeln erfror in seinem Gesicht. Sein Mund zitterte ein wenig. »Nein, *ich* habe einen Fehler gemacht«, zischte er und nahm Lukas' Hände. »Beruhige dich. Komm, wir gehen ein bisschen spazieren.«

Lukas nickte stumm.

»Die Frau, die ich hierhergebracht habe, trieb es mit allen«, begann Jakob. »Erinnerst du dich an das, was ich dir beigebracht habe und was in den Büchern steht, die ich dir geschenkt habe?«

Lukas' Kopf wackelte unkontrolliert. *Ja,* dachte er. *Früher! Ja!* Früher. Aber jetzt? Er erinnerte sich, doch er mochte seine Erinnerungen nicht.

»I-i-ich muss jetzt nach Ha-ha-hause gehen«, sagte er. Sein Kopf schmerzte.

Jakob hielt ihn am Arm fest. »Lukas, das war eine kranke Puppe, die du gesehen hast. Man konnte sie nicht mehr zusammenflicken. Sind wir jetzt wieder Freunde?«

Lukas sah zu Boden. »Ja.«

»Dann bleib bei mir, mein Sohn.«

Irgendetwas im Tonfall warnte Lukas, dass dies kein Spiel mehr war. Er gehorchte.

»Hast du die Pu-pu-puppe umgebracht? Oder ha-habe ich das Ga-ganze nur ge-geträumt?«, fragte er.

»Du hast nicht geträumt«, antwortete Jakob. »Ich habe die kranke Puppe heil gemacht.« Seine Stimme klang hohl und entsetzlich dunkel. In seiner rechten Hand hielt er ein blutverschmiertes Skalpell, in der linken zart verwelkte Teerosen.

»Ma-machst du sie mu-mu-mundtot wie früher?«

Jakob sah ihn rätselhaft an. »Warte im Baumhaus auf mich«, sagte er.

Jakob ging wieder in die Blockhütte. Rebeccas Gesicht

sah aus wie ein weißer Teig. Als er auf sie zuging, die Rosen und das Skalpell auf das Schränkchen legte und etwas aus der Hosentasche zog, öffnete sich ihr Mund in stummem Entsetzen.

Lukas schaute vom Fenster gebannt zu, wie Jakob vor Rebeccas Augen eine Hostie brach. Dann fuhr ihm der eiskalte Schrecken in die Knochen: Die Frau bewegte sich! Er sah, dass sie schreien wollte, doch Jakob legte seine Hände um ihren Hals und drückte fest zu. Als er den Schrei gebrochen hatte, bedeckte er ihren Körper mit Teerosen.

*

Jakob öffnete das Fenster und fragte: »Hast du Katharinas blaues Tuch, um das ich dich gebeten habe?«

Lukas holte den alten Seidenschal aus seiner Jackentasche.

»Du siehst müde aus, Lukas. Geh nach Hause.«

Lukas gehorchte und radelte, ohne sich umzudrehen, zur Siedlung. Jakob schüttelte den Kopf. Seit seiner Rückkehr aus Brasilien wurde er nicht schlau aus ihm. Das war nicht gut, vor allem für Lukas.

Er würde sich jetzt duschen und die Blutspritzer von seinem Körper entfernen. Im Badezimmer stach er sich mit einer Nagelschere in den Finger.

»Você vive aqui e agora. Anna … Tenho confiança, aqui e agora. Eu so a finalidade da vida.«

Er intonierte eintönige Beschwörungen und ließ ein paar Blutstropfen auf das blaue Seidentuch fallen.

Der zweite Ritus war vollbracht.

Jetzt konnte er nur noch beobachten, lauschen und warten. Er verstand sich inzwischen sehr gut aufs Warten. Im

Lauf der Jahre hatte er eine Menge gelernt und sich viele nützliche Fähigkeiten angeeignet, aber geduldiges, geradezu stoisches Warten war seine größte Gabe. Wenn es sich lohnte, schaffte er es auch, eine ganze Ewigkeit zu warten.

KAPITEL 25

Es war Mitte November. Der Winter war schon früh mit aller Macht hereingebrochen. In den leeren Straßen herrschte eine klirrende Kälte; der Wetterbericht hatte Schnee angekündigt.

Anna sah vom Fenster des Wohnzimmers auf das Einfahrtstor, dorthin, wo sie seit einer halben Stunde hinschaute, in der Hoffnung, es würde sich öffnen und den Mann ihrer Sehnsucht einlassen. Aber Max hatte angerufen, dass es mal wieder später werden würde. Seit zwei Wochen arbeitete er an einer Konzeption für die europäische Markteinführung eines gentechnologisch hergestellten Rheumapräparats und war kaum einmal vor Mitternacht zu Hause.

Er war ein brillanter Manager mit einem todsicheren Gespür für Neuerungen; sein Vater hatte bereits angekündigt, ihm im kommenden Jahr die Geschäftsführung des Pharmakonzerns in Mailand zu übertragen.

Bis heute hatte Anna nie ernsthaft über ihre Ängste nachgedacht, aber die Bedrohung erschien ihr an diesem Abend allgegenwärtig. Vergeblich hatte sie sich einzureden versucht, dass es ihr nur so vorkam, weil sie die letzten Wochen meist ohne Max hatte auskommen müssen, aber das entsprach nicht ihrem Naturell.

»Liebes, du hast weder jemanden gesehen noch bekommst du irgendwelche obszönen Anrufe. Da ist nichts«, hatte Max ihr erst vor wenigen Tagen gesagt, um sie zu beruhigen. »Ich bin es, der hinter dir herschleicht, weil ich dich vernaschen möchte.«

Doch immer öfter hatte sie dieses unangenehme Gefühl, dass hinter ihrem Rücken jemand war, der sie beobachtete. Während ihrer Spaziergänge im Park musste sie diesen Eindruck ignorieren und dem Drang widerstehen, ständig einen Blick über die Schulter zu werfen.

Sie wurde immer nervöser; tagsüber war sie unkonzentriert und konnte in der Nacht nicht schlafen. Immer wieder suchten sie die Albträume ihrer Kindheit heim, aus denen sie schweißgebadet aufwachte und in Max' Armen landete. Er verstand sie dann zu beruhigen und sorgte sich rührend um sie.

Sie schwitzte, ihre Hände und ihr Rücken fühlten sich unangenehm feucht an. Sie wünschte sich Max an ihre Seite, der sie küssen, sie lieben und sie beruhigen würde. Doch Max, mit dem sie vor einem Jahr in das Haus der verstorbenen Oma Nina eingezogen war, war weder in seinem Büro noch über das Handy zu erreichen.

Wo steckst du bloß?, dachte sie verzweifelt. *Du hast mich doch noch vor wenigen Stunden aus dem Büro angerufen.* Plötzlich flammte ein Bild in ihrem Kopf auf: Max in den Armen einer anderen, er riss ihr gierig die Kleider vom Leib, ein Weinglas fiel klirrend zu Boden, ein Glassplitter steckte im Hals der Frau, sie blutete, überall Blut, die Frau rutschte von seinem Schoß auf die Erde, lag mit ausgestreckten Armen auf dem Rücken, überall Blut, sie lag reglos in der Lache, die Augen verdreht, das Gesicht wachsbleich. Es war ihr Gesicht, ihr eigenes Gesicht.

Sie lief in die Küche, holte eine Flasche Rotwein und nahm ein Weinglas aus dem Schrank. Dann ging sie ins Schlafzimmer. Ihre Schritte brachten den alten Holzfußboden zum Knarren. Das Haus war ansonsten still, lediglich das Ticken von Ninas Wanduhr war zu hören.

Anna stellte das Weinglas auf den kleinen Glastisch neben dem Bett, öffnete die Weinflasche und schenkte sich ein. Schon der erste Schluck beruhigte sie und wärmte ihren Körper. Sie ging ins Badezimmer und warf ihre Kleidung achtlos in den Wäschekorb. Als sie unter der Dusche stand, fühlte sie sich besser.

*

Erregt beobachtete Jakob hinter dem Rhododendronstrauch vor Annas Schlafzimmer, wie sie den kurzen, engen schwarzen Rock abstreifte. Man sah nur allzu viel von den langen gebräunten Beinen. Und dann dieses enge blaue Top, das viel zu viel von ihren Brüsten preisgab.

Es begann wieder zu schneien. Ihm wurde kalt; er sehnte sich nach der molligen Kaminwärme seiner Blockhütte. Als Anna das Licht löschte, nahm er die Tasche mit seinem Werkzeug und lief über den schneebedeckten Rasen aufs Haus zu.

Er öffnete lautlos das Gitterfenster und huschte in den dunklen Keller. Es war so leicht gewesen, durch das Fenster mit dem defekten Riegel einzudringen. Schon am Vortag hatte er sich im Haus umgesehen. Er gab ihr noch eine halbe Stunde, dann ging er auf leisen Sohlen die Kellertreppe hinauf, öffnete die Haustür einen Spalt, damit er später das Gebäude rasch verlassen konnte, und lief die Treppe zum Schlafzimmer nach oben.

Als er vor ihrer Schlafzimmertür stand, konnte er sich kaum beherrschen. Seine Erektion schmerzte. Er musste sich Befriedigung verschaffen. Es war, als würde er noch einmal in den Genuss kommen, Katharina zu töten, die ihn so sehr in seinen Träumen quälte.

Sie hatte die Tür einen Spalt offen gelassen, als würde sie ihn einladen, in ihr Schlafzimmer zu schauen.

Anna schlief. Über ihrem schlanken Körper lag eine dünne Bettdecke, die die Konturen weich nachzeichnete. Er ging auf das Bett zu und betrachtete ihr langes blondes Haar. Er atmete schnell und gepresst, doch er hatte sich unter Kontrolle. Der Überraschungseffekt war ausschlaggebend.

Er ließ die Spritze unter die Bettdecke gleiten, ein Einstich, kurz und schmerzlos, eine rauschende halluzinogene Wirkung.

Dann legte er sich dazu und drang sanft von hinten in sie ein. Allmählich erwachte ihr Körper und fing seine Stöße rhythmisch auf. Als er kam, stieß sie einen spitzen Schrei aus und rief einen Namen, der nicht seiner war, und er sprach die Worte, die er so oft an die Schlafzimmerwand seiner Agrippina geschrieben hatte: *»Anna … Eu so a saudade, um principe, e lindo como o amor.«*

Dann injizierte er das Ketamin.

Für einen kurzen Augenblick starrten ihn Verwirrung und blankes Entsetzen an, dann nichts mehr.

Er setzte sich auf die Bettkante, nahm ein Skalpell aus seinem Besteckbeutel und wartete. Mit den behandschuhten Fingern streichelte er über den wehrlosen Körper. Die Augen starr auf sie gerichtet registrierte er jede Regung. Er ergriff bewundernd ihre makellosen Hände, berührte die Brustwarzen ihrer festen Brüste und blickte zur Seite. Der Spiegel der Schrankwand reflektierte sein Gesicht.

Es war das Antlitz des Bösen.

*

Lukas war Jakob heimlich mit dem Fahrrad gefolgt und hatte beobachtet, wie er das Haus von Dornröschen betrat. Er versteckte sich hinter der Buche neben dem Rhododendronstrauch und richtete sein Fernglas auf das Schlafzimmerfenster. Er konnte sehen, wie Jakob vor Dornröschens Bett stand, in der Hand ein Skalpell.

Er glaubte, einen Schrei zu hören, und zuckte zusammen.

Nein, dachte er, *nicht Dornröschen!,* und stürmte ins Haus.

Die Haustür war nur angelehnt. Er rannte die Treppe hinauf ins Schlafzimmer, doch Jakob war schneller. Irgendetwas sauste durch die Luft auf ihn zu. Dann überwältigte ihn der Schmerz so scharf und so plötzlich, dass er vor Dornröschen, die auf dem Fußboden lag, auf die Knie fiel. Jakob rannte blitzschnell an ihm vorbei. Dornröschens Brustkorb hob sich schwach. *Sie atmet noch,* dachte er erleichtert und streichelte ihr Gesicht.

»Warum siehst du mich nicht an, Dornröschen?«, flüsterte er.

Doch ihre Augen öffneten sich nicht.

Er sah sich ängstlich um. Lauerte Jakob noch irgendwo auf ihn? Er fasste sich an die Schulter. Blut. Er war verletzt. Schlimmer aber war der Geruch, der von Anna ausging. Der stechende Geruch ihrer Angst, vermischt mit dem Blut, das aus ihrem Körper sickerte, machte ihn schier verrückt.

Nach wenigen Metern schon spürte Lukas den Frost der Nacht; die klirrende Kälte drang wie Nadelspitzen in die Haut. Seine dünne Jacke bauschte sich hinter ihm im Wind. Er bewegte sich nur langsam auf die Telefonzelle zu, die zwei Straßen von Dornröschens Haus entfernt stand. *Wähl Einseinszwei, einseinszwei, und die Hilfe kommt herbei,* hatte ihm der Sozialbetreuer eingebläut. *Einseinszwei.* Hastig wählte er die Nummer und gab Dornröschens Adresse durch.

»Ko-ko-kommen Sie! Schnell! Hier sch-sch-schwere Verletzung! Überall Blut!«

»Einsatzwagen ist unterwegs«, sagte eine ruhige Männerstimme, nachdem er die Adresse in den Hörer gestottert hatte. Dann legte er auf und rannte durch die Nacht, durch die dunklen Straßen, um sich zu Hause in seinem Zimmer in Sicherheit zu bringen.

Hinter sich hörte er Schritte, hörte die leise herannahenden schnellen Bewegungen und wie Jakob seinen Namen rief und lachte.

Er rannte am Friedhof vorbei über den Kirchplatz bis zum Weiher. Seine Schuhe dröhnten auf dem rissigen Beton des Bürgersteigs, sein Atem rasselte. Ihm blieb nur noch eine Möglichkeit, Jakob abzuschütteln: sich hinter dem Weiher im Gestrüpp zu verstecken.

Erneut rief Jakob seinen Namen, nannte ihn *mein Freund*, *mein Sohn* und sagte, sie müssten miteinander reden. Lukas drückte die Stirn auf den Boden und hielt sich die Ohren zu. Als die Schritte sich entfernten, begannen sich seine Lungen zu beruhigen. Er hörte nichts weiter als seinen eigenen keuchenden Atem, und dann fiel er in eine tiefe Ohnmacht, während der Mond zögernd am Nachthimmel erschien.

Als er wieder zu sich kam, lag er auf dem Rücken. Das Mondlicht hing blass und verwaschen über ihm. Ein Blick auf seine Armbanduhr zeigte, dass nur wenige Minuten vergangen waren.

In seinem Inneren rotierte unermüdlich ein Gedanke: *Ich will nicht, dass Jakob Anna nimmt. Ich will nicht! Nicht mein Dornröschen. Ich sage es ihm.*

Und plötzlich erfasste ihn eine unerwartete Leichtigkeit.

KAPITEL 26

»Dieser verdammte Regen. Unser Fahrzeug muss näher ran!«, schrie ein Sanitäter. »Und die anderen Fahrzeuge müssen von der Straße runter! Der Hubschrauber landet in wenigen Minuten!«

»Wach bleiben!«, rief jemand in der Dunkelheit und klatschte Anna ins Gesicht. »Wach bleiben, hallo!«

Ich sterbe. Katharina? Mir ist kalt.

»Alles okay? Hallo!«

Erneut klatschte der Mann ihr ins Gesicht.

»Wir machen jetzt eine kleine Reise. Mensch, Mädchen, halt durch. Es dauert nicht lange.«

Vage nahm sie die Dunkelheit, das Blaulicht, den Regen und das Rotorenknattern wahr, danach einen Korridor, das blaue Licht, ein Schild: *Notaufnahme*. Dann der Arzt. Schwach hörte sie die schrille Stimme einer Frau.

»Da gibt es nichts zu deuten, Dr. Kreiler. Die Polyesterasenaktivität ist gleich null«, sagte die Stimme.

»Ich möchte das jetzt wirklich nicht vertiefen, Frau Kollegin. Was ich jetzt brauche, ist ein starker Kaffee«, antwortete Dr. Kreiler gereizt. »Ich bin seit zwölf Stunden auf den Beinen.«

Die Assistenzärztin ließ nicht locker. »Vorsätzlich verabreichte Vergiftungen müssen der Polizei gemeldet werden. Das ist bei uns Vorschrift.«

»Ich will, dass diese Frau hier überlebt, verstanden! Danach können Sie sich um die Vorschriften kümmern.«

Der Ton des Neurochirurgen duldete keinen Widerspruch. »Also, was haben wir hier?«

Die Assistenzärztin schluckte. »Schweres Trauma, Verletzungen des Brustkorbs. Sie wurde vor Ort intubiert und stabilisiert und danach mit dem Rettungshubschrauber hierhergebracht.«

An dem knappen Nicken erkannte sie, dass ihre Antwort akzeptabel war.

»Dann machen wir mal. Also Kochsalzlösung, Herzstabilisator«, sagte er und trat an das Bett.

Als er sich Anna zuwandte und ihr das erste Mal bewusst ins Gesicht schaute, wurde er blass und drohte sein Gleichgewicht zu verlieren.

»Vorsicht. Der Blutdruck fällt«, sagte die Assistenzärztin. »Kammerflimmern!«

»Adrenalin eins zu zehn. Schnell.« Dr. Kreiler schaute auf die Uhr. »Es ist jetzt 0.30 Uhr.« Präzise setzte er die Nadel an und injizierte das Adrenalin.

»Keine Reaktion!«

»Herzmassage einleiten«, sagte er.

Die Assistenzärztin führte die Herzdruckmassage durch, wobei ihr dunkles Haar mit jedem Stoß nach vorn schnellte.

»Eins … zwei … drei. Vier … fünf … eins … zwei … drei. Vier … fünf … eins … zwei … drei. Vier … fünf. Keine Reaktion.«

»Verdammt noch mal, das darf doch nicht wahr sein!«, rief Jörg Kreiler.

*

Annas Geist schwebte über dem Bett, schemenhaft nahm sie die blauen Gestalten wahr.

Das Gesicht der Assistenzärztin war gerötet, sie schwitzte und wirkte wie benommen vor Angst, das junge Leben nicht retten zu können.

»Eins ... zwei ... drei. Vier ... fünf ... eins ... zwei ... drei. Vier ... fünf. Kein Puls, kein Ausschlag. Kammerflimmern!«

»Die Platten, schnell. Mit 100 Joule aufladen«, befahl Dr. Kreiler.

Die Assistenzärztin reichte ihm die Elektroden, und er legte sie auf Annas Brust.

»Alle zurücktreten!«, rief er.

Annas Körper bäumte sich unter dem Stoß des Defibrillators auf.

»Keine Reaktion!«

»Mit 200 Joule aufladen, und holen Sie jemanden aus der Chirurgie!«

»Bereit.«

»Jetzt!«

Der Stromstoß schoss durch Annas Körper und ließ jeden Muskel gleichzeitig krampfen. Sie zuckte grotesk, bevor sie wieder in eine reglose Starre zurückfiel.

Dr. Kreiler runzelte die Stirn. »100 Milligramm Kalziumchlorid.«

»Aber wir haben ihr schon Digitoxin verabreicht«, gab die Assistenzärztin zu bedenken.

»Wir haben nichts mehr zu verlieren«, sagte Kreiler und injizierte die Substanz direkt in die Vene. Er wartete einen Moment. »Die Elektroden! 400 Joule diesmal!«

Die Assistenzärztin sah ihn erstaunt an.

»Alle zurück!«

Annas Gliedmaßen zuckten erneut.

»Noch einmal!«

Alle Augen starrten auf den Monitor.

Plötzlich wandte Kreiler sich an die Assistenzärztin. »Kollegin Schneider? Darf ich Sie Petra nennen?«

Die Ärztin nickte. »Selbstverständlich.«

»Petra, ich bin hier der Chefarzt der Neurochirurgie und der verantwortliche Diensthabende, und ich sage Ihnen jetzt Folgendes …« Er musterte sie mit einem kalten Blick. »Wenn Sie auf medizinischem Gebiet eine Meinung haben, dann sprechen Sie sie aus, aber laut und deutlich.« Er beugte sich ein wenig vor. »Aber wenn Sie mir oder meinem Operationsteam noch einmal sagen sollten, dass ein Patient nicht überleben wird, dann werde ich Sie fristlos entlassen und die Ärztekammer auf Ihre medizinische Inkompetenz hinweisen. Haben Sie mich verstanden?«

Petra Schneider lief feuerrot an. »Ich … Ich glaube, wir werden wohl nicht miteinander auskommen.«

Kreiler lächelte. »Machen Sie sich doch nicht lächerlich. Jeder kommt mit mir aus.«

Er streifte seine Latexhandschuhe ab, warf sie auf den Boden und verließ den Operationsraum.

*

Anna flog davon und fiel dann ins Bodenlose. Sie nahm ihre Mutter wahr, die sich von ihr abwandte. Sie sah Sarah, ihre kleine Freundin aus dem Sanatorium, die ihr die Hand reichte. Neben Sarah stand Katharina, die lächelte. Sie rannte. Sie war wieder ein Mädchen mit langen wehenden Haaren. Der Boden unter den nackten Füßen war warm, und die Luft roch nach Rosen und nach Meer. Das Tor vor ihr stand weit offen.

KAPITEL 27

Seit neun Tagen besuchte Mathilda Demirtas jeden Nachmittag die Universitätsklinik und durchquerte die eindrucksvolle Eingangshalle, die durch ihre Größe und die ungewöhnliche Architektur eher einschüchternd wirkte. Sie fragte sich, ob es wohl die Absicht des Architekten gewesen war, dem Besucher beim Betreten der Halle ein Gefühl von Verlorenheit zu geben. Doch mittlerweile hatte sie sich an die Stahlkonstruktionen und an den gelb-grün gestreiften Teppichboden gewöhnt und fand, dass die Farben sogar eine beruhigende Wirkung ausübten.

Sie fuhr mit dem Aufzug ins Untergeschoss, bevor sie den langen Korridor durchquerte und auf die Intensivstation zuging. Nachdem sie sich angemeldet hatte, öffnete sich eine Tür, die sie einen kleinen hell erleuchteten Vorraum betreten ließ.

Geblendet von dem grellen Neonlicht hielt sie einen Moment lang inne und legte schützend ihre Hand über die Augen.

Durch die Sprechanlage forderte eine Stimme sie auf, sich umzuziehen.

Mathilda tauschte ihre Kleidung gegen einen sterilen dunkelblauen Kittel, stülpte die Einwegschuhe über ihre Stiefel und fragte sich, was sie wohl heute hinter dieser Tür erwartete. Sie atmete tief ein und drückte auf den Schalter an der Wand. Daraufhin öffnete sich eine zweite Glastür.

Sie schritt an einer großen Fensterfront vorbei, hinter der die abgedunkelten Räume mit den Intensivpatienten lagen. Seit Tagen wartete sie auf eine positive Veränderung von Annas Zustand.

Seufzend öffnete sie die Tür, auf der in dunkelblauen Druckbuchstaben das Wort *vier* stand, und betrat das Zimmer.

Anna lag mit geschlossenen Augen auf dem Rücken, die Arme flach auf der Bettdecke. An ihrem Brustkorb und an den Armen waren Schläuche befestigt, die mit diversen Infusionsbehältern verbunden waren. Neben dem Bett standen auf einer Konsole der Elektrokardiograf und der Pulsoximeter.

Eine Krankenschwester, die gerade eine Infusion vorbereitete, begrüßte sie freundlich und sagte: »Ihr Zustand hat sich Gott sei Dank stabilisiert, Frau Demirtas.«

Mathilda lächelte und setzte sich auf den Stuhl neben dem Bett. Anna lag seit Tagen im Wachkoma.

Sie nahm ihre Hand und streichelte sie. »Wie geht es dir heute, Anna?«

In den vergangenen Tagen hatte Dr. Kreiler ihr immer wieder Hoffnungen gemacht.

»Sie wird es schaffen. Der Hirnstamm reguliert die lebenswichtigen Grundaufgaben des Körpers wie die Atmung, das Schlucken und den Kreislauf, und das Mittelhirn leitet die Informationen aus dem Rückenmark an das Großhirn weiter«, hatte er erklärt. »Dort liegt der Sitz unseres Bewusstseins. Es verarbeitet alle Sinneseindrücke zu einer Gesamtwahrnehmung. Beim Wachkoma ist in der Regel die Informationsübertragung des Mittelhirns gestört. Ich glaube allerdings, dass bei Anna kein echtes Wachkoma vorliegt, sondern eine weniger tiefe Form der Bewusstseinsstörung aufgrund des vorangegangenen Schocks.«

»Wann wird sie denn wieder zu sich kommen?«, hatte sie ihn gefragt.

»Ich weiß es nicht. Niemand weiß, wann sie aus den tiefen Abgründen des Bewusstseins wieder auftaucht. Zwischen Leben und Tod gibt es viele Bewusstseinsstufen.«

»Wenn sie aufwacht, wird sie dann wieder … normal sein?«

»Ich glaube schon. Seien Sie unbesorgt. Wachkomapatienten haben eine normale Lebenserwartung. Erzählen Sie Ihrer Freundin von Ihrem Alltag, sprechen Sie über gemeinsame Erlebnisse. Achten Sie dabei auf den Monitor. Wir überprüfen nämlich, inwieweit ihre Sinneskanäle im Gehirn offen sind.«

»Was bedeutet das?«

»Wir bedienen uns der Hirnstrommessung. Sobald die Impulse ausschlagen, können wir uns einen Eindruck über ihre haptischen Qualitäten machen. Und nach unseren Beobachtungen ist durchaus ein relevanter ansteigender Verlauf der Reaktionsphase festzustellen.«

Seitdem sprach Mathilda jeden Tag mit Anna, las aus ihrem Lieblingsbuch vor oder erzählte ihr von ihrem Alltag. Zwischendurch warf sie immer einen Seitenblick auf die Monitore in der Hoffnung auf spontane Ausschläge. Im Laufe der Zeit kamen ihr die Wellen wie die Notenlinien von Annas Seelenpartitur vor. Was hätte sie darum gegeben, wenn sie sie hätte lesen können!

Mathilda lächelte in sich hinein. Den Tag ihrer ersten Begegnung würde sie niemals vergessen. Sie hatte auf dem Schulhof der Grundschule stattgefunden, wo Anna sie mit ihrer eigentümlich sanften Stimme schüchtern nach dem Weg zum Klassenraum gefragt hatte. Diese Stimme war ihr sofort vertraut erschienen, denn sie hatte – wie ihre eigene – einen leicht nordischen Akzent. Auf den ersten Blick wirkte Anna zerbrechlich, weil sie so dünn und blass war. Aber sie war alles andere als zerbrechlich. Sie wusste immer, was sie wollte, war wissbegierig und besaß einen eisernen Willen.

»Damals, als ich noch pummelig war und du eine Achtdioptrienbrille trugst, sind wir manchmal an den Wochenenden mit deinem Großvater in den Hühnerstall gegangen, wo wir die kleinen Küken unter der Wärmelampe bewachten. Dein Großvater bekam regelmäßig eine Lieferung Küken, die er zu Legehennen aufpäppelte. Wir gaben ihnen Namen und konnten sie zu seinem Erstaunen sogar auseinanderhalten. Wenigstens taten wir so. Es brach uns jedes Mal das Herz, wenn wir uns von Mini, Betsy, Coco und Charly verabschieden mussten, weil ihnen bestimmt war, als Suppenhühner auf dem Wochenmarkt zu enden. Dein Großvater glaubte uns nicht, dass wir sie alle auseinanderhalten konnten, und behauptete immer, dass wir schummelten, weißt du noch? Und dann hast du dich wie ein Hahn vor ihm aufgeplustert, deine Hände in die Hüften gestemmt und gesagt: *Wahrheit ist, was man glaubt und mit Überzeugung vertritt!* Er hat dich belustigt angeschaut, und wir haben vor Lachen fast in die Hosen gepinkelt.«

Sie schaute auf den Monitor, auf dem deutliche Ausschläge zu sehen waren. Tatsächlich: Anna schien sie zu hören!

»Und wenn wir nicht im Wald oder im Hühnerstall waren, zeigte er uns, wie man Gemüse anpflanzt, Kartoffeln setzt und Vogelscheuchen baut. Und er konnte wunderbare Geschichten aus Rumänien erzählen. Erinnerst du dich an den Friseur, der gleichzeitig eine Kneipe betrieb?

Zuerst kamst du auf den Friseurhocker, und anschließend wurde die Glatze deines Großvaters mit Öl poliert. Deinen Haarschnitt musste der Großvater danach in der Kneipe mit diversen Schnäpsen verdauen. Du hast damals schrecklich ausgesehen.« Sie warf einen erneuten Blick auf den Monitor und sah Anna erstaunt an. »Es ist schön, dass du mich hören kannst. Ich bin mir ganz sicher, dass du wieder aufwachen wirst.« Sie lächelte. »Ich habe dich immer beschützen wollen. Damals, als die Lehrerin dir mit dem Stock drohte, weil du immer frecher wurdest, habe ich mich schützend vor dich gestellt. Und nun liegst du hier. Wann wachst du endlich auf, Anna? Wir alle vermissen dich doch so sehr.«

Erschrocken fuhr sie hoch, als sie eine Hand spürte, die sanft ihre Schulter berührte. Erstaunt drehte sie sich um.

»Die Ausschläge der Hirnströme sind immens. Das sind nicht nur Reflexe. Ihre Freundin reagiert auch auf visuelle Reize«, sagte die Krankenschwester freundlich. »Warum gehen Sie nicht in die Kantine und trinken einen Kaffee, Frau Demirtas? Sie sitzen jeden Tag an Frau Wendels Bett, und heute sogar seit mehr als zwei Stunden. Denken Sie auch mal an sich. Sie können im Moment nichts für Ihre Freundin tun. Außerdem werden Sie erwartet.«

Mathilda nahm ein Taschentuch aus ihrem Kittel und wischte die Schweißperlen von Annas Stirn. »Ob sie mich wirklich hört, wenn ich ihr Geschichten erzähle?«

»Sie kann Sie hören. Der Monitor ist der beste Beweis. Und eines Tages wird sie wieder aufwachen. Machen Sie sich keine Sorgen.«

»Weshalb sind Sie so sicher?«

»Das sagt mir meine langjährige Erfahrung im Umgang mit Komapatienten«, erwiderte die Schwester mit einem sanften Lächeln. »Und ich irre mich selten. Jetzt gehen Sie, machen Sie eine Pause. Sie werden am Eingang der Intensivstation erwartet.«

Mathilda runzelte die Stirn. Nur ihre Familie wusste, dass sie Anna täglich besuchte. Noch einmal warf sie einen Blick auf die Patientin und streichelte ihr Gesicht. »Ich komme gleich wieder.«

*

Sie war nicht schön, nicht im klassischen Sinn, dachte Benedikt van Cleef, als Mathilda durch die Glastür den Krankenhausflur betrat und auf ihn zukam. Sie war *atemberaubend*. Ihr Haar war von einem leuchtenden Tizianrot wie loderndes Feuer, ein Flammenmeer, das sich in wilden Locken über ihre Schultern ergoss. Ihr Gesicht war rundlich, die Nase schmal. Sie hatte hohe, flache Wangen und ein sich verjüngendes Kinn. Ihre Augen ruhten unter schweren Lidern, ihr breiter Mund war rostrot geschminkt.

Sie war zierlich, fast zerbrechlich gebaut und trug eine knapp sitzende giftgrüne Hemdbluse, die ihre schlanken Arme und die festen Rundungen ihrer Brüste gut zur Geltung brachte. Ihre Haut war hell, und ihre Augen erinnerten ihn an das gesprenkelte Grün einer Sommerwiese.

Als sie auf ihn zukam, verzogen sich ihre rostroten Lippen zu einem kleinen fragenden Lächeln, und dann blieb sie so nah vor ihm stehen, dass Benedikt das winzige Muttermal sehen konnte, das direkt über der rechten Oberlippe saß. Nah genug auch, um den Duft einer blühenden Frühlingswiese einzufangen und langsam darin zu ertrinken.

»Ihre Mutter sagte mir, dass ich Sie hier finde. Mein Name ist Benedikt van Cleef. Mordkommission München. Wir hatten bereits kurz miteinander zu tun, direkt nach dem Mordanschlag«, sagte er freundlich und reichte ihr die Hand.

Mathilda musterte ihn von Kopf bis Fuß.

»Ich würde mich gern noch einmal mit Ihnen über Ihre Freundin Anna Wendel unterhalten.«

Sie nickte.

»Die Schwester war so nett, uns einen Kaffee zu bringen. Sie sagte, er würde Ihnen guttun. Setzen Sie sich doch bitte.«

Als er ihr den Kaffee reichte und neben ihr Platz nahm, sagte sie: »Ich erinnere mich an unser Gespräch vor neun Tagen. Damals war ich kaum in der Lage, Ihre Fragen zu beantworten.« Sie nahm einen Schluck und sah ihn traurig an. »Ich ahnte, dass irgendwann etwas Schreckliches passieren würde. Es gab Anzeichen. Doch Max und ich wussten nicht, wie wir uns verhalten sollten. Ich mache mir solche Vorwürfe. Und jetzt liegt Anna dort ...« Sie zeigte auf die Glastür. »Mehrere Bisswunden in der rechten Schulter, tiefe Stichwunden, die knapp den rechten Lungenflügel verfehlten, ein komplizierter Beinbruch und ein Hirntrauma«, spulte sie herunter, als ob sie mit dieser Aufzählung das Schreckliche neutralisieren könne. »Sie liegt im Wachkoma, ihre Augen sind geöffnet, doch sie starrt nur an die Decke und bewegt sich nicht. Es ist, als wäre sie gar nicht da, sondern ganz weit weg.«

»Es ist immer schrecklich, hilflos zusehen zu müssen, aber Ihre Freundin ist hier in guten Händen. Der Chefarzt der Klinik beobachtet seit fünf Jahren, wie Wachkomapatienten schrittweise das Bewusstsein wiedererlangen.«

»Wenn ich nur wüsste, was Anna tatsächlich wahrnimmt und ob Hoffnung besteht, dass sie irgendwann ins normale Leben zurückkehren kann.«

»Nicht viele Menschen haben das Glück, dass jemand sie in so schweren Stunden begleitet. Halten Sie durch. Ihre Freundin braucht Sie jetzt mehr denn je.«

Mathilda sah weg und kämpfte mit den Tränen. Seit Anna überfallen worden war, hatte noch niemand Anstalten gemacht, sie zu trösten. Sie war überrascht von seiner Offenheit. Wie alt mochte er sein? Sie schätzte ihn auf Anfang 30. Mit dem dunkelblonden kurzen Haar und den markanten Gesichtszügen sah er gut aus und wirkte sympathisch. Sie war froh, dass er bei ihr war und versuchte, ihr Trost zu spenden, obwohl er das nicht tun musste. Seine Aufgabe sei es vielmehr, Fragen zu stellen, hatte er neulich beim ersten Gespräch im Polizeipräsidium gesagt.

»Sie mögen Ihre Freundin wohl sehr, Mathilda – darf ich Sie Mathilda nennen?«, fragte er.

Sie nickte. »Wie konnte das überhaupt passieren?«, fragte sie. »Wer konnte ihr das nur antun? Anna hat niemandem etwas getan. Wissen Sie schon Näheres?«

»Nein. Wir stehen erst am Anfang unserer Ermittlungen. Wir haben die Familie, Nachbarn, Bekannte und Frau Wendels Freund Max Gavaldo befragt. Es gibt eine Spur, aber keine verwertbaren Fingerabdrücke.«

»Eine Spur?«

»Wir haben eine Spritze mit Ketamin in ihrem Garten gefunden.«

»Ein Irrer läuft herum, und Sie haben lediglich eine Spritze gefunden? Ist das nicht ein bisschen wenig?«

»Alles, was wir finden, sind Anhaltspunkte, und die helfen uns bei den Ermittlungen weiter.«

»Entschuldigung. Sie machen Ihre Arbeit, und ich kritisiere Sie. Was möchten Sie denn von mir wissen? Ich habe Ihnen bereits alles gesagt.« Mathilda schaute ihn traurig an. »Wie kann ich Ihnen helfen?«

»Wir suchen nach einem möglichen Tatmotiv. Alles ist wichtig. Die kleinste Kleinigkeit könnte uns weiterhelfen.« Van Cleef holte seinen Notizblock hervor. »Ich möchte möglichst viel über Frau Wendel erfahren. Erzählen Sie, was Ihnen einfällt. Vielleicht gibt es in ihrer Vergangenheit einen Anhaltspunkt, der uns zum Täter führen könnte.«

»Sie möchten etwas über ihr Leben erfahren?«

Er nickte. »Wie haben Sie sich denn überhaupt kennengelernt?«

Der Kaffee duftete nach gerösteten Bohnen. Sie nahm einen Schluck und schilderte van Cleef ihr erstes Zusammentreffen in der Schule und wie zerbrechlich Anna damals wirkte.

»Uns verband eine typische Kinderfreundschaft. Ich mochte sie von Anfang an, ebenso meine Familie, besonders meine Mutter. Sie liebte Annas Fantasie und ihre Leichtigkeit. Sie war als Kind oft bei uns zu Hause; es war immer lustig, wenn sie mit uns am Tisch saß. Sie hat so eine ansteckend fröhliche Art. Anna hatte immer ein großes Bedürfnis nach Unabhängigkeit. Nach Katharinas Beerdigung hatte sie das Gefühl, dass jemand sie beobachtete, und sie war ziemlich verstört. Merkwürdig, nicht? Und wir haben ihr nicht geglaubt!«

»Gab es einen bestimmten Grund, dass Sie ihr nicht glaubten?«

»Nein, eigentlich nicht. Vielleicht weil sie als Kind Spukgeschichten mochte. Wir dachten, sie hätte zu viel Fantasie.«

»Wie alt war Frau Wendel damals?«

»14. Es war eine schlimme Zeit für sie. Katharinas Tod hat sie ständig verfolgt. Und nachts hatte sie Albträume.« Sie erzählte ihm von Annas Schwester.

Van Cleef fuhr sich mit der Hand durchs Haar.

»Katharinas damaliger Freund«, fuhr sie fort, »hat Anna noch einige Male besucht, doch irgendwann kam er nicht mehr. Merkwürdigerweise machte sie ihn und diesen Polizisten für Katharinas Tod verantwortlich. Ich glaube, ihre Mutter tat das auch.«

Van Cleef hob fragend die Augenbrauen. »Kannten Sie ihn?«

»Wen?«

»Ihren Freund.«

»Nein. Ich habe auf der Beerdigung nicht auf ihn geachtet, ich weiß nur, dass er damals als Arzt arbeitete. Er wollte Katharina noch am Abend ihres Todes zu sich holen, aber er hatte Dienst.«

»Und was war mit dem Polizisten?«

»Anna nahm es ihm übel, dass er zu spät kam. Es war völlig ungerechtfertigt, völlig irrational. Wenn er nur ein paar Minuten früher gekommen wäre, hätte er sie retten können, meinte sie.« Sie seufzte. »In gewissem Sinne kann ich sie verstehen. Man will einfach nicht begreifen, dass der geliebte Mensch tot ist und es keiner verhindert hat.«

»Sicher«, sagte van Cleef.

»Der Täter muss wohl noch im Haus gewesen sein, denn der Polizist wurde niedergeschlagen. Zwei Tage später konnte er das Krankenhaus allerdings wieder verlassen. Er hatte nur eine leichte Gehirnerschütterung.«

»Ich weiß. Der Polizist war mein Vorgänger, Robert Hirschau. Er arbeitet heute als Profiler beim Bundeskriminalamt«, sagte van Cleef und fügte hinzu: »Der Fall hat ihm damals sehr zugesetzt.«

Ein Arzt eilte an ihnen vorbei und strebte zur Intensivstation. Mathildas Blick folgte ihm nervös.

»Anna hat Dr. Kreiler nie verziehen, dass er Katharina in dieser entscheidenden Nacht nicht zu sich holte. Und heute – nach so vielen Jahren – rettet ausgerechnet dieser Mann ihr das Leben. Ein makabrer Zufall, finden Sie nicht?«

»Ja, mag sein. Ich habe Sie heute Abend ohne Ankündigung überrumpelt und schlage daher vor, dass wir unser Gespräch morgen fortsetzen. Was meinen Sie? Möchten Sie wieder zurück?«, fragte van Cleef, als könne er ihre Gedanken lesen.

Mathilda nickte. »Wir könnten uns doch morgen wieder hier treffen, oder?«, sagte sie.

»Sicher. Zur gleichen Zeit? Ich werde auf Sie warten.«

Sie erhoben sich, und er begleitete sie bis zur Intensivstation, wo er sich an der Glastür mit einem Händedruck und einem warmen Lächeln verabschiedete.

*

Mathilda sah ihm nach, wie er zum Fahrstuhl ging. Dort drehte er sich noch einmal um und winkte ihr kurz zu. Sie schmunzelte. Er sah nicht nur gut aus, sondern war auch klug und humorvoll. Er wirkte weder oberflächlich noch arrogant und besaß Einfühlungsvermögen. Sie fand ihn sympathisch.

Mensch, Mathi, musst du dich denn ausgerechnet für einen Mann der Mordkommission interessieren, der ständig mit den Abgründen der Menschheit zu tun hat?

Annas Zustand hatte sich in der Zwischenzeit nicht verändert. Mathilda war enttäuscht, dass der vorbeieilende Arzt sich um einen anderen Patienten bemühte. Wie gern hätte sie sich mit ihm über Annas Erwachen gefreut. Sie wurde das Gefühl nicht los, dass es heute so weit war.

Sie ergriff Annas Hand. »Stell dir vor, ich habe gerade einen netten Mann kennengelernt …«

Prompt gingen die Impulse auf dem Monitor in die Steilkurve.

*

Jakob wusste, dass Lukas sein Baumhaus aufsuchen würde, um sich zu beruhigen. Er war nur selten in seiner Wohnung. Seine wahre Wohnung war die Natur. Wahrscheinlich hatte er seine Marionetten mitgenommen, um sich mit ihnen zu unterhalten. Er hatte ihn schon oft dabei beobachtet.

Er musste ihn aufsuchen, denn Lukas war zu unberechenbar, das hatte ja der jüngste Fall gezeigt, und daher war er für ihn gefährlich. Vielleicht sollte er ihn beiseiteschaffen. Ob er sich in Anna verliebt hatte? Lukas, ein Konkurrent? Sein Sohn verliebte sich in die Liebe seines Vaters? Er seufzte. Er musste unbedingt mit ihm reden.

*

Im Baumhaus spielte Lukas mit Dornröschen. Eigentlich war es Grete, eine Marionette, die ihm seine Tante geschenkt hatte. Die meisten Marionetten stammten von Jakob, aber Grete, Kaspar, die Großmutter, das Krokodil und der Polizist waren von seiner Tante. Grete trug ein zartblaues Gewand und hatte hellblonde Haare, und schon bald hieß sie nicht mehr Grete, sondern Dornröschen.

Lukas unterhielt sich so intensiv mit ihr, dass er den Lauscher gar nicht bemerkte.

»Ich hab Angst, Lukas«, imitierte er Dornröschen mit hoher Fistelstimme.

»Du brauchst keine Angst zu haben, ich beschütze dich. Kein Leid wird dir geschehen.«

»Er hat mich gefesselt und angefasst!«, fistelte Dornröschen.

»Ich habe ihn verjagt und die Polizei gerufen, und jetzt bist du in Sicherheit.«

»Stimmt das?«

»Ja, Dornröschen.«

»Wo bin ich?«

»Zu Hause bei mir.«

»Stimmt nicht!«, rief jemand von unten.

Lukas zuckte ängstlich zusammen und ließ Dornröschen fallen, die prompt in sich zusammensackte. Er schlug die Hände über dem Kopf zusammen, sein Ende erwartend.

»Komm runter!«, befahl Jakob.

Lukas gehorchte wie ferngesteuert. An der Eiche nahm Jakob ihn schweigend in Empfang und nahm mit ihm den kürzesten Weg zur Blockhütte.

»Dornröschen«, sagte er zu Lukas, der verschüchtert in der Wohnstube des Blockhauses stand, »ist nicht bei dir zu Hause, sondern liegt im Kreiskrankenhaus Bogenhausen auf der Intensivstation. Ich habe dir immer beigebracht, die Wahrheit hochzuhalten, mein Sohn. Und die Wahrheit ist, dass du mich verraten und die Polizei gerufen hast. Wenn du es nicht getan hättest, wäre Anna schon längst erlöst. Hast du denn immer noch nicht verstanden, dass ich ein Diener des Todes bin, der die Frauen erlöst?« Seine Augen glommen dunkel auf wie der letzte Funken eines verkohlten Scheits auf dem Rost.

Lukas erzitterte vor der furchteinflößenden Gestalt seines Vaters. Der Tod war sein Vater, und er würde gleich sterben müssen, doch dann sagte der Tod: »Hab keine Angst vor mir. Ich werde dir kein Leid antun. Knie vor mir nieder, mein Sohn.«

Lukas tat wie geheißen, krampfhaft die Hände über dem Kopf verschränkt.

»Bete mir nach.«

»Ja-ja-ja, be-be-bete«, winselte Lukas.

»Gepriesen seist du, mein Vater …«

»Ge-ge … Ge-ge … pri-pri …«

»Sprich es in Gedanken nach.«

»Ja-ja.«

»Gepriesen seist du, mein Vater … durch unseren Bruder, den leiblichen Tod; ihm kann kein Mensch lebend entrinnen. Wehe jenen, die in schwerer Sünde sterben. Selig jene, die sich in deinem allheiligen Willen finden, denn der zweite Tod wird ihnen kein Leid tun. Lobe und preise mich, deinen Herrn und Vater, und erweise ihm Dank und diene ihm mit großer Demut.«

»Amen«, winselte Lukas.

»Erhebe dich, mein Sohn, die Angst sei nun fern von dir. Reich mir die Hand.«

Lukas tat es. Seine Augen flackerten nicht mehr. Er hatte sich beruhigt.

»Friede sei mit dir.«

»Amen.«

Lukas' Eltern oder seine Tante mussten fromme und gottesfürchtige Leute gewesen sein, dachte Jakob, denn das *Amen* sprach er ruhig und klar und ohne Stottern, ja, es klang bei ihm geradezu andächtig und feierlich. Fast rührte es ihn.

»Setz dich.«

Lukas setzte sich.

»Ist Anna Dornröschen?«

Ein Nicken.

»Wieso?«

Schweigen.

»Hat sie dich an Dornröschen erinnert?«

Lukas nickte.

»Aha. Ja, da ist was dran. Also hör mal. Dornröschen liegt auf der Intensivstation in Bogenhausen, da kannst du sie nicht besuchen, die Schwestern würden dich auf keinen Fall reinlassen, außerdem wird sie auch noch von einem Polizisten bewacht. Der wird dich einsperren. Und in der Irrenanstalt kannst du noch nicht einmal den Flug der Vögel am Himmel bewundern.«

Und dann erklärte ihm Jakob, wie er Anna trotzdem sehen könnte. Er könnte sich an das Fenster ihres Krankenzimmers schleichen, das zum Park hin lag; die Intensivstation war im Erdgeschoss.

»Aber du musst mir über alles berichten, was du siehst, verstanden?«

Lukas nickte heftig.

*

Auf der Intensivstation herrschte eine beklemmende Stille. Nur das leise Piepsen der Monitore und das saugende Geräusch einer Beatmungsmaske waren zu hören. In dem großen Raum waren fünf Betten aufgestellt, zwischen denen blau gekleidete Pflegerinnen in weißen Stoffschuhen schweigend hin und her huschten.

Niemand hatte ihn auf dem Mittelgang angesprochen. Als eine der Schwestern ihn mit leicht hochgezogenen Augenbrauen ansah, glaubte er schon, das Spiel verloren zu haben, und dachte, dass sie jeden Augenblick mit dem Finger auf ihn zeigen, ihn aufhalten und ihre Kolleginnen rufen würde. Aber sie lächelte nur und schob einen Metallständer vor sich her, an dem eine Tropfflasche baumelte.

Er blieb abrupt vor dem Privatzimmer stehen und verharrte einen Augenblick, bevor er die Klinke drückte. Ein paar Minuten später kam er wieder heraus und eilte den Gang hinunter.

Hinter all den Drähten und Schläuchen hatte er versucht, Anna zu entdecken. Doch als er die Tür aufmachte und sie in ihrem Bett sah, erkannte er, dass das gar nicht Anna war.

Als die Frau die Augen öffnete und ihn ansah, verließ er instinktiv das Zimmer. Auf dem Gang drehte er sich noch einmal um und warf einen Blick auf die Zimmertür. Nummer *neun*. Es war nicht Annas Zimmer. Er hatte sich in der Tür geirrt.

Hinter der Glastür bewegte sich eine schemenhafte Gestalt: eine Schwester, die den Tropf wechselte.

Er ging ins richtige Zimmer und schloss leise die Tür hinter sich.

Anna schlief zwischen Schläuchen und Überwachungsmonitoren. Er zog die Vorhänge um das Bett zu, stellte sich neben sie, stützte sich mit beiden Fäusten auf die Matratze und beugte sich so tief herab, bis sich sein Mund direkt neben ihrem Ohr befand.

*

Ihr erschöpfter Geist schwebte über dem Bett. Müde erkannte sie ihren bandagierten Brustkorb und ihr in einer Schiene aus Stahl steckendes rechtes Bein.

War es ein Freund, der da an ihrem Bett stand und sie betrachtete?

Der Mann lächelte. Er sagte, er sei die Sehnsucht, ihr Prinz, sein Name sei die Liebe. Seine Augen hinter dem Mundschutz waren schön. Sie sehnte sich nach seiner Umarmung und wünschte sich so sehr, dass er sie von diesem Ort fortbrächte. Hatte er sie nicht schon in der Vergangenheit umarmt?

Schemenhaft blendeten sich die Umrisse von Max und Mathilda ein. Mathilda bewegte ihre Lippen und lächelte, doch wie man einen Stein ins Wasser wirft, löste sich ihr Gesicht in den fortkreisenden Wellen auf, bis – als das Wasser spiegelglatt gestrichen war – unter der Oberfläche Katharinas blasses Antlitz emporschimmerte. Das Antlitz einer Wasserleiche. Jemand streichelte ihr Gesicht. War es die Hand des Prinzen? Er beugte sich zu ihr herab und flüsterte ihr etwas ins Ohr. Wo war sie? Seine Worte lösten einen Schmerz aus, einen stechenden, bohrenden Schmerz, an dem sie zu ersticken drohte. Sie hörte Schreie. War das ein Traum oder nicht? Eine Nadel durchbohrte ihre Haut, und die Flüssigkeit, die durch ihre Venen floss, wärmte ihren Körper. Ihre Augenlider wurden schwer. Max stand vor ihr, nahm ihre Hand, führte sie auf die Tanzfläche und schenkte ihr sein Lächeln, das sie so sehr liebte. Max, ja, Max war ihr Prinz, wie konnte sie's vergessen? Doch er entschwand, wie auch der Boden unter ihr. Sie fuhr hinunter in die Dunkelheit, hinunter in die dunkle tiefe Stille. Eine riesige Fratze, die sie zu erdrücken drohte, tauchte auf. Ihr schlechter Atem streifte ihr Gesicht. In der Ferne hörte sie den lauten Signalton eines Zuges.

Annas Augenlider fingen an zu zucken. Auf einem der Monitore über dem Bett spielte die EEG-Kurve plötzlich verrückt.

Jakob lachte. Mit seiner geisterhaft durchlässigen Hand beträufelte er ihre Hand mit *Capim Limão*. Grabeskälte berührte ihre Seele. Diese Berührung war der dritte Ritus.

Er hörte, wie in einem Schwesternzimmer eine Alarmglocke schrillte. Es wurde Zeit, zu verschwinden.

KAPITEL 28

Am nächsten Abend war Mathilda ins Krankenhaus gefahren, in der Vorfreude, Benedikt van Cleef wiederzusehen. Er begrüßte sie herzlich, als sie aus der Intensivstation kam, und sie errötete, als er mit sanfter Stimme fragte: »Wie geht es Ihrer Freundin?«

»Sie reagiert. Das ist ein gutes Zeichen. Die EEG-Ausschläge werden immer heftiger.«

Van Cleef schaute sie nachdenklich an. »Sie sehen mitgenommen aus. Wir können uns auch in der Cafeteria unterhalten, einen Kaffee trinken und eine Kleinigkeit essen. Dort ist es etwas behaglicher. Darf ich Sie zu diesem feudalen Essen einladen?«

Wortlos stimmte sie zu.

Die Atmosphäre in der Cafeteria wirkte gespenstisch. Das Licht war gedämpft, und die Stühle und Tische warfen lange Schatten. Kein Geräusch war zu hören, lediglich das dunkle Summen des Kaffeeautomaten. Sie waren allein und setzten sich an einen Tisch mit Blick auf den Park.

Mathilda fröstelte, und sie zog ihre Strickjacke fester um sich. Sie war in einer merkwürdigen Stimmung.

»Möchten Sie einen Kaffee?«, fragte er.

Er wusste, sie brauchte ein paar Minuten, um die innere Spannung abzubauen.

Sie nickte. »Das wäre nicht schlecht.«

Sie schaute ihm nach und musterte ihn unauffällig. Was sie sah, gefiel ihr immer mehr. Er war schlank und groß und wirkte dabei sehr sportlich und durchtrainiert.

»Gibt es etwas Neues?«, fragte sie, als er mit zwei Tassen Kaffee zurückkam.

»Nein, leider. Aber lassen Sie uns das Gespräch von gestern fortführen«, forderte er sie freundlich auf. »Vielleicht finden wir ja einen Anhaltspunkt.«

Mathilda nickte und hob den Becher mit dem dampfenden Kaffee an die Lippen. Der Kaffee tat seine Wirkung, und allmählich fühlte sie sich wieder halbwegs fit.

»Mir ist da noch etwas eingefallen«, sagte sie. »Anna hat damals das Grab ihrer Schwester nur dreimal besucht. Sie erzählte mir, dass jemand sie an diesem Ort beobachten würde und sie seine Kälte geradezu körperlich spüren könne. Sie hatte Angst vor diesem Etwas, das sie als Bedrohung empfand. Sie behauptete, es sei der Tod, der ihr auflauerte, und dass Katharina ähnliche Ängste gehabt hätte. Merkwürdig, nicht wahr?«

Van Cleef schaute sie ernst an und nahm dann ihre Hand. »Mathilda, mein Gefühl sagt mir, dass es Ihrer Freundin bald besser gehen wird.«

Sie lächelte ihn dankbar an. »Die Krankenschwester hat dasselbe zu mir gesagt. Ich hoffe, Ihr Gefühl trügt Sie nicht.«

*

Für van Cleef war Anna Wendels Freundin der Schlüssel, mit dem er glaubte, die Lösung des komplizierten Anakonda-Falls zu finden. Sie konnte ihm mehr über Anna erzählen als irgendjemand sonst. Und solange sie, die fast das vierte Opfer der ungeheuerlichen Mordserie geworden wäre, zum Schweigen verdammt war, war Mathilda besonders wichtig für ihn.

Doch das war nicht der einzige Grund für seine Aufmerksamkeit. Er mochte Mathilda, und sie schien ihn auch zu mögen. Er erinnerte sich schmunzelnd an ihre nervöse Verlegenheit, als er mit ihr geflirtet hatte. Sie war die Frau, in die er sich verlieben konnte, aber er musste einen klaren Kopf behalten.

Zuerst hatte er die Möglichkeit einer offiziellen Befragung im Polizeipräsidium in Betracht gezogen, doch im Krankenhaus waren Mathildas Erinnerungen lebendiger. Hier hatte das Ganze eher einen privaten Charakter. Sein Kollege Christian Neumann hatte ihn zwar mit Befremden angesehen, aber es war letztlich seine Entscheidung.

»Nach Katharinas Ermordung brach für Anna eine Welt zusammen«, sagte Mathilda. »Ich hätte ihrer Angst mehr Beachtung schenken sollen. Doch ich konnte dieses Gefühl nicht nachvollziehen und verstand nicht, was sie meinte, wenn sie sagte: ›Katharina ist tot, und ich lebe.‹«

»Was könnte sie wohl gemeint haben?«

»Ich glaube, sie fühlte sich durch den Verlust ihrer Schwester schutzlos, obwohl ihre Mutter und ihre Großeltern immer für sie da waren. Um Abstand zu gewinnen, schickte ihr Großvater sie zu Pater Mateo in den Convento di Carmo, ein italienisches Kloster in Portici.«

Mathilda erzählte van Cleef von Pater Mateo, was sie dort im Kloster alles erlebt hatten und wie Anna Max kennengelernt hatte.

»Ich rede zu viel, nicht wahr?«

Er schüttelte den Kopf. »Manchmal befreit es, über die Vergangenheit zu sprechen, und manchmal ist es besser, man lässt sie ruhen. Zuhören gehört zu meinem Beruf. Außerdem mag ich den Klang Ihrer Stimme.«

»Sie mögen meine Stimme?«, fragte sie überrascht.

»Ja«, sagte er leise.

Sie sah ihn an. »Sind Sie verheiratet?«

Er lachte auf. »Nein.«

»Warum nicht? Bitte, erzählen Sie es mir«, sagte sie, als würde sie ihn ermutigen, dem Wunsch nachzugeben, sie in den Arm zu nehmen und zu küssen.

»Ich bin ihr noch nicht begegnet«, erklärte er, »der wahren Liebe, der Magie, wenn Sie so wollen.«

»Magie?«

»Als Kind vertraute mir mein Vater an, dass er seit ihrer ersten Begegnung von meiner Mutter fasziniert war. Er wusste sofort, dass sie die Mutter seiner Kinder werden würde, und sagte sinngemäß zu mir: Nur eine Frau, die solche Gefühle in dir auslöst, solltest du heiraten. Mein Vater nannte diese Anziehung Magie.«

Mathilda lächelte. »Ihre Eltern sind bestimmt sehr glücklich.«

»Ja, das sind sie«, sagte er und sah sie zärtlich an.

Mathilda errötete.

»Hätten Sie Lust auf ein Steak mit Salat?«, fragte er.

»Voller Krankenhauskeime?«

Er lachte. »Wahrscheinlich.«

»Was machen Sie, wenn ich krank werde?«

»Ich besuche weiterhin Ihre Freundin, und Sie, Mathilda, pflege ich gesund.«

»Ich nehme Sie beim Wort!«

Ihre Blicke trafen sich, und ihr wurde bewusst, dass der Klang seiner Stimme, seine Gesten, sein Lächeln in ihr ein Begehren weckten. Sie war auf dem besten Weg, sich in diesen Mann zu verlieben. Mathilda fühlte sich leichter in seiner Nähe, unbeschwerter, fast so wie vor zehn Tagen, als Anna noch mit ihr gelacht hatte.

Was ist bloß los mit mir?, dachte sie. *Ich träume mit offenen Augen von einem Mann, den ich kaum kenne, der um einiges älter ist als ich und von dem ich mir wünsche, dass er mich morgens mit Kaffee und Toast weckt, nachdem wir …*

»Pater Mateo und Anna mochten sich auf Anhieb«, fuhr sie fort. »Sie gingen in diesen drei Wochen sehr vertraut miteinander um. Mateo meinte, die Bestimmung habe Anna zu ihm geführt, und begründete es mit der Geschichte des Heiligen Nazarius, der auch schlimme Zeiten überstanden habe.«

»Soweit ich mich erinnere, wurde Nazarius umgebracht. Das war doch dieser römische Legionär, der zum Christentum übertrat und mit seinem Schüler Celsus den Märtyrertod fand, oder?«

Mathilda sah ihn überrascht an. »Sie kennen die Geschichte?«

»Ja. Frucht meiner Klosterschulbildung.«

»Sie waren ein Klosterschüler?« Mathilda lachte auf und errötete sofort. »Entschuldigung. Ich wollte Ihnen nicht zu nahe treten.«

Van Cleef grinste. »Das tun Sie nicht. Schließlich war ich es nur ein Jahr lang.«

»Aber Sie waren offensichtlich ein fleißiger Schüler und haben gut aufgepasst.«

»Ist das ein Kompliment?«

Mathilda beugte sich zu ihm vor. »Es war jedenfalls nicht ironisch gemeint.«

Sie unterhielten sich angeregt, und die Zeit verging wie im Flug. Als Mathilda auf die Uhr schaute, erschrak sie. »Was, so spät? Ich muss noch mal nach Anna sehen«, sagte sie.

»Aber sicher. Ich begleite Sie zur Intensivstation und werde auf Sie warten. Wenn Sie erlauben, fahre ich Sie anschließend nach Hause«, sagte er freundlich.

Sie lächelte ihn dankbar an. »Einverstanden.«

KAPITEL 29

Um Viertel nach sieben lief Martin Kramer, der in der Wilhelm-Hertz-Straße ein Zimmer bewohnte, die Stufen zur Dachgeschosswohnung hinauf. Er klopfte an der Tür seiner Kommilitonin Rebecca und stellte fest, dass sie nur angelehnt war. Ein eigenartiger Geruch schlug ihm entgegen. Heiß und tierhaft.

Er hielt die Hand vor den Mund, um das Würgen zu unterdrücken. Die Vorhänge waren zugezogen, das Schlafzimmer dunkel. Er tastete mit der Hand nach dem Schalter.

Das Licht flammte auf.

Martin riss den Mund auf, doch kein Laut kam hervor. Das dunkle Grauen überwältigte ihn.

Blut. Er hatte das Blut gerochen.

Er sah den Spruch an der Wand über dem Bett: *Eu so a saudade, um principe, e lindo como o amor.*

Rebeccas Körper steckte bis auf die Arme und Beine in einem blauen Müllsack. Der Hals war aufgeschlitzt und der Mund weit aufgerissen. Ihre Zunge hing heraus. Überall waren Teerosen verstreut.

Zitternd wandte er sich ab und rannte nach unten.

*

Kurz nach acht fuhr der erste Einsatzwagen mit geräuschlos blinkendem Blaulicht in die Wilhelm-Hertz-Straße ein. Innerhalb der nächsten Stunde traf ein weiterer Polizeiwagen ein sowie der blaue Renault-Rapid der Gerichtsmedizin.

Drei Kilometer vom Tatort entfernt wurde Benedikt van Cleef aus dem Schlaf geklingelt. Nach dem Anruf blieb er blinzelnd einen Moment im Dunkeln liegen, sammelte seine Gedanken und wehrte sich gegen den Drang, wieder einzuschlafen. Das Zifferblatt seines Weckers zeigte Viertel nach acht. Er seufzte. Die vergangene Nacht hatte ihm kaum Schlaf beschert. Er holte tief Luft, nahm alle Kraft zusammen, schwang sich aus dem Bett, ging ins Badezimmer, klatschte sich Wasser ins Gesicht und zog sich an. Er trank zwei Tassen Kaffee, fand die Wagenschlüssel in der Tasche seiner Jeans und fuhr, vom Koffein inzwischen hellwach, durch den stockenden Berufsverkehr zum Tatort.

Christian Neumann wartete in seinem Fahrzeug, hatte das Wagenfenster einen Spaltbreit geöffnet und rauchte eine Zigarette. Van Cleef legte den Ellbogen aufs Dach, beugte sich zum offenen Fenster herunter und fragte: »So schlimm?«

»Ich hoffe, du hast noch nicht gefrühstückt.«

»Toll. Das wollte ich hören.«

»Die Leiche dort drinnen sieht ziemlich übel aus.«

Van Cleef trat zurück, als sein Kollege aus dem Wagen stieg.

»Es ist eine junge Frau. Mach dir selbst ein Bild«, sagte Neumann. »Bist du bereit?«

»Verdammt, nein. Natürlich bin ich nicht bereit.«

Sie machten sich auf den Weg zum Haus.

»Nun fang schon an!«, knurrte van Cleef.

»Der Täter hat sie in einen Müllsack gesteckt. Arme und Beine baumeln heraus, als wäre sie eine Puppe oder Marionette. Die Spurensicherung glaubt nicht, dass sie in ihrem Schlafzimmer ermordet wurde. Die sind der Meinung, dass sie unmittelbar nach ihrem Tod hierhergebracht wurde.«

»Na, dann wissen wir ja, was auf uns zukommt«, sagte van Cleef sarkastisch.

Neumann deutete auf einige Autos. »Der Mercedes. Siehst du den gelben Mercedes?«

»Was ist damit?«, fragte van Cleef.

Ein breitschultriger Mann in einem Jogginganzug saß zusammengesunken auf dem Vordersitz und redete erregt auf einen Polizisten ein.

»Der Besitzer ist Peter Herzog, der Nachbar des Opfers. Er hat seinen Wagen als gestohlen gemeldet. Gestern fand eine Streife das Fahrzeug an einer verlassenen Kreuzung. Sie haben ihm den Wagen zurückgebracht.«

»Ja? Und?«

»Er ist gestern Nachmittag mit dem Mercedes durch die Waschanlage gefahren und hat ihn danach von innen gesäubert. Dabei fand er auf dem Rücksitz eine Spritze und Blutspuren. Als er heute Morgen vom Fenster unseren Streifenwagen sah, hat er sich schnell angezogen und die Spritze der Spurensicherung übergeben. Den Mercedes haben wir beschlagnahmt. Unsere Experten glauben, dass das Blut von der Toten stammen könnte.«

»Woher wollen die denn das ohne Analyse wissen?«

»Es ist eine Ketamin-Spritze. Das ist eine Substanz, die Muskellähmungen hervorruft.«

Van Cleef blieb stehen. »Ja? Und?«

»Unsere Pathologin hat die Leiche bereits inspiziert. Veronika sagt, sie hätte die Substanz beinahe riechen können. Was ist das bloß für eine Frau, deren beruflicher Alltag Leichen sind?«

»Sie ist okay. Die Obduktion wird ihre Theorie sicher bestätigen. Sie ist eine Kapazität auf ihrem Gebiet.«

»Oh-oh! Höre ich da etwa Worte der Bewunderung von einem Mann, der sich ansonsten diesbezüglich sehr zurückhält?«

Van Cleef lachte. »Ich weiß, ich bin morgens sehr redselig«, sagte er.

Sie zeigten beide einem Polizeiposten ihre Ausweise und duckten sich unter dem Absperrband hindurch.

Die Gerichtspathologin Veronika Granel kam ihnen im Flur entgegen und reichte ihnen eine Gesichtsmaske aus Baumwolle und Handschuhe.

»Sie ist höchstens zwölf bis 15 Stunden tot, eher weniger. Bringt sie, sobald ihr fertig seid, in die Pathologie. Und jetzt werde ich meinem Assistenten seinen freien Tag nehmen und ihn aus dem Bett werfen. Ich kann euch mehr sagen, wenn ich sie auf dem Seziertisch habe. Netter Spruch übrigens an der Wand.« Sie schaute van Cleef an und flötete: »*Eu so a saudade, um principe, e lindo como o amor*. Das ist Portugiesisch und bedeutet: ›Ich bin die Sehnsucht, ein Prinz, und schön wie die Liebe.‹ Üble Sache da drinnen. Bis dann, meine Herren.«

Die Männer räusperten sich, nahmen die Handschuhe und die Gesichtsmasken und zogen die Schutzanzüge über.

Neumann lächelte. »Sie ist nicht nur eine Kapazität, sondern spricht auch noch Portugiesisch? Solche Frauen ängstigen mich.«

»Du musst sie ja nicht heiraten. Also dann wollen wir mal einen Blick auf die Leiche werfen«, sagte van Cleef.

Sie betraten die Küche. Die Beamten der Spurensicherung waren bereits dabei, Spuren und Beweismittel mit Anhängern zu versehen und in Tüten zu verschließen: ein

Glas, das in der Küche stand, eine zerdrückte Coladose, ein Geschirrtuch, das über dem Küchenstuhl lag.

Als sie das Schlafzimmer betraten und mit Rebeccas Anblick konfrontiert wurden, wusste van Cleef, dass das mit der Schlaflosigkeit noch nicht ausgestanden war.

KAPITEL 30

Am nächsten Abend sinnierte van Cleef, als er im gedämpften Licht der Krankenhaus-Cafeteria der zierlichen Frau mit den roten Haaren gegenübersaß, über den Zusammenhang von Magie und äußerem Erscheinungsbild. Letzten Endes reduzierte sich alles auf das Eingeständnis, dass es ihm in Gegenwart dieser Frau schwerfiel, sich auf die Fakten zu konzentrieren. Und das einzige aktuelle Faktum, das er für gesichert hielt, war, dass er auf dem besten Weg war, den Kopf zu verlieren.

»Es tut gut, über Anna sprechen zu können, und Sie sind ein geduldiger Zuhörer«, sagte sie.

»Nicht immer.«

»Zum Beispiel?«

»Junkies reden eine Menge Blödsinn, wenn sie erwischt werden. Das nervt.«

»Es gibt nichts in Annas Vergangenheit. Sie hat niemandem etwas getan. Ihre Großmutter gab ihr Halt und Stabilität, obwohl die alte Dame den Verlust ihres Ehemanns selbst kaum verkraften konnte. Meine Mutter besuchte sie damals häufiger, und zwischen den beiden Frauen entwickelte sich eine enge Freundschaft. Anna war glücklich darüber. Sie hatte ein schlechtes Gewissen, wenn sie ihre Großmutter abends allein ließ.« Sie seufzte. »Sie träumte von der großen Liebe und wartete auf den Prinzen, der ihr Leben verändern würde.«

Van Cleef schmunzelte.

»Sie nicht?«, fragte sie lauernd.

»Na ja, auf den Prinzen warte ich nicht gerade.«

Mathilda lachte. »Ja, das leuchtet mir ein. Annas Prinz war Max. Wir haben ihn als Teenager im Convento di Carmo kennengelernt. Als wir ihn zum zweiten Mal trafen, wusste ich sofort, dass sie sich in ihn verliebt hatte. Er entsprach mit seiner charismatischen Ausstrahlung ganz ihrer Vorstellung: groß, dunkelhaarig und sehr schlank, und er hatte ein umwerfendes Lächeln.« Sie lachte wieder. »Anna war völlig aus dem Häuschen.«

»Es ist schön, Sie lachen zu sehen, Mathilda.«

Ihr Herz schlug einen Salto. Der dunkle, cremig weiche Baritonklang seiner Stimme machte ihr weiche Knie. Sie schaute auf seinen Mund und wünschte sich, von seinen Lippen liebkost zu werden. *Reiß dich zusammen, Mathilda, dieser Mann ist sich seiner verdammt sicher.*

»Ihre Großmutter Nina mochte Max auf Anhieb, obwohl ihr bewusst war, dass sie Anna von nun an mit ihm teilen musste. Sie ließ die beiden keine Sekunde aus den Augen.«

»Aha.« Seine schönen Augen lächelten.

»Ich weiß, was Sie jetzt denken, aber wir wurden streng katholisch erzogen, und es waren eben andere Zeiten«, sagte sie.

Er blätterte in seinem Notizblock. »Annas Großmutter starb vor zwei Jahren an den Folgen einer Lungenentzündung?«

»Ja. Und kurz nach ihrem Tod erwähnte Anna erneut, dass jemand sie auf dem Friedhof beobachtet hätte. Sie habe den Mann nur flüchtig gesehen, ein Schatten, der sein Bein leicht nachzog. Ich schob ihr Verhalten auf ihre Vergangenheit und auf den Verlust ihrer geliebten Großmutter, den sie nicht verkraften konnte. Ein Fehler, wie ich heute weiß.«

»Sie glaubte, jemanden gesehen zu haben, der sein Bein nachzog?«, hakte van Cleef nach. »Konnte sie die Gestalt näher beschreiben?«

»Nein. Sie hat den Schatten nur für den Bruchteil einer Sekunde gesehen, aber sie sagte etwas Merkwürdiges.«

Van Cleef hob die Augenbrauen.

»Sie sagte: ›Mathi, diese Gestalt hat etwas seltsam Vertrautes.‹«

»Mathi?«, fragte er erstaunt.

Mathilda lachte und strich eine Haarsträhne aus dem Gesicht. »Ja, Mathi. Meine Mutter und Anna nennen mich so. Es ist ein Kosename.«

»Er gefällt mir. Darf ich Sie auch so nennen?«, fragte er schmunzelnd.

»Vielleicht später mal, wenn wir uns besser kennen.«

»Möchten Sie mich denn besser kennenlernen?«

»Flirten Sie mit mir?«, fragte sie kokett.

»Vielleicht später mal, wenn wir uns besser kennen.«

»Es gefällt mir, dass Sie mich ein wenig aufmuntern«, bemerkte sie und stand auf. »Ich sehe noch mal nach Anna. Ist das okay?«

Er nickte. »Ich bringe Sie zur Intensivstation und anschließend nach Hause«, sagte er.

Bis zur Station sprachen sie kein Wort mehr. Sie brauchte eine Verschnaufpause, und er hatte verstanden.

Mathilda klingelte. Die Glastür schwang automatisch auf, nachdem sie über die Sprechanlage ihren Namen genannt hatte.

Sie drehte sich um und sah van Cleef an. »Warten Sie wirklich auf mich?«

Er lächelte. »Natürlich.«

Wenig später sprach sie an Annas Bett von Benedikt van Cleef, als würde sie ihn schon lange kennen.

»Dieser verdammt attraktive Kripomann möchte mich wiedersehen«, sagte sie und lächelte. »Und er hat einen richtig knackigen Hintern. Er würde dir auch gefallen, Liebes. Ich habe ihm von Mateo und unserem Aufenthalt im Convento erzählt. Erinnerst du dich?«

Das EEG schlug aus.

»He, du kannst mich hören. Ich spüre es. Mal sehen, wie du reagierst, wenn ich dir von deiner ersten Begegnung mit Max berichte. Mateo hatte uns beide damals zu einem Abendessen eingeladen …«

*

Als van Cleef sie eine Stunde später vor ihrer Haustür absetzen wollte, blieb sie noch einen Moment im Wagen sitzen. Mathilda sah ihn an und umarmte und küsste ihn flüchtig, wie man einen guten Bekannten umarmt und küsst.

Van Cleef stieg aus, ging um den Wagen und öffnete die Beifahrertür. Vor ihrer Haustür nahm er sie in die Arme, küsste sie voller Zärtlichkeit und streichelte ihr flammend rotes Haar. Sie erwiderte seinen Kuss und war glücklich.

Als sie sich sanft voneinander lösten, sagte er zärtlich: »Ich rufe dich an. Ich könnte dich am Abend von der Klinik abholen und dich zum Essen einladen. Einverstanden?«

»Ja«, sagte sie freudig und ging ins Haus.

*

Noch in der gleichen Nacht entschloss sich van Cleef, in die Wilhelm-Hertz-Straße zu fahren und den Fundort von Rebeccas Leiche gründlich unter die Lupe zu nehmen.

Im Wohnzimmer stand eine Ansammlung nicht zueinanderpassender Möbel, gruppiert um einen Beistelltisch aus Acryl. In der Ecke stand eine Madonnenstatue aus Sandelholz, wahrscheinlich ein Mitbringsel aus Asien. Der Boden war mit einem kleinen apricotfarbenen Wollteppich ausgelegt, dessen Ränder mit viereckigen Kupferelementen eingefasst waren. An eine Pinnwand waren Fotos des Opfers sowie eine Miss-Wahl-Urkunde und Zeitungsausschnitte geheftet.

Seit dem Mord war nichts bewegt oder verändert worden.

Die unerträgliche Stille des Todes lag im Raum und drohte jeden zu ersticken, der ihn betrat. Im Keller hatte man Pinsel und Farbe, Tapeten und Kleister gefunden. Alles deutete auf eine bevorstehende Renovierung hin.

Laut Spurenbericht war der Täter durch die Tür hereingekommen, wahrscheinlich mit dem Haustürschlüssel. Das Schloss war nicht beschädigt gewesen. Also musste er Rebeccas Leiche in der Nacht unbemerkt mit dem Aufzug in ihre Wohnung in den zweiten Stock gebracht haben.

Van Cleef ging langsam an der winzigen Küche vorbei und weiter den Flur entlang. An der ersten Tür blieb er stehen und warf einen Blick ins Badezimmer.

Er folgte den Fußspuren des Täters, die Luft schien stickiger zu werden. Er erreichte die Schlafzimmertür und erinnerte sich an den ersten Eindruck, den das Zimmer auf ihn gemacht hatte: Die sonst so gemütliche Atmosphäre der Wohnung fehlte hier völlig. Merkwürdig, dachte er. Gerade dort schätzte man doch eine gewisse Atmosphäre.

Er schaltete das Licht ein, und von Neuem überwältigte ihn das Entsetzen. Das Blut war jetzt über zwei Tage alt. Der Reinigungstrupp war schon da gewesen, aber selbst mit ihren chemischen Reinigern würden sie das, was hier geschehen war, niemals völlig auslöschen können, und auch die Luft würde für immer vom Grauen durchtränkt sein.

Die Vorhänge waren dünn wie Seidenschals. Das Licht der Straßenlaternen drang durch den Stoff und fiel auf das Bett. Warum hatte niemand etwas gehört oder gesehen?

Im Schlafzimmer musste der Mörder ihr schnell und präzise mit einem einzigen Schnitt die rechte Hand abgetrennt haben. Vorher hatte er sie in eine Mülltüte gesteckt und Arme und Beine herausbaumeln lassen. Aber nicht in diesem Schlafzimmer. Wo dann? Und warum? Und wo war die Hand? Lag sie als Trophäe in einem Gefrierschrank?

»Warum in diesem Zimmer?«, sagte er laut.

War das irgendeine perverse respektlose Geste gegenüber der Frau, die er abgeschlachtet hatte? Oder war es seine Art, sie zu verhöhnen?

Van Cleef öffnete den Kleiderschrank. Rebeccas Kleidung war von schlichter Eleganz. Das Mädchen hatte einen guten Geschmack und ein besonderes Faible für Schuhe. Sie besaß mindestens 20 Paar. Ungewöhnlich für eine Studentin, dachte er.

Er kehrte ins Wohnzimmer zurück und ließ sich auf einen Sessel sinken. Obwohl es heiß und stickig in der Wohnung war, zitterte er. Er wusste nicht, ob der kalte Schauder physische oder psychische Gründe hatte, und dachte sehnsüchtig an all die Orte, an denen er in diesem Moment lieber wäre. Er hätte zum Beispiel bei Mathilda sein können. Oder in seiner Wohnung. Egal wo, nur nicht hier.

Er wollte weg von diesem Ort des Grauens. Leise verließ er die Wohnung, atmete draußen erleichtert die Nachtluft ein und bedauerte, dass Mathilda nicht auf ihn wartete.

In seiner Wohnung setzte er sich an den Computer und schrieb den Bericht. Dann schenkte er sich einen Cognac ein und lehnte sich im Fernsehsessel zurück.

Was konnte er bislang an Fakten aufweisen? Rebecca war eine bildhübsche junge Studentin. Makellose Figur, blonde Haarpracht, hellblau lackierte Fingernägel.

Sie hatte eine Beziehung mit dem jungen Mann, der ihre Leiche entdeckt hatte und der nach seinen Angaben auch der Vater des Kindes war, das sie erwartete.

Er blätterte den Ordner durch, den er aus ihrer Regalwand genommen hatte, und fand das Empfehlungsschreiben eines ehemaligen Arbeitgebers, bei dem sie während der Semesterferien als Bürokraft gearbeitet hatte. Er beschrieb sie als eine ruhige, stets hilfsbereite und freundliche Frau.

Warum brachte jemand eine solche Frau um? Wie viele Opfer würde es noch geben? Er schwenkte seinen Cognac und betrachtete nachdenklich die goldene Flüssigkeit.

Die Uhr zeigte 5:57. Er legte sich für einen kurzen Augenblick auf die Couch.

Um acht Uhr war er wieder im Büro. Helena, seine Sekretärin, zog ihn damit auf, wie beschissen er aussah, stellte ihm einen schwarzen Kaffee hin und verschwand mit den Worten: »Bis später!«

Er seufzte. Womit hatte er das alles verdient?

KAPITEL 31

Seit Wochen hatte Lukas seine Tabletten unregelmäßig genommen und war tagsüber nur gelegentlich klar im Kopf. Als er aufwachte, konnte er sich nur noch an Bruchstücke erinnern, an Jakob, Katharina und Anna und an eine Melodie, die sich wie ein Chor von feierlichen Stimmen in seinem Kopf festgesetzt hatte.

Einmal hatte er auch von Max geträumt, der Sex mit Dornröschen hatte. Er war mit zitternden Muskeln aufgewacht, den schwindenden Duft von Rosen in der Nase.

Heute hingegen war er weder mit den Nachbildern eines Traums noch mit feierlichen Nachklängen aufgewacht, sondern mit einem einzigen Gedanken: Heute Nacht würde er Dornröschen wieder bewachen, draußen vor dem Fenster, und jedes Ereignis von Bedeutung für Jakob dokumentieren. Es gab nur zwei Menschen, die in seinem Leben Regie führten: Jakob und Dornröschen.

*

Den Mann, der an ihrem Bett saß und ihre Hand hielt, hatte die Rothaarige, die jeden Tag kam, mit »Max« angesprochen. Max war auch der Name des Schäferhunds seiner Tante gewesen. Er war immer im Zwinger gewesen und bellte zum Schluss ganz heiser, wenn er ihn herausließ, um mit ihm spazieren zu gehen. Dann sprang er ihn vor Freude fast um und schleckte ihn mit seiner lappigen Zunge ab; manchmal krallte er sich an seinem Knie fest und rieb seinen Schwanz an seinem Bein. Das konnte er gar nicht ausstehen, aber wenn er ihn wegstoßen wollte, fletschte er die Zähne und ließ ihn nicht, bis er seine Schleimspur gezogen hatte und ihn mit hechelnden Lefzen idiotisch anglotzte und er schon gar keine Lust mehr hatte, mit ihm spazieren zu gehen. Aber wenn er dann mit ihm im Wald war, war alles vergessen, und er ließ ihn frei, obwohl seine Tante das ausdrücklich verboten hatte wegen des Wildes und des Försters. Aber im Wald waren sie richtige Freunde.

Das Fenster von Dornröschens Zimmers war leicht geöffnet, und er schlich sich so nah heran, dass er die Stimme dieses Mannes namens Max hören konnte.

*

»Erinnerst du dich noch an das erste Zusammentreffen mit meinen Eltern? Sie haben dich sofort in ihr Herz geschlossen.« Max warf einen Seitenblick auf den Monitor, der gleichmäßige Hirnströmungen zeigte. »Ich weiß, du warst damals sehr beeindruckt von unserem Haus mit seinen lichtdurchfluteten Räumen und dem großen Park. Während ich in der Firma gearbeitet habe, bist du mit meiner Schwester Charlotta in die Stadt gefahren: bummeln, Cappuccino trinken, bis sie sich nicht mehr beherrschen konnte und mal wieder ihr Bankkonto plünderte. Wusstest du übrigens, dass sie früher sogar ihre Kontoauszüge vor unseren Eltern versteckte, damit sie die Jagd durch die Nobelläden wie *Versace*, *Armani* oder *Lacroix* ungestört fortsetzen konnte? Allerdings wurde dir diese Einkaufsneurose, die häufig mit wahren Umtauschorgien verbunden war, manchmal zu viel. Dann riefst du mich an und sagtest mir, in welchem Einkaufstempel sie gerade ihren Konsumrausch austobte, und batest mich, dich zu erlösen. Du wolltest sie nicht vor den Kopf stoßen, und deshalb musste ich mir jedes Mal eine neue Strategie ausdenken. Entweder ging ich in den Laden und spielte den Unschuldigen: Na, so ein Zufall, bin gerade zufällig hier vorbeigekommen, und wen sehe ich durchs Schaufenster? So eine Überraschung! Natürlich ging das nur bei realistischen Außenbedingungen. Bei manchen Läden kann man gar nicht ins Geschäft schauen. Oder ich bin einfach rein und habe glatt behauptet, dass ich mich mit einem Geschäftsfreund treffen wollte, der seiner Freundin vorher noch mit der Brieftasche Beistand leisten wollte. Mir fiel immer was ein, bis schließlich Charlotta eines Tages sagte: ›Okay, Brüderchen, bis jetzt hast du dich tapfer geschlagen, aber bevor dir deine Ausreden ausgehen oder ich vor Mitleid über euren Trennungsschmerz dahinschmelze, erkläre ich die Zeiten des diplomatischen Notstands für beendet.‹ Wir haben fürchterlich darüber gelacht, weißt du noch? Aber jetzt das Neueste: Mein Vater hat mir heute verkündet, dass ich in den nächsten Monaten offiziell die Geschäftsführung übernehmen und ihn von den Tagesgeschäften entlasten soll.«

*

Die Pieptöne des Monitors wurden plötzlich lauter, und als fühlte er sich ertappt, ergriff Lukas erschrocken die Flucht und radelte zur Blockhütte.

Als er stotternd heraussprudelte, was er soeben beobachtet hatte, sagte Jakob kalt: »Siehst du, sie interessiert sich nicht für dich. Sie hat nur Augen für diesen Max. Niemals wird Anna Interesse für dich aufbringen, noch nicht mal ein freundschaftliches.«

Warum hatte Jakob das gesagt und ihn damit traurig gemacht? Dornröschen wusste ja gar nicht, dass er sie beschützte. Tief in seinem Herzen lauerte das Wissen, dass sie ihn nicht lieben konnte, aber für ihn war sie immer schon seine kleine Freundin gewesen, und das konnte ihm niemand nehmen, auch Jakob nicht. Er musste Anna beschützen.

Das Gefühl von Trauer, Verlust und Einsamkeit überfiel ihn, und mit einem Mal erkannte er, dass er für Jakob nur eine Marionette war. Er drehte sich um und lief zum Baumhaus.

KAPITEL 32

Van Cleef reichte seinem Freund Robert Hirschau die Hand. »Danke, dass du so rasch gekommen bist.«

»Dein Anruf klang eher wie ein Notruf«, sagte Hirschau.

»Ist es auch. Setz dich bitte. Ich muss unbedingt etwas mit dir besprechen.« Van Cleef sah ihm direkt in die Augen. »Du arbeitest doch immer noch am Anakonda-Fall, oder?«

Robert Hirschau zündete sein berühmtes schüchternes Lächeln an. »Da musst du den Chef vom BKA und nicht den von der Münchner Dependance fragen.«

»Aha. Maulkorb für Hamlet.«

»Benedikt, geweihter Namensträger, Hoffnungsstern des Kommissariats KK1, führe mich nicht in Versuchung, meine Dienstpflicht zu verletzen, nur weil du vergessen hast, dass das BKA dem Bundesinnenministerium untersteht, aber das Polizeipräsidium nicht dem BKA.«

»Sondern unserem allseits geliebten Innenminister des Freistaates Bayern«, ergänzte van Cleef.

Robert Hirschau grinste. »Du weißt ja gar nicht, wie recht du hast.«

»Habe ich auch recht, wenn ich behaupte, dass es ein untragbarer Zustand ist, dass die Linke nicht weiß, was die Rechte tut, und hier jeder auf eigene Faust rumwurschtelt? Es wäre doch weiß Gott nicht zu viel verlangt, bei einem Massenmörder die Erkenntnisse behördenübergreifend auszutauschen und an einem Strang zu ziehen.«

Hirschau beugte sich vor und fixierte van Cleef, als trüge er ein Spruchband auf der Stirn, auf dem die Antwort stand, die er ihm jetzt gab. »Das würde die Unabhängigkeit des BKA stark gefährden. Kapiert?«

Van Cleef holte tief Luft. »Robert, sieh mich an! Arbeitest du noch immer am Anakonda-Fall?«

»Benedikt. Es gibt nur drei Möglichkeiten. Entweder ich gebe es zu, dann bin ich meinen Job los …«

»Niemand würde es erfahren. Nur über meine Leiche.«

»Sei nicht so naiv! Dein mangelndes Vertrauen in die Leistungsfähigkeit unserer Überwachungstechnik ist geradezu geschäftsschädigend. Die zweite Möglichkeit ist, dass ich dementiere, dann schaust du in die Röhre. Und die dritte Möglichkeit ist, dass ich dir allgemein etwas von meinem Job erzähle und es dir überlasse, ob du daraus Rückschlüsse ziehen willst oder nicht.«

Van Cleef seufzte. »Ich komme nicht weiter in diesem Fall. Ich habe Indizien, die ich mir in die Haare schmieren kann. Eine Ketamin-Spritze auf dem Rücksitz eines Wagens, mit dem der Mörder die Leiche transportiert hat, Vermutungen, dass er medizinische Kenntnisse hat – entweder ist er Tierarzt oder Frauenarzt, es darf geknobelt werden. Portugiesische Sprüche an der Wand – also ist er entweder ein portugiesischer Tierarzt oder ein brasilianischer Frauenarzt, die sprechen immerhin auch Portugiesisch. Aber keine Fingerabdrücke, keine Blutspuren des Täters, nichts Konkretes, nur vage Vermutungen. Verdammte Scheiße noch mal: Wie überführt man einen Serienmörder?«

Hirschaus Lippen waren ein dünner Strich. »Ich kann dich gut verstehen. Ich bin damals auch total geschwommen und emotional völlig heiß gelaufen. Aber genau das ist der entscheidende Fehler. Einen Serienmörder kann man nur überführen, wenn man sich völlig emotionslos in seine Psyche hineinversetzt. Und das funktioniert nur, wenn du von dir völlig absiehst. Du musst dich wie eine Zecke in seinen Persönlichkeitskern saugen. Erst wenn du ihn voll ausgesaugt hast und sein Persönlichkeitsmuster wie ein Strickmuster klar vor dir siehst, dann kannst du dich absetzen und das Netz knüpfen, in dem er sich verfängt. Ich habe damals einige Gespräche mit unserem Forensikpsychiater geführt, und der hat mir recht gegeben. Das war für mich übrigens die entscheidende Bestätigung für meinen Entschluss, eine Profilerausbildung beim BKA zu machen.«

»Das leuchtet mir ein.«

Hirschau massierte sein Kinn und sah van Cleef aufmerksam an. »Der Profiler muss sich vom Betrieb fernhalten, sonst läuft er Gefahr, betriebsblind zu werden, und dann ist er wertlos.«

»Jaja, verstehe«, sagte van Cleef, fast dankbar, dass Hirschau sich doch noch zu einer Erklärung herabgelassen hatte. »Hat man dich über unseren neuesten Fall informiert?«

Hirschau sah ihn irritiert an.

»Also, ich bearbeite momentan einen Mordfall und den Mordversuch an einer jungen Frau. Sie hat zwar überlebt, fiel aber ins Wachkoma. Du hast damals den Mordfall Katharina Wendel bearbeitet, der nach meiner Meinung damit in Verbindung steht. Du müsstest die junge Frau übrigens kennen.«

Hirschau sah ihn mäßig erstaunt an.

»Es ist Anna Wendel, Katharina Wendels Schwester.«

Hirschau blickte weg und starrte betroffen aus dem Bürofenster auf den regengepeitschten Parkplatz.

»Du musst mir davon erzählen, Robert. Wir müssen die Akten noch einmal gemeinsam durchgehen. Ich kann Anna Wendel nicht vernehmen, und es muss einen Zusammenhang geben. Ich brauche deine Hilfe.«

Hirschau nahm einen Schluck Wasser. Dann erzählte er schließlich van Cleef von seinen Erkenntnissen, die er vor allem durch die kriminalpsychologischen Studien von Andreas Heimbach erlangt hatte.

Van Cleef klärte ihn seinerseits kurz über den Mordversuch an Anna Wendel und den Stand der Ermittlungen auf.

»Wir haben weder eine Spur vom Täter noch eine Ahnung vom Motiv. Und irgendjemand scheint ihn gestört zu haben.«

»Es gibt einen Zeugen?«

»Den gibt es, aber er meldet sich nicht! Es ist zum Verzweifeln. Ein Mann hat wohl etwas gesehen und den Notruf gewählt. Das Merkwürdige ist allerdings, dass man von der Straße gar nichts sehen kann. Er muss also das Grundstück betreten haben. Wir fanden Fußabdrücke vor dem Wohnzimmerfenster und wenige Haare am Opfer und in der Wohnung.«

»Wobei das natürlich nicht bedeuten muss, dass sie von dem Zeugen stammen.«

»Richtig. Der Beamte, der den Notruf entgegengenommen hat, sagt, dass der Anrufer gestottert hätte. Immerhin ein kleiner Hinweis. Aber das ist noch nicht alles. Vor drei Tagen fanden wir die Leiche einer jungen Frau. Man hat ihr den Kehlkopf mit einem Ausbeinmesser förmlich ausgelöst. Vielleicht hat dieser Fall nichts mit Anna Wendel zu tun, aber ich habe ein merkwürdiges Gefühl in der Magengegend. Diese Frau weist im Übrigen gewisse Ähnlichkeiten mit Anna Wendel auf.«

»Wurden dem Opfer die Stimmbänder durchtrennt und wurde die Zunge gespalten?«

»Ja.«

Robert Hirschau beugte sich vor; auf seiner Stirn pochte eine Ader.

»War sie blond? Hatte sie zartblau lackierte Fingernägel?«

»Ja, aber woher …«

Hirschau lehnte sich zurück. »Dann hat dieser Fall tatsächlich etwas mit den Morden zu tun. Lies die alten Akten. Sei mir nicht böse, aber ich habe noch einen Termin. Können wir morgen weiterreden?«

Van Cleef verstand und ließ ihn murrend ziehen.

KAPITEL 33

Mathilda lehnte sich in den bequemen Sessel vor dem Terrassenfenster ihres Wohnzimmers zurück und blickte in den Garten. Es war Mitte Dezember, und es begann wieder zu schneien; der Winter kam früh in diesem Jahr. Die Schneeflocken fielen zart und kaum merklich vom Himmel und machten die Landschaft weiß und plüschig. Hinter ihr flackerte das Feuer im Kamin; die leise lodernden Flammen und das Knistern des brennenden Holzes gaben ihr das Gefühl behaglicher Vertrautheit. Sie strich eine Strähne ihres feuerroten Haars aus der Stirn und blickte nachdenklich auf die zierlichen Birkenbäume im Hintergrund und den davor liegenden kleinen Seerosenteich, den verblühte Rosensträucher umstanden.

Sie genoss es, seine Fragen zu beantworten, dachte sie. Benedikt van Cleef war ein geduldiger Zuhörer, und es würde jene Klarheit bringen, die sie selbst so dringend brauchte. Er durchleuchtete Annas Vergangenheit und hoffte, von ihr einen Hinweis auf den Täter zu bekommen. *Ob es in unserer gemeinsamen Vergangenheit etwas gibt, das von Bedeutung sein könnte?*, fragte sie sich.

Den einzigen Widerling, den sie in Katharinas unmittelbarer Umgebung erlebt hatte, war ihr Vater. Von ihm hatte Anna nichts Gutes erzählt.

»Ben konnte seine Finger nicht von Katharina lassen«, hatte sie gesagt. »Er hat sie immer wieder betatscht.«

Meine Güte, dachte Mathilda, *es ist schon so lange her.* Aber da war noch etwas zwischen ihnen, ein merkwürdiges Gefühl, das sie bisher ignoriert hatte. Es war eher ein nicht zu erklärender Eindruck gewesen, der sich bei ihr einnistete, wenn sie Max und Anna zusammen sah. Beim Anblick ihrer Liebe empfand sie sowohl Freude als auch ein gewisses Unbehagen. Aber weshalb, fragte sie sich. Vielleicht weil Annas Ängste zugenommen hatten, seit sie Max erneut in München begegnet war?

Sie erinnerte sich an den gemeinsamen Theaterbesuch, bei dem sich die beiden zufällig wiedergetroffen hatten.

Das Stück hatte Anna gefallen. Sie war überwältigt gewesen von der Inszenierung und den schauspielerischen Leistungen des Ensembles. Die weibliche Hauptrolle war von einer jungen Frau gespielt worden, die Mathilda ähnelte und die – wie auch Mathilda es manchmal tat – versucht hatte, gequälte Seelen zu retten.

In der Pause diskutierten sie an der Bar angeregt über die einzelnen Szenen. Plötzlich winkte Mathilda aufgeregt zu einem Mann hinüber. Als sie seinen Namen rief und Max auf sie zukam, zitterte Anna am ganzen Körper.

Max tat ihr gut. Es hatte wohl so sein müssen, dass sie ihm nach dem Tod ihrer Großmutter erneut begegnete und ihn und seine Familie kennenlernte.

Zwei Monate später war Max mit Anna nach Rom gereist. Nach ihrer Rückkehr hatte sie begeistert von ihrem ersten Treffen mit seinen Eltern und dem Wiedersehen mit Charlotta berichtet und dass sie über beide Ohren in diesen Mann verliebt war.

Mathilda stand auf und wippte einen Moment auf den Zehen. Sie öffnete die Tür, die von der Küche auf den Balkon führte, ging nach draußen und atmete die kalte Luft ein. Es war zu kalt und zu windig, sie kehrte in die warme Küche zurück und fuhr sich mit den Händen durchs zerzauste Haar. Sie ging ins Wohnzimmer, setzte sich auf die Couch und streckte die Beine aus. Benedikt van Cleef hatte sich seit Tagen nicht mehr bei ihr gemeldet, und sie kam sich verloren vor. Sie wollte gleich ein entspannendes heißes Bad nehmen, stattdessen fiel sie erschöpft in einen traumlosen Schlaf.

*

Gegen zehn Uhr des darauffolgenden Tages spielten im Zimmer Nummer vier der Elektrokardiograf und der Pulsoximeter mit tanzenden Kurven verrückt.

Der Schrei explodierte in ihrem Kopf. Sie kämpfte gegen die Versuchung an, wieder in Bewusstlosigkeit zu versinken, und rang sich dazu durch, die Lider zu heben. Zuerst sah sie nur verwischtes grelles Licht und Farben, so scharf, dass ihr ein Stich von den Augen bis ins Gehirn fuhr. Allmählich schälten sich Gesichter heraus. Fremde Menschen in Blau, die auf sie herabblickten.

Anna blinzelte. Sie spürte, dass jemand eine Hand auf ihre Stirn legte, und schreckte hoch. Ihr wurde schwindlig.

Eine warme männliche Stimme sagte: »Ruhig, ganz ruhig, Frau Wendel. Diazepam, fünf Milligramm, Schwester.«

Jemand berührte ihren Arm.

»Nein! Nur fünf Milligramm«, sagte die warme, sanfte Stimme.

Anna öffnete die Augen.

»Ganz ruhig, Frau Wendel, ganz ruhig.«

Verwirrt blickte sie um sich. Der Mann in dem weißen Kittel leuchtete mit einer kleinen Lampe in ihre Augen.

»Sie hatten einen Abtraum. Lassen Sie los. Ganz gleich, was es war, lassen Sie los«, sagte er leise.

Sie schaute verwirrt auf die Schläuche, die an ihren Armen befestigt und mit diversen Flaschen oberhalb des Betts verbunden waren.

»Wo bin ich?«

»Sie sind im Kreiskrankenhaus Bogenhausen. Mein Name ist Jörg Kreiler. Ich bin der Chefarzt der Neurochirurgie und freue mich, Sie wieder bei uns zu haben.«

Anna versuchte, den Arzt an ihrem Bett klar zu erkennen, doch ihr Kopf rebellierte.

Er blätterte in einer Krankenakte. »Sie wurden vor 14 Tagen hier eingeliefert. Erinnern Sie sich nicht mehr?«

Anna schaute ihn unsicher an.

»Ist schon in Ordnung«, beruhigte der Arzt. »Das ist völlig normal nach einem solchen Trauma.«

Anna schloss die Augen. »Was ist passiert?«

Erneut blätterte er in der Akte. »Die Sanitäter wurden kurz nach Mitternacht gerufen. Man fand Sie in Ihrem Haus. Sie hatten schwere Verletzungen am Brustkorb …«

Sie sah ihn flehend an.

»Ihr Herz hat fast zwei Minuten aufgehört zu schlagen.«

Anna blickte entsetzt.

»Nein, nein! Alles ist gut. Sie wurden wiederbelebt. Wir haben sie zurückgeholt. Unsere Internisten und auch meine chirurgischen Kollegen sind Meister ihres Fachs. Sie sind so gut wie neu. Na ja, fast. Und Sie liegen auf meiner Station, weil sie 14 Tage komatös waren.« Jörg Kreiler nahm einen Stuhl und setzte sich an ihr Bett. »In den nächsten Tagen werden wir einige Tests durchführen müssen.«

Anna versuchte, sich aufzurichten. »Ich heiße Anna Wendel. Ich wurde am 3. Mai 1981 geboren. Meine Eltern sind Ben und Mirja Wendel. Ich habe eine ältere Schwester. Ihr Name ist Katharina.« Sie verstummte plötzlich.

»Gut, nur weiter so.« Dr. Kreiler beobachtete aufmerksam ihre Reaktionen.

»Sie können mich alles fragen. Es geht mir gut!«

»Okay. Also, es wird nicht lange dauern. Erinnern Sie sich an meinen Namen?«

»Kreiler … Ralf Kreiler?«

»Jörg. Schon gut. Den Vornamen merkt sich sowieso niemand. Und das Datum?«

»Heute ist … wie viele Tage waren es, sagten Sie, die mir fehlen?« Anna lächelte unsicher.

Er schmunzelte. »Ihren Sinn für Humor haben Sie jedenfalls nicht verloren. Ihnen fehlen einige Tage, 14, um genau zu sein.«

Anna versuchte, sich zu konzentrieren. »Dann ist es … Ich war schon immer schlecht mit dem Datum.«

»Schon gut, keine Sorge. Wie steht es mit dem Monat?« Er sah sie über den Rand seiner Brille an. »Welchen Monat haben wir, Frau Wendel?«

Anna blickte aus dem Fenster. »Es ist Winter, oder?«

»Wie steht es mit dem Jahr?«

Sie lächelte. »1995?«

»Großartig. Frau Wendel … Darf ich Sie Anna nennen?«

Sie nickte.

»Anna. Heute ist Mittwoch, der 1. Dezember 99.«

Erschöpft sank Anna in die Kissen und schloss die Augen. Plötzlich verschwand der Raum vor ihren Augen, und sie schlief ein.

Jörg Kreiler warf einen Blick auf den Monitor und nickte der Schwester zu; dann erhob er sich, verließ leise das Zimmer und sagte Max, dass er sich noch ein wenig gedulden müsse.

In den frühen Abendstunden wachte sie erneut auf. Wieder spürte sie, dass jemand eine Hand auf ihre Stirn legte. Wieder hörte sie eine warme männliche Stimme sagen: »Ruhig, Anna.«

Sie öffnete die Augen.

»Ganz ruhig, Anna, ganz ruhig.«

Verwirrt blickte sie um sich. Sie erkannte ihn. Er hatte schon mal diese Worte benutzt, und gleich würde er mit einer kleinen Lampe in ihre Augen leuchten und sagen: *Sie hatten einen Albtraum, Anna. Lassen Sie los. Ganz gleich, was es war, lassen Sie los.*

»Sie waren schon mal bei mir«, sagte sie leise.

»Sie machen Fortschritte. Erinnern Sie sich noch an meinen Namen?«

»Jörg Kreiler. Ich erinnere mich nicht nur an deinen Namen, ich erinnere mich auch an dich und an Katharina. Hast du mir das Leben gerettet?«

Er lachte.

»Danke, Jörg«, flüsterte sie.

»Du hast dir sogar meinen Vornamen gemerkt. Gut so! Erinnerst du dich an das, was dich zu uns geführt hat?«

Anna überlegte. »Nein.«

»Was ist heute für ein Datum?«

Sie lächelte. »Der 1. Dezember 1999. Ich dachte, es wäre 95 und Katharina wäre bei mir ... Ich habe das Gefühl, als fehlten mir ein paar Tage.«

»Ja, es sind genau die 14 Tage, in denen du ohne Bewusstsein warst. Womit wir es bei dir zu tun haben, nennen wir eine anterograde Amnesie«, erklärte er. »Im Prinzip ein vorübergehender Gedächtnisverlust. Kein wirklicher Grund zur Sorge.«

»Kein wirklicher Grund zur Sorge?«, wiederholte sie skeptisch. »Heute Morgen wusste ich noch nicht mal, welches Jahr wir haben!«

»Solche Vorfälle regeln sich meist von selbst. In ein paar Tagen oder Wochen«, antwortete Jörg ruhig.

»Du hast gut reden. Ich habe immerhin 14 Tage meines Lebens verloren!«

»Stell dir vor, dein Leben wäre ein Puzzle, das durcheinandergebracht wurde. Die Teile sind alle noch da. Man muss sie nur an der richtigen Stelle wieder zusammensetzen.« Er tätschelte ihre Hand. »Ich will ganz ehrlich sein, Anna. Ich liebe gute Puzzles!«

»Wo ist Max?«

»Aha! Sehr gut. Jetzt ist deine Erinnerung wieder präsent und abrufbereit.«

»Ja?«

»Ja, Anna.«

Sie seufzte erleichtert.

»Sich nach einem Koma zurechtzufinden, ist immer schwierig. Aber dein Freund könnte uns bei dem Puzzle behilflich sein. Vielleicht ist er sogar der Schlüssel. Wenn du dich dem gewachsen fühlst, hole ich ihn und konfrontiere dich wieder mit deinem Leben. Er wartet schon den ganzen Tag auf diesen Augenblick.«

»Und das sagst du mir erst jetzt?«

Jörg Kreiler lächelte. »Ich musste mich zuerst vergewissern, Anna«, sagte er und verließ augenzwinkernd das Zimmer.

Sie blickte durch das Fenster in den regenverhangenen Garten. Dann hörte sie, wie die Tür geöffnet wurde, und drehte den Kopf. Sie lächelte und nannte zärtlich seinen Namen. Max kam anscheinend von draußen. Seine windzerzausten Haare waren feucht, genau wie sein Anzug. Er wirkte müde.

Er kam auf sie zu, nahm sie in den Arm, drückte sie an sich und sagte: »Ich hatte solche Angst um dich. Einen Moment spürte ich, dass du nicht mehr ein Teil meines Lebens warst, und ich habe völlig durchgedreht. Es war richtig erbärmlich.«

Stunden später teilte Max Mathilda mit, dass Anna aus dem Koma aufgewacht war. Und dass der behandelnde Arzt Katharinas Freund Jörg Kreiler war.

*

Als Mathilda und van Cleef Annas Zimmer betraten, war Max noch bei ihr. Seine Haut wirkte im künstlichen Licht des Zimmers bleich. Er hatte gerötete Augen und schwere Lider; so müde hatte Mathilda ihn noch nie gesehen. Er wirkte so verletzlich, dass es ihr die Kehle zuschnürte. Das Licht im Zimmer war gedämpft, und es herrschte eine beruhigende Atmosphäre. Lediglich das piepsende Signal von Annas Herztönen empfand Mathilda als unangenehm.

Max verzog keine Miene.

»Anna hat ein paarmal die Augen geöffnet«, sagte er anstelle einer Begrüßung.

Mathilda zog den Stuhl näher ans Bett und streichelte ihre Hand. »Anna?«

Van Cleef lehnte sich an die Wand. Der Oberarzt stand am Fußende des Betts. Beide beobachteten Annas Reaktionen.

Endlich öffnete sie die Augen.

»Wie geht es dir, mein Liebes?«, fragte Mathilda zärtlich.

Anna lächelte, dann wanderte ihr Blick zu Max, der ihre Hand nahm. »Max …«

Sein Blick verriet Erleichterung und inneren Aufruhr gleichermaßen.

»Erinnerst du dich an den Überfall?«, fragte Mathilda. »Weißt du, was passiert ist?«

Anna drehte den Kopf hilfesuchend zu Max. »Ich … Ich kann mich nicht erinnern.« Ihre Stimme klang verzweifelt.

»Psst, Liebes. Du darfst dich nicht aufregen. Alles wird gut«, flüsterte Max.

Anna machte eine abwehrende Handbewegung und schloss die Augen.

Über den Monitor hörte man beschleunigte Herztöne. Der Oberarzt eilte an ihr Bett und fühlte ihren Puls. Dann sah er Max an und sagte: »Ich glaube, das reicht für heute. Sie braucht unbedingt Ruhe.«

Anna öffnete erneut die Augen, sah Max an und weinte. »Ich habe solche Kopfschmerzen. Ich erinnere mich nicht. Ich möchte schlafen. Bitte Max, bleib bei mir.«

Mathilda blickte zu van Cleef, der die Patientin besorgt ansah.

»Komm, wir gehen, wir kommen morgen wieder. Ich denke, es ist besser für sie«, sagte Benedikt leise, und sie verließen das Zimmer.

Jörg Kreiler erwartete sie bereits auf dem Gang, wenig später kam Max hinzu.

»Was ist mir ihr?«, fragte Max Dr. Kreiler.

»Sie hat eine amnestische Störung. Eine zeitlich begrenzte Beeinträchtigung ihres Erinnerungsvermögens. Bei Anna gingen dem Koma und der Amnesie emotional belastende Ereignisse voraus, doch in der Regel kehrt die Erinnerung zurück.«

»Wann?«, fragte Mathilda nervös.

»Das wissen wir nicht. Es kann eine oder mehrere Stunden dauern. Bei manchen kommt die Erinnerung nie wieder zurück.«

Schlauberger!, dachte Mathilda. *Wenn ihr Mediziner keine Ahnung habt, wollt ihr euch nicht festlegen. Bravo!*

»Wird sie wieder völlig gesund?«, fragte Max.

Wenn er jetzt nur ein falsches Wort sagt, breche ich zusammen, dachte Mathilda.

»Wir haben gestern noch einige Tests mit ihr durchgeführt. Die Amnesie ist in der Regel durch eine akut einsetzende Störung aller Gedächtnisinhalte für einen gewissen Zeitraum gekennzeichnet. Anna hat jedoch keine visuelle Störung. Das spricht für eine vorübergehende Störung. Ihre Personenorientierung ist ebenfalls intakt. Es besteht auch keine Vigilanzminderung.«

»Was bedeutet das?«, fragte Max sichtlich angespannt.

»Sie ist bewusstseinsklar und kontaktfähig. Heute Nacht war sie völlig ratlos und beunruhigt und stellte wiederholt Fragen nach der Zeit, situativen Umständen und Gegenständen. Das ist normal. Parallel dazu ist auch der Zugriff auf alte Gedächtnisinhalte gestört. Dies betrifft vor allem Ereignisse aus der jüngeren Vergangenheit wie den versuchten Mord an ihr. Geben Sie ihr Zeit, sich zurechtzufinden. Wenn sie sich gut erholt, kann sie schon bald entlassen und ambulant therapiert werden.«

»Dann werde ich sie nach Italien bringen«, sagte Max. »Auf alle Fälle weg von hier!«

»Nicht so schnell!«, bremste Kreiler. »Diese Form der Gedächtnisstörung kann manchmal auch zu Desorientiertheit führen, da die Betroffenen die Ereignisse der vorausgegangenen Stunden nur unvollständig rekonstruieren können. Während manche Patienten nicht in der Lage sind, die Gedächtnisstörung wahrzunehmen, ist Anna sehr wohl fähig, auch komplexe, zuvor erlernte Tätigkeiten wie zum Beispiel Autofahren und Kochen auszuüben. Ich denke, wir behalten sie so lange bei uns, bis sie sich stark genug fühlt, die Reizüberflutung zu meistern. Bitte entschuldigen Sie mich. Ich muss mich um weitere Patienten kümmern.« Er reichte ihnen die Hand und verabschiedete sich.

»Komm, lass uns gehen«, sagte Mathilda. »Ich denke, es reicht für heute.«

»Entschuldigt«, sagte Max. »Ich möchte noch bei ihr bleiben. Wenn sie aufwacht, möchte ich an ihrer Seite sein.«

KAPITEL 34

Im gerichtsmedizinischen Labor überfiel van Cleef dieses Ziehen in der Magengegend. Es überkam ihn jedes Mal, wenn er mit solchen Fällen von brutaler Gewalt konfrontiert wurde.

Rebecca, die noch vor Kurzem eine fröhliche junge Frau gewesen war, lag eingewickelt in eine weiße Plastikplane auf einem Tisch in der Mitte eines gekachelten Raumes. Niemand blickte auf, als er in der Tür erschien.

O Gott, dachte er, *das wird eine verdammt harte Veranstaltung werden.*

Dann kam Veronika Granel herein und fummelte an ihrem neuesten Spielzeug herum, einem Diktafon mit Freisprechanlage. Sie brachte sich vor dem Tisch in Position und zog die Plastikabdeckung von der toten Frau. Die Umstehenden schraken sichtlich zusammen und holten tief Luft.

Fast schien es, als ob Rebecca etwas auf ihrer Brust betrachtete. Ihr Körper verströmte nicht den geringsten Geruch, als sei ihr junges Fleisch für solche Ausdünstungen noch zu rein. Ihre Haut war so glatt, als wäre sie gerade der Badewanne entstiegen.

Veronika räusperte sich und fragte van Cleef, ob es sich bei der jungen Frau um dieselbe handle, die man in dem Zimmer in der Wilhelm-Hertz-Straße entdeckt habe.

Van Cleef nickte.

Damit waren die Formalitäten erledigt.

Währenddessen ging der Fotograf um den Tisch und lichtete die Leiche aus sämtlichen Perspektiven ab.

An Rebeccas Armen, Knien und Fußgelenken waren tiefe Schrunden mit aufgeschwollenen Rändern zu erkennen, die auf eine Fesselung hinwiesen. Vorsichtig versuchte Veronika, die leicht angewinkelten Beine zu bewegen. Als sie sich ohne Weiteres strecken ließen, hielt sie kurz inne. Auf ihrem Gesicht erschien ein merkwürdiger Ausdruck. Auch die Umstehenden hielten kurz den Atem an.

»Ich werde jetzt die Lebertemperatur messen.«

Van Cleef drehte sich zur Seite. Er hatte schon viele Mordopfer gesehen, doch noch niemals schlimmer zugerichtete. Er wusste so gut wie Veronika, in welcher Abfolge in den verschiedenen Partien des Körpers die Leichenstarre einsetzte und was die Versteifung der Gesichtsmuskulatur und die Beweglichkeit der Füße über den Zeitpunkt des Todes aussagten. *Hätte sie vielleicht überlebt, wenn wir sie eine Stunde früher gefunden hätten?*

Van Cleef war wie vom Donner gerührt. Zum ersten Mal in seinem Leben musste er den Obduktionsraum verlassen. Er stand im Vorraum, schob sich ein Pfefferminzbonbon zwischen die Zähne und rieb sich die Hände, um die Bilder des Grauens aus seinem Kopf zu verbannen. Dann kehrte er zurück.

Veronika hatte inzwischen Nagelproben entnommen und die Schere zusammen mit den letzten Proben in die Tüte mit den Beweisstücken getan.

Van Cleef lehnte sich an die Wand und schaute schweigend zu. Er fragte sich, ob das Blut, das man in der Küche gefunden hatte, möglicherweise aus der Wunde ausgetreten war, die jetzt vom Papierhandtuch abgedeckt wurde.

»Vor mir liegt der Körper einer schlanken, durchtrainierten und normal ernährten jungen Frau«, sprach Veronika leise in das Diktafon, wobei ihre Stimme von den kahlen Wänden widerhallte. »Im Gesicht ist der Gewebedruck noch deutlich zu erkennen, die Augenhöhlen sind deutlich ausgeprägt, die Augäpfel selbst liegen tief in den Höhlen. In die Wangen sind tiefe Wunden gegraben, die von Fingernägeln stammen. Der Mund und die Nase sind …«, sie beugte sich vor und betrachtete aus nächster Nähe das Gesicht der jungen Frau, »… trocken und verkrustet.«

Sie öffnete den Mund der Leiche.

»Die Zunge ist horizontal ab der Wallpapille gespalten, das Zungenbändchen, das die Zungenunterfläche mit dem Boden der Mundhöhle verbindet, ist durchtrennt.« Sie blickte van Cleef an. »Mein Gott. Hier ist mal wieder ein Irrer von der übelsten Sorte am Werk. Du tust mir leid, Benedikt. Frag mich nicht, was das bedeutet. Ich weiß es nicht«, sagte sie und beugte sich wieder über den Tisch, um den Hals zu inspizieren. »Unterhalb des Schildknorpels verläuft eine circa …«, Veronika nahm ein Lineal und hielt es neben die klaffende Wunde, »… 15 Zentimeter große vertikale Schnittwunde. Der Adamsapfel fehlt, und die Stimmbänder sind durchtrennt.« Erneut schaute sie ihn an. »Aber das ist nicht die Todesursache.«

»Nein?«

»Nein.«

Van Cleef blickte auf seine Schuhe.

»Daran ist sie nicht gestorben. Unterhalb der Schnittwunde des fehlenden Adamsknorpels sind stark ausgeprägte Würgemale zu sehen, was auf eine Abschnürung der Karotiden und der Jugularvenen hindeutet, und zwar infolge einer Strangulierung mit den Händen. In den Augen sind punktförmige Blutungen zu erkennen. Später sollten wir uns den Schnitt und die Würgemale nochmals bei entsprechender Ausleuchtung ansehen«, fuhr

Veronika fort, »und dann weitere Fotos von der Stelle machen.«

Sie trat einen Schritt zurück und forderte einen Assistenten auf, Rebeccas Körper umzudrehen.

Im Obduktionsraum herrschte absolute Stille. Das Papierhandtuch haftete noch immer an Rebeccas Schulter. Schließlich entfernte es Veronika und ließ es in einen Beutel fallen. Anschließend inspizierte sie die Wunde an der Schulter.

»Ich glaube, das sollte sich mal ein Zahnarzt etwas näher ansehen.«

Eine Bisswunde, dachte Benedikt. Ein klaffendes rotes Loch im weißen Gewebe. Als ob die Anakonda, nachdem sie sie erwürgt hatte, zugebissen hätte, bevor sie sie Stück für Stück verschlang. Wann würde dieser Albtraum endlich aufhören, ihn ständig zu verfolgen.

Außer an den Schultern gab es noch Bissspuren in der Achselhöhle.

Der Fotograf legte einen neuen Film in die Kamera. Van Cleef beobachtete, wie er jeden einzelnen Biss an Rebeccas Schulter und Achselhöhlen sowie die weiteren Schnittverletzungen dokumentierte.

Wenig später betrat der Kieferchirurg den Obduktionsraum. Er inspizierte die Wunden, machte sich Notizen und trug eine geschmeidige Masse auf, um die nötigen Abdrücke zu nehmen.

Die Assistenten wechselten hinter seinem Rücken Blicke.

»Wie sieht es aus?«, fragte van Cleef. »Haben Sie was Verwertbares gefunden?«

»Jaja.« Der Kieferchirurg wartete ungeduldig darauf, dass der Assistent eine Spritzpistole mit Polysilikon nachfüllte. »Bei manchen dieser Bisse hat der Täter sich viel Zeit gelassen«, sagte er und hob den Kopf. »Ja, ich bin sehr zufrieden. Ich glaube, das ergibt einen perfekten Abdruck.«

»Was kannst du mir sonst noch sagen, Veronika?«, fragte van Cleef, nachdem der Zahnarzt gegangen war.

»Sie war im vierten Monat schwanger.« Sie schaute ihn an. »Wenn es etwas Schlimmeres gibt als heimtückischen Mord, dann ist es, einer Frau bei vollem Bewusstsein einen vier Monate alten Fötus aus dem Uterus zu zerren. Sie hat noch gelebt, als man ihr das angetan hat.«

Als van Cleef spätabends in seinem Büro den beeindruckenden Papierstapel abgearbeitet hatte, wurde ihm bewusst, dass er seit fast zehn Stunden am ganzen Körper zitterte.

KAPITEL 35

»Wie geht es ihr?«, fragte Max Mathilda, die vor Annas Krankenzimmer auf der neurologischen Privatstation auf ihn wartete.

»Äußerlich ist sie fast genesen, aber innerlich … Sie ist zerrissen und hat Angst. Sie kann keine Fragen beantworten. Am meisten quälen sie die Fragen nach dem *Wer* und *Warum*. Aber was erzähle ich dir? Das weißt du ja.«

Max blickte besorgt durch die Glasscheibe in das Einzelzimmer. »Sie soll in zwei Tagen entlassen werden«, sagte er, »aber sie möchte nur zwei bis drei Tage bei mir in München bleiben. Danach will sie unbedingt mit dem Zug zu Pater Mateo fahren. Verstehst du das?«

»Vielleicht ist die Idee gar nicht so schlecht. Der Convento war schon immer ein Zufluchtsort für sie. Sie braucht unbedingt Erholung.«

»Ich könnte mit ihr in Urlaub fahren. Was meinst du?«

»Das ist nicht dasselbe. Sie braucht Ruhe und muss sich neu orientieren.«

»Dann würde ich allerdings gerne bei ihr sein.«

»Max, du kennst sie. Sie kann stur und eigensinnig sein. Ich bin der Meinung, dass sie unbedingt zur Ruhe kommen muss. Lass sie fahren. Du wirst sehen, sie kommt erholt zu dir zurück. Ich kenne Pater Mateo. Er ist ein alter Fuchs und wird unsere Kleine zur Vernunft bringen.«

»Aber da läuft jemand herum, der sie töten will! Wenn die Polizei keinen anonymen Anruf bekommen hätte, würde sie heute nicht mehr leben. Van Cleef sagt, dass der Mann am Telefon gestottert hat. Anna kennt niemanden, der stottert. Sie will unbedingt ohne mich in den Convento fahren. Aber ich kann sie doch nicht allein abreisen lassen!«

»Was ist mit Charlotta? Deine Schwester wollte doch eure Eltern in Italien besuchen.«

»Das wäre eine Möglichkeit. Daran habe ich vor lauter Aufregung gar nicht gedacht. Du bist ein Schatz, Mathilda.«

Er beugte sich zu ihr herab und gab ihr einen freundschaftlichen Kuss auf die Wange. »Was macht denn unser Kommissar? Noch immer Feuer und Flamme?«

Mathilda schob ihn sanft von sich. »Sieht so aus. Ich glaube, ich bin auf dem besten Wege, mich zu verlieben!«

»Wurde auch Zeit. Das musste mal aufhören: Der ist nett, der ist weniger nett, das könnte was sein, der ist spießig, der ist blöd …«

Mathilda unterbrach ihn lachend. »Geh du lieber zu deiner Anna!«, sagte sie lächelnd, drehte sich um und verließ die Station.

*

Anna begrüßte ihn mit einem Kuss, als er das Krankenzimmer betrat und ihr einen Blumenstrauß mit blauen und gelben Veilchen überreichte.

Sie nahm eine Vase aus dem Schrank und stellte die Veilchen auf den Tisch. »Ich habe heute Nacht von dir geträumt!«

»Erzähl mir davon«, sagte er zärtlich.

»Es waren heftige körperliche Träume, in denen ich neben dir lag. Feuchte Haut wie flüssiges Gold, braune Augen und feuchte Lippen.« Sie legte sich wieder ins Bett.

»Danach fand ich mich mit dir in einer Bar wieder. Alles war in warmes rauchblaues Licht getaucht. Du hast mich zur Tanzfläche geführt, und ich ließ mich von dir zu den Klängen eines Tenorsaxophons schwungvoll übers Parkett wirbeln, bis meine Beine schwach wurden.«

Max rückte ihr Kopfkissen zurecht. »Du steckst voller Überraschungen.«

»Worauf du Gift nehmen kannst.«

Er nahm sie in die Arme und jagte ihren Blutdruck hoch. »Du sagtest damals: Wenn du in der Liebe nur halb so gut bist wie beim Tanzen, wird dich ein Heer hechelnder Frauen verfolgen.«

Anna lachte. »Lass es mich dir beweisen, war deine Antwort, und dann hast du an meinem Ohrläppchen geknabbert.«

»Ich wollte dich berühren, so wie jetzt.« Max zog sie an sich und presste seinen Mund auf ihre Lippen.

»Als ich aufwachte, war es, als würdest du neben mir liegen. Ich konnte mich an deinen Geruch erinnern, an deine Berührungen und deine Zärtlichkeiten und sogar deinen Atem hören, es war alles so real.«

»Ein schöner Traum. Es ist die Geschichte unserer Liebe«, sagte er zärtlich.

»Sag mal, hast du Unterricht darin genommen, was du sagen musst, damit dir die Frauen zufliegen?«

Er lächelte mit gespielter Schüchternheit. »Naturtalent und ein bisschen Erfahrung.« Er streifte mit den Lippen ihre Mundwinkel und scherzte: »Die Straßen von München sind übersät mit meinen Eroberungen. Eigentlich sollte ich die Stadt verlassen.«

Sie rekelte sich unter der Hand, die über ihren Rücken glitt.

»Seit unserer ersten Begegnung im Convento will ich nur dich, Anna.«

Sie seufzte. »Max?«

»Ich weiß, Mathilda hat mir gesagt, dass ich dich nicht davon abhalten kann, in den Convento zu fahren. Oder?«

»Nein«, sagte sie leise, und plötzlich kamen ihr die Tränen.

»Schon gut, Kleines.«

»Aber ich werde noch mal darüber nachdenken, wenn ich zu Hause bin. Das verspreche ich dir«, sagte sie leise.

*

Anna konnte sich über das Ergebnis der kleineren Operationen nicht beklagen. Sie hatte keine bleibenden körperlichen Schäden zurückbehalten, und ihrem Brustkorb war kaum anzusehen, dass sich dort ein Skalpell ausgetobt hatte.

Als sie am Montag, dem 12. Dezember, das Krankenhaus verließ, hinkte sie noch ein wenig, doch irgendwann würden auch die Schmerzen im Bein aufhören. Ein paar Narben, schwache weiße Spuren sowie einige eigensinnige Zeichen der Verletzungen gab es noch: an der Innenseite ihres rechten Oberschenkels, entlang einer Rippe und unter der linken Brust. Sie alle waren sichtbare Erinnerungen an das, was ihr Gehirn ignorierte, bleibende Hinweise auf ein schockierendes Erlebnis, narbige Wegweiser zu einer noch unbekannten Vergangenheit. Die Narben waren inzwischen kaum noch zu sehen; der plastische Chirurg hatte glänzende Arbeit geleistet.

Abgesehen von ihrem Erinnerungsverlust war sie unversehrt. Die Ärzte, die so erfolgreich ihren Körper zusammengeflickt hatten, konnten für ihren Geist nichts tun. Auch Dr. Kreiler, der seine Hilfe angeboten hatte, bestand darauf, dass sie die Klinik weiterhin aufsuchte, doch sie hatte die Gespräche und die Parade der Fachausdrücke bald satt: *funktionelle retrograde Amnesie*, *posttraumatische Verwirrungszustände*, *organischer Gedächtnisdefekt*, *dissoziative Dämmerzustände*, *psychogene und hysterische Amnesie*, sie hasste diese aseptisch klinische Ausdrucksweise.

Es half ihr nicht, ihre Erinnerung an den Abend des Mordversuchs zurückzugewinnen: Sie musste bereit sein für die Zukunft und für ein Leben ohne Ärzte und Krankenhäuser.

In der Klinik hatte sie eine Therapie begonnen, um sich dem traumatischen Geschehen zu stellen. Alles andere wäre eine Flucht, hatte der behandelnde Arzt gesagt. Doch es wurde ihr zu viel. Ständig klagte sie über Kopfschmerzen.

Doch so perfekt sie ihre Gedanken und nächtlichen Albträume nach ihrer Heimkehr auch vor anderen zu verheimlichen vermochte, sie ließen sich nicht abschütteln. Was war an jenem Abend geschehen? Warum hatte jemand versucht, sie zu töten? Täglich stellte sie sich diese Fragen und erhielt doch nie eine Antwort darauf.

Da die Ärzte ihr erklärt hatten, dass die Dinge, die sie vergessen hatte, ihr Handeln und ihr Verhalten beeinflussen konnten, begann sie, jede Handlung nach unbewussten Motiven zu hinterfragen. Warum war sie gestern zum Beispiel ohne Grund zur Maria-Emanuel-Klinik gefahren, hatte sich dort im Park auf eine Bank gesetzt und den Ausblick genossen? Wollte sie Katharina nahe sein? Das war sie doch schon. Fast wäre auch sie gestorben.

Am Dienstagabend sprach sie erneut mit Max darüber, dass sie fort wolle.

Er lief dabei nervös in der Küche auf und ab.

»Warum kannst du meine Entscheidung nicht akzeptieren?«, fragte sie. »Ich glaube manchmal, verrückt zu werden. Ich höre Stimmen und kann mich nicht konzentrieren. Möchtest du nicht auch, dass es mir wieder gut geht und meine Erinnerung zurückkehrt?«

»Sicher, aber du gehst zu Pater Mateo, statt dich bei mir zu erholen. Ich sorge mich um dich! Ich liebe dich!«

Sie versuchte, ihre eigene Gereiztheit zu überspielen und merkte, wie wenig es ihr gelang.

»Vielleicht kehrt meine Erinnerung ja an einem anderen Ort zurück. Ich liebe dich auch, aber ich brauche Abstand«, sagte sie und weinte.

Max nahm sie sanft in den Arm.

»Ich will von alldem nichts mehr sehen und hören«, schluchzte sie. »Ich will endlich den Schmerz vergessen und anfangen zu leben. Aber alles, was ich tue, erscheint mir sinnlos. Ich lebe nicht, ich existiere. Ich brauche Hilfe und Ruhe, und der Convento ist der richtige Ort dafür.«

»Ist gut, mein Liebling«, sagte er und streichelte ihr Haar.

»Irgendetwas sagt mir, dass ich dort wieder zu mir selbst finden werde. Ich werde Pater Mateo meine Geschichte erzählen, und er wird mir zur Seite stehen. Das hat er mir am Telefon versprochen.«

Max schwieg. Dann: »Vielleicht hast du recht.«

Ihre Beziehung war durch die Geschehnisse stark belastet. Max konnte ihr nicht helfen, sosehr er sich auch bemühte, und er fühlte sich schuldig, weil er ihre Befürchtungen nicht ernst genommen hatte.

Anna versuchte tapfer, ihre Tränen zu unterdrücken. »Ich träume jede Nacht von einem Schatten ohne Gesicht. Und dann wache ich im Traum auf, und du bist nicht da. Du hast die Bedrohung, die ich gespürt habe, nicht ernst genommen. Und ich habe noch immer Angst. Wie soll ich damit fertig werden, Max, sag es mir!«

»Es tut mir so leid«, sagte er hilflos. »So leid.«

Er ging auf sie zu und wollte sie in den Arm nehmen, doch sie schob ihn weg.

»Du hättest mit *mir* darüber sprechen sollen und nicht mit Mathilda.«

»Das ist richtig. Ich habe mit Mathilda über dich gesprochen. Versteh doch, ich konnte deinen scheinbaren Verfolgungswahn nicht nachvollziehen. Niemand ahnte, dass er begründet war. Es war ein Fehler, doch wie konnte ich das wissen? Verzeih mir bitte, Anna.«

»Ich ertrage eine so schreckliche Zeit nicht noch einmal. Ich möchte weg aus diesem Haus, weg aus dieser Stadt, weg von meiner Familie und den Menschen, denen ich auf der Straße begegne. Mein Körper hat sich erholt, die Wunden sind verheilt, aber ich brauche Abstand und Ruhe. Diese Reise wird mir guttun.« Plötzlich lächelte sie und sah ihn liebevoll an. »Pater Mateo freut sich auf meinen Besuch. Bitte versteh mich doch.«

»Aber der Convento ist so weit weg, und ich habe dich lieber in meiner Nähe!«

Anna sah ihn nachdenklich an.

»Ich kann dich dort nicht beschützen«, sagte er leise.

»Das konntest du hier auch nicht.«

Er wurde blass. »Verdammt noch mal, Anna, du gehörst zu mir.«

»Vielleicht irgendwann.«

Jetzt sah er sie entsetzt an.

»Entschuldigung. Ich wollte dich nicht verletzen.«

»Schon gut«, sagte er tonlos. »Wann möchtest du fahren?«

»Morgen Abend fährt ein Zug direkt nach Neapel. Pater Mateo wird mich dort vom Bahnhof abholen.«

Max nickte. »Hättest du Lust auf einen kleinen Vorgeschmack?«, fragte er.

»Du meinst eine Pizza Capricciosa?«

»Ja.«

»Okay.«

Wortlos ging er an ihr vorbei und zwinkerte ihr von der Haustür aus zu. »Ich bin in zehn Minuten zurück.«

Anna ließ sich auf die Couch fallen und starrte an die Decke. Als er das Gartentor geschlossen hatte, richtete sie sich auf, zog das Sofakissen hinter ihrem Kopf hoch und presste es sich aufs Gesicht. Mit dem Gewicht ihrer Unterarme drückte sie es auf ihre Nase und ihren Mund und fing an zu schreien.

KAPITEL 36

Van Cleef hatte in seinem Dienstzimmer die Fenster weit geöffnet und blickte in den Regen hinaus. Er wollte sie gerade schließen, als das Telefon läutete und sich eine Frauenstimme meldete.

»Veronika hier. Könntest du bei uns in der Gerichtsmedizin vorbeischauen? Ich habe was Interessantes für dich.«

»Ich bin gleich bei euch.«

Er legte auf und war froh, seine Gedanken durch einen winterlichen Spaziergang zur Pathologie klären zu können.

Dort angekommen schenkte Veronika ihm einen Kaffee ein.

»Das Opfer wies neben Ketamin und Rompun auch winzige Konzentrationen von Strychnos toxifera im Blut auf, das Gift einer südamerikanischen Lianenart«, sagte sie. »Die Indianer Südamerikas nutzen diese hochgiftige Substanz für die Jagd. In manchen Kriegsgebieten wird das Pfeilgift sogar als Waffe gegen die Besatzungstruppen genutzt. Das Gift ist nur in der Blutbahn hochtoxisch, sodass der Täter unbedenklich weiter an dem Opfer knabbern konnte.«

»Mein Gott, Veronika, ihr Pathologen seid so abgebrüht.«

»Das Gift blockiert die Übertragung der Impulse zwischen den motorischen Nerven und der Muskulatur und wird als Relaxans bei Operationen eingesetzt. Wenn es überdosiert wird, kommt es zum Atemstillstand.«

»Das spricht für einen Täter mit medizinischen Kenntnissen.«

»Auf jeden Fall. Vielleicht kommt der Täter aus dem Krankenhausbereich, oder er ist ein Jäger.«

»Da könntest du recht haben. So etwas hatte der Kriminalpsychologe bei den früheren Fällen auch schon vermutet. Welche Wirkung wollte er aber mit der Beigabe des Indianergifts erzielen?«

»Verlust der Persönlichkeit, Sinnestäuschung. Das gesamte Spektrum, um eine Frau gefügig zu machen.«

»Was kannst du mir sonst noch sagen? Was ist mit der rechten Hand?«

»Säuberlich abgetrennt. Blaue Faserreste an den Wundrändern. Wird vom Labor noch analysiert. Was macht übrigens deine Komapatientin? Gibt's was Neues?«

»Die junge Frau steht im Zusammenhang mit dieser Geschichte. Schwester eines früheren Opfers, Bisswunden, fast dasselbe Bild. Vielleicht kann ihre Freundin uns weiterhelfen.«

»Ist sie hübsch?«

»Wer?«

»Die Freundin.«

»Was soll das?«

»Nichts. Nur haben deine Augen angefangen zu glänzen, als du vor vier Tagen von ihr gesprochen hast. Ich erinnere mich nicht, wann du das letzte Mal so reagiert hast.«

»Veronika, ich kenne sie kaum. Ach, was soll's? Ja, ich finde sie atemberaubend.«

Veronika lächelte freundlich. »Das klingt wirklich vielversprechend. Wurde auch Zeit, dass jemand dein Blut in Wallung bringt. Du solltest mal wieder so richtig ausgiebig vögeln. Und jetzt verschwinde. Draußen wartet ein Skalpellredakteur.«

»Ein was?«

»Ein ehemaliger Chirurg, der neuerdings für die *Medical Tribune* schreibt. Ich glaube allerdings, er hat mehr Interesse an meinem Fleisch.«

Van Cleef lachte, ging wieder und lächelte draußen den gutaussehenden Journalisten an.

Er konnte nicht glauben, dass er aus dem Mund dieser eleganten Frau soeben den Ausdruck *vögeln* gehört hatte.

KAPITEL 37

Liebevoll hatte Anna sich im Wagen von Max verabschiedet. Sie wollte nicht, dass er sie zum Zug begleitete, und war froh, dass er ihren Wunsch respektierte. Das Gepäck war bereits im Convento, sodass sie lediglich mit einer kleinen Reisetasche den Bahnsteig betrat. Noch einmal drehte sie sich um und ließ ihren Blick über den Parkplatz schweifen, doch Max war bereits fortgefahren.

Eine monotone Frauenstimme kündigte die Einfahrt des Zuges an.

Während er in den Bahnhof rollte, erklang ein lautes Warnsignal. Sie erschauerte bei seinem Anblick und beim Erklingen des grellen Signaltons. Ihr wurde schwindlig, sie bekam einen schalen Geschmack im Mund und schloss einen Moment die Augen.

Den Bruchteil einer Sekunde war es nicht der Zug, sondern das Gesicht von Maria Luca, das gespenstisch verschwommen über die Gleise auf sie zukam. Ein schmales Gesicht, in dem schwarze Augen fiebrig glänzten.

Der Zug kam zum Stehen, und die Türen öffneten sich. Kleine Schweißtropfen perlten auf ihrer Stirn, und sie erschrak, als jemand ihren Arm berührte.

»Ist dir nicht wohl, Anna?«

Sie öffnete ihre Augen. Max stand vor ihr und schaute sie besorgt an. Dann umarmte er sie noch einmal.

Durch seinen Mantel hindurch spürte sie die beruhigende Wärme seines Körpers. Sie atmete tief durch und trat einen Schritt zurück.

»Es geht mir schon besser, danke, dass du noch einmal gekommen bist. Jetzt fahre ich mit einem guten Gefühl.«

Als ein schriller Pfeifton die Abfahrt des Zuges ankündigte, stieg sie ein, suchte rasch ihr Abteil auf und blickte durch das geöffnete Fenster noch einmal zum Bahnsteig hinunter.

Max trat unters Fenster. »Grüß Pater Mateo von mir und lass dir Zeit. Ich kann warten.«

Sie lächelte. »Ich liebe dich, Max.«

Sie schaute aus dem fahrenden Zug, bis Max ein kleiner Punkt in der Ferne war, dann schloss sie das Fenster, setzte sich und fühlte sich frei wie seit Wochen nicht mehr. Obwohl ... Warum glaubte sie immer noch, dass jemand sie beobachtete? Wie vorhin auf dem Bahnsteig. War es nur Einbildung, oder hatte da tatsächlich eine Hand ihr Haar gestreift?

*

Jakob hatte sie nicht aufhalten können. Jetzt, wo das Haus für sie bereitstand, hatte Anna sich ihm entzogen. Man entzog sich ihm nicht. In ihm brodelte es. Er verließ den Bahnsteig und kehrte in sein Haus zurück.

Auch der nächste Schritt seines Plans würde sich als nicht ganz einfach erweisen. Wenn er sich jetzt gut ausruhte, würde ihm das später helfen, einen kühlen Kopf für das vierte Ritual zu bewahren. Dazu musste er vorher auf der Kellertreppe unbedingt noch das Auge des Horus einritzen, als Zeichen der Wachsamkeit.

*

Der Nachtzug durchquerte mit hoher Geschwindigkeit Österreich in Richtung Italien. Anna sah aus dem Fenster. Die Dunkelheit erlaubte ihr nur den Blick ins Leere, also betrachtete sie ihr Spiegelbild, eine junge Frau mit langem blondem Haar, traurigen Augen und angespannten Gesichtszügen.

Der Stress hat seine Spuren hinterlassen. Sie lehnte sich in ihren Sitz zurück und hoffte, eine Weile schlafen zu können, doch ihre Gedanken kreisten ungeordnet und sprunghaft. Mal dachte sie an Pater Mateo, der sie erwartete, dann wiederum an Max und seine beruhigenden Worte.

Der Zeitpunkt ihrer Abreise war nicht gerade ideal. Max reiste vor Weihnachten für ein paar Tage in die Staaten, um in Boston einen Vortrag über neue gentechnologische Entwicklungen seiner Firma zu halten, aber Weihnachten selbst würden sie nicht zusammen feiern. Andererseits war es ihr gerade recht, im Convento und fern dem Weihnachtstrubel zu sein. Den hätte sie nicht ertragen können.

Ihre Gedanken kamen nicht zur Ruhe, und sie war erleichtert, als sie durch den freundlichen Gruß einer jungen Frau unterbrochen wurden, die zögerlich an ihrem Zugabteil vorbeikam und stehen blieb.

Sie presste die Hand an die Schläfe und runzelte die Stirn. Ihre Schritte waren behutsam, als müsste sie genau überlegen, wohin sie gehen wollte.

Ihr scheint es auch nicht gutzugehen, dachte Anna. Trotz einer großen Sonnenbrille, die ihre Augen und einen Teil des Gesichts verbarg, erkannte Anna, dass sie von einer transparenten Blässe war.

Als die junge Frau ihre Sonnenbrille abnahm, konnte Anna nicht glauben, wer da vor ihr stand. Es war Charlotta, Max' Schwester!

»Charly, was machst du denn hier?«

»Anna! Max hat mich vor zwei Stunden angerufen und mir gesagt, dass du Pater Mateo besuchst. Und ich dachte, ich leiste dir Gesellschaft.«

»Spontan, wie du bist!«

Charlotta kam auf sie zu und umarmte sie. »Spontan, wie ich bin. Du siehst übrigens beschissen aus.«

Anna wehrte die Bemerkung mit einer abweisenden Handbewegung ab. »Man kann von dir auch nicht gerade das Gegenteil behaupten. Setz dich doch, Charly. Möchtest du, dass ich das Abteil ein wenig abdunkle?«

»Das wäre toll. Ich habe einen fürchterlichen Kater.«

Anna löschte das Licht bis auf die kleine Leselampe über ihrem Sitz.

Charlotta zupfte an ihrem Rocksaum, schlug die Beine übereinander, verschränkte die Arme und nahm sie wieder auseinander. Dann stand sie auf und sagte: »Lass uns in den Speisewagen gehen. Ich bin ganz kribbelig und nervös. Wir können dort eine Kleinigkeit essen und ein Glas Wein trinken. Der Kater macht mich ganz kribbelig.«

Im Speisewagen waren zwei Tische besetzt, an einem saß eine zierliche grauhaarige Frau, die genussvoll eine Lasagne aß. Als sie an der älteren Dame vorbeiging, streifte Anna der verlockende Duft des italienischen Gerichts. Am anderen Ende saß ein elegant gekleideter Mann. Sie setzten sich, und ein Kellner überreichte ihnen die Speisekarten.

Charlotta inspizierte erwartungsvoll die Karte, und Anna musterte sie dabei unauffällig. Sie trug ein türkisfarbenes Kostüm, das die Farbe ihrer grünblauen Augen unterstrich. Das dunkle naturgewellte Haar hatte sie nach hinten gekämmt und mit einer grünen Schleife gebändigt.

»Sag mal, sieht man mir echt an, dass ich schlecht geschlafen und gestern zu tief ins Glas geschaut habe?«, fragte Charlotta, nachdem beide eine Flasche Rotwein und zwei Salate mit gebratenen Hühnerbruststreifen bestellt hatten.

Anna nickte. »Muss eine tolle Party gewesen sein.«

»Ja, das war es wirklich. Ich habe meinem Freund Lennart in München den Laufpass gegeben, mich mit seinen Eltern verkracht und seiner kleinen Schwester den Hintern versohlt, weil sie mein Hochzeitskleid ruiniert hat. Die Familie versuchte vergeblich, mich zur Vernunft zu bringen. Doch ich packte meine Koffer, fuhr ins Hotel und habe mich dort mit einer Flasche über meine geplatzte Hochzeit hinweggetröstet. Dann kam Max' Anruf. Ich wollte ohnehin meine Eltern besuchen und fand die Idee, mit dir nach Italien zu fahren, entzückend. Also habe ich diesen Zug genommen.«

Anna sah sie an. Sollte das ein Scherz sein? Doch Charlottas Miene blieb ernst.

»Bemerkenswerte Story«, kommentierte Anna trocken. »Wann sollte denn die Hochzeit stattfinden?«

»Nächste Woche.«

»Ich wusste ja gar nichts davon. Was hat Lennart denn Schlimmes angestellt, dass du diesen Entschluss gefasst hast?«

»Max hat dir nichts gesagt? Ich sehe, mein Bruder ist ein sehr diskreter Mensch. Ich habe ihn vergangene Woche mit meinem Kummer geradezu überschüttet.« Sie verzog die Mundwinkel. »Na ja, ich habe Lennart mit einer anderen erwischt.«

»Also dann hätte ich ihn auch abgeschossen«, sagte Anna.

»Ach was soll's? Wir waren zu verschieden. Gestern behauptete er, dass ich seiner Vorstellung von einer perfekten Ehefrau nicht mehr entsprechen würde. Als wir uns kennenlernten, wäre ich aufmerksam und fürsorglich gewesen. Eben der mütterliche Typ. Erst nach und nach habe er begriffen, dass ich einen Teil meines Lebens selbst in die Hand nehmen wollte, um weit weg von meinem Elternhaus Anerkennung zu finden. Nur sei ihm das am Anfang unserer Beziehung nicht aufgefallen. Ich dachte, ich falle aus allen Wolken. So ein blöder Idiot! Dass ich meinen Beruf aufgebe, davon war nie die Rede. Wozu auch? Ich bin gern Designerin. Ich liebe es, durch die Welt zu fliegen, andere Städte und Länder zu sehen und Anregungen für meine Kollektionen zu sammeln. Ich wollte mir immer ohne ihn einen Freiraum schaffen, um meine eigenen Bedürfnisse zu befriedigen.« Sie stockte und nahm Annas Hand. »Mann, ich rede mir den Frust von der Seele und vergesse dabei vollkommen, dir zu sagen, wie sehr ich mich freue, dich zu sehen. Einfach toll. Jetzt muss ich den Abend jedenfalls nicht allein mit dem Rotwein in meinem Schlafabteil verbringen.«

»Mir geht es ähnlich.«

Charlotta sah sie besorgt an. »Max hat es mir schon gesagt, Anna. Du fährst zu Pater Mateo, um dich zu erholen. Das ist dein gutes Recht. Ich bin überzeugt, du wirst gestärkt zurückkehren. Wie geht es denn meinem Lieblingspater?«

Anna zeigte mit dem Finger auf ihren Bauch. »Ich glaube, er braucht demnächst eine neue Soutane.«

Charlotta lachte. »Er ist wirklich ein guter Freund der Familie, und wir mögen ihn alle sehr gern, nur ist unser Wein in seiner Nähe nicht sicher.«

»Das kann ich mir vorstellen«, sagte Anna lachend.

Charlotta erhob ihr Glas. »Man spürt sofort, dass man ihm vertrauen kann und … dass er zu unserem Leben gehört. Auf Mateo!«

Ihre Gläser stießen aneinander.

»Auf Mateo!«, sagte Anna fröhlich und trank einen Schluck; als sie das Glas abgesetzt hatte, fragte sie: »Habt ihr euch heftig gestritten, Charly?«

»Kann man so sagen. Dass ich Lennart mit einer anderen erwischt habe, könnte ich ihm vielleicht verzeihen. Doch als ich mir anhören musste, dass ich eine ungeheure Angst hätte, zu versagen, was ich geschickt unter dem Deckmantel meines Charms und meines Perfektionismus verbergen würde, bin ich ausgeflippt. Nach diesem Vortrag habe ich ihm eine geknallt. Aber soll ich dir mal was sagen? Er hat recht.« Sie lachte laut. »Er hat recht.«

Plötzlich übermannten sie die Tränen. Anna setzte sich neben sie, um sie zu trösten.

»So wie Lennart mich angesehen hat bei unserem Abschied … Er war so traurig … dieser Mistkerl!«, schluchzte sie.

»Du wirst es überwinden. Es ist besser so. Es ist gut, dass du weinst.«

Anna sah sich um und fing flackernde Blicke von den Fahrgästen und dem Speisewagenpersonal auf. Es war ihr egal. Weinen im Speisewagen war schließlich im Preis inbegriffen.

Charlotta sah sie mit einem entschuldigenden tränennassen Blick an. »Verdammt, ich hasse es, zu heulen. Das bringt einen nicht weiter.«

»Weiter, als du denkst.« Anna strich ihr übers Haar. »Geht es wieder?«

Charlotta nickte, nahm ein Taschentuch und fuhr damit über ihr Gesicht. »Ich glaube, ich bin betrunken«, lallte sie.

Anna lachte. »Stimmt. Mit einem Kater sollte man jedenfalls nicht in ein neues Leben gehen.«

»Genau. Lass uns jetzt schlafen gehen. Ich erzähl dir morgen von meinen Plänen. Ich bin betrunken, und du bist auch nicht mehr nüchtern«, sagte Charlotta.

»Aber die Rechnung zahlst du«, sagte Anna.

Wenig später sah sie in den Spiegel des kleinen Waschraums ihres Schlafabteils. Ihre Augen waren rot geädert, und die Wangen glühten. Auch sie hatte zu viel getrunken.

Sie zwinkerte ihrem übermüdeten Spiegelbild zu, knipste das Licht aus und ging ins Bett.

Unmittelbar nach dem Frühstück fuhr der Eilzug im Mailänder Hauptbahnhof ein. Anna half Charlotta, die Koffer aus dem Zug zu bringen, ging zurück ins Abteil und öffnete das Fenster. Der Halt würde nur wenige Minuten dauern.

»Was wirst du nun tun?«, fragte Anna und lehnte sich aus dem Fenster.

»Das Leben genießen und shoppen, bis meine Eltern meine Kreditkarten sperren. Der Single-Markt hat mich wieder. Da muss man top aussehen!« Charlotta lachte, als hätte sie diese Erkenntnis gerade eben erst gewonnen.

»Aber im Ernst …«

»Ich fahre als Erstes zu meiner Freundin Daniella. Sie hat Karten für die Mailänder Scala. Wir werden übermorgen sicher fürchterlich schluchzen, wenn *Madame Butterfly* stirbt. Und danach sehe ich weiter.«

»Kannst du bei ihr auch übernachten?«, fragte Anna besorgt.

»Ja sicher. Sie hat mir ihren Haustürschlüssel geschickt, da sie heute Abend nicht zu Hause ist. Mach dir keine Sorgen und ruf mich an, wenn du im Convento bist.«

Das Schlagen von Türen, ein schriller Pfiff, dann fuhr der Zug an.

»Pass auf dich auf, Anna, und erhol dich gut!«, rief Charlotta und warf ihr einen Handkuss zu.

Anna schloss das Fenster und lehnte sich in die Polster zurück. Charlotta war eine wunderbare Reisebegleiterin gewesen, trotzdem konnte sie es kaum erwarten, endlich im Kloster anzukommen.

KAPITEL 38

Am späten Nachmittag des übernächsten Tages machte sich van Cleef ins Dienstzimmer von Robert Hirschau auf.

Hirschau starrte aus dem Fenster. Statt einer Begrüßung zeigte er mit dem Kinn auf einen blau-weißen Umschlag des Fotodienstes der Münchner Polizei.

Van Cleef stellte lächelnd seine Aktentasche ab und schüttelte die Fotos aus dem Umschlag. »Aha, bist du also doch im Boot.«

Hirschau hob abwehrend die Hände. Van Cleef verstand. Er war nicht durch Zufall an das Bildmaterial der Münchner Polizei gekommen, sondern vom BKA wieder in den Anakonda-Fall involviert worden. Das Ganze lief unter *Top Secret*. Wahrscheinlich, weil Robert damals als junger Kommissar selbst die leitenden Ermittlungen geführt hatte und dabei wie auch er, Benedikt van Cleef, auf der Stelle getreten war. Scheißegal, dachte van Cleef. Hauptsache, Robert machte mit. Zum ersten Mal seit langer Zeit hatte er die Hoffnung, dass sie den Serientäter fassen konnten.

»Alles klar, ich habe verstanden. Gehen wir also zur Tagesordnung über. Hast du schon den Obduktions- und den Laborbericht gelesen, die ich dir, rein informativ, versteht sich, gemailt habe?«

Hirschau nickte. »Den Obduktionsbericht habe ich noch nicht gelesen. Aber dem Laborbericht nach muss es ein entsetzlich langsamer Tod gewesen sein.«

»Richtig. Veronika Granel hat mich vor zwei Tagen

während der Obduktion gefragt, ob ich einen Birnenaroma- oder Nagellack-Geruch wahrgenommen hätte, als sie die Leiche öffnete. Sie roch tatsächlich nach Aceton. Die Mediziner nennen es Ketose.«

Hirschau schaute ihn verblüfft an. »Ketose? Das sind die ersten Symptome des Verhungerns. Wenn der Körper seine Fettreserven verbrannt hat, beginnt er, Fettsäuren in die Blutbahn auszuschütten.« Er stockte. »Der Täter hat sie verhungern lassen? Ist das die Todesursache?«

»Nein, nein, so schnell verhungert man nicht«, sagte van Cleef. »Aber es stimmt: Sie war lange in seiner Gewalt und hatte bereits Mangelerscheinungen. Vermutlich auch durch die Anstrengungen der Folter. Sie war im vierten Monat schwanger, und er hat ihr den Fötus …« Er rang nach Luft. »Lies das Obduktionsprotokoll. Als sie kaum noch am Leben war, hat er sie erwürgt.«

»Oh Gott.« Hirschau setzte sich auf seinen Stuhl.

»Nachdem er sie so übel zugerichtet hat, überrascht es mich eigentlich, dass sie noch so lange überlebt hat«, sagte van Cleef. »Sie war vollgepumpt mit Drogen. Wenigstens sind ihr die Schmerzen erspart geblieben.«

Hirschau stützte sich mit den Händen auf den Schreibtisch und sah ihn mürrisch an. »Drogen. Welche Substanzen? *Hellabrunner Mischung*?«

Van Cleef nickte.

»Dann ist es derselbe Täter. Bisswunden?«

»Ja«, sagte van Cleef.

»Konnte Veronika verifizieren, wann der Täter ihr die Bisswunden zugefügt hat?«

»Ja. Erst ziemlich spät, kurz vor ihrem Tod. Es war übrigens auch ihr Blut, das wir an der Fußleiste in der Küche gefunden haben.«

»Wie bei Katharina Wendel. Ich habe gelesen, dass die rechte Hand abgetrennt wurde.«

Van Cleef nickte.

»Komm, wir gehen die Details noch einmal durch«, sagte Hirschau. »Das Problem ist die Motivlage, nehme ich an.«

»Richtig. Er muss ein Faible für blonde, attraktive junge Frauen haben«, bemerkte van Cleef.

»Behalte das, was ich dir jetzt sage, bitte für dich. Ein Jahr nach Katharina Wendels Ermordung hat sich das BKA an Europol in Den Haag gewandt, um vergleichbare Mordfälle in den EG-Staaten für ein Täterprofil zu filtern.«

»Du meinst, unser Täter war auch anderswo aktiv?«

»Könnte sein. Damit die Presse davon keinen Wind bekommt, unterliegt dieser Fall der Geheimhaltung. Wir wollen diese Bestie fassen. Ein Serientäter tötet zur Befriedigung eines inneren Drangs, der sich fast immer über einen längeren Zeitraum aufgebaut hat. Vielfach über mehrere Jahre bis zurück in die Kindheit.«

»Bist du sicher, dass es sich um ein und denselben Täter handelt? Laut Protokoll der Gerichtsmedizin hat er Rebecca erwürgt und nach ihrem Tod nicht sexuell missbraucht«, sagte van Cleef. »Das wäre allerdings eine erstaunliche Ausnahme.«

»Weil sie schwanger war«, sagte Hirschau. »Er hat Angst vor dem Fötus. Das ist für ihn wie ein böser Dämon. Deswegen muss er ihn auch umbringen. Und die Angst blockiert dann seine Libido. Heimbach hat das gesagt. Es klingt logisch.«

»Es gibt weitere Übereinstimmungen zum Anakonda-Fall«, unterbrach ihn van Cleef. »Das Durchtrennen der Stimmbänder und das Spalten der Zunge.«

»Richtig, und vergiss nicht die fehlende Hand.«

»Warum macht er das?«, fragte van Cleef.

»Der Mund und die Hand symbolisieren die Moral. Julia war nicht sein erstes Opfer. Und nach Katharina ist er erst richtig auf den Geschmack gekommen. Und dieser jüngste Mord … Rebecca … Das ist eindeutig seine Handschrift.«

»Könntest du nach Durchsicht der Akten ein Profil erstellen?«, fragte van Cleef.

»Der Fall Katharina Wendel enthält bereits das ausführliche Profil von Andreas Heimbach. Ich habe die Einzelheiten auch nicht mehr im Kopf, aber diesen Täter …«

Er zeigte auf die Fotografien und beschrieb den Täter mithilfe der umfassenden Analyseergebnisse Heimbachs, die er sich damals hatte geben lassen – über das Äußere und Innere des Mörders bis hin zu dem, was der Kriminalpsychologe zu seinem jetzigen Leben und seiner Kindheit vermutet hatte.

»Nichts durfte den Sohn auf seinem Weg nach oben aufhalten. Die Mutter kümmerte sich um seine Bildung und unterdrückte gleichzeitig seine sexuellen Bedürfnisse.«

»Wie macht man das?«

»Ganz einfach. Sag einem Jungen in der Pubertät nur oft genug, dass man vom Beischlaf geschlechtskrank wird, und male die Geschlechtskrankheiten in den infernalischsten Farben. Bei seiner ersten Tat muss er zwischen 16 und 20 gewesen sein. Die Leiche werden wir nicht finden. Vielleicht später, wenn er Spuren hinterlässt oder uns einen Hinweis gibt. Ich glaube, dass sein erster Mord mindestens 30 Jahre zurückliegt und zwischen den weiteren Taten größere Abstände liegen. Nur jetzt scheinen die Abstände kürzer zu werden.«

»Warum glaubst du das?«

»Es ist die Heftigkeit, mit der er seine Perversionen auslebt. Er hat sich regelrecht ausgetobt. Das spricht für eine langjährig aufgestaute Emotion. Doch irgendetwas hat diese Entladungen jetzt kurz hintereinander aktiviert.«

»Was könnte das sein?«

»Es muss etwas mit Katharina Wendel und ihrer Schwester Anna zu tun haben. Sie müssen ihn stark an seine Mutter erinnern, die er liebt und gleichzeitig hasst. Er hat Katharina getötet und glaubt, seine Mutter getötet und endlich Ruhe zu haben. Da taucht plötzlich ihre zehn Jahre jüngere Schwester auf. Anna Wendel braucht rund um die Uhr Personenschutz. Es kann sein, dass er sie als seine Mutter ansieht. Und jetzt, wo sie einen Freund hat, ist sie für ihn auch besudelt wie seine Mutter. Also muss sie sterben, und er wird keine Ruhe geben, bis er sein Vorhaben vollendet hat. Das Jenseits muss für ihn ein Reich der Erlösung sein und der Tod ein Feind, der mit Ritualen besiegt werden muss, um zu verhindern, dass er das besudelte Opfer unerlöst in die Hölle reißt.«

Van Cleef sah ihn nachdenklich an. »Du meinst, wir haben es in gewisser Weise mit einem religiösen Fanatiker zu tun?«

Hirschau nickte nachdenklich.

»Ja, vielleicht hast du recht«, sagte van Cleef, »alles deutet darauf hin. Aber eine Sache macht mir noch Kopfschmerzen. Warum nimmt er die abgetrennte Hand mit? Was bedeutet das?«

Hirschau fuhr sich durchs Haar. »Wir vermuteten, dass sie eine Trophäe ist. Irgendetwas muss er erlebt haben, das diese Hand für ihn so bedeutungsvoll macht. Welche Hand ist es denn? Immer die rechte?«

Van Cleef nickte.

»In der Regel benutzen die Menschen ihre rechte Hand zum Schreiben, zum Winken, man küsst die rechte Hand, rechtshändige Selbstbefriedigung, wer weiß? Vielleicht hat seine Mutter sein Vaterbild beschmutzt und ist in seinen Augen nicht integer.«

»Du meinst, sie könnte eine Prostituierte gewesen sein?«

»Durchaus. Er könnte als Kind gewollt oder ungewollt Zeuge gewesen sein. Das würde vieles erklären.«

Das Telefon klingelte, und van Cleef nahm den Hörer ab.

»Veronika hier. Du hast Glück. Wir haben die DNA, und wir haben den Typen in der Kartei.«

»Spann mich nicht auf die Folter!«, sagte van Cleef gereizt. Eine Minute später legte er auf und sah Hirschau verdutzt an.

»Die Haare, die die Gerichtsmedizin bei Anna Wendel und Rebecca gefunden hat, stammen von Ben Wendel.«

»Wie bitte? Das würde bedeuten, dass die von der Vermisstenabteilung die ganze Zeit geschlafen haben.«

»Es war aber das erste Mal, dass er seine DNA hinterlassen hat. Er wird unvorsichtig! Bei den anderen Opfern haben wir keine fremde DNA gefunden.«

Hirschau nickte.

Erneut griff van Cleef zum Hörer. »Neumann. Wir haben einen Verdächtigen. Leite die Großfahndung nach Ben Wendel ein.«

KAPITEL 39

Wahrscheinlich war sie gerade dabei, einen Fehler zu begehen, dachte Mathilda, als sie das schmale Etuikleid an ihrem Körper glattstrich. Eigentlich wollte sie gar nicht ernsthaft was mit einem Mann anfangen, und jetzt schlitterte sie genau darauf zu. Sie seufzte. Wie war es nur dazu gekommen? Okay, sie fand ältere Männer schon immer interessanter, aber er war schon 30 und sie erst 18! Aber er war ein Mann, verdammt, und er stellte die ganzen Jüngelchen ihrer Freundinnen in den Schatten. Er strahlte Stärke aus, selbst wenn sie glaubte, dass sie ihn weichgemacht hatte. In seiner Nähe fühlte sie sich einfach super, dabei hatte sie das Gefühl, dass sie ihn nie würde ganz ergründen können. Es würde immer ein Geheimnis an ihm bleiben. Das fand sie aufregend.

Sie legte ihren Kopf schief, betupfte ihre Haut mit Parfüm und schaute in den Spiegel, zufrieden mit dem, was sie sah. Sie mochte sich. Ihre Hand glitt über die Brüste, und sie stellte sich vor, es wären seine Finger.

Sie lächelte. Es hatte gar keinen Zweck, zu leugnen, dass sie scharf auf ihn war.

»Pünktlich auf die Minute«, bemerkte sie laut, als es an der Tür klingelte.

Nach einem letzten Blick in den Spiegel warf sie sich einen Kuss zu, ging zur Eingangstür, stieg in das wartende Taxi und fuhr zur Klinik.

*

Sie saßen in einem kleinen italienischen Restaurant in der Nähe der Universitätsklinik und aßen Spaghetti, und er verstand es vorzüglich, sie abzulenken.

Das Restaurant verfügte über acht Tische, von denen aber nur drei besetzt waren. Die rostrot gestrichenen Wände harmonierten mit dem Terrakottafußboden, und die rustikalen Holztische waren mit zartgelben Tischdecken versehen. Kerzen tauchten das Restaurant in ein warmes Licht und unterstrichen die behagliche Atmosphäre.

Van Cleef kannte Alfredo, den kleinen fülligen Besitzer hinter der Bar, der ihnen immer wieder zuzwinkerte, wenn sie in seine Richtung sahen.

Sie tranken einen wohltemperierten Rotwein, und Mathildas Stimmung besserte sich zusehends.

»Ich darf normalerweise nicht über unsere Ermittlungen sprechen«, sagte er, »doch ich glaube, wir haben eine Spur. Ich habe gestern mit Robert Hirschau gesprochen. Es gibt einen Zusammenhang zwischen Katharinas Ermordung damals und dem Anschlag auf Anna. Wir glauben, den Täter zu kennen, und haben eine Großfahndung herausgegeben. Sobald sie aus Italien zurückkehrt, werde ich Personenschutz für sie anfordern. Im Convento di Carmo wird sie jedenfalls sicher sein.«

»Bestimmt. Immerhin ist sie dort von dicken Klostermauern umgeben, und dahinter steht Pater Mateo mit einem Gewehr und lauert jedem Eindringling auf. Eure Gefängniszellen könnten sie nicht besser schützen.«

Benedikt lachte. »Wie geht es ihr denn? Hast du was von ihr gehört?«

»Es geht ihr besser. Sie sagt, sie braucht Zeit.«

»Kann sie sich an irgendetwas erinnern?«

»Nein.«

Benedikt nahm ihre Hand. »Dir ist kalt. Möchtest du einen Cognac?«

Sie nickte und beobachtete ihn, als er einen Cognac und für sich einen Espresso bestellte.

»Du bist so nachdenklich geworden«, sagte er.

»Ich möchte dir so gerne helfen, aber ich weiß wirklich nichts.«

»Kennst du jemanden in Annas unmittelbarer Nähe, der stottert?«

»Nein.«

»Komm, trink den Cognac. Er wird dich ein bisschen beruhigen.«

Sie nahm einen Schluck, und er wärmte sofort.

»Vielleicht kannte Katharina so jemanden. Aber die können wir leider nicht mehr fragen. Was ist mit Annas Mutter? Hat sie eigentlich jemals wieder etwas von diesem Trunkenbold Ben gehört?«, fragte er vorsichtig.

Plötzlich wurde das Gespräch durch den leisen Pfeifton eines Handys unterbrochen. Benedikt nahm den Anruf entgegen. Sein Gesicht zeigte keine Reaktion, während er das Gespräch führte.

»Es tut mir leid, Mathilda. Du weißt, ich bearbeite zurzeit einen grausamen Mordfall, der eine Woche vor dem Mordversuch an Anna geschah. Wir leben wirklich in einer schrecklichen Welt.«

»So schlimm?«

»Ja.«

»Du siehst bestimmt eine Menge schrecklicher Dinge. Kannst du am Abend dann überhaupt abschalten und ruhig schlafen?«

»Dieser Fall belastet mich. Aber du hast mich in den

vergangenen Tagen die schrecklichen Bilder vergessen lassen. Ich fühle mich in deiner Nähe wohl.«

»Wovor hast du Angst, Benedikt van Cleef?«

»In jedem von uns stecken das Gute und das Böse. Das Gewissen macht den Unterschied aus. Ein Psychopath hat kein Gewissen. Bei ihm existiert die Trennlinie nicht mehr. Er wird zum Mörder. Es ist ein grauenhafter Fall, und ich habe Angst, dass es nicht aufhören wird.«

»Wieso?«

»Er schreibt einen seltsamen Spruch an die Wand und sammelt Trophäen seiner Eroberungen.«

»Spruch? Was schreibt denn so einer an die Wand?«

Er schaute sie erstaunt an. »Willst du das wirklich wissen?«

»Ja!«

»Er schreibt: *Ich bin die Sehnsucht, ein Prinz, und schön wie die Liebe.*« Er bemerkte, dass sie blass wurde. »Mathilda, alles okay?«

Sie schüttelte den Kopf. »Dein Täter scheint wie Anna die Metapher als sprachlichen Ausdruck zu lieben. In poetischer Hinsicht scheinen sie auf einer Wellenlänge zu liegen. Möchtest du mal ein Beispiel hören?«

Er nickte.

»Sie sagte mal, der Himmel ist blau, weil die Sehnsucht Blau trägt. Das war ihre Art, uns mitzuteilen, wie sehr sie den Himmel und die Unendlichkeit des blauen Horizonts liebt. Blau ist für sie das Symbol für Freiheit, Glück und Liebe.«

»Hm …«

»Ich ertrage das Ganze nicht und wünschte, wir hätten uns unter anderen Umständen kennengelernt. Doch vielleicht wäre ich dir niemals begegnet, wenn das mit Anna nicht passiert wäre.«

»Oh doch«, sagte er lächelnd. »Ich wusste schon immer, dass es dich irgendwo gibt, und ich hätte dich immer gefunden.«

Es klang wie eine Liebeserklärung, dachte sie. Bei Licht betrachtet, war es sogar eine ganz solide Liebeserklärung. Er war eben solide, der Mann, das war ihr auch schon vorher klar gewesen. Solide und geheimnisvoll.

»Lass uns mit einem Glas Champagner auf uns anstoßen. Doch vorher …« Sie stand auf und zeigte in Richtung Toilette.

Als sie wieder zurück war, legte er behutsam seine Hand auf ihre. Mathilda drehte sie um und beugte sich darüber, als wolle sie ihm daraus lesen.

»Was sehe ich denn da? Du bekommst viele Kinder und …«

»Ja?«

»Nein, sonst verrate ich dir nichts.«

Er lachte, weil er wusste, dass sie ablenkte. »Das ist unfair.«

»Vielleicht verrate ich es dir irgendwann mal.«

Benedikts Gesichtszüge froren ein, die ganze Gestalt zog sich mumienhaft zusammen, und mit theatralisch gespielter Eisesstimme flötete er: »Madame, ich weiß nicht, ob ich Ihnen so lange meine Gefolgschaft zusichern kann.«

Mathilda legte mit ihrem hinreißendsten Augenaufschlag nach. »Oh, Monsieur werden ungeduldig! Nun gut, dann will ich Ihnen ein kleines bisschen schon verraten: Anna hat früher oft Karten gelegt und die Linien meiner Hände gedeutet und mir die Zukunft prophezeit. Das konnte sie wirklich gut. Für alles andere hatte sie keinen Sinn. Ihre Mutter hat sie total verwöhnt. Anna kann weder kochen noch weiß sie, wie man einen Haushalt führt. Manchmal sieht es wirklich schlimm bei ihr aus.«

»Kannst du denn kochen?«

Sie lachte. »Deswegen kann ich es ihr ja so nachfühlen!« Sie nahm die Serviette auf und tupfte ihre Lippen ab.

»Jetzt mal ernsthaft«, sagte er. »Der Täter muss die Familie kennen.«

»War es das, was du mir vorhin versucht hast, schonend beizubringen?«, fragte sie leise.

Er sah, dass sie sich vor der Antwort fürchtete. »Ja«, sagte er zögerlich.

»Ich fasse es nicht. Ach, verdammt noch mal. Es ist Ben, nicht wahr?«

»Wie kommst du darauf?«

»Ich sehe es dir an. Ist er wieder aufgetaucht? Es ist alles so schrecklich. Wie geht es jetzt weiter?«

»Es fehlen noch ergänzende Berichte der Pathologie und der Spurensicherung«, sagte er mit leiser Stimme. »Die Fahndung nach Ben Wendel läuft, aber bislang ergebnislos. Wir brauchen aber auch diesen stotternden Zeugen. Erinnerst du dich sonst an jemanden, der sowohl Katharina als auch Anna kannte?«

Sie vergrub die Hände in den Taschen ihrer Wolljacke. »Ihre Familie, meine Familie, Jörg, Severin – fast das ganze Dorf war auf Katharinas Beerdigung.«

»Entschuldigung. Ich bin manchmal schrecklich.«

»Nein, du tust nur deine Pflicht.«

»Wer ist Severin?«, fragte Benedikt neugierig.

»Katharinas Jugendfreund. Er lebt seit geraumer Zeit in den Staaten. Ich sah ihn das letzte Mal auf Katharinas Beerdigung. Er war schrecklich traurig. Er ging in die USA, als Katharina Jörg kennengelernt hat. Anna hat gesagt, dass er das Land aus Liebeskummer verlassen hat.«

»Dann kommt er als Täter wohl kaum infrage.«

»Nein. Er hat Katharina geliebt. Ich mache dir einen Vorschlag. Ich könnte mich in Annas Haus umsehen. Max ist in den Staaten und Anna in Italien. Sie hat mir einen Schlüssel gegeben. Sie möchte das Haus verkaufen und wird wohl bei Max einziehen. Ich glaube auch nicht, dass sie dieses Haus noch einmal betreten wird. Vielleicht finde ich dort einen Hinweis.«

»Das ist eine gute Idee. Wir haben zwar alles auf den Kopf gestellt, das Haus von innen nach außen gekehrt und sämtliche Schritte der Spurensicherung noch einmal wiederholt. Aber vielleicht haben wir etwas übersehen, weil wir nicht wussten, wonach wir suchen sollten. Soll ich dich begleiten?«

»Nein, das mache ich allein.«

Er schien enttäuscht. »Vielleicht hast du mehr Glück. Ich gebe dir einen Tipp. Durchwühl mal die alten Kisten auf dem Speicher.«

»Mir fällt gerade etwas ein. Anna erwähnte einmal, dass Katharina Tagebuch geführt hat. Hast du das gefunden?«

»Nein. Es gab kein Tagebuch.«

Mathilda seufzte. Überfallartig spürte sie die Anspannungen der letzten Tage; eine lähmende Müdigkeit drohte sie zu überfallen. »Du, sei mir nicht böse«, sagte sie und schaute ihn mit großen bittenden Augen an. »Bringst du mich nach Hause? Ich glaube, die Aufregungen fordern ihren Tribut. Ich bin plötzlich furchtbar müde.«

»Okay«, sagte er und betrachtete sie zärtlich; er zahlte die Rechnung, verabschiedete sich von Alfredo und verließ mit Mathilda das Restaurant, nicht ohne Alfredo hoch und heilig versprochen zu haben, mit seiner hübschen Begleitung wiederzukommen.

Während der Fahrt sprachen sie kein Wort miteinander. Sie war zu erschöpft.

Als er aussteigen wollte, um sie zur Eingangstür zu begleiten, sagte sie: »Lass nur, Benedikt. Wir sehen uns morgen.«

Er streichelte sanft ihr Gesicht und sagte leise: »Gute Nacht, Mathilda, schlaf gut.«

»Gute Nacht«, sagte sie weich und strich ihm mit dem Finger über die Wange.

An der Haustür blickte sie noch einmal zurück, zögerte einen Moment und lächelte. Sie war es gewohnt, von Männern mit verlangenden Blicken angesehen zu werden, aber in seinen Augen lag mehr. Sie ging zu seinem Wagen zurück und klopfte an die Scheibe.

Als er das Fenster herunterließ, sagte sie: »Ich brauche dich. Bleib heute Nacht bei mir. Bitte.«

*

Sie lagen im Dunkeln nebeneinander. Benedikt hielt sie eng umschlungen, seine Hand spielte mit ihrem Haar. Sie hatte sich vollkommen fallenlassen, sich in diesen Mann verliebt und spürte, dass er mehr von ihr wollte. Sie beobachtete seinen Brustkorb, der sich bei jedem Atemzug hob und senkte.

Sie rückte näher an ihn heran, und Benedikt sagte schläfrig: »Hallo, meine Süße.«

Meine Süße, dachte sie, so hatte sie noch nie jemand genannt. Es gefiel ihr.

»Wie spät ist es denn?«, fragte er.

»Mitternacht, wir haben Geisterstunde.«

»Meinst du, ich bin ein Geist?«

Sie sah ihn schelmisch an. »Vielleicht.«

»Ich werde dir beweisen, dass ich keiner bin«, sagte er und kroch unter das Bettlaken.

»Bitte hör auf, ich bin kitzlig«, kicherte sie.

Danach lagen sie eine Weile schweigend in der Dunkelheit.

»Komm, lass uns schlafen«, sagte er und küsste sanft ihre Lippen.

KAPITEL 40

Um drei Uhr früh wurde er durch ein Gewitter geweckt. Jakob rieb sich erstaunt die Augen: ein Wintergewitter. Er konnte sich nicht erinnern, so etwas in Deutschland schon einmal erlebt zu haben. Vor den Fenstern seines Schwabinger Appartements zuckten die Blitze konvulsivisch. Er stand auf und trat auf den Balkon, um sich das Schauspiel anzusehen. Der wütende Donner erinnerte ihn an die Tropengewitter im Regenwald. Plötzlich hörte er Katharinas Stimme und suchte Halt am Geländer. Er schlafwandelte nicht. Er war wach, hellwach. Und er hörte sie hämisch lachen.

Er ging wieder hinein, schlüpfte in eine Trainingshose und nahm die Taschenlampe in die Hand. Barfuß und mit nacktem Oberkörper schlurfte er in die Küche. Er rechnete damit, in Panik zu verfallen, wartete auf den eisernen Griff in der Magengrube, die Atemnot, das Herzklopfen. Doch es geschah nichts dergleichen. Seine Handflächen waren vor Aufregung und Angst schweißnass. Er streckte die Hand aus und drehte den Türknauf. Die Tür zum Wohnzimmer ging mit quietschenden Angeln auf. Im Kamin glühte schwach ein Feuer. An den Fenstern hingen dunkelblaue Vorhänge über transparenten Gardinen. Auf dem spiegelglatt polierten Fußboden lagen zwei Teppiche mit einem Blaubeermuster.

Katharina saß in seinem Sessel. Ihr Haar hing lose herab und ergoss sich über die Sessellehne. Ihre Lippen bewegten sich, aber er hörte sie nicht.

Sie sah zu ihm, die Augen hohl und kalt.

Jakob machte einen Satz, der durch das Flackern der Blitze zu einer zerhackten, schwebenden Bewegung geriet. Nur die Musik fehlte. Wie ein Fels drückte ihn ein Gewicht nieder und raubte ihm den Atem. Der Raum war leer und eiskalt, und das Entsetzen machte sich erneut in seiner Kehle breit. Er zog am Türknauf, doch seine schweißnassen Hände glitten von dem eisigen Messing ab. Er spürte, wie er sein ersticktes Keuchen zu Rufen und Schreien, Bitten und Gebeten erheben wollte. Er konnte sich vor Benommenheit nicht auf den Füßen halten, sackte auf die Knie und rüttelte und zerrte wie verrückt an der Tür. Als es ihm schließlich gelang, sie aufzuziehen, kroch er auf allen Vieren hinaus und legte sich mit dem Gesicht nach unten auf den Boden. Dort blieb er liegen; das Dröhnen in seinem Kopf klang wie ein Widerhall des Gewitters überm Haus.

Eine halbe Stunde später ging er ins Badezimmer und blickte in die rot verquollenen Augen seines Spiegelbilds. Seine Gedanken wurden jetzt von Anna beherrscht. Die Wut hatte ihm den Schlaf geraubt und in albtraumhafte Halluzinationen getrieben: Anna war ihm entkommen und nach Italien ins Kloster Convento di Carmo aufgebrochen. Er hatte es gestern von Sybille Martens erfahren, die er zufällig in der Stadt getroffen hatte.

Er kannte sie noch von früher aus dem Dorf. Sie war mit Mathilda befreundet, und es war wahrscheinlich der allgemeinen Mitteilungsfreudigkeit der Frauen zu verdanken, dass sie ihm vom Tod ihres vor zwei Jahren verstorbenen Mannes erzählte, der Auslöser gewesen war, in die Stadt zu ziehen; und dass sie mit dem Tod ihres Mannes gleich die Assoziation an Katharinas gewaltsamen Tod verband, war nicht so verwunderlich, wie auch die anschließende Frage: »Haben Sie von dem Mordversuch an Anna erfahren?«

Er verneinte.

»Stellen Sie sich vor …!«

Und dann erzählte sie, dass sie am Tag zuvor mit Mathilda telefoniert und erfahren hatte, dass Anna nach Italien gereist sei, um sich in einem italienischen Kloster von den Strapazen zu erholen.

»Und das vor Weihnachten. Die Polizei vermutet, dass ihr eigener Vater hinter alldem steckt.«

Er hatte genickt und geantwortet: »Ja, ich könnte es mir auch vorstellen. Er war schon immer ein gewalttätiger Mensch. Nun, Anna ist in Sicherheit, und wahrscheinlich lässt sich kein besserer Platz denken, um in Andacht Weihnachten zu feiern. Ich nehme an, sie feiert in der Casa religiosa La Culla in Sorrent. Das ist eines der bekanntesten Touristenklöster.«

»Nein, im Convento di Carmo.«

»Das kenne ich gar nicht«, hatte er geantwortet.

»Warten Sie mal. Was hat Mathilda noch mal gesagt, wo es liegt? Auf jeden Fall in der Nähe von Neapel. In … Warten Sie, ich komm gleich drauf. In … In Portici. Ja, in Portici.«

Er hatte Angst verspürt, Anna womöglich nie mehr wiederzusehen. Jetzt wusste er wenigstens, wo sie sich aufhielt. Er versuchte, sein ganzes Wesen auf sie zu konzentrieren, im Wissen, dass auch das bald vorbei sein würde. Ein lüsterner, unkontrollierbarer Teil seines Gehirns führte sie ihm immer wieder vor Augen, wie er sie auf Katharinas Beerdigung gesehen hatte: eine heranreifende, sinnliche junge Frau.

Er sehnte sich nach der primitiven Gewalt des Dschungels, zog sich an, verließ seine Wohnung und fuhr mit dem Wagen durch die Stadt.

Wenig später sprach er eine Frau an, eine, die bereitwillig in sein Auto stieg, nachdem er ihr mehrere Geldscheine zeigte. Es gab keine Zeugen. Sie war die Einzige, die in der Kälte auf einen Freier wartete. Sie entsprach genau seinem Typ.

*

Sie spürte das Bett unter sich; die Wellen ließen ihren Körper erzittern.

»Wusstest du, Sofia, dass ich dir im Schlaf dein Haar bürsten werde?«

Jakobs Hand lag auf ihrem Kreuz und rutschte dann weiter nach unten und noch weiter, bis er ihren Hintern umfasst hielt. Er drehte sie langsam herum und ließ seinen Blick über ihren nackten Körper gleiten.

Sofia hob eine Hand und legte sie an ihren Hals. Sie spürte nicht den geringsten Schmerz. Sie zog die Finger zurück und sah, dass sie blutig waren.

Ihre Augen fragten: Warum willst du mich umbringen?

Den dritten Ritus musste er bei ihr wiederholen, da sie Katharina symbolisierte. Er legte die stacheligen Zweige einer Carrapateiro auf ihre Brüste, träufelte Capim-Limão-Öl in seine Hände und massierte ihr die Füße. Die Stacheln sonderten toxische Substanzen ab und brachten den sicheren Tod der Seele.

Er genoss den süßlichen Limonenduft. *»Senhor, ensina-nos a usar bem os dias da nossa vida, para que nos teremos sabios«*, zitierte er die Bibel.

Er umfing ihre Knöchel und spreizte ihr die Beine. Dann benutzte er seine Zunge, küsste sie, wanderte aufwärts und biss in ihre Brustwarzen und Brüste. Seine Küsse waren fordernd und widerlich, so wie sie es von ihm erwartet hatte.

Als er sich auf sie presste, waren seine Berührungen grob

und seine Hände schwielig. Sein Mund bewegte sich auf ihrem Körper auf und ab, seine Zähne hinterließen Spuren. Als es vorüber war, hörte sie das Geräusch einer Brandung in ihrem Kopf und das Ticken einer Uhr. Oder war es der Regen, der aus den Wolken fiel?

Wenig später versuchte Sofia, sich zu bewegen, aber ihre Hände schienen sich zu widersetzen. Sie sah sich um und nahm ihre Fingerspitzen wahr, obwohl es in dem dunklen Raum kein Licht gab; es roch nach Fichte. Sie spürte etwas Enges und unerbittlich Festes an ihren Handgelenken und Füßen.

Plötzlich ging ein blendendes Licht an, das in ihren Augen brannte. Jemand war da, obwohl sie ihn nicht sehen konnte. Sie wand sich unter den Stricken, drehte ihren Körper, versuchte, sich zu befreien. Ihr Mund öffnete sich, doch die Worte wollten nicht kommen. Sie schmeckte Blut. Der Schrei erklang nur in ihrem Kopf, die Lippen bewegten sich nicht. Sie konnte sie fühlen, und ihre Zunge lag betäubt auf dem Boden ihres Mundes. Sie drehte den Kopf zur Seite, blinzelte und versuchte, an dem Licht vorbeizusehen, als sie einen leichten Druck auf ihrem Arm spürte. Es war nur ein dumpfes Gefühl, aber sie konnte sehen, wie eine Nadel ihren Arm durchbohrte. Sie schloss die Augen, spürte keinen Schmerz. Diesmal wurde sie nicht vom Wasser getragen, diesmal flog sie.

*

Jakob drehte sich um und schaute zum Bett, in dem regungslos die junge Sofia lag. Er hatte sie gleich nach ihrem Namen gefragt, er wollte immer die Namen seiner Opfer wissen. Ohne Namen war alles wertlos.

Immer wieder versuchte er, es Sofias kaltem weißem Körper ein letztes Mal zu besorgen mit harten wütenden Stößen, deren Echo von den Wänden der Blockhütte zurückgeworfen wurde.

Dann stand er auf und warf sich lässig sein Hemd über die Schultern. Einige Sekunden starrte er durchs Fenster auf die Bank vor dem Schuppen und stieß einen tiefen Seufzer der Erleichterung aus. Er war schweißnass unter den Armen, und sein schwarzes Hemd klebte ihm am Rücken.

Er nahm eine Dusche und fühlte sich wieder frisch.

In der Hütte war bereits alles für Sofias Passion vorbereitet. In der Ecke stand eine kleine Räucherkammer, die er bei einem Händler im Schlachthof gekauft hatte. Die Plastikplane lag auf dem Tisch. Der Schrank war aufgefüllt mit psychotropen Drogen, Nervenreizmitteln, Schwefel, Giften, Apomorphinen und Curare sowie einigen Instrumenten und dem Nahtmaterial *Safil Violet,* 70 Zentimeter lange, resorbierbare Fäden für Ligaturen und Schleimhautnähte.

Sofia war ein Mittel zum Zweck. Er benötigte sie, um Katharinas Seele die Kraft zu entziehen, und er brauchte diese einmalige Erfahrung der Tötung, um Annas Leben auszuhauchen und für die Zukunft seinen inneren Frieden zu perfektionieren.

»*Senhor, ensina-nos a usar bem os dias da nossa vida, para que nos teremos sabios.* Herr, lehre uns bedenken, dass sie sterben müssen, auf dass sie klug werden«, wiederholte er.

Es war seine Interpretation des Psalms 90, 12.

*

Er legte Sofia auf den Rücken, dann auf die Seite, schließlich auf den Bauch, stützte sie mit Kissen, postierte sie seitlich auf dem Bett, auf dem Boden liegend, beugte sie über einen Stuhl – zuletzt legte er sie auf den Tisch. Egal, in welche Stellung er sie brachte, er behandelte sie immer so behutsam und zärtlich, dass allmählich ein Funke Hoffnung, er könne sie am Leben lassen, in ihr aufflackerte.

Entsetzen war nicht halb so schmackhaft, wenn es nicht mit Hoffnung gewürzt war, dachte er.

Das kochende Wasser und die Düfte der Räucherwurzeln dienten jedoch nicht ihrem Wohlbefinden, sondern waren zu Ehren der Jivaro.

Auf ein kleines Vorspiel wollte er nicht verzichten. Er injizierte ihr ein wenig Schwefel, dann klatschte er ihr mit der flachen Hand gleichzeitig auf beide Ohren. Das verursachte Risse im Trommelfell, aber es war nötig, um mit der Verflüssigung des bösen Geistes beginnen zu können. Auch das war ein Teil des Rituals.

Er flocht ihr Haar zu einem Zopf und löste die Fesseln an ihren Händen. Das Fest konnte beginnen.

Präzisionssäge, Besteck und Nahtmaterial lagen sorgfältig angeordnet auf dem Beistelltisch; auf dem Boden unter dem Kopfende des Tisches stand eine Plastikwanne, die als Auffangbecken diente, daneben weiße Gummistiefel Größe 45.

Äußerlich wirkte Jakob in seiner Einwegschürze, die Hemdsärmel hochgekrempelt, ruhig und gelassen, doch in ihm brodelte zornige Wut. Er streifte die weißen Chirurgenhandschuhe über, stieg in die Stiefel und stellte sich ans Kopfende des Tisches.

Sofias Augen sahen ihn stumpf an, sie konnte aufgrund des verabreichten Ketamins nicht reagieren. Er zog ihren

Körper so weit nach hinten, dass ihr Kopf vom Tischende baumelte. Dann streckte er den Hals, setzte die Klinge direkt unterhalb des Schildknorpels an und durchtrennte mit sauberem Schnitt Haut, Sehnen und Gefäße. Blut lief in das Auffangbecken. Er trat einen Schritt zurück, warf das Skalpell auf den Boden und sah zu, wie sich rote schmierige Streifen auf seiner Schürze bildeten.

Mit der Linken hielt er unerbittlich den Kopf am geflochtenen blonden Haarzopf fest, mit der Rechten nahm er die federleichte Titansäge. Er durchtrennte zunächst die Weichteile des weißen blutgeröteten Halses, schließlich die Wirbelsäule und den Rückenmarkskanal im Bereich des sechsten Halswirbels.

Für einen Moment pendelte Sofias Haupt über der Plastikwanne. Noch immer schauten ihn ihre toten Augen an. Plötzlich küsste er sie, und ihre langen blutverschmierten Wimpern berührten dabei seine von der brasilianischen Sonne gebräunten Wangen. Er lächelte.

»*Eu so, um principe, e lindo como o amor.* Ich bin ein Prinz und schön wie die Liebe«, flüsterte er und legte den Kopf zum Ausbluten in das Waschbecken auf der Küchenanrichte.

Erschöpft wischte er sich mit dem nackten Oberarm Knochenbrösel und Gelee vom Gesicht. Dann stülpte er eine Plastiktüte über den Halsstumpf, warf sich den Corpus über die Schulter und verließ die Hütte.

Der Mond schien, und er redete sich ein, der Mondschein wäre ein Zeichen der Jivaro, die sein Tun guthießen. Schon immer hatten sich seine Freunde aus Amazonien für das *juunt namper,* ›das große Fest‹, eine *Tsantsa,* einen Schrumpfkopf, mit goldenem Haar gewünscht, und es war ihm eine Ehre, ihnen diesen Wunsch nun zu erfüllen.

Er trug Sofias Körper zur Bank, dann lauschte er in die Stille der Nacht. Er würde sich von der Verirrung dieser Welt befreien. Mit Annas Tod konnte eine neue, starke, reine Ära beginnen. Frost lag in der Luft, aber ihm war heiß, als er den Leichnam zur Bank trug.

Ein *juunt namper* für die Kormorane, dachte er.

Eine Stunde später war Sofias Kopf ausgeblutet. Mit geübten Händen zog Jakob die Haut samt Haaren vom Schädelknochen ab. Um dabei kein Einreißen zu riskieren, hatte er vorher die Lippen zusammengenäht und die Augäpfel herausgeschält. Der violettblaue Faden war ein wunderbarer Kontrast zu dem blassen Mund.

Er legte die Kopfhaut eine Weile in kochendes Wasser, wobei er darauf achtete, dass der blonde Zopf nicht damit in Berührung kam. Ein merkwürdiger Duft erfüllte den Raum. Brühe, die ihn an die flau gewürzte Flüssigkeit erinnerte, die seine Mutter ihm als Kind vorgesetzt hatte: Suppe mit Fettaugen und widerlich stinkendem Knochenmark. Er ekelte sich, und doch sah er fasziniert zu, wie sich die Haut auf etwa ein Drittel der ursprünglichen Größe zusammenzog. Dann nahm er sie heraus. Sie war jetzt dick und ledrig.

Rasch mischte er die zerhackten Fingerknochen von Katharinas Hand unter die kleinen, heißen Steine, die er zuvor im Kamin erhitzt hatte, und füllte damit die Kopfhaut, damit sie weitere sechs Stunden schrumpfen konnte.

Dann wandte er sich dem Schädelknochen zu. Mit der Präzisionssäge spaltete er die Schädeldecke und nahm das Gehirn heraus. Er teilte die gräuliche Masse auf der Küchenanrichte in zwei gleiche Hälften, die er sorgfältig nebeneinander auf ein weißes Fettpapier mit Wasserzeichen legte.

Wenig später ging er ins Bett. Während er ruhig schlief, lief in den silbrig glänzenden Augenhöhlenknochen der Toten unruhig eine Fliege auf und ab.

*

Sechs Stunden später nähte Jakob den unteren Teil der *Tsantsa* zu, packte ihn am Zopf und hängte den Schrumpfkopf an einen Haken in der Räucherzelle. Auf dem Fußboden verstreute er mit den aromatischen Kräutern der Jivaro gemischte Räucherspäne. Dann schloss er die Räucherzelle ab und schaltete das Gerät ein.

Sofias Haar würde weiter wachsen, auch in den nächsten Jahren, und es würde länger, blonder und seidiger.

Als acht Stunden später das akustische Signal ertönte, nahm er den Schrumpfkopf aus der Räucherzelle, modellierte die Gesichtszüge ein wenig nach und betrachtete die *Tsantsa* voller Bewunderung. Sorgsam legte er sein Heiligtum – es war jetzt kaum größer als ein kleiner Ball – in eine Kiste und stellte sie in den Küchenschrank.

Um den Schrumpfkopf auch rituell zu vervollkommnen und dadurch wirkmächtig zu machen, würde er in Brasilien zu sechs *juunt namper* einladen: drei für Sofias *Tsantsa,* als Ersatz für Katharina, und drei für Annas *Tsantsa*. Das erste *juunt namper* sollte unmittelbar nach seiner Rückkehr stattfinden. Raimundo würde alles vorbereiten.

Die untrennbare Verflechtung zwischen seiner Mutter, Anna, Katharina und seinem alltäglichen Leben in Brasilien würde mit der Beschwörung zerfließen und ihn vor der Freisetzung ihrer Racheseelen schützen.

Jetzt fehlte nur noch Anna. Erst mit ihrer *Tsantsa* war sein Glück vollkommen, sein Werk vollbracht.

KAPITEL 41

28. Dezember 1999

Kurz vor halb elf kam Max im Convento an. Er hatte sie zwar gebeten, Weihnachten mit ihm zu verbringen, aber Anna hatte abgelehnt. Warum, war ihm unerklärlich, denn sie hatte am Telefon wunderbar sanft geklungen. Sie habe sich darauf eingestellt, Weihnachten in innerer Stille zu feiern. Irgendetwas geschehe mit ihr, hatte sie gesagt, auch mit ihrem Körper, sie spüre, dass sie sich immer mehr öffnete, und das habe die Stille bewirkt.

Doch jetzt war er nur noch wenige Schritte von ihrer Zimmertür entfernt. In Deutschland lag Schnee, wie er nach einem kurzen Telefonat mit Mathilda erfahren hatte, aber hier in Portici herrschten milde zehn Grad.

Als er vor ihr stand, sagte er mit zärtlicher Stimme: »Als ich dich kennengelernt habe, habe ich mich in dich verliebt, aber ich konnte dir damals diese Frage noch nicht stellen: Möchtest du meine Frau werden, Anna?«

Sie starrte ihn verblüfft an und nickte und lächelte. Er machte einen Schritt auf sie zu, nahm sie in den Arm und küsste sie zärtlich.

Das Zimmer duftete nach den Freilandrosen, die auf dem Tisch neben einer Karaffe Rotwein und einer Schale roter Äpfel standen.

Anna ließ ihre Finger über die Äpfel wandern. Ihre hellblauen Augen schienen ihn aufzusaugen.

»Hast du etwas mit mir vor?«, fragte er belustigt.

»Mal sehen, vielleicht.«

Sie nahm einen Apfel, biss hinein, dann legte sie ihn beiseite.

»Anna …«

Ihre Blicke trafen sich.

Sie zog langsam den Rock über die Spitzenränder ihrer Strümpfe. »Hm … Komm«, sagte sie heiser.

»Du trägst keine Unterwäsche?«

»Meine Überraschung für dich.«

Er ging auf sie zu und umfasste sie mit einem Arm. Mit der anderen Hand streichelte er ihr Gesicht. Sie spürte ihre feuchte Wärme und zog den Rock noch höher, bis über den Strumpfbandgürtel. Ihre Knie begannen zu zittern.

Max stöhnte lustvoll, hob sie hoch und legte sie aufs Bett. Sie glitten beide über den sanft geschwungenen Abhang eines Hügels …

*

Am nächsten Tag besuchten sie gemeinsam mit Pater Mateo einen alten Friedhof nahe dem Convento, auf dem schwarze und weiße Kruzifixe die Gräber schmückten.

Anna fragte den Pater nach der Bedeutung der Farben.

Mateo schmunzelte. »Die weißen Kruzifixe symbolisieren das Dahinscheiden aus einem unbeschwerten, lustigen und sorgenfreien Leben ohne jegliche Verantwortung für einen anderen Menschen.«

»Du meine Güte«, rief Anna.

»Das Leben eines Singles«, meinte Max.

»Ich ahne, was jetzt kommt«, platzte Anna heraus.

»Was denn, Liebes?« Max spielte mit ihrem Haar.

»Du willst dich drücken!«, rügte sie ihn.

»Wie kommst du denn darauf?«

»Wegen der schwarzen Kruzifixe. Denn sie symbolisieren die Ehe mit all ihren Tücken: Ärger, Streit, Arbeiten bis ans Ende des Lebens, Sorge um die Kinder, nörgelnde und ungehorsame Ehefrauen.«

Pater Mateo und Max lachten laut auf.

»Gut, dass ich das noch rechtzeitig erfahren habe!«, sagte Max.

»Und?«

»Wenn du glaubst, dass ich mich so leicht abschrecken oder einschüchtern lasse, hast du dich getäuscht: Ein Mann geht seinen Weg.«

»Das beruhigt mich allerdings ungemein. Und jetzt küss mich endlich.«

Während sie über den Friedhof schlenderten, überfiel sie plötzlich erneut die alte Angst. Es war nicht die Furcht vor den leidvollen Tücken des Ehealltags, sondern die Angst vor dem namenlosen Grauen, das sie beobachtete.

Als würde Pater Mateo Annas Gedanken erraten, sagte er: »Es gibt hier in der Nähe einen Pavillon im Rokokostil mit erlesenen Weinen. Möchten Sie in den Genuss eines hervorragenden Chianti kommen? Ein Gläschen Wein erhellt doch immer wieder das klösterliche Dasein.«

Max zwinkerte Anna zu. »Damit haben wir beide doch keinerlei Problem, oder?«

»Nicht, dass ich wüsste.«

Im Pavillon, von dem man einen traumhaften Blick auf das Weingut hatte, tranken sie entspannt einen vollmundigen Chianti und aßen Brot und Käse dazu.

»Ich muss mal: der Chianti«, sagte Anna und stand auf. »Bin gleich wieder da.«

Als sie den Pavillon durchschritt, verspürte sie plötzlich ein beklemmendes Gefühl. Sie drehte sich um und sah zum Ausgang.

An einem kleinen Tisch neben der Glastür saß ein Mann, der sie durch dunkle Brillengläser musterte.

Als er sie ansah, glaubte sie für einen Moment seine dunklen Augen sehen zu können. Mit einem Mal hatte das Gesicht ihrer Erinnerung Augen bekommen. Sie waren hohl, dunkel und kalt, und sie vermittelten eine Botschaft:

Ich bin in deiner Nähe. Ich werde immer in deiner Nähe sein.

*

»Anna!«

In der Ferne hörte sie Max' Stimme, dann sah sie sein Gesicht. Er kniete neben ihr.

»Anna!«

Sie machte eine abwehrende Handbewegung. »Ist schon gut, mir fehlt nichts.«

»Dir fehlt nichts? Du bist gerade ohnmächtig geworden, also sag nicht, dass dir nichts fehlt.«

Sie hörte den besorgten Klang in seiner Stimme. »Ich bin nur … Ich glaube, ich bin vorhin zu schnell aufgestanden.« Sie versuchte, sich aufzurichten, ließ den Kopf aber gleich wieder sinken.

»Warte, ich helfe dir. Pater Mateo lässt gerade den Wagen vorfahren. Er hat im Convento angerufen. Dort wird dich sofort ein Arzt untersuchen!«

»Lass mir nur ein bisschen Zeit, bis ich wieder klar im Kopf bin.«

Sie blickte zum Ausgang. Der Tisch neben der Tür war

leer. *Wahrscheinlich habe ich jetzt schon Halluzinationen,* dachte sie.

Anna strich sich mit einer unwirschen Bewegung die Haare aus dem Gesicht, richtete sich vorsichtig auf und blieb einen Moment stehen, als traue sie ihren Beinen nicht.

»Ich habe zu viel Wein getrunken.«

»Anna?«

Pater Mateo schaute sie besorgt an. »Geht es wieder?«

Sie nickte. Max stützte sie. Sie straffte die Schultern und stolzierte mit erhobenem Haupt zur Tür hinaus; anschließend fuhren sie mit dem Wagen zum Convento di Carmo zurück.

Im Badezimmer starrte sie in den Spiegel. Was sie dort sah, gefiel ihr ganz und gar nicht. Das Gesicht, das ihr entgegenblickte, war weder makellos noch gelassen. Ihr blondes Haar war wirr und ließ das Gesicht noch blasser wirken, als es ohnehin schon war.

Erneut überkam sie eine Welle der Übelkeit. Sie kniff die Augen zusammen und kämpfte mit aller Kraft dagegen an, hartnäckig und verbissen, als hinge ihr Leben davon ab. Sie presste die Hand auf den Mund und klappte den Toilettendeckel hoch. Keine Sekunde zu früh. Nachdem ihr Magen sich entleert hatte, verharrte sie noch eine Weile mit dem Kopf über der Schüssel.

Als die Übelkeit verflogen war, fühlte sie sich unendlich schwach. Sie setzte sich auf den Toilettendeckel und ließ sich erschöpft gegen den kühlen Marmor der Badezimmerkacheln sinken.

Wenige Minuten später verließ sie das Bad und ging zurück ins Schlafzimmer.

Max sah sie fragend an.

»Ich habe seine Augen im Café gesehen. Es waren seine Augen. Ich bin mir sicher. Und ich kenne ihn. Aber es ist, als würde ein Puzzleteil fehlen. Es ist noch nicht vorbei, Max.«

»Beruhige dich, Anna. Wen hast du gesehen?«

»Es waren die Augen des Mannes, der mich töten wollte.«

Sie sah noch, wie Max auf sie zukam, aber dann umschloss sie erneut die Dunkelheit.

*

Der freundliche Hotelarzt betrachtete zwei Stunden später das kleine Stäbchen in seiner Hand.

»Herzlichen Glückwunsch«, sagte er. »Sie sind schwanger.« Die Augen hinter den dicken Brillengläsern waren hellwach und intelligent.

Anna griff nach Max' Hand. »Schwanger? Max, hörst du das? Ich bin schwanger. Vielleicht habe ich mir alles nur eingebildet, weil mir schwarz vor Augen wurde. Wir bekommen ein Kind, Max!«

»Der Doc hat es mir vorhin schon gesagt, als ich vor Sorge verrückt zu werden drohte.« Er nahm ihre Hand und küsste sie sanft.

»Nun, dann darf ich mich jetzt von Ihnen verabschieden.« Der Arzt schloss seine Tasche.

»Nehmen Sie bitte diese Eisentabletten, täglich eine. Und ab sofort wenig Alkohol und Kaffee, viel Obst und Gemüse, frische Luft und, äh«, er räusperte sich, »Sex ist erlaubt.«

*

Beim Abendessen teilten sie Pater Mateo die Neuigkeit mit.

»Was sollen wir jetzt bloß machen, Pater?«, fragte Anna. »Ich kann Max nicht heiraten. Ich bringe ihn in Gefahr. Und ich verlange nicht, dass er mich heiratet, bloß weil ich ein Baby erwarte. Ich will nicht, dass dieser Mann, den ich heute gesehen habe, auch ihm etwas antut.«

Max stand auf und verschloss ihr mit seinen Lippen den Mund, um weiteren Widerworten Einhalt zu gebieten. »Anna, was redest du denn da für dummes Zeug?«

Pater Mateo räusperte sich. »Anna, die Wut, die dieser Mann empfinden mag, richtet sich gegen Sie und nicht gegen Max. Wenn Sie Max heiraten, wird er ständig um Sie sein. Außerdem ist es Ihre Bestimmung.« Mateo blickte nach oben. »Und ich bin mir sicher, auch ER wird Sie beschützen.«

Sie spürte, wie ihr Gesicht glühend heiß wurde, und plötzlich konnte sie Pater Mateo nicht mehr in die Augen sehen. Sie starrte stattdessen auf den weichen Teppichboden. »Wir müssen nicht heiraten!«, sagte sie trotzig.

»Doch, wir müssen! Aber ich heirate dich nicht des Kindes wegen. Ich entscheide mich für dich, Anna! Außerdem habe ich keine Angst.«

Endlich hob sie den Kopf und sah ihm in die Augen. Sie holte tief Luft und sagte: »Aber ich habe Angst um dich. Ich liebe dich. Ich habe dich so vermisst in der letzten Zeit. Du bedeutest für mich das, wonach ich mich immer gesehnt habe: eine vollkommene Liebe, eine Seelenverwandtschaft. Ich will dich nicht verlieren.«

»Anna …« Er nahm ihr Gesicht in beide Hände und küsste sanft ihre Lippen und dann das kleine Grübchen an ihrem Kinn. »Wenn ich deine Stimme höre und du in meiner Nähe bist, weiß ich, dass ich lebe. Ich liebe dich«, sagte er. »Niemand kann uns wirklich etwas antun, weil wir uns haben. Nur das zählt.«

Sie lächelte und sagte mit verträumter Stimme: »Gegen dieses Argument komme ich nicht an.« Sie warf einen Blick zu Pater Mateo.

»Warum heiraten Sie nicht im Convento?«, fragte er lächelnd. »Es wäre mir eine Ehre, Sie zu trauen.«

KAPITEL 42

Ihre Hochzeitsreise war eine Winterreise in den Nordosten der USA, wo sie von dem am Winnipesaukee Lake gelegenen *Christmas Island Hotel* in Gunstock, New Hampshire, Skitouren zum gleichnamigen Mount Gunstock unternahmen. Anna genoss den erfrischenden Schnee, den sie in Portici noch vermisst hatte, und die kühle Luft dieser wunderbaren Landschaft. Da sie keine besonders versierte Skifahrerin war, kamen ihr die sanften Pisten des Mount Gunstock sehr entgegen.

Das bekannteste Skigebiet New Hampshires gruppierte sich um den Mount Washington, der immerhin 1917 Meter hoch war, aber dort wären ihr die Pisten sicher zu steil gewesen, außerdem liebte sie den Reiz des Winnipesaukee Lake mit seiner ins Weiß eingebetteten grauen Wasserfläche.

Sie blieben nur wenige Tage in Gunstock und fuhren mit dem Wagen weiter nach Vermont; sie genossen drei erholsame Tage im wunderschönen in der Nähe von Ascutney gelegenen *Holiday Inn Express,* bevor sie nach Maine weiterfuhren, wo sie in kleinen gemütlichen Hotels übernachteten und sich leidenschaftlich liebten.

Es waren heitere, angstfreie Tage mit Max. Auch wenn sie die Erinnerung nicht vollständig verdrängen konnte, so war sie jetzt doch frei von Beziehungsängsten und Hemmungen. Max' Liebe hatte ihre permanente Anspannung vertrieben, und dafür war sie ihm unendlich dankbar.

Von Maine aus fuhren sie über Augusta und Portsmouth nach Boston. Hier mündete ihre Hochzeitsreise in den Geschäftsalltag, denn Max hatte in Boston einen wichtigen Termin mit einem Geschäftspartner wahrzunehmen.

Boston war bombastisch, ein Zentrum der Politik, Wirtschaft und Kultur, vor allem aber auch des Geldes. Und wenn man gerade aus Südeuropa kam, dann merkte man schnell: Hier herrschte keine italienische Leichtigkeit, sondern Geschäftigkeit.

Max' Geschäftspartner besaß an der Main-Line, einer vornehmen Wohngegend der Reichen und Mächtigen, ein auf einem Hügel gelegenes Anwesen. Er hatte ihn zu einer geschäftlichen Besprechung in sein Haus mit anschließendem Mittagessen eingeladen und ihn gebeten, doch seine Frau mitzubringen.

Es war ein Haus mit einer breiten überdachten Veranda und einer unendlich weiten Sicht bis zu einem Waldstück, das ebenfalls zum Anwesen gehörte. Mauern aus Feldstein umgaben eine makellose Rasenfläche.

»Mein Gott, das ist ja fast noch größer als der Convento di Carmo«, sagte Anna. »Hoffentlich ist dein Geschäftsfreund kein aufgeblasener Angeber.«

»Nein, nein, keine Sorge«, wehrte Max ab. »Du wirst sehen, er ist ein sehr sympathischer Mann. Er leitet das Familienunternehmen seiner zukünftigen Frau und hat großes Interesse an der Vermarktung unserer gentechnologischen Entwicklungen. Sie wollen unbedingt eine Lizenz erwerben. Mein Vater und ich favorisieren dagegen eine Kooperation, denn die Firma besitzt hervorragende Kontakte zur FDA.«

»FDA?«

»*Food and Drug Administration.* Die strengste Behörde für Arzneimittelzulassungen weltweit. Wir würden mit einer Registrierung ein kleines Vermögen machen. Na ja, mal sehen.«

»Und mit dem kleinen Vermögen könntet ihr weiterhin in eure Rheumaforschung investieren.«

»Stimmt. Es gab bereits vor zwei Jahren eine Kontaktaufnahme mit *Biocells,* die mein Vater wahrgenommen hat. *Biocells* ist führend auf dem amerikanischen Markt der autonomen Erkrankungen, und mein Vater hat von diesen Kenntnissen bereits profitiert.«

Lautlos hielt die gemietete Stretchlimousine mit majestätischer Selbstverständlichkeit neben dem breiten Aufgang, der zum viersäuligen Eingangsportal führte. Überall standen Blumenarrangements aus Hyazinthen und Narzissen.

An der bereits geöffneten massiven Holztür wurden sie von einem Butler begrüßt: »Herzlich willkommen. Sie werden bereits erwartet. Darf ich vorgehen?«

Sie schritten durch eine lichtdurchflutete Halle, an deren Wänden wertvolle Gemälde hingen, darunter ein Kandinsky und ein atemberaubendes Blütenbild von Georgia O'Keeffe. Anna kannte sich mit Kunst gut aus.

Der Butler führte sie zur Terrasse, die einen Ausblick auf einen großen Swimmingpool und die mächtige Parkanlage bot.

Ein großer schlanker Mann erhob sich, um sie zu begrüßen.

Max lächelte, reichte ihm die Hand und sagte: »Darf ich Ihnen meine Frau vorstellen?«

Statt ihr die Hand zu reichen, blieb der Mann wie eine Statue stehen und starrte Anna, die kreidebleich geworden war, verdutzt an.

Sie reichte ihm die Hand und sagte leise: »Hallo, Severin.«

*

Während Max und Sharon sich auf der Terrasse unterhielten, zeigte Severin ihr das Haus. Anna vermutete, dass er mit ihr allein sein wollte. Er war sichtlich angespannt.

»Wenn man in der Gegenwart voll vor die Vergangenheit donnert, ist man ganz schön baff, was? Wenigstens geht es mir so.«

Er schwieg.

»Es ist schön hier, Severin. Ich bin richtig beeindruckt von der geschmackvollen Einrichtung und der behaglichen Atmosphäre, die dieses Haus ausstrahlt.«

Er lachte. »Das ist Sharons Werk.«

Sie betraten das Esszimmer, wo der Tisch bereits für das bevorstehende Essen eingedeckt war. Auch von hier aus hatte man einen atemberaubenden Blick auf den Park.

»Der linke Flügel des Erdgeschosses beherbergt ein Kaminzimmer, wo ich mit Sharon jeden Abend einen Schlummertrunk nehme. Wollen wir uns dort einen Prosecco genehmigen und uns ein bisschen unterhalten?«

»Warum nicht? Ein Prosecco wird mir sicher nicht schaden«, meinte sie.

Wenig später reichte er ihr das Glas. »Ich habe deiner Schwester so oft geschrieben«, erklärte er. »Aber ich habe diese Briefe niemals abgeschickt. Ich war so blöd zu glauben, dass sie nichts mehr von mir wissen wollte, und blind vor Eifersucht.«

»Katharina hat oft mit mir über dich gesprochen, weil sie kein Lebenszeichen von dir erhalten hat. Und irgendwann war sie der Meinung, dass eine andere Frau in dein Leben getreten sein musste. Sie hat dich gemocht. Das sagte sie mir immer wieder.«

»Und ich habe sie geliebt. Ich habe mir später solche Vorwürfe gemacht, dass ich sie nicht mal angerufen habe.«

»Es ist lange her. Du bist jetzt glücklich, und Katharina ist seit über vier Jahren tot.«

»Vor ihrer Beerdigung bin ich zum Bestattungsunternehmen gefahren und habe sie dort im Sarg liegen sehen.«

»Warum hast du dir das angetan?«

»Ich wollte sie noch einmal sehen, aber es war ein Fehler.«

Nach einem drückenden Schweigen sagte Anna endlich: »Ich muss dir etwas sagen. Ich wurde vor wenigen Monaten Opfer eines Mordversuchs.«

Sie wunderte sich, wie sachlich sie darüber berichten konnte, allerdings verschwieg sie ihm ihre Angst, noch immer beobachtet zu werden.

Severin schwieg erschüttert.

»Ich bin nur deswegen am Leben, weil der Täter gestört wurde. Jemand hatte die Polizei verständigt. Das war meine Rettung. Es war ein Mann, der mit stotternder Stimme meine Adresse genannt hat. Kennst du jemanden aus Katharinas Bekanntenkreis, der gestottert hat?«

»Nein. Mein Gott, Anna, das ist ja schrecklich. Was kann ich tun?«

»Gar nichts, Severin. Wir können nur hoffen, dass die Polizei ihn irgendwann findet. Ich kenne ihn, das weiß ich. Aber in meinen Träumen ist er nur eine Gestalt ohne Gesicht.«

»Auch ich habe nachts Albträume und sehe Katharina vor mir«, sagte er mit leiser Stimme.

Anna berührte seinen Arm. »Ich bin froh, dass wir miteinander gesprochen haben. Auf Katharinas Beerdigung war ich nicht besonders freundlich zu dir. Verzeih mir bitte. Und jetzt lass uns von erfreulicheren Dingen reden. Ich bekomme ein Baby!«

»Hey, das ist wunderbar. Sag mal, ist es nicht ein Zufall, dass unsere Lebenspartner aus dem Pharmabereich kommen und dass dieser Tatbestand uns wieder zusammengeführt hat?«

»Nein. Es gibt keine Zufälle. Im Leben hat alles seine Bestimmung. Wenigstens behauptet Pater Mateo das.«

»Pater Mateo?«

»Ein alter Freund von mir. Komm, lass uns auf den Beginn einer Freundschaft und auf Katharina im Himmel anstoßen! Sie freut sich bestimmt darüber, dass wir uns erneut begegnet sind. Was meinst du?«

Er nickte, und ihre Gläser klirrten aneinander.

»Auf Katharina«, sagte er. »Und auf dich, Anna! Du hast die Augen deiner Schwester.«

Sie lächelte. »Das sind die Augen meiner Mutter. Komm, lass uns nach draußen gehen. Sonst wird Max noch eifersüchtig.«

*

Nach dem Essen sagte Sharon: »Wir geben morgen eine Party. Darum bleibt ihr über Nacht. Ihr seid unsere Gäste.«

Anna schaute Max fragend an. »Warum nicht?«

»Die beiden Männer haben bestimmt einiges zu besprechen, und wir beide gehen ein bisschen shoppen.«

Anna lachte. »Schade, dass Charlotta nicht dabei sein kann.«

»Charlotta?«

»Max' Schwester.«

»Das würde mich ein Vermögen kosten«, meinte Max.

»Wer sagt dir denn, dass das bei mir nicht auch der Fall sein wird?«, sagte Anna.

»Eh!«, rief er verdutzt aus.

Doch sie zerstreute seine Bedenken mit einem Kuss.

*

Als Anna und Max am späten Abend das geschmackvoll eingerichtete Schlafzimmer betraten und das Podest mit dem Kingsizebett sahen, fielen sie sich hungrig in die Arme.

Anna nahm das Rauschen in ihrem Körper wahr, das mit jeder seiner Berührungen zunahm, sein Lächeln, ihr Verlangen, ihre Erschöpfung und das Glücksgefühl, das sie empfand, während sie danach schweigend nebeneinanderlagen.

Zwei Tage später saßen sie in einem Flugzeug der Lufthansa nach München. Max hatte sich mit Severin in den wesentlichen Punkten einer Kooperation geeinigt. Der Rest war Sache ihrer Anwälte. In vier bis sechs Wochen sollte der Vertrag unterschrieben werden, und sie luden Severin und Sharon ein, sie in München zu besuchen.

*

Jakob ging in die Küche und kippte das Formaldehyd ins Spülbecken. Sorgfältig säuberte er Katharinas Zeigefingerknochen.

Er durchbohrte die Mittelfuge des Knochens mit einem Nagel und befestigte ihn an ein Holzklötzchen, so leicht, dass er sich drehen ließ wie der Zeiger einer Uhr. Dann stellte er die Knochenuhr auf den Küchentisch.

Eine Stunde später schlief er tief und fest und traumlos bis zum Morgengrauen. Der vierte Ritus war vollbracht.

KAPITEL 43

»Ich muss unbedingt mit dir reden, Benedikt«, sagte Mathilda am Telefon. »Ich habe etwas auf dem Speicher gefunden.«

»Ich kann hier im Moment nicht weg. Komm doch bitte ins Präsidium und bring die Sachen mit. Dann können wir in Ruhe alles durchsehen.«

Eine Stunde später saßen sie sich in Benedikts Büro gegenüber. Ein junger Kollege brachte zwei Becher mit heißem Kaffee.

Mathilda wühlte nervös in dem mitgebrachten Karton herum. »Hier, sieh mal.«

Er stutzte, als er die Porzellanpuppe mit der abgetrennten rechten Hand sah.

»Ich habe die Tatortfotos auf deinem Schreibtisch gesehen. Ist es nicht ein merkwürdiger Zufall, dass ich eine Porzellanpuppe mit einer abgetrennten rechten Hand unter Katharinas Sachen finde? Und in deinem Büro stapeln sich die Akten von Frauen mit abgetrennten Händen!«

»Du hast dir die Fotos in den Akten angesehen, als du das letzte Mal hier warst? Das ist verboten, mein Schatz.«

»Das ist mir egal«, sagte sie und schnitt eine Grimasse. »Anna erwähnte, dass Katharina immer Puppen geschenkt bekam. Hat man eigentlich Katharinas Hand inzwischen gefunden?«

»Nein.«

»Mutter hat mir mal erzählt, dass früher eine alte verwirrte Frau am Straßenrand sie immer vor einem Jakob gewarnt hat. Nur kannte niemand im Dorf einen Jakob.«

»Das hat Robert Hirschau auch erwähnt. Aber es brachte uns nicht weiter. Es wurden alle Personen aus Grünwald mit diesem Vornamen verhört. Und sie alle zeichneten sich durch einen bemerkenswerten Tatbestand aus.«

Mathilda horchte auf. »Und welchen?«

»Alle hatten ein einwandfreies Alibi.«

Mathilda atmete aus. »Benedikt, ich habe einen fürchterlichen Verdacht. Severin kannte sowohl Katharina als auch Anna. Dann flog er in die Staaten, um dort sein Studium fortzusetzen. Niemand hat seitdem etwas von ihm gehört. Im Dorf munkelte man später, dass er Katharina geliebt hat. Ich vermute, dass er ihr die Porzellanpuppen geschenkt hat. Er war ihr Schulfreund. Zweimal im Jahr soll er aus den Staaten nach München geflogen sein, um Freunde zu besuchen, aber in unserem Dorf wurde er immer nur an Katharinas Grab gesehen. Vielleicht ist er doch nicht so unschuldig, wie ich geglaubt habe.«

Benedikt erhob sich und steckte unschlüssig die Hände in die Taschen. »Ich werde der Sache nachgehen.«

KAPITEL 44

Der Regen klopfte bis zur Morgendämmerung an die Scheibe. Als sich der albtraumartige Nebel lichtete, sah er deutlich das Haus am Waldrand und den Mann, der es in Zeitlupe betrat; er war bis auf die Haut durchnässt.

Severin war ganz sicher gewesen, den schwächer werdenden Nachhall von Hilfeschreien gehört zu haben, und rannte davon. Selbst unter Androhung von Gewalt hätte er die Tür dieses Hauses nicht zu öffnen gewagt. Er rannte in sein Schlafzimmer und schloss sich ein. Wenigstens hatte es niemand mitbekommen.

Sein Blick streifte über den Wald. Das unentwegt von den Blättern tropfende Regenwasser klang wie Musik, und die Heftigkeit des abgezogenen Sturms zitterte schimmernd in der Luft nach. Nebel krochen über den Boden, rauchige Finger, die sich um die Bäume ringelten und sie in geheimnisvolle Schemen verwandelten. Drüben lag ein Weiher, erstickt unter Herbstlaub.

Severin stand auf und tauchte hinein; ein Mann begleitete ihn. In dem kalten schwarzen Wasser schimmerte das Mondlicht, das zwischen den Seerosen bis auf den Boden des Weihers drang. Tief unten im Wasser entdeckte er Katharina. Ihr vor Kälte erstarrter Körper schimmerte in gespenstischer Blässe. Das Wasser spielte mit ihrem langen blonden Haar. Für einen Augenblick schoss ihm das Gemälde der ertrunkenen Ophelia von John Everett Millais ins Bewusstsein, im nächsten ging er Hand in Hand mit Katharina an der verrückten Alten vorbei, um sich mit dem nächsten Traumlidschlag im Wald wiederzufinden. Ein Mädchen drehte sich nach ihm um. Ophelia? Nein, Anna. Sie verschwand zwischen den Bäumen. Plötzlich trat ein Mann hinter dem Baum hervor und blickte zu ihm herüber.

*

Als Sharon ihn weckte, erschrak sie. Angstverzerrt starrte er sie an.

»Severin, mein Gott, was ist los?«, fragte sie.

»Ich hatte einen schrecklichen Albtraum«, sagte er mit zitternder Stimme.

»Ich weiß«, erwiderte sie und küsste ihn. »Du hast im Schlaf gesprochen. Mein Gott, ich dachte schon, es wäre was Schlimmes.«

»Was habe ich denn gesprochen?«, fragte er, immer noch verwirrt.

»Du hast zuerst den Namen deiner verstorbenen Freundin Katharina und später den von Anna genannt.«

»Was noch?«, fragte er mit banger Stimme.

»Ophelia, und dann noch ein ganz …«

»Ophelia?«, fragte er verwundert. »Wie komme ich denn darauf?«

»Frag mich nicht, ich hab ja nicht geträumt.« Sie lachte. »Wer weiß, was du wieder alles angestellt hast. Und dann hast du noch einen merkwürdigen Namen genannt, den ich aber nicht verstanden habe.«

Wie erstarrt lag er vor ihr.

»Severin?« Sie sah ihn besorgt an.

»Sharon, ich muss nach München fliegen.«

Sie nickte. »Ich weiß, mein Liebling. Du würdest dir nie verzeihen, wenn Anna etwas zustoßen würde.«

Er seufzte.

»Glaubst du denn, dass was passieren könnte?«, fragte Sharon.

»Ich bin mir nicht sicher«, sagte er zögerlich.

»Dann verschaff dir diese Sicherheit. Tu, was du für richtig hältst, und komm befreit zu mir zurück.«

»Befreit?«, fragte er erstaunt.

»Ja«, flüsterte Sharon. »Befreit von den Fesseln der Vergangenheit. Katharinas Tod soll nicht länger unser Leben überschatten.«

»Hat er das denn getan?«

»Manchmal, Severin, manchmal.«

»Es tut mir leid. Ich wusste nicht, dass du so empfindest.«

»In der Nacht höre ich immer wieder, wie du ihren Namen rufst. Katharina ist ein fester Bestandteil deiner Albträume. Mit einer Rivalin aus Fleisch und Blut kann ich es aufnehmen, aber gegen eine Tote komme ich nicht an. Fahr nach München und komm zu mir zurück, Liebling. *Zu mir*«, sagte sie und sah ihn ernst an. Plötzlich lächelte sie und fragte: »Hast du Probleme damit, ein Schutzengel zu sein?«

Severin schmunzelte, dann küsste er sie lange, ermutigt durch ihre Komplizenschaft. Mehr konnte er sich gar nicht wünschen.

Er griff zum Telefonhörer, wählte die Rufnummer der Delta Airlines und buchte die nächste Maschine nach München.

Nachdem er den Hörer auf die Gabel gelegt hatte, warf er ihr einen zärtlichen Blick zu, der in einem sanften Kuss endete.

»Vielleicht ist es an der Zeit«, flüsterte er.

»An der Zeit wofür?«

»Etwas zu tun, was ich schon vor Jahren hätte tun sollen.«

»Und das wäre?«

Severin fasste ihr Kinn und drehte ihr Gesicht sanft in seine Richtung. »Dich zu fragen, ob du mich heiraten willst.«

Die Stille, die darauf folgte, schien nicht zu enden, und dann liebten sie sich.

*

Stunden später saß er in der Senator-Lounge der Delta Airlines im *Logan International Airport* in Boston und wartete auf seinen Flug nach München.

Ich weiß, dass ich das Richtige tue, sagte er sich. Doch obgleich die bestärkenden Worte noch nachhallten, schwirrte ein Zweifel um ihn herum wie eine winzige Stechfliege. Doch alle Versuche, sie zu verscheuchen, waren vergeblich.

Er setzte sich kerzengerade auf. Nach seiner Rückkehr würden Sharon und er heiraten. Insofern konnte er sich in München auch um die erforderlichen Dokumente kümmern. Er benötigte für eine Heirat eine internationale Abstammungsurkunde, doch er war lediglich im Besitz diverser Adoptionspapiere und einer Geburtsurkunde in deutscher Sprache, die er sich nicht ein einziges Mal angesehen hatte. Er kannte seinen leiblichen Vater nicht, er hatte nie von ihm gehört, er existierte nicht für ihn, und die Tatsache, dass Nicolas Corelli nur sein Adoptivvater war, war früh verblasst, bis sie ganz verschwand: Er *war* sein Vater, daher irritierte ihn, sich in

Erinnerung rufen zu müssen, dass er auch einen leiblichen Erzeuger besaß.

Flüchtig blätterte er die Papiere durch, bis er plötzlich auf einen Namen stieß.

Und mit einem Mal wusste er, wen die Alte vom Straßenrand gemeint hatte, als sie ihnen mahnend nachrief: »Hütet euch vor Jakob!« Sie hatte als Einzige die Gegenwart des Wahnsinns erkannt.

Er erhob sich aus dem Sessel und ging in den Toilettenraum der Lounge. Wenig später hatte er sich nicht mehr unter Kontrolle. Er taumelte und spürte seine Beine nicht mehr. Sie waren wie totes Treibholz. In einer dunklen Ecke des Raumes sank er zu Boden, den Blick auf die gegenüberliegende Wand gerichtet.

Mit einem Mal glaubte er auch zu wissen, wem die stotternde Stimme gehörte. In seinen Träumen gab es rätselhafte Räume, aus denen jetzt nicht mehr Katharinas, sondern Annas Hilfeschreie drangen. Er war sich jetzt absolut sicher: Anna war in Gefahr.

Aber dieses Mal würde er nicht versagen.

KAPITEL 45

Max verließ nach dem Frühstück das Haus. Anna sah aus dem Küchenfenster und blickte ihm eine Zeit lang nach. Da war sie wieder, diese unerträgliche Stille. Plötzlich hatte sie einen eigenartigen Duft in der Nase und drehte sich um. Ein Stuhl stand halbschräg zum Esstisch, als wollte Max ihr sagen: Ich komme gleich wieder.

Das Telefon klingelte.

Sie hörte ihre eigene Stimme, die nach Namen, Telefonnummer und Anliegen des Anrufers fragte, dann das schrille Pfeifen und das Klicken des Aufzeichnungsgeräts.

Eine Männerstimme. Max.

Rasch hob sie den Hörer ab.

»Hallo«, sagte er. »Ich dachte, du wärst schon fort.«

»Wieso fort?«

»Der Termin um zwölf bei Doktor Kreiler.«

Sie sah auf die Uhr. Halb zwölf. Wie lange hatte sie bloß am Fenster gestanden?

»Was hältst du davon, wenn wir heute Abend essen gehen? Nach unserer Rückkehr sind immerhin schon vier Wochen vergangen«, sagte er. »Es wird langsam Zeit, dass ich dich mal wieder so richtig ausführe.«

»Ich weiß nicht. Ich würde uns lieber etwas kochen.«

»Wird dir das nicht zu viel?«

»Nein, ich koche uns was Schönes. Ich möchte das, Max. Okay?« *Gerade nach einem Gespräch mit Jörg Kreiler möchte ich das,* dachte sie.

»Okay. Ist alles in Ordnung, Anna?«

»Ja, alles okay. Also dann bis später. Ich liebe dich!«

»Bis später«, sagte Max und legte auf.

*

»Da ist ja meine Lieblingspatientin«, begrüßte sie Jörg schmunzelnd, als sie um halb eins sein Sprechzimmer betrat.

Seit ihrem Krankenhausaufenthalt war sie bei ihm in Behandlung.

»Bist du zu allen Patienten so freundlich, die sich um eine halbe Stunde verspäten?«, fragte sie.

»Ganz eindeutig, nein!«

Sie lachten.

Anna nahm in dem bequemen Ledersessel Platz und lehnte sich entspannt zurück.

»Wie geht es dir?«, fragte er mit weicher Stimme.

»Ich lerne, zu verdrängen.«

»Hilft es dir?«

»Hm, ich denke, die Schwangerschaft hilft mir, zu vergessen.«

Er zeigte auf das Tonbandgerät. »Hast du etwas dagegen, wenn ich unser Gespräch aufnehme?«

»Nein«, sagte sie und dachte: *Das war eine Lüge, Jörg.*

»Wie lange hast du heute in der Küche aus dem Fenster gestarrt im Vergleich zu den letzten Tagen?«

Anna zupfte nervös an ihrem Taschentuch. »Weniger.«

»Wie viel weniger?«

»Ich weiß nicht genau.«

»Könntest du einfach mal raten, so für die letzten Wochen?«

»Nicht mehr als eine Stunde pro Tag.«

»Und wie lange ist diese Nacht jetzt her?«, fragte er.

»Du hoffst wohl, dass ich das auch nicht so genau weiß.«

Er ignorierte ihre Antwort. »Wie lange?«

»Zwei Monate und 26 Tage.« Sie schwieg und starrte einen Moment auf den hellgrauen Teppichboden. Dann blickte sie wieder auf und sagte: »Ich kann es dir auf die Stunde genau sagen, wenn du möchtest. Aber an alles, was danach passierte, kann ich mich nicht erinnern. Tut mir leid, ich kann es nicht ändern.«

»Schon in Ordnung. Das Gedächtnis funktioniert eben so.«

»Jedes Mal habe ich diese Bilder mit einer Gestalt ohne Gesicht vor Augen, der ich meine Narben verdanke.«

»Erinnerst du dich an meine ersten Worte nach dem Erwachen aus dem Koma?«

Sie nickte. »Ich solle loslassen. Max sagt, ich halte krampfhaft an der Vergangenheit fest.«

»Wie versteht ihr euch denn so?«, fragte Jörg freundlich. »Wie oft habt ihr euch denn diese Woche gestritten?«

Anna lächelte. »Max streitet niemals, er verhandelt nur.«

»Wie kommt ihr körperlich miteinander aus?«

»Wie fändest du das, wenn ich dich so etwas fragen würde? Wie ist eigentlich der Sex mit Ihrer Frau, Herr Doktor? Würdest du mir diese Frage beantworten?«

»Ja, aber ich würde dir ein saftiges Honorar dafür berechnen.«

Anna lächelte und sah sich um, als würde sie etwas suchen. »Ich hatte eben doch noch einen Kaffee«, sagte sie zögerlich.

»Nein, heute nicht.«

»Doch! Ich hatte gerade welchen.« Ihre Stimme klang unwirsch.

»Ich hatte dich gefragt, aber du wolltest heute keinen. Das letzte Mal hattest du welchen. Manchmal vergisst man so etwas.«

»Nein! Ich kann ihn noch schmecken. Das zeigt doch, dass ich es nicht vergessen habe.«

Jörg Kreiler hob seine Tasse und sagte: »Ich vermute, du hast den Duft meines Kaffees gerochen. Das erzeugt eine Geschmackserinnerung, mehr nicht.« Er sah ihr fest in die Augen. »Du hältst sehr stark fest, Anna. Manchmal braucht die Psyche ein wenig Hilfe, damit sie loslassen kann.«

»Du erwartest also von mir, dass ich loslasse und nicht mehr versuche, mich krampfhaft an diese Nacht zu erinnern, und aufhöre, mein Unterbewusstsein zu zwingen, diesem Gesicht eine Kontur zu geben?«

»Denkst du, dass du dem, was du von dieser Nacht noch weißt, inzwischen etwas hinzufügen kannst?«

Erstaunt sah sie ihn an und schüttelte den Kopf. »Nein«, sagte sie leise. »Warum sollte ich?«

*

Er beobachtete, lauschte und wartete. Es hatte eine halbe Ewigkeit gedauert, bis sie die Praxis dieses Seelenklempners verließ. Und dann hatte es wieder eine halbe Ewigkeit gedauert, bis sie endlich ins Haus zurückgekehrt war. Während er im Haus auf sie gewartet hatte, hatte er ausreichend Muße gehabt, über seine Macht nachzudenken. Macht wollten alle, nicht nur die Starken und die Bösen. Macht gab es überall, alle gierten danach. Doch nur er übte Macht in einer Form aus, die über alles erhaben war.

Vorsichtig trat er aus seinem Versteck. Trotz der Dunkelheit im Keller fand er sich gut zurecht. Schließlich war er inzwischen schon öfter hier gewesen, und er hatte schon immer ein messerscharfes Gedächtnis für Details. So wusste er auch, wie er sich hier geräuschlos bewegen konnte.

Lautlos öffnete er die Kellertür und ging auf seinen Gummisohlen in die Küche. Es war an der Zeit, sie in seine Obhut zu nehmen.

*

Anna wollte singen, am offenen Fenster stehen und ihre Freude hinausschreien. Das war alles hormonell, hatte der Gynäkologe ihr erklärt, ein chemisches Durcheinander während einer Schwangerschaft, das ihren Körper über eine Achterbahn der Gefühle jagte. Sie wusste, dass sie sich ausruhen sollte, doch der Schaufensterbummel hatte sie abgelenkt von dem anstrengenden Gespräch mit Jörg.

Beim Öffnen der Haustür stieg ihr ein merkwürdiger Duft in die Nase. Sie ging sofort in die Küche. Hoffentlich hatte sie die Zeitschaltung für den Herd richtig eingestellt.

Sie schaute nach. Alles schien in Ordnung zu sein. *Gott sei Dank,* dachte sie. *Für heute reicht es mir.*

Sie machte sich einen Espresso und sah den Stapel Post durch. Außer einer Zeitschrift und einer Rechnung gab es noch einen Umschlag, auf den lediglich ihr Vorname gekritzelt war.

Sie war neugierig zu erfahren, von wem der Brief stammte, stand auf, ging ins Esszimmer, schenkte sich den Espresso ein und öffnete ihn.

Liebste Anna,

draußen fällt ein kalter Novemberregen, während ich diese Zeilen schreibe. Es soll Schnee geben. Du bist nicht bei mir, und es geht mir nicht gut.

Heute, als ich in der Klinik vor Deinem leeren Bett stand, wusste ich, dass ich Dich verloren habe. Ich konnte meine Stimme nicht erheben und nicht schreien. Die Schwestern wären sonst auf mich aufmerksam geworden.

Tief in meinem Inneren hatte ich solche Angst, Dich zu verlieren. Ich ertrage diesen Gedanken nicht. Ich werde mir nie verzeihen, dass ich nicht rechtzeitig bei Dir war, um Dich zu beschützen, als Lukas Dich töten wollte.

Immer wieder ist es Lukas, der mit mir sein Spiel spielt und mich von wesentlichen Dingen abhält.

Ich muss schnell schreiben. Gleicht kommt er. Er besucht mich. Ich habe ihm erzählt, dass irgendwo dort draußen ein Mädchen ist. Manchmal sitze ich auf ihrer Bank und warte immer noch auf einen Kuss und auf ein Stück Schokolade von ihr.

Anna, kannst du mir helfen, Katharina wiederzufinden? Sie ist fort, und mir ist so kalt.

Lukas sagt, sie ist tot. Ich rege mich dann auf, und mein Kopf beginnt zu wackeln. Lukas gibt mir eine Injektion in den Oberschenkel, und es wird dunkel. Ich höre nur seine Worte: »Schlafe jetzt, mein Sohn.« Ich kann nach der Spritze nicht schlafen, aber ich kann fliegen wie die Vögel im Wald.

Nach dem Fliegen wache ich schweißgebadet auf, und wenn es je in meinem Leben einen Moment gegeben hat, wo ich beinahe in Ohnmacht gefallen wäre, dann kann es nur der Moment des Aufwachens gewesen sein.

Lukas steht vor mir; er steht auf dem Stuhl in meinem

Zimmer und sieht auf mich herab. Ich sei im Kopf manchmal nicht älter als sieben Jahre, sagt er mir. Sein Gesicht hat dann ein geisterhaftes Leichenweiß, seine Augen sind dunkle Krater, in die man abstürzen kann. Er streckt seine Arme nach mir aus und sagt: »Nimm mich in die Arme, ich möchte dir einen Kuss geben.«

Ich will nicht, aber ich kann nichts dagegen machen. Ich will einen Kuss von dem Schokoladenmädchen. Ich lehne mich nach vorn, ich sehe die Fänge in dem rosa Ring, den seine Lippen formen. Etwas tropft von seinem Kinn, klar und rot, und mit dumpfem, fernem Grauen erkenne ich, dass er geifert. Sein Gesicht wird zu einer Maske aus Wut, Trauer, Hass und Schmerz. Er grinst mich an, und ich kann das düstere Glimmen in seinen Augen sehen.

Irgendwo dort draußen ist Katharina, das Schokoladenmädchen. Und ich glaube, auch sie wartet auf einen Kuss von mir. Ist sie wirklich tot, Anna? Oder belügt Lukas mich, weil er sie für sich haben möchte?

Ich sitze in meiner Wohnung und bin einsam und verzweifelt. Bist Du auch gestorben? Wo bist Du jetzt?

In höchster Not, weil der Tag unerträglich ist und die Nacht mich quält, würde ich gerne mit dir reden über die Art, in der sich das schöne Gefüge der Welt manchmal mit schockierender Plötzlichkeit auflöst. Und über Lukas.

Wenn ich abends ins Bett gehe, achte ich darauf, dass meine Schlafzimmertür abgeschlossen ist und meine Beine, sobald ich das Licht ausschalte, schön unter der Decke liegen.

Wenn Lukas' kalte Hand nach meinem Fußgelenk greift, werde ich so laut schreien, dass er zurückweicht, und dann werde ich sofort weglaufen. Ich laufe schneller als er. Lukas ist böse. Er schlingt in meinen Träumen Fliegen und Spinnen herunter. Einmal war es sogar ein ganzer Vogel. Ha! Der Vogel hat es nicht zugelassen, und Lukas würgte ihn wieder aus, mit Federn und allem, und der Vogel flog davon. Ich liebe Vögel.

Lukas hat Angst vor dem Mann in mir, und der Tod und die Angst, sie harmonieren miteinander auf wunderbare Art.

Nur ein Gedanke quält mich: Wie kann ich mich von Lukas lösen, mich von ihm befreien, um mit Dir glücklich zu werden?

PS: Ich wollte diesen Brief in Dein Grab legen, doch vor wenigen Minuten habe ich erfahren, dass Du gar nicht tot bist. Du hast Dich mit diesem Max davongemacht. Ich werde Dich finden, und dann …

Jetzt bin ich in der Blockhütte und passe auf die Katharina in anderer Gestalt auf. Aber ich nenne sie Katharina. Lukas hat sie hierhergebracht. Er gibt ihr Spritzen und Pillen. Sie sind anders, sie sind so rot. Meine sind blau wie der Himmel über dem Wald. In einem Schränkchen im Schuppen neben der Hütte sind noch viele andere Arzneien, und Lukas achtet darauf, dass die Frau, die auch Dir ähnlich sieht, sie nimmt, immer dann, wenn der Kuckuck schnarrend aus der Uhr springt und zur vollen oder halben Stunde ruft. Ich verabscheue diese Uhr.

Ich weiß, dass sie sich langsam ins Nichts bewegt. Ihr Körper ist angespannt, obwohl sie regungslos daliegt. Sie kann lediglich ihre Augen bewegen.

Lukas ist auch hier, und ich bin seine Stimme.

Er geht zu ihr und streichelt sie. Sie hat jegliches Zeitgefühl verloren und weiß nicht, wie lange sie schon hier ist. Aber ich weiß es. Sie ist seit Deiner Abreise nach Italien hier. Kurz danach hat Lukas sie in die Hütte gebracht. Manchmal liegen wir zu dritt in dem Bett, und Lukas fragt mich immer, ob ihre Beine auch bloß zusammenliegen. Eine komische Frage.

Wir packen sie in einen unförmigen Gummianzug mit vielen Löchern ein. Danach bekomme ich wieder eine Injektion. Damit mein Kopf nicht wackelt, sagt Lukas.

Lukas untersucht ihr Geschlecht. Er zieht sich aus, und ich sehe sein großes Ding. Es bedroht sie, wenn er sie durchbohrt. Doch sie kann nicht schreien. Kein Laut kommt über ihre Lippen. Sie ist schon tot.

Ich schließe meine Augen. Neben dem Bett steht ein Nachtschränkchen, auf dem eine kleine Schachtel steht. Darin liegt eine Kinderhand. Vielleicht von einer Puppe? Ich sollte mal genauer hinsehen. Es riecht so merkwürdig.

Immer wieder strömt eine warme Flüssigkeit durch meine Adern.

Anna, ich muss vorsichtig sein: Lukas beobachtet mich.

Die Stimme in meinem Kopf sagt, dass er seine Hand morgen auf Deinen kalten Leib legen wird. Diese Stimme ist ein wahrer Freund. Du solltest sie kennenlernen. Sie gehört mir.

Lukas

Anna starrte mit angehaltenem Atem auf die Zeilen. Dann ließ sie die Blätter fallen, rannte in die Küche und übergab sich ins Waschbecken. *Ich muss Max anrufen,* dachte sie. *Und Benedikt und Mathilda und … Nur keine Panikattacke, versuch, dich zu beruhigen.*

Erneut stieg ein Brechreiz in ihr auf, und mit der Hand tastete sie die vernarbte Stelle über ihrer linken Brust ab.

Nein, hör auf, du darfst nicht zurückblicken, nur nach vorne.

Das Telefon klingelte. Als sie das Esszimmer betrat, kam ihr Kälte entgegen.

Sie nahm mit zitternder Hand den Hörer ab.

»Anna?«

Sie weinte.

»Anna, was ist denn los?«

»Er hat mir geschrieben …«

»Wer hat dir geschrieben? Sag mir sofort, was los ist, Anna.«

Plötzlich war die Leitung tot.

Sie starrte regungslos auf den Telefonhörer. Eine Hand legte sich von hinten auf ihre Schulter. Die andere Hand erstickte ihren aufkommenden Schrei. Dann spürte sie den Einstich einer Nadel.

»Willkommen zu Hause, Anna. Was hat dein Freund dir denn so über Lukas geschrieben?«, flüsterte seine Stimme, kalt, dunkel und nahe an ihrem Ohr. »Ich bin der Mann, der oft in der Klinik an deinem Krankenbett saß, als du klein warst und Maria Luca dich im Sanatorium quälte. Ich bin der Mann, der deine Schwester getötet hat. Bis zum Tod war ich an ihrer Seite. Früher gehörte ihr meine Liebe, sie war ein Engel, so klar und rein.« Die Stimme kam noch näher. »Aber Katharina war nicht rein, auch sie hat ihre Seele durch Betrug beschmutzt. Sie musste bestraft werden. Habe ich sie gehasst oder geliebt? Ich weiß es nicht. Du bist ihre Schwester, durch dich lebt sie weiter. Dein Tod sollte mir ein besonderes Vergnügen bereiten. Doch du bist davongelaufen. Jetzt bin ich an deiner Seite, und niemand wird uns stören.«

Er biss die Zähne zusammen, um den aufkommenden

Schrei zu unterdrücken, und als er ihn erstickt hatte, ließ er sich auf den grünen weichen Teppich sinken. Dann blickte er zu Anna, die bereits in dem Bett aus zartem Moos schlief. Er öffnete ihre Bluse, drückte die Stacheln des Carrapateirozweigs fest auf ihre Brust und entfernte sie wieder. Dann küsste er ihre warmen weichen Lippen.

»Anna?«

Er sah sie an und dachte an seine Mutter, an die glücklichen Augen und ihr sanftes Lächeln, wenn sie die *Stiefel* begrüßte.

Er hob das erste Blatt des Briefes, den er unter Lukas' Namen verfasst hatte, vom Boden auf, zündete es mit seinem Feuerzeug an und legte das verkohlte Papier in den Aschenbecher. Die anderen Blätter ließ er auf dem Fußboden liegen.

Mit der Asche des stillen Boten erfüllte er das fünfte Ritual der Jivaro, die *Todesnachricht*.

Er stand auf und hob sie hoch, um sie in sein Haus zu bringen, dorthin, wo Katharina sie bereits erwartete.

»Komm, mein Mädchen«, flüsterte er, »in meinem Haus ist der Februar die Zeit, zu träumen.«

KAPITEL 46

Drinnen roch es nach Farbe. Jakob malte im Keller Beschwörungskreise auf den Boden, die durch den Namen *Anna* durchbrochen wurden. Vier große Kreise, quadratisch angeordnet, in der Mitte mit einem zusätzlichen kleinen Kreis.

Darunter zog er einen weiteren kleinen Kreis voller Amplituden – das letzte und sechste Ritual: der *Todeskreis*. Anna würde nach Ablauf von drei Tagen sterben.

»Quando a vida perde o seu sentido, a morte nao mais assustara.«

*

Die Boeing 717 befand sich im Anflug auf den Franz-Josef-Strauß-Flughafen. Sanft glitt das Flugzeug aus der ihm zugewiesenen Wartezone und setzte auf der Landebahn auf. Es war ein langer, anstrengender Flug gewesen, und Severin fühlte sich ganz und gar erschöpft. Während der Nacht hatte er keinen Schlaf gefunden. Immer wieder kreisten seine Gedanken um Anna und die Gefahr, in der sie sich befand.

Er hatte ihr telegrafiert und dabei lediglich seine Ankunft für den folgenden Tag angekündigt und dass er sie dringend sprechen müsse. Noch im Flugzeug hatte er per Satellitentelefon Benedikt van Cleef angerufen, dessen Namen er aus Annas Erzählungen kannte, und hatte ihm die genaue Ankunftszeit mitgeteilt.

Die Boeing hielt am Gate 7. Eilig steuerte Severin mit dem Handgepäck auf die Passkontrolle zu. Der Beamte nahm den Ausweis in die Hand, schob ihn durch den Scanner und schaute ihm dann prüfend ins Gesicht.

»Einen Moment bitte«, sagte er und nickte einem hochgewachsenen Mann zu, der im Hintergrund die Fluggäste beobachtete.

»Herr Corelli?«

Severin runzelte die Stirn. »Ist etwas nicht in Ordnung?«

»Benedikt van Cleef, Kripo München. Wir haben miteinander telefoniert. Ich darf Sie bitten, mir zu folgen.«

»Ich danke Ihnen, dass Sie sich die Mühe gemacht haben, mich abzuholen. Ich muss unbedingt mit Ihnen reden.«

»Sie sagten, dass Sie uns bei der Aufklärung eines Verbrechens helfen können. Von Mühe kann daher keine Rede sein.«

Van Cleef nickte dem Zollbeamten zu, der Severin seinen Pass zurückgab.

»Haben Sie Gepäck?«, fragte er.

»Nein, nur Handgepäck.«

»Dann fahren wir zuerst zum Präsidium, und unterwegs erzählen Sie mir, warum Sie mich so dringend sprechen wollen.«

Die beiden Männer durchquerten die Ankunftshalle.

»Vor einigen Wochen habe ich in Boston Max Gavaldo zu einem Geschäftsessen eingeladen und ihn gebeten, seine Frau mitzubringen«, sagte Severin. »Ich war völlig überrascht, als ich in ihr die jüngere Schwester meiner Jugendfreundin Katharina Wendel erkannte. Sie erzählte mir, dass sie überfallen wurde und man den Täter bislang noch nicht gefasst habe. Ich mache mir große Sorgen. Katharina wurde vor einigen Jahren ermordet. Anna erwähnte, dass ein Mann mit stotternder Stimme die Polizei verständigt habe.«

Sie standen vor van Cleefs Dienstwagen. Ein paar Sekunden lang sahen sie einander in die Augen.

Severins Stimme zitterte. »Sie ist noch immer in Gefahr.«

»Wieso glauben Sie das, Herr Corelli?«

Einen Augenblick herrschte Schweigen.

»Ich glaube, ich weiß, wer damals angerufen hat.«

Severin hielt den Blick gesenkt, als müsse er sich erst einmal sammeln. Er erzählte van Cleef von dem Jungen auf der Bank im Auwald, der sich oft mit Katharina unterhalten hatte und den auch Anna kannte.

»Wahrscheinlich kann sie sich nicht an ihn erinnern, weil sie damals noch zu klein war. Aber mir ist sein Name wieder eingefallen: Lukas Hübner. Er wohnte damals bei seiner Tante in der Nähe des Kindersanatoriums, in dem Anna einige Jahre verbrachte. Katharina mochte ihn. Er tat ihr leid. Aber das ist noch nicht alles. Mein Vater … mein Adoptivvater hatte dort eine alte Blockhütte mit einem kleinen Wildgehege.«

Das Wort *Wildgehege* löste in van Cleefs Kopf Alarm aus. Er dachte an Julias Obduktionsbefund und an Veronikas Erläuterungen zur *Hellabrunner Mischung*.

»Steigen Sie bitte ein, Herr Corelli«, sagte van Cleef und wies dann den Fahrer an: »Zum Präsidium.« Schließlich wandte er wieder zu Severin, und sein Tonfall war jetzt drängend: »Ihr Hinweis kommt gerade rechtzeitig. Anna ist seit gestern spurlos verschwunden. Bei der Hausdurchsuchung fanden wir in ihrem Wohnzimmer einen Brief von einem gewissen Lukas.«

»Verschwunden? Um Gottes willen!« Severin war kreidebleich.

Van Cleef ließ ihm keine Zeit, seinen Schock zu verdauen. »Könnte dieser Lukas Anna in der Blockhütte Ihres Vaters versteckt haben? Hat man ohne Schlüssel Zugang?«

»Ganz sicher. Lukas hat es Katharina gegenüber mal erwähnt.«

Van Cleefs Blick war streng. »Noch etwas: Kennen Sie jemanden mit dem Namen *Jakob?*«

Severin wurde noch bleicher.

Van Cleef wiederholte die Frage. »Kennen Sie jemanden, der so heißt, Herr Corelli?«

Er nickte, holte die diversen Abstammungsurkunden aus seiner Aktentasche und reichte sie ihm.

Van Cleef überflog die Dokumente, dann blieb er an einer Adoptionsurkunde hängen, auf der der volle Name von Severin Corellis Adoptivvater stand: Nicolas Giacomo Corelli. Giacomo hieß nichts anderes als Jakob.

Van Cleef biss sich auf die Lippe.

»Ich denke … O mein Gott … Vielleicht ist sie in dem alten Haus. Es steht leer. Vielleicht ist sie dort. Wir müssen sofort hin!«, flüsterte Severin mit zitternder Stimme.

Van Cleef drehte sich um, der Mann neben ihm war völlig fertig und den Tränen nahe.

»Und jetzt sagen Sie mir, wo wir dieses verdammte Haus finden!«

Am Präsidium angekommen, gab er per Funk Anweisung, je einen Streifenwagen zu Dr. Corellis ehemaligem Wohnhaus und zur Blockhütte im Auwald zu beordern.

Dann schaute er Severin an. »Sie warten bitte hier. Sie werden gleich abgeholt. Wir treffen uns anschließend im Präsidium. Bei dieser Sache können Sie nicht mitkommen, das ist zu heikel.«

Severin nickte stumm und beobachtete apathisch, wie van Cleef hastig in einen anderen Wagen umstieg, das Blaulicht einschaltete und durch die Stadt jagte.

KAPITEL 47

Bin ich in einem Keller?

Eine Dunkelheit wie diese hatte sie in ihrem Leben noch nicht erlebt. Sie glaubte, gefesselt auf einem Stuhl über einem lichtlosen Abgrund zu schweben. Nur allmählich kehrte das Gefühl wieder in Arme und Beine zurück. Sie bewegte ihre Hand vor den Augen. Obwohl sie spürte, dass die Handfläche leicht ihre Nase berührte, sah sie sie nicht. Sie umklammerte die Stuhllehne. Irgendwo klapperte Besteck. Ihr Herz raste.

Er wird mich töten, dachte sie, *wie er Katharina getötet hat.*

Gestern hatte er ihr eine weiße Paste ins Gesicht geschmiert, damit sie für einen Tag und eine Nacht die Blässe einer Toten hatte. Nein, dachte Anna. Er hatte es als *fahle Aura* bezeichnet und die Worte gesprochen: *»Quando a vida perde o seu sentido, a morte nao mais assustara.«*

Sie kannte ihre Bedeutung nicht.

Plötzlich war seine Stimme dunkel und tief geworden, seine Augen riesig und hohl. Er sah dem Mann ihrer Albträume so ähnlich, als er sagte: »Ich werde dich töten.«

Als er das erste Mal zurückgekommen war, herrschte in dem Raum noch schwache Helligkeit. Das musste Dienstagnachmittag gewesen sein. Er hatte Wasser gebracht und ihr etwas zu trinken gegeben. Dann war er nach einer langen Zeit ein zweites Mal gekommen. Der Raum war dunkel gewesen, also war es Nacht. Er hatte sie berührt, ihre Brüste gestreichelt. Sie konnte nicht schreien und sich nicht bewegen, und ihr Atem stockte unter seiner Berührung.

War es Dienstag oder Mittwoch? Als sie vorsichtig versuchte, ihre Hände und Füße zu bewegen, verwandelte sich das dumpfe Pochen sofort in einen stechenden Schmerz. Ihre Gedanken wurden klarer. Montag, Dienstag, Mittwoch. Es musste Mittwochmorgen sein. Man würde nach ihr suchen. Diese hauchdünne Hoffnung war das Einzige, was ihr blieb.

Sie flüsterte Max' Namen und flehte ihn aus dem Dunkel an, sie zu retten.

*

Jakob betrachtete Anna auf dem Tisch im Keller seines alten Hauses. Er musste die Dosis erhöhen. Sie durfte nicht aufwachen. Ihre Gesichtszüge mussten für sein Vorhaben völlig entspannt sein. Nur wenn sie schlief, konnte er sich an ihr sattsehen und sie streicheln.

Er legte eine Wolldecke über ihren nackten Körper. Unter der Decke streichelte er sie sanft und zärtlich, denn er hatte schöne, zarte Hände und nicht solche rauen wie Maria Luca.

»Erinnerst du dich, Anna? Du warst damals so jung und so unschuldig«, flüsterte er.

Die Nacht im dunklen Keller, gefesselt an einen Stuhl, hatte ihren Widerstand gebrochen. Er hatte sie auf den Tisch gelegt, ihr die Hand- und Fußgelenke gefesselt und ihren Mund mit einem Knebel verschlossen.

Er musste ihr einen Vorgeschmack auf den Tod geben, indem er einen Spiegel mit einer Kerzenflamme anrußte und ihn ihr vorhielt. Nur so konnte sie beim Sterben ihr Gesicht sehen.

Ganz allmählich tauchte Anna aus einem tiefen, traumschweren Schlaf auf. Ihr Kopf fühlte sich an wie mit Watte gefüllt, und hinter den Lidern wirbelten seltsame Traumbilder. Sie spürte eine Plastikplane unter ihrem Körper. Der Raum erschien ihr diesmal nicht so dunkel und kalt. Ein merkwürdig verbrannter Geruch lag in der Luft.

»Deine Schwester zu töten, war ein besonderes Ereignis. Ich habe es genossen. Dein Tod wird vollkommener und ohne jegliche Störung sein. Du wirst mich danach ein ganzes Leben begleiten«, flüsterte er.

Anna hob die Lider und sah in seinen Augen den Wahnsinn aufflackern. Sein Kopf war gesenkt und die Arme hinter dem Rücken verschränkt, als würde er etwas vor ihr verstecken.

»Sieh mal, Anna. Das werde ich in wenigen Stunden mit dir machen.«

Mit der einen Hand hielt er ihr den Spiegel vors Gesicht, mit der anderen zeigte er ihr einen geöffneten, blutverschmierten Schädel, aus dem eine Hirnhälfte herausquoll. Dann verlor sie das Bewusstsein.

Jakob schaute lächelnd auf sein bewusstloses Opfer und stellte den blutigen Schädel so hin, dass sie ihn beim Aufwachen unmittelbar vor Augen hatte. Ihr Kopf mit dem goldenen Haar wäre ein prachtvolles Geschenk von Daevas für seine Freunde am Amazonas, und bis zur Übergabe würde er mit ihm so pfleglich umgehen wie die Jivaros.

*

Von Corellis ehemaligem Haus war nicht mehr viel übrig geblieben als ein Quadrat aus Schlackenbetonstein. Die Fenster schienen erst im Nachhinein eingebaut worden zu sein und waren unterschiedlich groß. Auf der vorderen Veranda befand sich ein Keramikkamin, neben dem Papier und Zeitschriften aufgestapelt waren. Wahrscheinlich Anzündmaterial, dachte van Cleef.

Er sah sich um. Die meisten Häuser in der Nachbarschaft waren mit Brettern vernagelt; gelbe Plakate wiesen warnend auf ihre Baufälligkeit hin.

Ein fauliger Geruch lag über der Gegend. *Wenn sogar Grünwald versifft, ist Deutschland endgültig am Boden*, dachte er. Auf dem Weg zum Haus atmete er ein paarmal tief ein, um sich an den Geruch zu gewöhnen. Vor der Tür befand sich ein Schutz aus dichtem Drahtgeflecht, der mit einem Vorhängeschloss gesichert war; die Tür selbst hatte drei Riegel und ein Schloss.

Er trat an das Wohnzimmerfenster, es war ebenfalls mit einem Drahtgeflecht und einem schweren Schloss ausgestattet; das Fensterfutter war mürbe und alt. Mit ein paar festen Stößen hatte er den gesamten Rahmen ausgehebelt.

Das Wohnzimmer war dunkel und schmuddelig. Überall lagen Papier und Müll verstreut. An einer blauen Couch schien eine dunkle Substanz hinuntergetropft zu sein. Van Cleef konnte nicht erkennen, ob es Körperflüssigkeit oder Kaffee war. Was er jedoch deutlich registrierte, war der geradezu betäubende Gestank von Formaldehyd und Verwesung und die merkwürdigen Zeichen auf dem Fußboden.

An den Wänden umsäumten ähnliche Zeichen die Fotografien junger Frauen. Die Frauen auf den Aufnahmen sahen aus, als seien sie in ihrer vertrauten Umgebung fotografiert worden. Die Wandregale waren mit Gläsern unterschiedlicher Größen bestückt, in denen in Formaldehyd konservierte skelettierte Hände oder Fingerknochen lagen.

Van Cleef griff nach seiner Waffe und löste den Riemen des Holsters, als er in den vorderen Bereich des Hauses ging, um sich zu überzeugen, dass niemand die Auffahrt heraufkam.

In der Küche waren Teller im Spülstein gestapelt, verkrustet und unappetitlich. Der Fußboden war klebrig, und der gesamte Raum kam ihm feucht vor. Ein seltsamer Moschusgeruch legte sich wie ein feuchtes Tuch über ihn.

Er zog sich die Latexhandschuhe über und ging ins Schlafzimmer. Als er den Wandschrank öffnete, sah er, dass er mit Aufnahmen der Mordopfer vollgestopft war.

Er öffnete die Kommode, in der er weitere Aufnahmen zu finden glaubte. Stattdessen war die oberste Schublade mit Zeitungen ausgelegt. Sie enthielten Artikel über eine junge Frau, die in ihrem Haus auf bestialische Weise umgebracht worden war: Katharina.

Das Foto der Toten rief statt Übelkeit Erschöpfung in ihm hervor. Er hatte bereits zu viele derartige Aufnahmen gesehen und rieb seine Augen im vergeblichen Versuch, das Wahrgenommene zu verdrängen. Auch in anderen Schubladen stieß er auf Fotografien junger Frauen mit langen blonden Haaren.

Die letzte Schublade war mit der Regionalseite der Sonntagsausgabe der *Münchner Abendzeitung* vom 3. Mai 1981 ausgelegt. Auf ihr lag eine Hand aus Porzellan. Er nahm sie heraus. Die Titelseite ließ auf einen Tag schließen, an dem kaum etwas passiert war: ein Foto, auf dem der Bürgermeister ein neues Schulgebäude einweihte, eine junge Mutter, die von ihrem Kampf um einen Kindergartenplatz berichtete. Harmlose Artikel.

Der 3. Mai 1981 war Annas Geburtstag. Unter der Zeitung lag ein Foto von einer jungen Frau, die einen kleinen Jungen an der Hand hielt. Er drehte das Foto um. Auf der Rückseite stand in kindlicher Handschrift: *Mama und ich vor der Blockhütte.*

Die Frau war die Mutter von Nicolas Corelli und sah Katharina und Anna zum Verwechseln ähnlich.

Plötzlich vernahm van Cleef ein Geräusch.

Mit einem Tritt stieß er die Tür auf. Aus dem Keller des alten Hauses hörte er einen einzelnen Schrei, dann wieder Stille. Sein Herz raste, ihm trat der Schweiß aus den Poren.

»Verdammt!«

Der Klang des Entsetzens in seiner Stimme ängstigte ihn nur noch mehr. Er musste sich zusammenreißen, denn er war der Panik nahe. Der Lichtschalter ließ sich nicht betätigen. Die Sicherung war durchgebrannt, und er blickte in tiefste Finsternis.

Er bewegte sich Stufe für Stufe die Kellertreppe hinunter. *Es wird schon gehen,* dachte er. Es war nur dunkel, weiter nichts, nur die Abwesenheit von Licht. *Ich schaffe es, nur vorsichtig und langsam bewegen.*

Wie auf Eis tastete er sich durch den dunklen Raum, vorbei an einem Beistelltisch. Es war so dunkel, dass selbst die Finsternis ihn noch geblendet hätte.

Er stieß mit den ausgestreckten Händen an eine Wand, und etwas bröselte hinunter.

War nicht eben ein scharfer Gegenstand an ihm vorbeigezischt?

Etwas fiel klirrend zu Boden.

Stille, dann ein leises Stöhnen, das er hinter der vor ihm liegenden Wand ortete. Er ging weiter und strich an der Wand entlang. Als seine Hand ins Leere griff, fuhr er zurück, als fürchtete er, dass Dämonen aus der Finsternis kriechen würden. Doch er hatte nur eine weitere Tür erreicht.

Er atmete hastig. Seine Hände spürten kalte Fliesen, bis er endlich einen Lichtschalter ertastete.

Niemals würde er Mathilda erzählen, was seine Augen jetzt sahen, nachdem sie sich an das grelle Licht gewöhnt hatten.

*

Jakob zog seinen Jogginganzug an und verließ die Blockhütte. Er atmete tief die zu dichtem Nebel kondensierte kalte Winterluft ein, bevor er achtlos an der an die Bank gefesselten Leiche vorbei zum Schuppen ging; erst als er vom Joggen zurückkam, schenkte er der Toten einen Blick.

Der kopflose Körper saß kerzengerade auf der Bank, starr zum Weiher gerichtet. Auf ihre Schultern waren die beiden Hirnhälften drapiert. Die linke Hand umfasste den rechten Handstumpf.

»Du sitzt auf der Bank, auf der schon so viele saßen, Sofia«, sagte er. »Was für ein Mädchen bist du eigentlich? Sitzt stumm wie ein Fisch. Du wusstest gar nicht, was Liebe ist. *Ich* bin die Liebe und die Sehnsucht, und ich war liebevoll zu dir, seit ich dich zum ersten Mal gesehen habe, damals, als der Himmel so blau war und die Vögel mich zu dir führten.« In seinem Gesicht zuckte es. »Gib mir eine Antwort! Habe ich dich nicht vollkommen glücklich gemacht? Nein?«

Er warf ihr einen verächtlichen Blick zu und ging wieder hinein. Plötzlich hörte er draußen ein fremdes Geräusch und warf den Kopf herum. Und da wusste er:

In wenigen Minuten würde er wieder ein kleiner Junge sein. In wenigen Minuten würde ein blonder Engel ihn in seine Arme schließen und ihn anlächeln und ihm übers Haar streichen.

Er öffnete die Tür.

*

Zögernd ging die Sonne am dunstigen Februarhimmel unter, im Westen blitzten noch einmal Lichtstrahlen am Horizont auf. Die Seeoberfläche glänzte schiefergrau, durchkreuzt von einigen Streifen Magenta. Van Cleef verharrte eine Weile unschlüssig am Ufer.

Seine Kollegen waren bereits unterwegs, weitere Beamte durchsuchten das Schwabinger Appartement von Nicolas Giacomo Corelli, die Spurensicherung sammelte wichtiges Beweismaterial in seinem ehemaligen Haus.

Van Cleef sah, wie sich die zwei Sonnenuntergänge im Spiegel des Weihers aufeinander zubewegten, und folgte dem Uferverlauf in Richtung Süden.

Er näherte sich vorsichtig, sein Herz hämmerte wie wild. Er sah eine Bank vor einem verrotteten Schuppen und den nackten Körper einer … Er stutzte. Nur die Brüste und der Unterleib verrieten, dass es sich um die Leiche einer Frau handelte. Das letzte Tageslicht fiel auf die losen Bandagen an den verstümmelten Armen. Der Wind ließ sie wie kleine Wimpel flattern.

Und dann entdeckte er eine taumelnde Gestalt, die mit unsicheren, schlaksigen Bewegungen um den Weiher lief und auf einen Baum kletterte.

Im Bruchteil einer Sekunde brannte sich das Bild ein: der kopflose, blutverschmierte Corpus, die klaffenden roten

Bisswunden auf den Brüsten, die beiden Hirnhälften auf der Schulter.

Er nahm seine 38er Smith & Wesson aus dem Holster und entsicherte die Waffe. Seine Hände waren wie Blei. Ein kurzes Zögern, das instinktive Bedürfnis, sich zu schützen, erwies sich als Glück. Er hörte ein schwaches, knarrendes Geräusch und verstärkte den Griff um die Waffe. Das Knarren kam von der Tür der Blockhütte. Er trat einen Schritt zurück und wartete. Eine Gestalt duckte sich heraus und zielte mit einem Jagdgewehr auf ihn. Da leerte er das gesamte Magazin.

Lukas saß auf dem Boden des Baumhauses und ließ die Beine baumeln, er beugte sich vor und klopfte die Fersen seiner Füße aneinander. Unsicher und verwirrt betrachtete er den dunklen, runden Gegenstand neben sich.

Plötzlich schlenkerte er mit den Armen, als wollte er die Vögel verscheuchen. Er nahm den Schrumpfkopf in die Hand und fing an zu weinen. Als die Schüsse fielen, schaute er erschrocken zum Himmel. Tränen liefen über seine Wangen.

KAPITEL 48

Mathilda träumte von Anna. Sie ging mit ihr durch den Klostergarten. Ein gespenstisches Bild blitzte auf: Annas völlig verdrehter Körper in einem Müllsack. Benedikt lächelte sie mit stechenden braunen Augen an. Sie träumte, jemand klingelte an der Haustür, und sie wachte schweißgebadet auf. Im gleichen Augenblick läutete das Telefon.

Mathilda stand auf. Wie in Trance ging sie an den Apparat und nahm den Hörer ab. »Ja …?«

»Benedikt hier. Ist alles in Ordnung, Mathilda? Du hörst dich seltsam an.«

»Habt … habt ihr sie gefunden?«

»Ja. Wir haben sie gefunden, und sie lebt.«

Plötzlich war sie hellwach. »Wo ist sie? Wie geht es ihr?«

»Sie liegt auf der Intensivstation. Aber sie wird durchkommen.«

Mathilda starrte fassungslos auf den Hörer. Sie zitterte am ganzen Körper. »Was hat er ihr angetan?«

»Max ist jetzt bei ihr. Es ist vorbei, Mathilda. Endlich vorbei«, sagte er und hörte Mathilda weinen.

*

Lukas leistete bei seiner Festnahme keinen Widerstand. Kurze Zeit später wurde er von Beamten der Mordkommission dem Eilrichter vorgeführt. Nach einer kurzen Begutachtung durch den Gerichtspsychiater brachte man ihn zur eingehenden Untersuchung in die geschlossene

Abteilung der *Agrona Cara*, einer in Essen gelegenen Klinik für forensische Psychiatrie.

In der ersten Nacht, die er dort verbrachte, prägten Traumgestalten seinen Schlaf.

Das Feuer im Kamin der Blockhütte ist erloschen. Er friert. Zitternd vor Kälte starrt er Jakob auf dem Boden an, der hilfesuchend die Hand nach ihm ausstreckt. Lukas empfindet große Erleichterung und kreischt. In Gedanken tanzt er mit ihm einen Walzer, an einem Bach, der unter einer kleinen Holzbrücke hindurchfließt. Er riecht den Tannenduft und hört den Wind in den Wipfeln mächtiger Bäume rauschen, denkt an Forellen mit hell gesprenkeltem Rücken und weißen Bäuchen, und das Herz hüpft ihm im Leibe.

Achtlos stapft er über den sterbenden Körper des Mannes und verlässt die Blockhütte.

Sein Blick streift über den Wald. Das unentwegt von den Blättern tropfende Regenwasser ist durch die klirrende Kälte zu Eiszapfen erstarrt, die wie Diamanten in der Morgensonne funkeln. Seine Lunge saugt die kalte Luft gierig ein.

Er sieht zur Blockhütte. Er wünscht sich eine Frau, die ihm zur Seite steht, er wünscht sich ein behagliches Familienleben. Das kann er sich durchaus vorstellen.

Hinter dem Fenster schimmert das bläuliche Licht des Fernsehers. Er sieht sich die Schuhe ausziehen und die Füße ausstrecken. Sein Sohn spielt mit Zinnsoldaten, und seine kleine Tochter ist bis zum Kinn unter duftendem Schaum in der Badewanne versunken. Szenenwechsel. Er trägt Jakobs Körper zum Weiher. Einmal glaubt er, den Atem seines Geists über seine Wange streichen zu spüren.

»Leg ihn hier ab«, befiehlt ihm eine Stimme in seinem Kopf.

Er legt Ziegelsteine auf den Leichnam. Ihm läuft der Schweiß übers Gesicht. Mit einem Seil befestigt er den mit Steinen gefüllten Koffer an dem Toten. Er spürt seine Beine bei jedem Schritt weich werden.

Mit einer Axt bricht er am Uferrand das Eis. Als er die Leiche lautlos in das kalte Wasser gleiten lassen will, stutzt er.

Tief unten vom See dringen Klagelaute zu ihm empor. Er blickt in die Wasserspiegelung und sieht rauchige Finger, die über den Boden kriechen. Als sich das Eis teilt, sieht er im Wasser eine vor Kälte erstarrte Frau von gespenstischer Blässe, mit deren langen blonden Haaren die Wellen in vorgetäuschter Poesie sanft spielen, als streichelten sie sie: die langen blonden Haare des Schokoladenmädchens.

Schweißgebadet wachte Lukas in der Zelle auf. Nur die schwache Nachtbeleuchtung spendete dem Raum mit den weich gepolsterten Wänden ein wenig Licht. Er erhob sich und tastete sich zum Waschbecken, drehte den Wasserhahn auf und hielt seinen Kopf darunter. Dann drückte er seine Nasenspitze an den kleinen Wandspiegel. Sein Gesicht war auffällig lang und blass. Er trug einen weißen Pyjama. Seine Augen waren immer blau gewesen, doch jetzt schienen sie ganz dunkel.

Er berührte den Spiegel und lächelte. Dann drehte er sich um, ging zurück zum Bett und legte sich wieder hin. Er begann zu schreien und schlug um sich. Er hörte, wie die Tür geöffnet wurde, sah die Pfleger in ihren weißen Anzügen auf ihn zukommen. Mit routinierten Bewegungen stellten sie ihn ruhig.

Um drei Uhr morgens wachte Lukas erneut auf und spürte die Wärme zwischen den Beinen; er hatte wieder eingenässt.

Es war nur ein Traum, dachte er. Morgen würde er zu Jakobs Grab gehen und ihm sagen, dass es ihm nicht leidtat, dass der Polizist ihn getötet hat.

*

Nach Auskunft des Forensikpsychiaters, der Lukas in der geschlossenen Abteilung der Klinik betreute, konnte er den Brief an Anna gar nicht geschrieben haben.

Was wäre geschehen, wenn Corellis Plan aufgegangen wäre und sie aufgrund des Briefs Lukas als psychopathischen Mörder mit einer multiplen Persönlichkeitsstruktur inhaftiert hätten?, fragte sich van Cleef. Oder die falsche Fährte mit Bens Haar. Dann wäre Corelli ihnen wieder entkommen. Doch ausgerechnet sein Adoptivsohn hatte ihnen den entscheidenden Hinweis gegeben.

Es gab unumstößliche Beweise, die Nicolas Giacomo Corelli als Täter auswiesen. Im Schuppen waren die Regale und Schränke vollgestopft mit Sedativa, Hypnotika, Amphetaminen und Halluzinogenen sowie einem kompletten Sortiment an chirurgischem Nahtmaterial und Operationsbesteck. In dem großen Teich neben dem Schuppen fanden sie Bens Leiche und die der vermissten Frauen. Der einzige Trost für die Eltern der jungen Frauen war die Gewissheit, dass sie ihre Töchter nach der Autopsie beerdigen konnten. Corelli hatte ein raffiniertes Spiel gespielt: Er hatte den Verdacht auf Ben gelenkt, indem er die Haare eines Toten bei Rebecca hinterlassen hatte, er hatte die Polizei einer sinnlosen Großfahndungstätigkeit ausgesetzt, und er hatte sich eines hilflosen Krüppels bedient.

Van Cleef schauderte und legte den Brief in das Dossier mit der Aufschrift *Anakonda* und klappte den Aktendeckel zu.

Mit Mathildas und Dr. Kreilers Unterstützung würde er Anna und Max helfen, sich von all ihren psychischen Narben zu befreien. Es könnte schwierig werden, hatte Veronika Granel ihm prophezeit.

Aber er hatte Hoffnung, was Anna betraf. Und er betete, dass sie ihr dabei helfen konnten, genügend Selbstvertrauen zu gewinnen, um möglichst angstfrei in die Zukunft zu gehen. Der erste Schritt war getan. Sie hatte ihn dankbar angesehen, als er ihr sagte, dass nicht ihr Vater, sondern Corelli ihre Schwester getötet hatte.

Van Cleef stand auf und löschte das Licht in seinem Büro. Feierabend.

*

Der Fahrtwind, der Max ins Gesicht wehte, fühlte sich kühl und rein an. Er dachte an Anna und an all das, was ihn für immer mit ihr verband. Ihre gemeinsam verbrachten Jahre mit den unzähligen Erinnerungen. Das Liebesgeflüster am späten Abend, die kleinen Witze, die nur sie verstanden, ihre Amnesie, ihre schrecklichen Erlebnisse – das alles hatte sich zu einer gemeinsamen Geschichte verwoben.

Mit jedem Kilometer, den er fuhr, fiel eine weitere Schicht der Ungewissheit von ihm ab.

Als er aus dem Wagen stieg und das Krankenhaus betrat, tat er es mit dem sicheren Schritt eines Mannes, der wusste, dass er die richtige Entscheidung getroffen hatte.

Er ging über den langen Korridor zu Annas Zimmer, klopfte leise an und trat ein. Benedikt van Cleef saß an ihrem Bett. Das Zimmer war von Blumenduft erfüllt.

Die Nachmittagssonne fiel durch das Fenster und tauchte das Bett in ein klares Februarlicht. Anna schlief. Über ihr hing ein Infusionsbeutel.

Lange Zeit sprachen die beiden Männer kein Wort. Van Cleef beugte sich vor und gab Anna einen Kuss auf die Stirn. Dann stand er auf und erwiderte Max' Blick. »Pass gut auf sie auf.«

Seit er mit Mathilda befreundet war, duzten sie sich.

»Ja, das werde ich.«

»Ich werde dich beim Wort nehmen«, sagte van Cleef und verließ das Zimmer.

Max setzte sich auf den frei gewordenen Stuhl und nahm ihre Hand. Ehrfürchtig hob er sie an seine Lippen. »Ja, ganz bestimmt«, wiederholte er leise.

Wenn Benedikt van Cleef nicht gewesen wäre … Er wollte nicht daran denken. Anna hatte ihr Leben nur der Hartnäckigkeit dieses Mannes zu verdanken.

Sie erwachte und öffnete die Augen.

»Hallo, Liebes«, sagte er zärtlich.

»Ich bin eingeschlafen, einfach so. Benedikt hat mich besucht. Oje, und ich bin eingeschlafen.«

»Er wird es dir nicht übelnehmen.«

»Man schläft nicht im Beisein eines Mannes ein!«

»Da meldet sich wieder dein Gewissen zu Wort. Wie ich sehe, geht es dir schon viel besser. Das ist gut.«

»Ja, es geht mir gut.« Zärtlich blickte sie ihm in die Augen. »Ich bin so erleichtert, dass er Katharina nicht getötet hat. Ich hätte mit dem Gedanken nicht leben können, einen Mörder als Vater zu haben.«

»Ich weiß.«

»Es ist seltsam, mir kam vorhin etwas in den Sinn. Mama, Katharina und ich haben schon damals nach seinem Verschwinden geahnt, dass er nicht mehr lebt. Warum wäre Mama sonst wohl im Haus seines Vaters geblieben? Wir sind einfach davon ausgegangen, dass er tot ist. Deshalb habe ich niemals den abstrusen Gedankengängen der Polizei folgen können … Ach Max, ich liebe dich!«

Alles in ihm schwoll an und wurde hell wie die Sonne. »Wir …«

»Du hältst dich jetzt zurück, bis ich fertig bin«, fuhr sie dazwischen. Sie seufzte und wartete, bis sie sich sicher war, ruhig sprechen zu können. »Was ich sagen möchte, ist, dass ich alles Glück in den vergangenen Jahren dir verdanke. Du hast unendliche Geduld mit mir gehabt. Es ist vorbei, Max. Endlich vorbei. Endlich können wir ein neues Leben beginnen.«

»Ich werde dich glücklich machen.«

»Das solltest du auch.« Sie schlang ihre Arme um ihn und küsste ihn.

*

Niemand sonst war auf dem Friedhof. Er blieb vor einem Grab mit einem schlichten grauen Grabstein stehen. *Katharina Wendel* stand darauf.

Die letzten Wochen waren für Severin voller Qualen gewesen. Er hatte zu Protokoll gegeben, dass er von alldem weder etwas gewusst noch geahnt hatte. Sein Adoptivvater war stets ein fürsorglicher Mann gewesen, auch nach dem Tod seiner Mutter. Doch seit er in Brasilien lebte, hatten sie sich nur selten gesehen. Sharon mochte ihn nicht besonders; er hatte sie beide nur ein einziges Mal in den Staaten besucht.

Eine Erinnerung aus seiner Kindheit war in diesen Tagen allgegenwärtig; er hatte seinen Adoptivvater einmal im Badezimmer dabei ertappt, dass er ein mit Blut verschmiertes blaues Tuch vor ihm versteckte. Mehr hatte er nicht zu Protokoll geben können.

Die Sensationspresse spielte weiterhin genüsslich auf der Horrororgel, allerdings quälten ihn der Klatsch, die versteckten Andeutungen oder bewussten Kränkungen weit weniger, als er sich selbst quälte.

Heute Abend würde er in die Staaten zurückkehren.

»Ich habe nichts getan, um deinen Tod zu verhindern, Katharina. Ich habe es nicht einmal versucht. Und das, was mich später in meinen Träumen verfolgte, habe ich ignoriert und verdrängt; was mich hätte stutzig werden lassen sollen, habe ich übersehen. Doch ich war rechtzeitig hier, um Anna vor dem Schlimmsten zu bewahren. Er ist tot, Katharina. Verzeih mir, dass ich bei dir versagt habe«, sagte er mit gebrochener Stimme und legte einen Strauß blauer Veilchen auf das Grab. »In den Staaten gibt es jemanden, der auf mich wartet. Ich glaube, du hättest sie gemocht.«

Es gab für ihn einen neuen Anfang, und der hatte einen Namen: Sharon. Sie erwartete ihn sehnsüchtig. Er würde jede Sommersprosse in ihrem schmalen Gesicht küssen, ihr kurzes dunkelbraunes Haar streicheln und ihr sagen, wie dankbar er für ihre Liebe war.

Als er den Friedhof verließ, hörte er das sanfte Rascheln der Birkenblätter und lächelte.

*

Jörg Kreiler hielt vor dem ehemaligen Haus von Katharinas Eltern und stellte den Motor ab, blieb aber im Wagen sitzen. Er öffnete das Handschuhfach und fand darin, was er suchte.

Er legte die Hand auf den Türgriff und zögerte. Noch immer wusste er nicht, was er hier eigentlich wollte. Erinnerungen an Katharina kamen hoch, und wenn er seine Augen schloss, sah er sie.

Die Hinterlassenschaft ihrer Liebe würde ihm immer bleiben.

Der Anakonda-Fall würde ins Polizeiarchiv wandern, und er konnte endlich aufatmen. Die Wahrheit würde sich im Lauf der Zeit verschieben. Schließlich hatte er gerade durch Anna gelernt, dass die Erinnerung nie konkret und unveränderlich war. Auch sie hatte immer noch Lücken, und das war gut so.

Er schaute auf und glaubte Katharina an einem der Fenster im oberen Stockwerk zu sehen. Sie lächelte und winkte zu ihm herab; ihr blondes Haar war zur Seite gebürstet. Genau so wollte er sie in Erinnerung behalten. Sie hob die Hand zu einem stummen Abschied, dann löste sich ihr Schatten in nichts auf.

Jörg Kreiler schaute auf seine Hand und betrachtete Katharinas Glasperlenkette, die Anna ihm vor Kurzem geschenkt hatte. Sie war zerrissen, und er hielt die kleinen Kugeln lose in der Hand. Er ließ sie in seine Jackentasche gleiten. *Ich werde sie dir später in die Blumenschale auf deinem Grab legen.*

Er ließ den Motor an. Er würde nie mehr hierher zurückkehren. Ein unerwartetes Gefühl der Erleichterung erfasste ihn, und er atmete befreit auf, als verlören die Geister der Vergangenheit soeben ihre Macht über ihn.

*

Mathilda stellte den Kaffee auf die Küchentheke und holte das Frühstücksgeschirr aus dem Schrank. Sie schnitt das Vollkornbrot in Scheiben und bereitete dann ein Omelett vor.

Van Cleef schaute in den Garten. Der Gartenteich war ein von jungen Birken umstandener ehemaliger Tümpel, auf dem ein gelber Seerosenteppich lag und in dem sich die schmalen Stämme wie geheimnisvolle Fingerzeige spiegelten.

Van Cleef sah gerade einen Vogel mit hellroten Flügeln durch die Luft flattern, als Mathilda ihn umarmte. »Ein schöner Blick, nicht wahr? Den Teich hat meine Mutter angelegt.«

»Es ist so friedlich. Ich könnte den ganzen Tag hier sitzen und die Aussicht genießen.«

»Hoffentlich nicht.« Sie nahm seine Hand und drehte sie um. »Du hast schöne Hände, Benedikt van Cleef. Stark genug, um dein Schicksal zu wenden und einen neuen Weg einzuschlagen.«

Stirnrunzelnd starrte er auf seine Hand. »Was siehst du?«, fragte er und lachte verhalten.

»Die Liebe steht dir ins Haus, eine, die dich glatt umschmeißt und die dir guttut.«

Während sie mit ihrem Daumen seine Handinnenfläche streichelte, richtete sie den Blick auf sein Gesicht.

»Du bist also eine Art Wahrsagerin?«

Belustigt schaute sie ihn an. »Küchenzauber. Das macht aber aus mir noch keine Hexe, nur eine besondere Frau.«

Die Februarmorgensonne lag auf ihrem Gesicht. Er umfasste ihre Hüften und küsste sie leidenschaftlich.

»Das hat mir außerordentlich gut gefallen«, sagte sie schläfrig.

»Bist du müde? Möchtest du frühstücken, oder möchtest du etwas anderes?«

»Etwas anderes.«

Er hob sie hoch und trug sie die Treppe hinauf.

Im Schlafzimmer schlüpfte er mit seiner Hand unter das Laken und streichelte sie.

»Meine Süße«, flüsterte er zärtlich.

EPILOG

Sieben Monate später

Bündelweise lagen ihre Briefe ausgebreitet vor ihm, sortiert nach Lebensabschnitten; lustige, nachdenkliche, traurige, überschwängliche, witzig frivole, ja sogar zärtliche Zeilen.

Pater Mateo lächelte. Annas Briefe ermöglichten ihm, an wesentlichen Augenblicken ihres Lebens teilzunehmen, Augenblicke der Freude und der Liebe, der Trauer und des Schmerzes. Doch vor allem war es die Liebe, die sie veranlasste, ihm zehnseitige Briefe zu schreiben.

Er hatte es genossen, als Zaungast ihr Glück aus der Ferne zu kosten. Sie besaß die Fähigkeit, andere Menschen an der Liebe, die sie empfand, teilhaben zu lassen, weil sie der Meinung war, dass man das Glück nur erlebte, wenn man es mit Menschen teilte.

Es schien ihr gutzugehen, und er freute sich sehr, dass sie die Kraft gefunden hatte, ihr Leben wieder aufzunehmen. Der unerschütterliche Glaube an die Zukunft hatte Verachtung, Trauer und Schmerz verdrängt. Wut hingegen war erlaubt, denn sie war die Gegenspielerin des Todes und ließ einen überleben.

Anna war willensstark, das hatte Mateo in den Monaten, die er mit ihr im Convento verbrachte, oft gespürt. Er mochte sie und war dankbar für die vertraute Freundschaft, die sie ihm entgegenbrachte.

Er hob das Glas Rotwein und betrachtete den blauen

Horizont. Wenn Anna jetzt hier wäre, würde sie sich über irgendetwas lustig machen und mit ihm anstoßen.

Er lächelte und überflog erneut ihren Brief.

Lieber Pater Mateo!

Bestimmt sitzen Sie auf unserer Terrasse und betrachten gerade den Sonnenuntergang oder den blauen Himmel. Wie gerne wäre ich jetzt bei Ihnen.

Verzeihen Sie mir, dass ich seit drei Monaten nicht geschrieben habe. Es gab zu viele Nächte, in denen ich kerzengerade und schweißgebadet im Bett saß und trotz der beruhigenden Nähe meines Mannes zitternd hellwach blieb.

Benedikt van Cleef hat mir ein paar Tatsachen mitgeteilt, aber sie sind kein Teil von mir geworden, sondern nur Bruchstücke in meinem Kopf und mit keinerlei Gefühl verbunden. Gelegentlich, zu den seltsamsten Zeiten, mitten in einem Satz am Telefon oder wenn ich in der Badewanne liege, fühle ich einen winzigen Ruck in mir und spüre einen zarten Erinnerungsfaden, der mich zurückziehen will.

Die Ärzte haben mich zwar vor der Flüchtigkeit des Erinnerns gewarnt, aber ich fühle mich trotzdem von meinem Gedächtnis betrogen; es ist, als enthielte ein guter Freund mir etwas vor oder betröge mich oder führte mich vorsätzlich in die Irre. Ich habe immer gedacht, dass mein Erinnerungsvermögen wie ein Puzzle wäre und dass sich, wenn sich die Lücken füllten, ein klares Bild ergäbe, aber das ist bis heute nicht geschehen.

Vielleicht liegt es daran, dass ich versuche, mich mit diesem Teil der Vergangenheit nicht auseinanderzusetzen. Ich halte meine Erinnerungen zurück, ich verstecke sie wie Albträume, die im tiefen Schlaf vergraben bleiben, und schütze mich. Vielleicht kehren die Erinnerungen eines Tages vollständig zurück. Doch bis dahin will ich das Leben genießen und mich auf die Geburt unseres Kindes freuen.

Haben Max und ich nicht das Recht, wieder frei durchatmen zu können, Pater? Niemand bedroht uns mehr, und niemand wird uns jemals wieder derartige Schmerzen zufügen. Ich kann mit meinem Mann angstfrei leben, nur das zählt. Es geht ihm gut, und gemeinsam werden wir das Erlebte bewältigen.

Die Stille im Convento war bereits vor langer Zeit meine Therapie. Sie lehrte mich, das Leben anzunehmen. Die Stille an diesem Sommertag, die mich auf Katharinas Lieblingsbank umgibt, macht mir bewusst, dass ich keine Angst vor der Zukunft haben muss. Nur die Liebe ist eine Kraft, die überleben lässt und das Leben verändert. Das waren damals Ihre Worte, Pater. Sie haben die Entwicklung unserer Liebe vorausgeahnt. Sie sind ein Schlitzohr, Mateo, doch dafür lieben wir Sie.

Wir möchten Sie um einen Gefallen bitten. Würden Sie unser Kind, das in etwa sechs Wochen auf die Welt kommt, taufen?

In Verbundenheit

Ihre Anna

PS: Liebe Grüße auch von Max. Ich soll Ihnen ausrichten, er hätte eine neue Lieferung erhalten.

Mateo legte Annas Brief auf den Tisch und betrachtete versonnen den Horizont.

»Ja, ich werde euer Kind im Convento taufen«, sagte er leise.

Er griff zum Telefonhörer. Nach einer umständlichen Erklärung erteilte der Abt des Klosters ihm die Erlaubnis, nach München zu reisen, um die Formalitäten der bevorstehenden Taufe zu besprechen.

Und Annas zarter Hinweis auf »eine neue Lieferung« sollte ihn zusätzlich locken.

Mateo schmunzelte. Nur die Wahl des Weins würde etwas schwierig sein, denn Max hatte einen Keller mit den erlesensten Tropfen aus der ganzen Welt.

*

Die beiden Paare legten an einem Hang oberhalb des Convento di Carmo eine kleine Pause ein. Auf der anderen Seite der Senke hatte die Septembersonne die Baumkronen in pastellfarbenes olivgrünes Licht getaucht, als wären sie Teil eines einzigartigen Sommergemäldes.

»Stell dir vor, unser Mateo hat bei seinem letzten Besuch eine ganze Flasche Wein mitgehen lassen.« Anna kicherte und küsste das kleine Bündel in ihren Armen.

Benedikt van Cleef grinste. »Beim nächsten Klau könnten wir ihn einen Tag in der Zelle schmoren lassen.«

»Du und Mathi seid aus demselben Holz geschnitzt«, sagte Anna lächelnd. »Großes Herz, aber null Toleranz für die Sünder.«

»Das kommt ganz auf die Sünde an«, widersprach Benedikt und zwinkerte Mathilda zu.

Mathilda warf Anna einen liebevollen Blick zu. »Mateo machte eine richtig gute Figur bei der Taufe. Er hat speziell für diese Feierlichkeit Diät gehalten.«

Anna lachte.

»Ich konnte aber nicht erkennen, dass sein Gourmethügel an Umfang abgenommen hat«, meldete sich Max.

Mathilda warf einen bewundernden Blick auf das kleine

Bündel in Annas Armen. »Sie ist das hübscheste Baby, das ich je gesehen habe.«

»Da könnten wir auf den Geschmack kommen, oder Mathi?«, fragte Benedikt.

»Ob wir das hinkriegen?« Mathilda berührte flüchtig seine Lippen. »Ich habe da so meine Zweifel«, neckte sie.

Er räusperte sich. »Hm … Der Kuss allein bringt es allerdings auch nicht, mein Schatz.«

»Wir waren sehr überrascht, als ihr uns den Namen des Babys verraten habt«, sagte Mathilda zu Anna.

Anna schaute ihre Tochter zärtlich an. »Hörst du, Katharina? Man war überrascht über deinen Namen. Dabei konntest du doch nur diesen tragen: Katharina, die Stolze, die Große, die Aufrechte.«

»Ja, ich finde es wunderbar«, meinte Mathilda.

Plötzlich blitzte drüben in einer Baumgruppe ein Lichtstrahl auf, und für einen Moment leuchteten Anna die Strahlen grell ins Gesicht und elektrisierten sie. Dunkle Augen hinter Brillengläsern? Sein starrer Blick, der aus der Ferne ihr Fleisch musterte?

Sie neigte den Kopf, als lausche sie einer inneren Stimme, und ging wie in Hypnose auf die Baumgruppe zu. Etwas befahl ihr, stehen zu bleiben. Sie schloss die Augen und wiegte das Baby sanft in ihren Armen.

War sein Schatten nicht schon einmal aufgeblitzt, gestern, als sie im Convento Mittagsschlaf hielt? Aufgewacht von dem Geräusch im Zimmer nebenan, hatte sie ihr Ohr fest an die Wand gepresst und gelauscht, ganz intensiv, und geglaubt, sein Kichern zu hören, das so schnell verhallte, wie es erklungen war. Sie war aufgestanden und hatte das Zimmer nebenan betreten. Nichts. Der Raum hinter der Tür war leer und still. Totenstill. Sie hatte sich wieder hingelegt, beunruhigt und verfolgt von einem magischen Schatten.

Vielleicht … Ihre Augen bewegten sich unter den Lidern. Sie wiegte ihr Kind. Ihre Halsschlagader trat dick hervor. Sie fühlte sich wie … ja, wie in diesem dunklen Raum … Sein Atem kam näher, und das Geräusch wispernder Stimmen umfing sie. Ihr Herz raste.

»Jakob?«

Auf eine seltsame, unerklärliche Art und Weise tat er ihr leid.

»Ist sie nicht zauberhaft, unsere Katharina?«, flüsterte sie.

Plötzlich flammte das grelle Licht wieder auf, um im gleichen Augenblick zu verlöschen. Hatte sie seine Augen hinter der dunklen Brille gesehen? Wollte er sie in den dunklen Raum führen, in den Raum der tausend Schatten? Wann, wo war das? Was war das eben? Jetzt war er verschwunden. Endgültig? Nein, er war dort draußen, irgendwo. Sie musste zu ihm. Er war doch ihr Prinz …

Jemand rief ihren Namen. Jakob? Oder Max?

DANKSAGUNG

Ich danke allen Beteiligten für ihre Mithilfe und dafür, dass sie mir ihr unschätzbares Wissen zur Verfügung gestellt haben:

Frau Dr. Regina Brinkmann-Göbel, einer außergewöhnlichen Frau, für ihre äußerst nützlichen Hinweise und Anregungen. Ohne sie gäbe es keinen Jakob.

Dr. med. Arndt, Pathologie Universitätsklinik Essen, für die bedingungslose Einführung in die Welt der Autopsie.

Dr. med. Olaf Klünder, Anästhesist und Schmerztherapeut, der mir auf humorvolle Weise Wissenswertes über den Schmerz vermittelte und mir wertvolle Hinweise gab.

Dr. Sven Korten, für sein Wissen aus dem Bereich der Forstwissenschaft.

Ralf Reiter, für seine unübertroffene Genauigkeit, seine wertvollen Hinweise und seine Kreativität. Vielen Dank.

Dirk Fellhauer, weil er »Eiskalte Umarmung« visualisierte und dem Protagonisten Jakob seine Stimme gab.

Mein Dank gilt auch den Menschen, die mir sehr viel bedeuten und bedeutet haben: meiner Familie mit all ihren liebevollen Ecken und Kanten; meinem David, danke für deine konstruktive Kritik, es ist wunderbar, dass es dich gibt; Marianne, door jouw vriendschap ontstond Mathilda; Rosa, meiner langjährigen Freundin; Heidi, dem Bonsai des Bindewortes; Ute, das Dortmunder »wat«; Walter, in seinem Himmel; Anna, meine Süße aus Berlin; Dagmar und Jürgen, sie wissen, warum; Christa, die Einzigartige, die mich während kreativer Pausen mit einem Kaffee im Café Wichtig immer willkommen hieß; und den Kreuzspinnen: ein unerschöpflicher Quell herrlicher Geschichten. Sie alle liefern mir täglich den Zündstoff für Kreativität.

Mein besonderer Dank gilt jedoch meinem Mann.

Weitere Krimis finden Sie auf den folgenden Seiten und im Internet:

WWW.GMEINER-SPANNUNG.DE

HANS W. CRAMER
Wer Sünde sät

978-3-8392-1884-6 (Paperback)
978-3-8392-5023-5 (pdf)
978-3-8392-5022-8 (epub)

»Der erste Fall für das schräge Trio aus Dortmund: psychologisch tiefgründig und beängstigend real«

Eine Frau verschwindet spurlos, ein junger Mann sucht seine Mutter und auf einem Golfplatz wird eine mumifizierte Leiche entdeckt. Alles nur Zufall? Unmöglich. Die Fälle müssen miteinander verknüpft sein – nur wie? Geheimnisse aus der Vergangenheit könnten Hinweise geben, aber wenn du dich in die Tiefen des Vergessenen wagst, musst du damit rechnen, etwas Schreckliches herauszufinden.

MATTHIAS GEREON
Die Eisbärin

978-3-8392-1886-0 (Paperback)
978-3-8392-5027-3 (pdf)
978-3-8392-5026-6 (epub)

»Düster und atemlos – ein eiskalter Thriller, der unter die Haut geht!«

»Wie gelähmt starrte sie auf die Zimmertür. Sie würde das Böse nicht aufhalten können.«

Was tust du, wenn die Vergangenheit dich einholt und dein einstiger Peiniger plötzlich vor dir steht? Für Sabine wird dieser Albtraum Realität. Doch als sie auf brutale Weise mit den Dämonen ihrer Kindheit konfrontiert wird, weiß sie: Sie will kein Opfer mehr sein. Aber vor allem will sie ihre kleine Tochter beschützen. Und so fasst sie einen Entschluss: Sie wird das Monster töten. Doch auch ihr Peiniger hat sie erkannt, und er will sein einstiges Opfer erneut beherrschen.

GMEINER SPANNUNG

WWW.GMEINER-VERLAG.DE
Wir machen's spannend